1811

SENSE AND SENSIBILITY

理性與感性

Jane Austen　珍・奧斯汀

陳錦慧——譯

〈導讀〉

少女瑪莉安的煩惱——身處理性至上的現代社會，要如何保有豪放不羈的感性內心？

國立臺東大學英美語文學系副教授　鄧鴻樹

二〇一七年英國發行新版十英鎊鈔票，首次以珍．奧斯汀作為肖像人物。這是英國繼莎士比亞與狄更斯以來，第三度有作家登上鈔票版面。除了英國女皇以外，奧斯汀成為英國目前流通鈔卷唯一女性肖像人物。

十英鎊鈔票雖然面額不高，卻與柴米油鹽息息相關。在奧斯汀寫作的年代，十英鎊等同尋常百姓半年生活費。不過，婦女無法真正擁有這筆可觀數目，因爲當時只有男性才有財產權（所謂限嗣繼承）。當時婦女尚無法經濟自主，唯有透過婚姻或家族男性成員才能確保衣食無慮。

十英鎊鈔票背景圖案繪有《傲慢與偏見》女主角在寫字檯的身影，不禁讓人想起這部作品女主角的吶喊：「世事經歷得越多，我就越對這個世界感到不滿」。

隱姓埋名的出版過程

奧斯汀成長的十八世紀奉行理性主義，女性需嚴守禮教規範，不能公開談情說愛，遑論以文字紀錄心情並公諸於世。據奧斯汀哥哥表示，當《傲慢與偏見》首版發行時，有位知名文學家宣稱：「這本書太高明了，不可能是女人寫的」。

奧斯汀的寫字檯是張不起眼的小桌，面寬才四十七公分。據奧斯汀姪兒透露，她常把寫字檯靠在窗邊低調寫作。她特地選用小紙條，有人經過時才能將文稿迅速收起。在文字世界裡躲藏成為奧斯汀的寫作宿命：她在世時沒有讀者知道作家真名。

如果「作家」是一種職稱，嚴格說來奧斯汀並非「作家」，因為她不是（也無法）以寫作為生。她生前出版時署名「一位女士」、「理性與感性作者」。匿名出版的主因不外乎當時社會對女性作家存有偏見。

不利女性作家的時代背景導致奧斯汀作品出版過程漫長。《理性與感性》是她生前成功出版的第一本書。一七九五年，作家年僅二十歲便完成初稿；兩年後，修改成《理性與感性》。往後十四年本書出版毫無進展，直到一八一一年她才在哥哥協助下自費出版。青春期寫下初稿的作家出書時已邁入壯年。

同樣延遲出版的情況也見於奧斯汀第二本成功出版的小說《傲慢與偏見》。一七九七年，作家二十二歲完成初稿；同年，父親代為洽談出版事宜。沒想到出版社拒絕看稿。十四年後作家著手修改書稿，兩年後於一八一三年出書。出版社開出的條件是買斷版權，獨佔銷售獲利。當時出版界對女性作家的輕蔑態度可想而知。

奧斯汀作品延遲出版最久者應為她第一本嘗試出版的小說《蘇珊》。作家於一七九八年開始寫作，隔年完稿。在哥哥協商下，於一八〇三年獲得出版社預支十英鎊版權費。可是，出版社買下版權後並未如期發行。十三年後作家哥哥買回版權，隔年作家不幸過世。一八一八年，這部價值「十英鎊」的書稿歷經二十年才改名《諾桑覺寺》重見天日。奧斯汀作品坎坷的出版過程可納入英國文學辛酸史。

豪放不羈的情感

《理性與感性》敘述少女瑪莉安與姊姊艾蓮諾如何面對社會束縛以實現個人幸福的故事。情節發展圍繞在這對姊妹與三名男士的互動。事件戲劇性轉折讓姊妹在幻想與現實間看清如意郎君的真貌。

這對姊妹活在一個以金錢衡量幸福的世界。理性的姊姊務實達觀：「快樂跟功成名就關係不大，跟富裕卻是息息相關」。她相信婚姻若「達不到『夠用』或『富裕』，就不會有任何外在的舒適。」感性的妹妹無法苟同這種觀念：「不管是富裕或功成名就，跟快樂有什麼關係？」

瑪莉安相信愛情不應被物質利益或世俗觀念羈絆：「企圖約束無可非議的情感，在她看來不只多餘，更代表理智可恥地屈服於老掉牙的錯誤觀點。」她認為女性表達情感沒什麼不好：「我討厭那些打趣別人的陳腔濫調，其中又以『勾引』或『擄獲』最令人作嘔。這些話流於粗鄙狹隘。」

這位純情少女意外遇見一名男士：「他的相貌和儀態如此完美，活脫脫就是她讀最喜愛的故事時在心中勾勒出的男主角。」此人彷彿是白馬王子化身，「他附和她所有的判斷，感染她所有的熱情」，瑪莉安很快就愛上他。

當時「未婚男女互相通信，代表他們之間必定有婚約存在」。可是，瑪莉安在沒有婚約的情形下就與對方私下通信並公然調情。姊姊極力規勸妹妹要謹言慎行，不要違反禮儀。面對姊姊的理性建言，瑪莉安反駁說：

我明白妳的意思。我表現得太自在、太開心、太坦率，違反了世俗的禮法。原本我應該含蓄呆滯、沉悶虛假，卻開誠布公、推心置腹。如果我只聊天氣和路況，每隔十分鐘說一次話，就不會聽到這些責備。

沒想到姊姊最擔心的事還是發生了，這名俊男果然就是渣男，移情別戀拋下瑪莉安：「自始至終，他所有的行為都以自私為出發點」。瑪莉安失戀後「明知故犯地忽視自己的健康」，甘願死在病榻：「如果我死了，只能說是自作孽」。

感情用事的時代意義

瑪莉安陷入「負面情緒」無法自拔，堅信若不能「感情用事」就是白活。就算被渣男欺騙感情，她仍覺得心碎能讓生命更有意義，她對姊姊疾呼：

悲傷的我已經沒有傲氣。我不在乎誰知道我痛不欲生，全世界都可以得意地看見這樣的我。艾蓮諾，艾蓮諾，淺嘗悲傷的人可以有傲氣，可以有自己的意志，遭到羞辱可以反抗，可以還擊。但我不能，我必須切身體驗，必須憂傷度日。

明知不可卻非做不可，要解決理性與感性的衝突談何容易。瑪莉安說道：「不管情勢怎麼改變，不管別人怎麼看他，我都不可能忘了他。但我會約束自己，會靠宗教、理智和忙碌的生活壓抑那份感情。」

《理性與感性》藉由少女的煩惱描繪出一個反對「偽理性」的感性世界。外在世界灌輸的理智告訴她，幸福需以財富衡量，不該「徹底沉溺在悲傷裡」；可是，少女發覺心中情感無從壓抑，悲傷才是獨屬自己的無價之寶。少女深陷憂鬱林園，成為自己人生的女主人。

一七九〇年，十五歲的奧斯汀寫下一篇名為〈愛與友情〉的故事。女主角認為某人「沒有靈魂」，不值得被愛，「因為他從沒讀過《維特的煩惱》。」這本書就是德國作家歌德代表作《少年維特的煩惱》（一七七四）。歌德藉一位傷心到不能自拔的少年寫出時代的故事，在歐洲文壇引發抗拒虛假理性的感性洪流。

一七七九年，《少年維特的煩惱》英譯本推出，成為暢銷讀物。喜愛閱讀的奧斯汀想必讀過此書。從傷悲裡尋找自我的少女瑪麗安顯然就是「女版維特」；唯一不同的是，少年為情而死，感情用事近乎殉道。少女無法以同樣方式解脫，因為感情用事的女子不會贏得同樣寬厚的憐憫。

《理性與感性》故事最後，少女瑪莉安「接受新的感情，有了全新職責」。皆大歡喜的結局令二十一世紀讀者不勝唏噓。少女慣於「推翻她最喜歡的座右銘」，往後果真不再為情煩惱？

一八一九年，奧斯汀逝世兩年後，浪漫詩人濟慈於倫敦居所李子樹前譜出名作〈夜鶯頌〉。《理性與感性》漫長的出版過程足以讓一棵理性時期種下的李子新苗茁壯成樹，在浪漫時期開花結果時引來濟慈眼中那隻冷眼旁觀人間疾苦的夜鶯。〈夜鶯頌〉開頭第一句「我心痛」冥冥中呼應了《理性與感性》女主角的心聲，也讓後世讀者領悟作家擱置書稿的時代意義。

目錄

第一章

達胥伍家族世居沙塞克斯郡，坐擁龐大土地，一家人住在自家土地正中央的諾蘭園邸，許多世代以來過著正派體面的生活，博得周遭鄉親普遍好評。這筆產業前一任主人是個單身漢，特別長壽，大半生有他姊姊相伴，為他打理家務。後來姊姊過世（比他早十年），他的生活從此發生重大變化，他為了填補姊姊留下的空缺，邀請侄子亨利．達胥伍一家人跟他同住。這個侄子是諾蘭園邸的法定繼承人，老先生也打算將產業交給他打理。在侄子、侄媳婦和他們的孩子陪伴下，老先生的日子過得悠閒自在，對這些晚輩的感情也日益加深。亨利夫婦時時關注他的需求，為他安排適合老年人的一切物質享受，孩子們的歡聲笑語也為他的生活增添許多樂趣。亨利一家人這麼做主要是基於善良的天性，倒不全然以利益為出發點。

亨利的元配已經過世，留下一個兒子，現任妻子幫他生了三個女兒。他兒子是個穩重守禮的年輕人，擁有亡母留下的豐厚遺產，其中半數在他成年時順利轉到他名下。成年後不久他就結婚了，妻子帶來的嫁妝進一步增加他的財富。諾蘭園邸的繼承權對他是錦上添花，對他的妹妹們卻至關緊要。三個女孩本身資產十分微薄，因為她們的母親沒有任何財產，她們的父親能自由運用的資產只有七千鎊，其餘就是父親繼承莊園產業後可望增加的財富。亨利雖然握有元配留下的半數遺產，但日後他離開人世，這筆資產同樣歸元配兒子所有，現階段他能支配的只是這半數遺產的收益。

老先生撒手人寰，遺囑也宣讀了。這份遺囑跟絕大多數遺囑一樣，宣讀的結果是幾家歡樂幾家愁。老先生倒不至於有失公道或不念舊情地把遺產留給別人，但他附加的條款直接將繼承遺產的好處砍掉一半。亨利之所以想繼承這筆遺產，不是為了他自己或他兒子，而是為了他的妻女。然而，老先生非但將遺產綁定給他兒子和他四歲的長孫，甚至嚴格把關，舉凡透過這筆產業取得的任何金錢，或出售珍貴林木的獲利，都不能移轉給亨利最心愛的、也最需要資產的妻女。整筆遺產日後都屬於那個偶爾跟著父母造訪諾蘭園邸的孩子。那孩子光憑兩、三歲幼童的共通魅力，比如口齒不清、我行我素、調皮搗蛋、大呼小叫，就深得老先生喜愛，效果遠遠勝過侄媳婦與侄孫女多年來對他的照顧。但他也不願意過於刻薄，所以留給三個侄孫女各一千鎊的遺贈，藉此表達他的關愛。

一開始亨利失望極了，不過他生性樂觀

亨利和他四歲的孫子。

開朗，合理預期自己還能活很多年，莊園的產業本就不小，近期又可望擴大，只要節約用度，一定能存下不少錢。只可惜，他在取得這筆遲來的財富短短一年後，就追隨老先生的腳步而去，算上老先生給侄孫女的遺贈，他的妻女獲得的遺產總數是一萬鎊。

當他得知自己不久於人世，立刻把兒子找過來，靠臨終病人僅剩的體力和急切的心情支撐，囑咐兒子好好照顧繼母和妹妹們的生活。

他兒子約翰不像家人那麼重感情，但父親病危之際的殷殷託付令他動容，於是承諾會盡他所能確保她們生活無虞。約翰用這樣的保證安了父親的心，這才有餘暇尋思，在謹慎的前提下，他有多少能力照顧繼母和妹妹們。

他倒不是個壞心腸的年輕人，除非冷酷無情和自私自利也算壞心腸。一般來說，他名聲不錯，因為他處理日常事務可謂循規蹈矩。如果他娶個更厚道的妻子，也許能博得更多讚譽，甚至連他本人都會變得更厚道，畢竟他結婚時年紀不大，對妻子又是情有獨鍾。可惜他的妻子比起他是有過之而無不及，氣量更狹小，也更自私。

他對父親許下承諾時，暗自打算贈與他三個妹妹各一千鎊，也真心覺得自己有這個能力。他即將繼承的遺產每年的收益有四千鎊，加上他目前的收入和他母親留下的另一半遺產，他很是興奮，覺得自己可以慷慨一回。「沒錯，給她們三千鎊，瞧我多麼豪爽大方！有了這些錢，她們完全不必再擔心生計。三千鎊！我拿得出這麼一大筆錢，對我沒有任何妨礙。」他在心裡琢磨了一整天，又掂量了很多天，始終沒有後悔。

他父親的葬禮一結束，他妻子就帶著兒子和僕人進駐莊園，事先沒有知會繼婆婆一聲。她當然有權這麼做，這點沒人能質疑，畢竟從她公公嚥氣的那一刻起，這房子就是她丈夫的了。但她的行為實在太沒教養，任何女人碰上這種事，就算心思不像她繼婆婆那麼敏銳，也一定非常惱火。偏偏她繼婆婆心氣極高，性格敦厚一派天真，任何人對他人做出這種無禮行為，都會令她深惡痛絕。約翰的妻子向來不得婆家人歡心，但直到此時，她才有機會讓她們見識到，在需要顧及他人感受時，她可以多麼麻木不仁。

達霄伍太太被這種無禮行為氣得咬牙切齒，深深鄙夷繼媳婦的為人。原本對方一來，她就想搬走，永遠不再回來。但她大女兒婉言相勸，請她先冷靜想一想，在這種情況下搬走妥不妥當。她本著慈母心為三個女兒設想，不想跟她們的哥哥鬧翻，終於決定留下來。

成功勸服母親的大女兒艾蓮諾才十九歲，卻聰明伶俐、冷靜果斷，足以充當母親的參謀，經常為全家人考量，安撫母親的急躁性格，阻止性急的母親做出莽撞行為。艾蓮諾心地善良且個性體貼，感情也相當豐富，卻能夠控制得宜。這種本事她母親還沒掌握，她大妹瑪莉安索性拒絕學習。

瑪莉安各方面的能力不輸艾蓮諾，她機敏穎悟，只是太走極端，不管哀傷或喜悅都沒有限度。她大方親切又迷人，什麼都好，只欠謹慎，跟她母親之間有驚人的相似度。

瑪莉安的感情用事令姊姊相當擔憂，她母親卻珍視呵護。目前她們母女倆在痛苦深淵裡彼此舔舐傷口，反覆再三主動重拾、探求或激發那一度令她們無力招架的喪親之痛。她們徹底沉溺在悲傷裡，利用一切負面思緒，讓自己進一步深陷在愁雲慘霧中，決心從此拒絕任何安慰。艾蓮諾也非常悲痛，但她能夠振作，能強迫自己打起精神。她能跟哥哥商談，大嫂搬進來的時候也能以禮相待，給予適度的關懷，更能鼓舞母親跟她一起振作，跟她一樣克己自制。

小妹瑪格麗特樂觀開朗、性情和善，但她感染了不少二姊的浪漫情懷，卻沒有二姊的見識，年僅十三歲的她當然比不上兩個年長的姊姊。

第二章

約翰的妻子如今正式成為諾蘭園邸的女主人，她的繼婆婆和三個小姑順勢降格為訪客。不過，她對她們還算客氣。約翰也拿出對待自己與妻小之外的人的最大善意，跟繼母和妹妹們相處，不失真誠地力邀她們把諾蘭園邸當自己家。達胥伍太太希望能在附近找到合適的住所，找到房子之前暫時沒有更好的去處，因此接受他的邀請。

繼續留在一個處處讓她回想起昔日美好生活的地方，正適合她目前的心境。在幸福的時光裡，她比任何人都欣喜雀躍，對未來的幸福也懷抱最樂觀的期待，那份期待本身就是一種幸福。但在傷心的日子裡，她也會滿腹愁思不可自拔，什麼都安慰不了她，就像快樂時也沒有任何事物能破壞她的心情。

約翰的妻子不贊同丈夫為小姑們做的安排。從他們寶貝兒子的財產裡拿走三千鎊，一定會害得孩子將來窮困潦倒，為此她求丈夫三思。搶走自己孩子這麼一大筆錢，那還是他的獨子，他心裡怎麼過意得去？再者，三位達胥伍小姐只是他同父異母的妹妹，在她看來這根本不是親屬關係，她們憑什麼接受他慷慨贈送那麼一大筆錢。大家都知道，男人在不同婚姻中生下的孩子彼此之間不可能有感情，他為什麼要把全部財產送給同父異母的妹妹，毀掉自己和他們可憐的小哈利？

「這是我父親生前最後一個要求，讓我幫助他的遺孀和女兒。」她丈夫答。

「我敢說他當時八成病糊塗了，根本不知道自己在說什麼。如果他神智清楚，絕不會要求你把半數財產送給你兒子以外的人。」

「親愛的芬妮，他倒沒有指定金額，只是籠統地要求我幫幫她們。他說他能力有限，所以希望我能為她們做得比他更多一點。也許他不提出要求，讓我自己全權處理會更好，他總不至於認為我會不管她們吧。但他要我給他承諾，我也沒辦法拒絕，至少當時我是這麼認為。既然我承諾了，就要做到。等她們離開諾蘭園邸搬進新家，我一定得為她們做點什麼。」

「那就幫她們**做點什麼**，但**那點什麼**未必非得是三千鎊。你想想，」她補充道，「那筆錢一旦給出去，就再也拿不回來。你妹妹會嫁人，到時候錢就永遠不見了。如果我們可憐的孩子真的有機會拿回那筆錢……」

「嗯，那就另當別論。」她丈夫語調無比沉重。「有朝一日哈利可能會懊惱損失這麼多錢。比方說，如果他家裡人口多，這筆錢對他會很有幫助。」

「肯定是的。」

「那麼，也許把金額減掉一半，這樣對所有人都好。多五百鎊，她們的財產會大幅增加！」

「噯！再沒有更好的事！世上有哪個同父異母的哥哥會這麼照顧妹妹，就算是**真正的**妹妹也不可能，何況你們只有一半的血緣！不過你天性就是這麼寬厚！」

「我不想當個小氣的人。」他答。「在這種情況下，多做總比少做來得好。至少沒有人會覺得我虧待她們，連她們自己都不會。她們心裡的預期最多也是這樣。」

「沒有人知道**她們**預期什麼。」芬妮說，「不過我們不需要考慮她們的期待，重點應該是你有能力給多少。」

「那是當然，而我覺得我有能力給她們一人五百鎊。目前來看，撇開我給的錢不算，將來她們母親過世後，她們各自會有大約三千鎊存款，對於年輕女性，這樣的錢財已經很夠用了。」

「確實如此。我忽然想到，她們根本不需要更多錢。將來她們三個人有一萬鎊可以平分。如果她們結婚，肯定可以嫁得很好。就算不結婚，這一萬鎊的利息[1]也夠她們過著舒適的生活。」

「說得很對。所以，總的來說，與其給她們錢，補貼她們母親的生活會不會比較恰當？我指的是給她一份年金之類的。這樣一來，她本人和我妹妹們都能得到好處。一年一百鎊就能讓她們過得很寬裕。」

這回他太太頓了一下，才出聲附和他。

「沒錯，這麼做比馬上拿出一千五百鎊好。只是，如果達胥伍太太再活十五年，我們就虧了。」

「十五年！親愛的芬妮，她能再活七、八年就不得了了。」

「確實如此。但你有沒有發現，有年金可以領的人通常很長壽，何況她才將近四十歲，結實又健康。年金是很嚴肅的事，你得一年一年付下去，永遠擺脫不了。你不知道自己在做什麼，我卻很清楚年金有多麻煩。根據我父親的遺囑，我母親必須支付三個退休老僕人的養老金，她覺得這種事實在太討厭了。她每年要付兩次錢，還得費心把錢送到他們手上。她曾經聽說其中一個人死了，後來又發現沒那回事。我母親厭煩極了。她說，像這樣不斷付錢給別人，她的錢根本不是她的。如果不是這樣，我母親就可以自由支配她的錢，不需要受任何限制，這麼一來更突顯我父親的苛刻。那件事讓我對年金特別反感，所以我無論如何都不會用年金來束縛自己。」

「像那樣每年流失一部分收入，確實是不愉快的事。」約翰說，「妳母親說得很對，錢根本**不是**自己的。像這樣被定期付款綁住，時間一到就得支出一筆錢，實在不太愉快，讓人失去財富的自主權。」

「可不是。而且到頭來沒有人會感謝你。她們會覺得理所當然，覺得你只是做你該做的，所以不需要感謝。如果我是你，我做的任何安排都必須出於我的意願，我不會約束自己每年都得給她們多少錢。總會有某些時候我們自己開銷吃緊，很難再撥出一百鎊，甚至五十鎊。」

「親愛的，妳說得沒錯，這件事最好不要用年金的方式處理，我偶爾給她們一點錢，肯定會比每年固定補貼更有用。因為如果她們知道會有一筆金額比較大的穩定收入，就不會節儉，一年到頭存不了幾個錢。最好的辦法是偶爾給她們五十鎊，這麼一來她們永遠不必為錢發愁，我等於

1. 本書提及的年息一概以百分之五核算，一萬鎊的年息即為五百鎊。

充分履行了對我父親的承諾。」

「一點也沒錯。坦白說，我倒覺得你父親的意思根本不是要你給她們錢。我敢說他所謂的幫助，只是一些合情合理的事，比如幫她們找個舒適的小房子，協助她們搬家，給她們送點當季的魚或獵物之類的。我敢打賭他指的就是這些，否則事情就太奇怪，也不合情理。親愛的，你仔細想想，她們有你繼母那七千鎊的利息，已經太夠用了。另外，你每個妹妹都有一千鎊，每年各自的利息有五十鎊，她們當然會拿出一部分交給你繼母，支付自己的生活費。這樣算下來，她們每年總共有五百鎊的收入，四個女人怎麼可能會不夠用？她們的生活費低得很！家用花不了多少錢，畢竟沒有馬車也沒有馬，沒有幾個僕人，更不會邀朋友來家裡住，哪需要花什麼錢！你想想，一年五百鎊！她們可以過得多麼寬裕！甚至連半數都花不掉！你還想給她們更多，簡直匪夷所思。她們比較有能力，應該她們給**你**錢才對。」

「她們連半數都花不掉！」

「我敢說妳的想法完全正確，我父親對我的要求肯定只是妳說的那個意思。現在我徹底弄明白了，也會嚴格履行我的承諾，採用妳說的那些辦法給她們協助，善待她們。我繼母搬家時，我會樂意盡我所能幫助她們適應新家，到時候也許送點家用品之類的小禮物。」

「那是當然。」他妻子附和。「只是，**有件事**不能不考慮。你父親和繼母搬進諾蘭園邸時，舊家史丹希爾府的家具雖然都賣了，但那些瓷器、碗盤和家飾布都還在，而且全部留給你繼母。所以她搬家以後屋子裡肯定什麼都不缺。」

「這件事果然值得考慮。那確實是一筆貴重的遺物！其中某些餐盤如果屬於我們該有多好！」

「是啊。那套早餐瓷器組比目前諾蘭園邸用的漂亮一倍，在我看來太漂亮了，跟**她們**住得起的任何房子都不搭。不過，事情已經成定局。你父親心裡只有**她們**。我不得不說，你不需要感謝他什麼，也沒必要在乎他的心願。我們心知肚明，如果他做得到，就會把全天下絕大多數東西都留給**她們**。」

這種論點太有說服力，消滅了約翰心裡所有的猶豫不決。他終於下定決心，他要為父親的未亡人和女兒做的，只限於妻子提議的那些鄰里間的禮尚往來，再做更多，即使不算違反禮法，也絕對沒有必要。

第三章

達胥伍太太在諾蘭園邸多住了幾個月。一段時間後，那地方每個熟悉的角落不再令她觸景生情、內心激盪，她也想搬走。等她精神慢慢恢復，除了愁腸九轉自我折磨之外，終於有多餘的心力做點別的事，就迫不及待想離開。她孜孜不倦地向人打聽，想在諾蘭園邸附近找個合適的住處，因為她沒辦法遠離這個心愛的地方。但她始終找不到一棟既滿足她對舒適度的要求、又符合艾蓮諾的審慎考量的房子。有幾個地方她倒是可以接受，但都被艾蓮諾否決了，理由是那些房子太大，超出她們的負擔。

當初亨利聽到兒子鄭重承諾會照顧他的妻女，臨終前總算放下最後的擔憂，也向妻子透露這件事。達胥伍太太跟剛許下承諾時的約翰一樣，絲毫不懷疑這份承諾的誠意，也替女兒開心。至於她自己，她覺得她的錢就算比七千鎊少得多，也能過著富足的生活。她也替繼子高興，因為他有一副好心腸。過去她看不見他的優點，覺得他不可能慷慨大方，現在她為此自責。看著他殷勤對待她自己和他的妹妹們，她相信他重視她們未來的福祉。曾經有很長一段時間，她認定他會對她們出手大方。

打從一開始她就不喜歡繼媳婦，在諾蘭園邸借住那半年進一步了解對方的性格，心中的鄙夷也隨之加深。不管彼此多麼不想失禮，不管達胥伍太太多麼為女兒著想，這兩位女士都很難在一個屋簷下共同生活這麼長時間。然而，當時出現了一個特殊情況，讓達胥伍太太覺得女兒們最好繼續留在諾蘭園邸。

這個情況是，艾蓮諾與芬妮的弟弟愛德華．費拉斯之間漸生情愫。愛德華是個文質彬彬、討人喜歡的年輕人。芬妮搬進諾蘭園邸不久，就介紹他給她們認識，此後他大部分時間都待在那裡。

有些母親基於利益考量，會慫恿女兒好好把握，因為愛德華是長子，父親過世時留下巨額遺產。但也有些母親比較謹慎，可能會加以阻止，因為愛德華本身只有一筆微薄存款，未來財富多寡取決於他母親的遺囑。不過這些都影響不了達胥伍太太，只要愛德華看起來性情和善，對她女兒有心，而她女兒也欣賞對方，這就夠了。兩情相悅的男女因為財富差距不能共結連理，這種事她完全無法認同。另外，在她的認知裡，任何人只要認識艾蓮諾，一定會知道她是個多麼好的女孩。

愛德華之所以得到她們的認同，並不是因為他儀表堂堂或風度翩翩。他的外表並不出眾，他的言談舉止只有經過近距離相處，才會討人喜歡。他太靦腆，羞於展現自己的優點，但只要克服害羞的天性，就會在待人接物上顯露出他坦蕩無私、溫柔多情的一面。他有良好的理解力，而他接受的教育更帶給他長足的進步。可惜他無論才幹或性情都不能滿足母親和姊姊的期許：她們一直希望他在某個行業出類拔萃，只是她們也不知道是哪一行。她們想看到他成為某種傑出人士。

他母親希望他投身政壇，在國會取得一席之地，或者結識當代某些大人物。他姊姊也有類似想法，不過，在那些美好願望實現以前，只要他能有四人座豪華馬車代步，她暫時就能心滿意足。只是，愛德華對大人物或四人座馬車不感興趣，他更嚮往溫馨的家庭與恬淡的人生。幸好，他有個前景更光明的弟弟。

愛德華在諾蘭園邸住了好幾個星期之後，達胥伍太太才注意到他，因為當時她傷心欲絕，對周遭的一切漠不關心。她只知道他沉默寡言且謙沖自抑，對他印象很不錯。他不會貿然找她攀談，打擾她感懷傷逝。她之所以會進一步關注他、賞識他，是因為某天艾蓮諾偶然聊起他跟他姊姊之間的不同，兩姊弟的性格差異，就是她認可他的強大理由。

「只說他跟芬妮不一樣就夠了，這句話概括一切善良品格。光憑這點，我就會疼愛他。」

「等妳更了解他，一定會喜歡他。」艾蓮諾說。

「喜歡他！」她母親笑著說，「我只能用『愛』來表達我對別人的讚賞。」

「妳還可以看重他。」

「在我眼裡，看重和愛沒有差別。」

接下來達胥伍太太費心去了解他。她的態度親切宜人，他很快就放下矜持。她之所以能夠迅速發掘他的全部優點，他對艾蓮諾的愛慕或許提供不少助力，不過她真心肯定他的人品。原本她對年輕人的談吐有一套認定標準，不可能欣賞他的木訥，但如今她知道他心地善良重感情，就不再覺得他平淡無趣。

她在他對艾蓮諾的態度中察覺一絲傾慕，立刻確定他們倆情投意合，開始期待他們不久後就步入禮堂。

「親愛的瑪莉安，艾蓮諾很可能再過幾個月就出嫁，我們會想念她，不過她一定會幸福的。」

「媽，姊姊嫁出去以後，我們可怎麼辦？」

「乖女兒，她不會真的離開我們。將來我們跟她相隔最多只有幾公里，還是可以每天見面。妳會多個哥哥，一個真正的、友愛的哥哥。我對愛德華的心地有最高的肯定。瑪莉安，妳表情很嚴肅，妳不贊成姊姊的選擇嗎？」

「也許吧，」瑪莉安說，「我覺得有點驚訝。愛德華個性很和善，我非常喜愛他。只是，他不是理想對象，總覺得有些不足。他相貌平平，不夠溫文儒雅，不是我想像中能吸引姊姊的類型。他的眼神裡欠缺那種一眼就顯露出聰明才智的光采和熱情。除了這些，我擔心他沒有真正的品味。音樂好像不太吸引他，他雖然欣賞艾蓮諾的畫，卻不是真的看懂那些畫好在哪裡。姊姊作畫時他雖然經常在一旁觀看，但他顯然什麼都不懂。他欣賞的是作畫的人，而不是畫作本身。我喜歡的人必須兼具愛慕的心和鑑賞能力。一個男人如果品味不能跟我完全契合，就不可能帶給我幸福。我喜愛的一切，他必須同等醉心，我們兩個必須喜歡一樣的書和一樣的音樂。媽，昨天晚上愛德華為我們朗讀，那語調多麼平淡，多麼乏味！我真替姊姊難過，她卻表現得那麼鎮定，好像根本沒有發現。我幾乎坐不住。那些優美辭句經常讓我如癡如狂，卻被人讀得平庸寡淡、冷漠疏離，我簡直無法忍受！」

「他肯定比較適合朗讀簡潔優雅的散文。當時我就這麼覺得，妳**偏偏**給他古柏[2]。」

「不，媽媽，如果連古柏都不能打動他……不過我們必須接受每個人品味不同。艾蓮諾不像我這麼感性，所以她可以不介意，能開開心心跟他相處。但如果我愛上他，聽見他毫無感情的朗讀，**我**會心碎。媽，我見的人愈多，愈相信我永遠碰不到能讓我真心愛上的人。我的要求太高！他必須有愛德華的所有優點，還得有迷人的外表和舉止來為他的優點增添光采。」

「乖女兒，別忘了，妳才十六歲，現在就對愛情失望言之過早。妳為什麼不能得到媽媽曾經有過的幸福？親愛的瑪莉安，我只希望妳某方面的命運跟我不一樣！」

2. William Cowper，一七三一～一八〇〇，英國詩人，浪漫主義詩歌的先驅。

第四章

「艾蓮諾，愛德華不懂得欣賞繪畫，太可惜了。」瑪莉安說。

「不懂得欣賞繪畫！」艾蓮諾說，「妳為什麼這麼認為？他確實不會畫畫，但他很享受看別人作畫。我向妳保證，他天生的品味並不差，只是沒有機會提升。如果他曾經學過，我相信他可以畫得很好。在這方面，他對自己的判斷力不夠自信，所以通常不願意評論任何畫作。但他與生俱來的品味恰當又質樸，通常能給他最正確的引導。」

瑪莉安不想冒犯姊姊，沒有繼續這個話題。姊姊說他懂得讚賞別人的畫作，但她認為那跟真正的品味天差地別，只有能為作品醉心狂喜，才談得上品味。她在心裡暗笑姊姊的錯誤認知，卻也給予尊重，因為姊姊的錯誤源於對愛德華的盲目偏愛。

「瑪莉安，」艾蓮諾接著說，「我希望妳不要認為他沒有品味。事實上，我相信妳不可能有這種想法，因為妳對他的態度非常熱絡。如果妳覺得他沒品味，對他肯定不假辭色。」

瑪莉安一時語塞。她無論如何都不願意傷姊姊的心，卻又做不到口是心非。最後她答：

「艾蓮諾，如果我對他的讚揚沒有完全表達出他在妳心目中的美好，別跟我生氣。我不像妳有那麼多機會可以評估他在思維、喜好與品味上的細微末節，但我對他的品德和見識給予最高評價。我認為他絕對是個值得敬重的好人。」

「這樣的讚美，即使跟他最親近的人也挑不出毛病。」艾蓮諾笑著說，「妳把妳的善意表達得淋漓盡致。」

瑪莉安開心極了，沒想到姊姊這麼好說話。

「任何人只要經常跟他見面，有機會聽他侃侃而談，就不可能質疑他的品德與見識。」艾蓮諾又說，「他有優越的洞察力和道德觀，只是被他的羞怯木訥掩蓋了。妳對他了解夠多，很清楚他是有真才實學的人。另外，基於某些特殊狀況，那些妳所謂的『細微末節』，我確實知道得比妳多。很多時候我們母親熱心地拉著妳說話，我和他於是經常被湊在一起。我對他有相當程度的認識，觀察過他的心性，聽他談論過文學與品味等話題。整體而言，我認為他見多識廣、熱愛閱讀，有鮮活生動的想像力，有恰如其分的觀察力，更有靈敏又純粹的鑑賞力。跟他相處的時日越久，就越能看出他的各種才能。他的舉止和外表也是一樣，一開始他的談吐當然不出色，相貌也稱不上英俊，但只要發現他的雙眼表情豐富，面容和善親切，就會立刻改觀。如今我太了解他，真心認為他長相英俊，至少幾乎稱得上英俊。瑪莉安，妳覺得呢？」

「艾蓮諾，即使我現在不認同，不久後也會覺得他好看。妳希望我把他當成兄長，我就不會再看到他五官的任何瑕疵，正如我現在只看見他完美的好心腸。」

艾蓮諾被妹妹的話嚇了一跳，有點懊惱自己剛才評論他的語氣略顯激動。她知道自己對愛德華很有好感，也相信自己不是一廂情願，但她還需要進一步確認，才能放心向瑪莉安透露這份感情。瑪莉安和母親一樣，上一刻猜到某件事，下一刻就深信不疑。在她們的世界裡，有了心願就懷抱希望，有了希望就開始期待。她於是向妹妹吐露實情。

「我不否認我對他評價很高，」她說，「不否認我非常看重他，也喜歡他。」

瑪莉安憤慨地脫口而出：

「看重他！喜歡他！鐵石心腸的艾蓮諾！噢！比鐵石心腸更糟！恥於承認其他情感！妳再用這樣的字眼，我馬上離開這個房間。」

艾蓮諾忍俊不住，說道，「原諒我。妳要相信，我用這些平淡的語詞描述我的感情，並不想惹妳生氣。妳可以相信我的感情比我的措辭更強烈。也就是說，妳可以相信，在不輕率也不愚蠢的前提下，他有多少美德，或者我對他的心意有多少猜測（或抱持多少希望），我的感情就有多深。但也就這樣了，妳不能再多想。我完全不確定他對我有多少感情，有些時候他的態度模稜兩可。所以，在他表明心跡以前，我不願意過度相信或誇大他對我的情意，以免自己用情太深。他對我有好感，這點我大致可以確定，幾乎不懷疑。但除了他的心意，還有其他事需要考量。他離經濟獨立還很遙遠；我們不知道他母親是什麼樣的人，但芬妮偶爾會提到她的為人和觀點，我們從來不覺得她個性隨和。愛德華如果打算娶個沒錢沒家世的女人，一定會遭遇重重阻礙，這點我相信他自己心裡有數。」

瑪莉安震驚了，原來她跟母親的猜測偏離事實。

「所以妳跟他真的還沒訂婚！」她說，「不過我猜應該也快了。時間往後延倒是有兩個好處。

首先，我可以跟妳多相處一段時間。其次，愛德華有更多機會提升他在繪畫方面的品味。那畢竟是妳最大的愛好，關係到妳將來的幸福。哎呀！如果他因為妳的才華受到鼓舞，願意學習繪畫，那就太好了！」

艾蓮諾跟妹妹說的是真話。妹妹以為她對愛德華情深似海，她自己卻沒辦法這麼認為。有些時候他顯得意志消沉，就算不至於冷漠無情，也幾乎讓人覺得前景黯淡。假設他察覺到她的心意，卻沒有把握，最多只會感到不安，不應該經常顯得灰心喪氣。比較合理的解釋是，他還不能獨立自主，所以必須約束自己的感情。她很清楚他母親對他的期望，只要他沒能揚名立萬滿足她的心願，她在家裡不會給他好臉色，也不會給他保障，讓他安心出去建立自己的家庭。基於這些認知，她當然沒辦法輕鬆看待這段感情。她母親和妹妹依然相信他們會有好結果，她自己卻毫無信心。相反地，他們相處得愈久，他的感情似乎愈捉摸不定。偶爾有某些短暫片刻，她會難過地認定他只把她當朋友。

不管他的感情有多少不足，他姊姊芬妮一旦察覺，就顯得坐立難安，更常表現得粗魯無禮。她第一時間拿這件事冒犯繼婆婆，強調她弟弟前途無量，宣稱她母親堅決要兩個兒子迎娶豪門千金，還說意圖**勾引她弟弟**的年輕女孩不會有好下場。達胥伍太太沒辦法裝聾作啞，更難保持冷靜。她回應了幾句話表達對繼媳婦的唾棄，立刻離開現場。她同時下定決心，不管面臨多少不便，增加多少開銷，她都要馬上搬家，不讓她心愛的艾蓮諾繼續承受這種含沙射影，一星期都不能多留。

在這種憤懣的心境下，一封郵遞的信件翩然來到，為她帶來格外適時的提議。她娘家有個親戚在德文郡有錢有勢，願意租給她一棟小屋[3]，條件相當吸引人。那位紳士親筆寫了這封信，字裡行間熱情又殷切。他說他知道她在找房子，雖然他提供的屋子不大，但只要她覺得地點合適，可以隨她的心意修繕。他細細介紹了房屋和園子的現況，誠摯邀請她帶著女兒到他的住宅巴騰園邸做客。小屋跟巴騰園邸屬於同一個教區，她可以親自前往參觀，看看能不能改造成她心目中的舒適住宅。他好像真心渴望她們搬過去，整封信語氣是那麼友好，達胥伍太太讀得滿心歡喜。當時她正因為關係更近的親屬冷酷無情的行為飽受折磨，所以讀信的當下已經做出決定，不需要多花時間考慮或打聽。巴騰位於德文郡，離沙塞克斯郡是那麼遙遠，短短幾個小時以前，不管那地方條件多好，光憑這點就足以全盤否決。如今距離卻成了最大的優勢。遠離諾蘭園邸不再是壞事，反而是她的主觀意願。相較於繼續留在繼媳婦家受罪，離開才是福氣。這是她心愛的地方，但只要有這樣一個女主人，無論是在這裡定居或做客，都比搬出去更痛苦。她立即給約翰．密多頓爵士回信，既感謝他的好意，也接受他的提議。之後她迫不及待將對方的來信和她的回信拿給女兒們看，希望在投遞出去之前取得她們的同意。

艾蓮諾向來覺得，她們未來的住處最好不要離目前的親友太近，所以在**地點**方面，她沒有

3. cottage，原本是鄉間貧民的住宅，有些地主會在莊園裡興建這類小型房舍，出租或自用。

立場反對母親把家搬到德文郡。另外，根據約翰爵士的描述，那棟小屋規模不大，租金又格外低廉，因此這兩點也不能成為她反對的理由。於是，儘管這個計畫一點都不吸引她，儘管她其實不想離諾蘭太遠，她也沒有阻止母親寄出同意函。

第五章

達胥伍太太把回信寄出去以後，馬上開心地向繼子和繼媳婦宣布她找到房子了，等那邊一切安排妥當，她就不會再打擾他們。他們顯得相當意外。芬妮默不吭聲，她丈夫則是客氣地希望繼母的新家不會離諾蘭太遠。達胥伍太太得意地說她要搬去德文郡，愛德華聞言匆忙轉過頭來，用她完全能理解的驚訝口氣關切地詢問，「德文郡！妳們真的要搬去那裡？離得那麼遠！在德文郡哪個地方？」她跟他說了位置，在艾克斯特以北大約七公里。

「房子不大，」她接著說，「不過我希望會有很多朋友過去小住，加蓋一兩個房間不是難題。如果朋友不嫌麻煩地大老遠去看我，我自然覺得招待他們一點也不麻煩。」

最後她非常友善地邀請繼子夫婦到巴騰探望她，又以更大的熱情邀請愛德華。雖然她先前跟芬妮的對話讓她下定決心不在諾蘭園邸多做停留，但有關那次談話的主題，她的想法沒有絲毫改變。她跟過去一樣，絕不願意拆散愛德華和艾蓮諾。她刻意邀請愛德華，是為了向芬妮宣示：她知道她反對這樁婚事，但一點都不在乎。

約翰一再向繼母表達他的高度歉意，因為她的新家離諾蘭太遠，搬家的事他一點忙都幫不上。對於這個結果，他的良心確實有點不安，因為他認定協助她們搬家就是履行對父親的承諾，如今卻要食言了。達胥伍太太的行李全部走水運，主要是家飾布、碗盤、瓷器和書籍，還有瑪莉安那台典雅的鋼琴。芬妮看著東西被送走，嘆了一口氣。她心裡懋悶極了：繼婆婆的年收入跟他們夫妻比起來是那麼微薄，竟然能用得上好東西。

達胥伍太太簽了一年租約，小屋裡有現成的家具，隨時可以入住。協議過程沒有發生任何問題，她留在諾蘭園邸只是為了處理不帶走的東西、挑選未來的僕人，之後就會出發往西走。由於她處理自己重視的事向來迅速果決，所以這些事沒多久就辦妥了。丈夫留給她的馬匹在他過世後不久就賣掉了，現在又有機會賣掉馬車，她接受艾蓮諾懇切的建言，點頭同意。如果依照她的意願，為了女兒出入方便，她會選擇留下馬車，但她終究還是聽從艾蓮諾的審慎考量。同樣也因為艾蓮諾的理智，她只選出二女一男三名僕人，都是她們定居諾蘭園邸時期的僕役。

男僕和一名女僕立刻奉命前往德文郡打理房子，準備迎接女主人。達胥伍太太還不認識密多頓夫人，相較於去巴騰園邸做客，她寧願直接搬進自己家。關於屋子的格局，她對約翰爵士的描述沒有一點懷疑，所以搬進去之前沒有興趣去查看。對於她的離去，芬妮明顯喜形於色，她搬家的迫切感因此始終沒有消退。芬妮沒有費心掩飾她的欣喜，只是客套一番，冷淡地挽留她多住些日子。至於繼子對他父親許下的承諾，當初他搬進諾蘭園邸時沒有履行，現在她們要走了，正是實踐諾言的最佳時機。但達胥伍太太很快就放棄那方面的期待，並且根據他話裡話外的意思，判定他給她們的幫助只限於讓她們在諾蘭園邸多住半年。他經常提到家裡開銷不斷增加，到處都要用錢，還說男人只要有一丁點地位，就會有許多意想不到的支出。言下之意他自己都很缺錢，不可能再把錢給出去。

約翰爵士的第一封信送到諾蘭園邸之後短短幾星期，她們未來的新住所已經打點好，達胥伍太太和她的女兒們終於可以啟程。

她們淚漣漣地揮別深深依戀的舊家。搬家前夕瑪莉安獨自在屋前漫步，喃喃說道，「最心愛的諾蘭園邸！這離別的傷痛何時才能停歇！我何時才能在其他地方找到家的感覺！噢！幸福的房子，你知道此時此刻我站在這裡看著你，內心有多少苦楚。往後我再也不能在這裡看你！還有你們，我熟悉的樹木！但你們不會改變，沒有葉片會因我們的離去而枯萎，沒有枝椏會因我們再也看不見而靜止！是啊，你們不會改變，也感受不到你們引起的快樂與哀傷，察覺不出走在樹蔭下的，已經是不同的人！然而，這裡還有誰會領略你們的美？」

第六章

她們心情太低落，剛出發時只覺旅途冗長乏味又煩人。隨著目的地接近，未來住處周遭的景物引起她們的興趣，掃除了內心的沮喪。進入巴騰谷時，眼前的風光更是令她們心情舒暢。那是個欣欣向榮的豐饒山谷，林木蒼翠，綠草如茵。在山谷裡迂迴前進將近兩公里後，她們終於抵達新家。屋子前有個綠意盎然的小院子，一扇簡樸的小門迎接她們入內。

巴騰小屋做為居住處所可說麻雀雖小五臟俱全，做為鄉村小屋卻不盡完美，因為建築物本身中規中矩，屋頂鋪的是瓦，透氣窗沒有刷綠漆，外牆也沒有爬滿忍冬藤蔓。[4]屋內一條狹窄走道直通後院的園子，入口兩邊各有一間將近五公尺見方的客廳，再過去是家務房和樓梯。除了這些，小屋裡還有四間臥室和兩間閣樓。房子不算太老舊，屋況良好。沒錯，跟諾蘭園邸比起來，這房子實在簡陋窄小，她們進門一見不禁傷感落淚。但她們迅速擦乾淚水，一來僕人的熱烈歡迎讓她們精神一振，二來她們顧及彼此的感受，都決定露出笑臉。當時是九月初，秋高氣爽的季節，周遭的景物在晴朗天氣的襯托下，更顯秀麗，在她們心中留下長久的好印象。

房子的位置相當好，屋後是拔地而起的山巒，兩邊不遠處也是群山環繞。其中有些是廣闊的綠茵丘陵，有些則開墾為林場。巴騰村的人家主要集中其中一座山丘，從小屋的窗子望過去風光旖旎。屋前的視野比較開闊，整個山谷盡收眼底，視線直達山谷外的郊野。小屋周遭的山岡在那個方向攏住山谷，有一條縱谷從那裡分岔出去，夾在那兩座最陡峭的山峰之間，換了個名字，往另一個方向去。

對於屋子的面積和屋內的擺設，達胥伍太太大致滿意。只是，她過慣了好日子，所以小屋還有很多方面需要補強。幸好，添購和增建是她樂趣所在，她錢還夠用，可以把房間布置得更雅致。「至於房子本身，」她說，「確實不夠我們住，不過我們暫時只能湊合一下，因為這個時節修繕已經太晚。明年春天如果我餘錢夠多，再考慮增建的事，我相信錢不會是問題。我希望我們的朋友能經常聚在這裡，所以這兩間客廳都太小。我打算擴大其中一間，把走道併進去，也許再納入另一間的部分，剩下那半間改成玄關。除此之外，再增建一間偏廳應該不難，上面會多出一間臥室和閣樓，住起來就會很舒適。我希望樓梯再寬一點，雖然加寬不會太難，但人不能太貪心。明年春天我看看手上有多少餘錢，再決定怎麼增建。」

不知節儉為何物的達胥伍太太年收入只有五百鎊，在她存夠錢改建房子之前，她們明智地選擇隨遇而安，依自己的喜好著手布置，擺放書籍和其他物品，營造一個溫馨的家。瑪莉安的鋼琴已經拆箱擺放妥當，艾蓮諾的畫作也掛上了客廳的牆壁。

4. 當時上流階級風靡建造小屋，以不規則的造型追求拙趣。

隔天早餐後不久房東上門，打斷她們的布置工作。他來表達他的歡迎之意，順便看看她們有沒有缺什麼，只要他家或園子有的，都可以提供。約翰爵士年約四十，五官端正，多年前曾經到史丹希爾府探望達胥伍太太，當時三姊妹年紀太小，對他沒有印象。他笑口常開，性格就跟他寫的信一樣熱情親切。她們能搬過來，他好像真的非常高興，也真心關切她們住不住得慣。他誠摯地希望她們跟他家人能相處愉快，強力邀請她們在房子還沒收拾好之前，每天都去巴騰園邸用餐。雖然他鍥而不捨的邀請幾乎流於失禮，卻不至於惹人生氣。他的善意不限於言辭，因為他離開不到一小時，就遣人從巴騰園邸送來一大籃蔬菜水果，傍晚又捎來獵物。另外，他堅持要幫她們到郵局送信取信，還非得允許他每天把他的報紙送過來，才算滿意。

密多頓夫人託他轉達她的口信，非常禮貌地表示希望能盡快上門拜訪她們，就看她們什麼時候方便。達胥伍太太用同樣禮貌的口氣提出邀請，於是她們隔天就見到這位夫人。

她們也很想見見密多頓夫人，畢竟她們在巴騰能不能過得舒心，跟這位夫人密切相關。夫人優雅的儀態讓她們放心不少。密多頓夫人頂多二十六、七歲，面容姣好，身材高䠷搶眼，談吐優雅。她丈夫欠缺的所有文雅，在她身上都找得到。如果她再多點丈夫的坦率與親切，就會好很多。她拜訪的時間夠長，足以減低她們對她的好印象。原因在於，她雖然有完美的禮儀，個性卻拘謹冷淡，除了最普通的客套與寒暄，找不到別的話說。

幸好他們不缺話題，因為約翰爵士愛說話，夫人也有先見之明，帶著他們的長子同行。那是個六歲的可愛小男孩，有他在，女士們冷場時永遠不缺應急話題。首先她們必須問他的名字和年齡，稱讚他的相貌，問他一些由他母親代答的問題。那孩子一直低著頭依偎在母親身旁，這種表現出乎他母親的意料，沒想到在家裡鬧翻天的兒子在外人面前竟會害臊。正式拜訪時最好有個孩子在場，確保話題源源不絕。以眼前這個例子來說，眾人花了整整十分鐘討論孩子比較像爸爸或比較像媽媽，哪一點特別像爸爸或媽媽，因為每個人的看法當然都不同，也都對別人的看法表示驚訝。

達胥伍一家人馬上就有機會辯論密多頓家其他孩子的長相，因為約翰爵士硬逼她們答應隔天到巴騰園邸用餐，才心滿意足回家去。

在外人面前竟會害臊。

第七章

巴騰園邸跟小屋距離大約八百公尺，早先達spacing胥伍母女進山谷後，曾經從不遠處路過，但她們在家裡看不到，視線被一座山擋住。巴騰園邸的建築物宏偉華麗，密多頓一家人的生活兼具熱情好客與端莊優雅兩種元素，前者契合約翰爵士的性情，後者展現他夫人的風格。他們家幾乎常年有訪客留宿，宴客餐會比附近任何人家都多。為了夫妻兩人的快樂，這是有必要的，因為不管他們個性和舉止差距多大，他們有一個共通點，那就是欠缺才華與品味，除了社交活動之外，兩人能做的消遣非常有限。約翰爵士熱愛運動，夫人養育子女；他打獵射擊，她寵愛小孩，這就是他們最常做的事。密多頓夫人比較走運，一年到頭都能溺愛孩子，而她先生娛樂活動的時間只有半年。不過，居家和戶外都排滿活動，彌補了天性與學識上的不足，約翰爵士因此始終精神煥發，他夫人的良好教養也有發揮的餘地。

密多頓夫人把餐桌和整個家布置得高貴典雅，並以此自豪。她的這份自得在舉辦各種大宴小酌中得到最大滿足，約翰爵士則是在這些聚會中得到更實質的快樂。他喜歡被年輕人圍繞，最好能把屋子塞爆，笑鬧聲越大他越開心。他的存在是鄰里間年輕一輩的福氣，因為每到夏天他會不斷邀人去郊遊，在戶外享用冷火腿和冷雞肉。冬天舉辦的家庭舞會也夠頻繁，除了十五歲以下只能望舞會興嘆的少女，所有年輕女孩都能盡興。

新鄰居的到來總是令約翰爵士欣喜，這回他為自己的小屋找來的房客各方面都符合他的心意。三位年輕漂亮的達霄伍小姐從不裝模作樣，光是這點就得到他的讚賞，因為漂亮的女孩只要不裝模作樣，心靈就會跟外貌一樣迷人。他天性善良，樂於為家道中落的人提供一點方便。能為親戚做一點事，讓他真心感受到助人為快樂之本。另外，小屋的新房客全是女性，更是愛好狩獵的他最滿意的一點。因為愛打獵的人雖然只看重同好，卻不太樂意讓那些人住進自家領地，跟他爭搶有限的獵物。

約翰爵士到門口迎接達霄伍太太和她三個女兒，真心誠意地歡迎她們來到巴騰園邸。他引領女士們前往偏廳，途中繼續前一天的話題，為找不到英俊瀟灑的年輕男士來赴宴表示歉意。他說，這回餐宴裡除了他，只有另一位男士，是他的好朋友，目前在巴騰園邸做客，只是這人既不年輕，也不活潑。晚宴人不多，他希望她們別介意，他保證下不為例。這天他跑了很多地方邀人，可惜時值月圓，所有人晚上都有安排。幸好他岳母不到一小時前抵達巴騰園邸，她個性非常開朗好相處，希望年輕小姐們能度過一個比她們想像中更愉快的夜晚。餐會上只有兩個素未謀面的人，三位小姐和她們的母親對這種情況相當滿意，覺得這樣的人數恰恰好。

密多頓夫人的母親詹寧斯太太有點年紀，身材微胖，個性爽快、笑口常開。她喋喋不休，好像無憂無慮，言談頗為粗俗，總是插科打諢，總是開懷大笑，晚餐還沒結束，已經說了許多有關情人與丈夫的笑談。她希望小姐們的心沒有留在沙塞克斯，說完自顧自地認定她們羞紅了臉。瑪莉安擔心姊姊受刺激，心裡很不高興。她轉過頭去，著急地查看姊姊的反應。比起詹寧斯太太那些尋常打趣，她的目光更讓艾蓮諾難堪。

論起言行舉止，約翰爵士和他朋友布蘭登上校之間好像沒有一點相似處，正如他妻子跟他南轅北轍，他岳母跟他妻子也判若天淵。上校年過三十五，沉默又嚴肅，雖然瑪莉安和瑪格麗特覺得他是個老光棍，但他的外表倒不至於討人厭。他長得不算帥氣，卻顯得通情達理，談吐更是斯文有禮。

在達胥伍母女眼中，餐會上這些人作為同伴都不盡如人意。只是，密多頓夫人的冰冷無趣太叫人反感，相較之下，不管是上校的肅穆，甚至約翰爵士和他岳母的聒噪，都多了點趣味。直到晚餐結束，四個嘰嘰喳喳的孩子走進來，夫人才露出笑臉。孩子們拉著她到處走，扯她的衣裳，打斷任何與他們無關的話題。

眾人發現瑪莉安的音樂才華，請她為大家彈唱。鋼琴的鎖打開了，眾人洗耳恭聽。瑪莉安有一副好歌喉，應大家要求彈唱了曲譜裡所有重要曲子。曲譜是密多頓夫人結婚時帶來的，之後只怕一直原封不動擺在鋼琴上。儘管她母親說她彈得極好，她自己也表示喜歡彈琴，她慶祝自己完成終身大事的方式卻是從此遠離鋼琴。

瑪莉安的演出博得熱烈掌聲。每支曲子結束後，約翰爵士必定高聲表達他的讚賞，只是，彈奏過程中他也用同樣的音量談天說地。密多頓夫人頻頻要求他肅靜，直說她不明白為什麼有人連欣賞音樂也會分心，說完，轉頭點了一支瑪莉安剛唱過的曲子。現場聽眾之中，只有布蘭登上校沒有露出如癡如醉的神情，他只是專心聆聽，以此表達他的讚賞。瑪莉安因此對上校生起一股敬意，其他人品味低得天怒人怨，想當然耳錯失這份殊榮。上校欣賞她的彈唱時，那份愉悅雖然稱不上狂喜，不足以跟她產生共鳴，但比起那些讓她感覺對牛彈琴的人，還是值得嘉許。她通情達理地認為，三十五歲的男人想必感受不再靈敏，沒辦法盡情享受美好事物。上校年紀大了，她願意給他一切人性化的通融。

第八章

詹寧斯太太是個富孀，育有兩個女兒，都有了好歸宿，所以現在她唯一的任務，是撮合天底下所有未婚男女。她積極主動，盡全力朝這個目標邁進，把握每一個機會穿針引線，讓身邊所有青年男女締結良緣。她一眼就能瞧出男女之間的曖昧，喜歡對年輕女孩暗示某位男士的愛慕，看著她們小臉緋紅或芳心竊喜，心情暢快無比。拜這份洞察力之賜，她來到巴騰不久，就鐵口直斷上校對瑪莉安一往情深。這兩人初相識那天晚上，她就看出端倪，因為當時上校全神貫注聽瑪莉安唱歌。之後密多頓夫婦到小屋拜會用餐，他同樣聽得入神，證實她的猜測。一定是這樣，她深信不疑。這是一樁上好的親事，因為**他**有錢，**她**有美貌。詹寧斯太太當初經由女婿介紹認識上校之後，就希望他娶個美嬌娘，向來也熱心幫每個漂亮女孩找到好郎君。

她本人從中得到的好處也不少，比如可以沒完沒了地拿他們兩個打趣說笑。在巴騰園邸她可以取笑上校，到了小屋就逗逗瑪莉安。在上校看來，她的玩笑如果只涉及他本人，他或許毫不在意。瑪莉安起初一頭霧水，後來弄明白她亂點的鴛鴦譜，簡直不知道該嘲笑她的荒謬，或該指責她的莽撞，因為她覺得對上校那種淒涼的老光棍開這種玩笑，實在冷酷無情。

達背伍太太簡直無法想像，上校只比她小五歲，在女兒心目中竟是垂垂老矣，於是幫詹寧斯太太說話，認為她絕對無意拿上校的年齡開玩笑。

「可是媽，就算妳認為她沒有惡意，至少不能否認她的話太荒謬。上校當然比詹寧斯太太年輕，可是他卻老得可以當**我**父親，就算他還能擦出愛情的火花，肯定也已經燃不起任何熱情。這實在太可笑了！如果年老病弱都不能成為他的保護色，男人要到什麼時候才能擺脫這種戲謔？」

「病弱！」艾蓮諾驚呼，「妳說上校病弱？我可以想像他在妳眼裡比在媽媽眼裡更老，但妳不能昧著良心說他年老體衰。」

「妳沒聽他抱怨風濕症嗎？那不是衰老的人最常見的疾病？」

「親愛的女兒，」她母親笑著說，「這麼說來，妳一定經常為**我的**衰老擔憂，肯定也覺得我活到四十歲高齡是個奇蹟。」

「媽，妳說這種話對我不公平。我知道上校還沒老得讓他朋友擔心他不久於人世，他也許能再活二十年。可是三十五歲的人已經不適合談婚論嫁。」

「三十五歲跟十七歲或許不適合湊在一起談婚論嫁。」艾蓮諾說，「但如果碰巧有個二十七歲的單身女子，我覺得上校就算已經三十五歲，未必就不能娶對方。」

「二十七歲的女子應該沒辦法再愛人或被愛。」瑪莉安沉默片刻後說，「如果她在家裡過得不愉快，或沒有多少錢，也許不介意去當看護，換取人妻的安穩生活。如果他娶了這樣的女性，就沒什麼不恰當的。那是各取所需，別人也不會再煩他們。在我看來那根本不是婚姻，不過那沒什麼不好。我認為那只是商業交易，雙方都希望對方付出、自己受益。」

「我知道妳不相信二十七歲的女人會真心愛上三十五歲的男人，而能將對方視為理想伴侶。但昨天是個潮濕陰冷的日子，上校只是不經意埋怨肩膀輕微風濕，妳就判定他和他未來妻子的生活離不開病房，這點我不能認同。」艾蓮諾反駁。

「但他也提到法蘭絨背心，」瑪莉安說，「在我看來，法蘭絨背心永遠跟疼痛、抽筋、風濕和各種年老體衰的人特有的病症脫不了關係。」

「如果他只是發高燒，妳就不會這麼鄙視他。瑪莉安，妳承認吧，發燒時臉頰發紅、眼神空洞、脈搏加速等症狀是不是更吸引妳？」

艾蓮諾說完後不久就離開，瑪莉安對她母親說，「說起生病，媽，有件事我一直很擔心，不想再瞞著妳。我覺得愛德華可能生病了。我們搬過來將近兩星期了，他還沒來看我們。這事太不尋常，唯一的原因是他真的病了，否則有什麼事能讓他留在諾蘭？」

「妳認為他這麼快就會過來？」達胥伍太太答。「我倒不認為。相反地，如果這件事有什麼讓我著急的，那就是回想起當初每次我邀請他來巴騰，有時候他顯得興致不高，也沒有痛快答應。艾蓮諾也在等他嗎？」

「我沒跟她聊過這件事，不過她肯定在等。」

「我倒覺得妳猜錯了。昨天我跟她討論客房該不該換個新爐柵，她說暫時還不需要，因為那個房間短時間內用不到。」

「太奇怪了！這到底是什麼意思！他們兩個對彼此的態度一直讓人看不懂！臨別時表現得那

麼平靜！離開前一天晚上他們最後一次相處，兩人的談話多麼平淡乏味！愛德華跟我和艾蓮諾道別時口氣一模一樣，都像友愛的兄長對妹妹的祝福。出發當天我兩度想讓他們獨處，但他都跟著我離開房間，真讓人想不通。再者，艾蓮諾揮別諾蘭和愛德華時，哭得沒我傷心。直到現在她還是那麼沉著。她什麼時候才會沮喪鬱悶？什麼時候才會自我封閉，或表現出煩躁和不滿？」

第九章

達胥伍一家人漸漸在巴騰安頓下來，日子過得還算愉快。住宅、園子和周遭的一切都變得熟悉，她們也重拾過去在諾蘭時喜歡的消遣，體驗到的樂趣比她們父親過世後那段日子多得多。最初兩個星期約翰爵士每天來拜訪她們，他向來不認為在家能有什麼消遣，發現她們過得那麼充實，十分驚訝。

除了巴騰園邸的人，她們的訪客不多。約翰爵士極力鼓吹她們多跟鄰居往來，拍胸脯保證馬車隨她們用。儘管達胥伍太太也希望女兒多認識人，卻不想依靠別人，所以堅定地婉拒去拜訪步行範圍外的人。但步行範圍裡的人家不多，而且不是每一家都接觸得到。離小屋大約二點五公里外有一棟古老莊嚴的大宅，就在狹窄彎曲的阿朗罕山谷裡，也就是先前提過從巴騰谷岔出去的那處山谷。某天早晨女孩們出門散步時見到那棟宅子，聯想到諾蘭園邸，因此對那宅子深感興趣，希望能進一步接觸。後來經過打聽，發現屋主是個老婦人，風評極佳，可惜病痛纏身，沒辦法跟人往來，也從不出家門。

周遭的鄉間有不少景色優美的步道。小屋幾乎每扇窗都能看見高聳的綠茵丘陵，彷彿在邀請她們踏上峰頂享受清新迷人的空氣。每當谷地更秀麗的景物被塵土覆蓋，丘陵正是另一個愉快的好去處。某個難忘的早晨雨勢暫歇，瑪莉安和瑪格麗特被露臉的陽光吸引，往其中一座丘陵走去，因為前兩天大雨不斷，她們在家裡悶得發慌。雖然瑪莉安斬釘截鐵表示天氣不會變壞，所有陰暗的烏雲都會離開山頂，達胥伍太太和艾蓮諾卻不認同，各自選擇在家看書或作畫，瑪莉安和瑪格麗特只好相伴出發。

她們歡快地登上丘陵，每當瞥見一小片藍天，就為自己的洞察力喝采；只要感受到漸漸增強的西南風撲面而來，就感嘆母親和姊姊杞人憂天，錯過這麼舒暢的體驗。

「世上還有比這更幸福的事嗎？」瑪莉安說，「瑪格麗特，我們至少要在這裡散步兩小時。」

瑪格麗特同意，她們於是暢快地逆風行走二十分鐘，之後雲層忽然聚集在她們頭頂上方，驟雨毫不留情地淋濕她們的臉龐。兩人懊惱又震驚，雖然極不情願，卻不得不打道回府，因為附近唯一能避雨的地方就是她們家。幸好有一點足堪安慰，那就是情況緊急顧不得禮儀，可以撒腿飛奔衝下陡峭的山坡，直達她們家花園的小門。

她們出發了。一開始瑪莉安跑在前面，不料一腳踩空摔倒在地。瑪格麗特剎不住腳，不由自主地往前衝，沒辦法停下來幫她，最後平安跑到山下。

當時有個男士帶著槍路過那片山坡，兩條獵犬在他身邊玩耍。瑪莉安出事時，他就在幾公尺外，立刻放下槍跑過去幫忙。他到的時候瑪莉安已經站起來，只是跌倒時扭了腳，幾乎站不穩。那位男士表示願意幫忙。瑪莉安雖然很需要協助，卻考慮到禮儀不得不婉拒。男士顯然洞悉她的顧慮，毫不遲疑地將她抱起來往山下走。他抱著她穿過瑪格麗特為他們留的小門，直接走進屋子，只比瑪格麗特晚一步。他進屋後沒有立刻放下瑪莉安，而是把她抱進客廳，放在椅子上。

他們進屋時，艾蓮諾和她母親不明所以地站起來，目光都落在那名男士身上，既有明顯的詫異，也有對他外表的讚賞。他描述了事情經過，為自己貿然闖入致歉，態度是那麼坦率，那麼斯文，那嗓音和表情為他俊俏非凡的相貌增添許多魅力。就算他又老又醜又粗俗，看在他幫助女兒的份上，達胥伍太太也會對他心懷感激。但他年輕帥氣又高雅，他的善行更令她深受感動。

她再三感謝他，用她一貫的親切口吻請他坐下。但他推辭了，因為他身上又濕又髒。達胥伍太太於是詢問他的姓名。他說他姓威勒比，目前住在阿朗罕，希望隔天有那份榮幸過來探視受傷的達胥伍小姐。他立刻得到他想要的榮幸，之後向她們告辭，冒著大雨離去，更加深她們對他的關注。

他英俊瀟灑的相貌與格外優雅的舉止令達胥伍母女讚不絕口，而他英雄救美的行為得到出色外表的加持，瑪莉安因此被取笑得更厲害。對於他的長相，瑪莉安看得不如其他家人清楚，因為她被他抱在懷裡羞紅了臉，進屋後不好意思多看他。不過她看得也夠清楚，可以跟其他人一起稱讚他，而且說得熱情澎湃，就像她平時讚美任何事物時一樣。他的相貌和儀態如此完美，活脫脫就是她讀最喜愛的故事時在心中勾勒出的男主角。他不拘小節地抱她進屋，顯示他擁有敏捷的思緒，讓她更加讚賞他的行動。跟他相關的一切都格外引人注目。他有個好姓氏，住在她們最喜歡的村莊。她很快判定，男人的各種服飾之中，就屬獵裝最好看。她忙著發揮想像力，愉快地回想那一切，忽視了腳踝的疼痛。

同一天雨勢再度停歇時，約翰爵士立刻上門拜訪。她們跟他說起瑪莉安發生的意外，急切地問他認不認識阿朗罕的威勒比先生。

「威勒比！」約翰爵士驚呼。「**他**來了嗎？這是好消息，明天我就騎馬過去，邀他星期四來吃晚餐。」

「那麼你認識他？」達胥伍太太問。

「認識他！我當然認識他，他每年都會過來。」

「他是什麼樣的人？」

「我保證他是個難得的好人，槍法不賴，更是全英格蘭最大膽的騎士。」

「你對他的看法只有**這些**？」瑪莉安憤慨地問，「他跟熟人相處時表現怎麼樣？有什麼興趣、才華和天賦？」

約翰爵士愣住了。

「**那些事**我知道的不多。」他說，「不過他個性不錯，脾氣也好，他那條黑色小母狗是我見過最好的獵犬。他今天帶牠出來了嗎？」

可惜瑪莉安說不出威勒比獵犬的毛色，正如約翰爵士也沒辦法描述威勒比才智的高低。

「那麼他是什麼人？」艾蓮諾問，「他從哪裡來？在阿朗罕有自己的房子嗎？」

這方面約翰爵士可以提供更可靠的訊息。他告訴她們威勒比在郡裡沒有自己的房地產，他過來都是為了探訪住在阿朗罕莊園那位女士。他是她的親戚，未來會繼承那片產業。他又補充說，

「對了，艾蓮諾小姐，他是個值得釣的金龜婿，在薩默塞特郡還有一片不錯的小產業。如果我是妳，就不會把他讓給妹妹，管它誰滾下山坡。瑪莉安小姐可別奢望迷住所有男士，她最好小心一點，否則布蘭登會吃醋。」

「我相信**我的**女兒，」達胥伍太太厚道地說，「她們絕不會做出你所說的『釣金龜婿』的行為來造成威勒比先生的困擾。她們從小就端莊知禮，不會做出那樣的事。男人不管多有錢，跟我們相處絕不會有危險。不過，聽你這麼說我很高興，看來他是個正派的年輕人，還算值得結交。」

「他是個難得的好人。」約翰爵士重複說道，「我記得去年聖誕節我家辦了個小舞會，他從晚上八點玩到凌晨四點，一次都沒有坐下來休息。」

「是嗎？」瑪莉安眼神一亮。「是不是風度翩翩、朝氣蓬勃？」

「沒錯，而且第二天早上八點就起床，騎馬出去打獵。」

「正是我喜歡的類型，年輕人就該這樣。不管他喜歡做什麼，都該全力以赴去投入，而且一點都不覺得累。」

「是，是，我知道接下來會有什麼發展。」約翰爵士說，「我知道接下來會有什麼發展。妳會去勾引他，把可憐的布蘭登拋到腦後。」

「約翰爵士，我特別不喜歡聽這種話。」瑪莉安口氣不悅。「我討厭那些打趣別人的陳腔濫調，其中又以『勾引』或『擄獲』最令人作嘔。這些話流於粗鄙狹隘，就算當初創造出來時還算巧妙，時間一久，已經了無新意。」

約翰爵士不太懂瑪莉安的指責，卻呵呵大笑，一副他聽懂了似的。之後他答：

「是啊，我敢說妳一定能擄獲不少人。可憐的布蘭登！他已經為妳神魂顛倒，撇開這些滾下山扭傷腳的事不談，他很值得妳去勾引。」

第十章

隔天一早威勒比就上門了，他來探望瑪莉安的傷勢。瑪格麗特美其名戲稱他為「瑪莉安的救命恩人」。達胥伍太太聽過約翰爵士對他的美言，加上自己的感激之情，接待時格外熱絡，超過一般禮節的要求。在這次拜訪期間，雙方的互動讓威勒比確認，他因為一場意外事故結識的這家人知書達禮、格調高雅、感情深厚又溫馨融洽，第一次登門，他已經看出她們各有風韻。

艾蓮諾小姐皮膚細緻、五官端正，體型格外優美。瑪莉安比姊姊更漂亮，身材雖然不如姊姊勻稱，但個子更高，因此更搶眼。另外，她的臉蛋是那麼甜美，「美女」這個通俗美稱用在她身上，就不像多半時候那麼名不副實。她的膚色偏黝黑，卻顯得透亮，有種不可多得的光澤。她的五官十分精緻，笑容甜美迷人，漆黑的眼珠藏著一份靈動，神采奕奕，熱情懇切，讓人一見欣喜。起初那雙眼睛見到威勒比時略顯退縮，是因為想起他伸出援手那一幕而覺得難為情。等那陣尷尬消退，她心情平靜下來，就看見威勒比不但有完美的教養，個性也率真活潑。當她聽見他自稱熱愛音樂和舞蹈，用讚賞的目光看了他一眼，於是當天接下來大多數時間，他都只跟瑪莉安談話。

只要提起瑪莉安最愛的娛樂活動，就足以引起她的談興。只要聊起這類話題，她必定有話可說，也能拋開羞怯與拘謹暢所欲言。他們很快發現彼此都喜歡舞蹈和音樂，而且對有關音樂和舞蹈的一切都有相同的見解。瑪莉安受到鼓舞，想要進一步了解他的看法，於是又跟他聊起書籍。她談到自己最喜歡的作家時喜形於色，一個二十五歲的年輕男士不管過去對這些作品多麼不屑一顧，這時如果沒有立刻從善如流，就太愚鈍了。他們的品味驚人地雷同，兩人都崇拜同樣的書、熱愛書中同樣的段落。即使意見相左見解互異，也都迅速被她有力的論點與明亮的雙眸化解。他附和她所有的判斷，感染她所有的熱情，早在他告辭離去之前，兩人已經聊得像多年好友。

「瑪莉安，」威勒比一走，艾蓮諾就說，「短短**一天**的時間，我覺得妳做得不錯，幾乎弄清楚威勒比先生對於所有重要問題的觀點。妳知道他對古柏和司各特[5]有什麼看法，確認他懂得欣賞他們作品的美，也聽見他對波普[6]的適度讚揚。但你們這麼快就談遍所有話題，日後還找得到話聊嗎？你們很快就會耗盡最喜歡的主題。只要再見一次面，就足夠他闡述他對繪畫之美和二度婚姻的看法，之後妳就找不到問題可以問他。」

「艾蓮諾，」瑪莉安語氣激動，「這種話公平嗎？合理嗎？我只懂這點東西嗎？不過我明白妳的意思。我表現得太自在、太開心、太坦率，違反了世俗的禮法。原本我應該含蓄呆滯、沉悶虛

5. Walter Scott，一七七一～一八三二，十八世紀末蘇格蘭著名歷史小說家、詩人、劇作家和歷史學家，他的長篇敘事詩是當時英國文壇的暢銷作品。
6. Alexander Pope，一六八八～一七四四，英國詩人，學識豐富，英語中許多警世嘉言與成語都出自他的手筆。

假，卻開誠布公、推心置腹。如果我只聊天氣和路況，每隔十分鐘說一次話，就不會聽到這些責備。」

「親愛的，」她母親居中緩頰，「妳別生艾蓮諾的氣，她只是在說笑。如果她真心想阻止妳跟我們的新朋友開心談天，我會罵她的。」瑪莉安態度立刻軟化。

至於威勒比，從他明顯希望繼續跟她們往來不難看出，他有多高興認識她們。他每天來拜訪她們，一開始的理由是探望瑪莉安，但他受到的接待一天比一天熱情，以至於瑪莉安的腳還沒完全復元，他已經不需要用探視當藉口。瑪莉安連續幾天禁錮在家，卻絲毫感受不到禁錮的苦悶。威勒比才華出眾、思緒敏捷、精力充沛，為人坦率又親切，幾乎像是刻意打造來攻占瑪莉安的芳心，因為除了這些，他還有迷人的外表和天生的熱情。如今這份熱情被瑪莉安的熱情帶動，更加奔放了，他也因此更令瑪莉安心動。

跟他相處慢慢變成她最開心的事。他們一起朗讀、談天、歌唱。他頗有音樂天賦，朗讀時散發著愛德華不幸欠缺的情感與活力。

達胥伍太太跟瑪莉安一樣，覺得威勒比完美無瑕。艾蓮諾也覺得他無可挑剔，只除了經常在各種場合發表太多見解，不考慮對象與形勢。這方面他跟瑪莉安特別相像，也最討瑪莉安歡心。他匆匆論斷他人，為了獨享心上人的注目，罔顧日常禮儀，太容易輕忽世俗的規矩。不管他和瑪莉安如何辯解，艾蓮諾都覺得他的言行有失謹慎。

瑪莉安開始發現，她十六歲半就認定世上不會有她心目中十全十美的男人，實在操之過急又毫無根據。不管是在那鬱悶的當下，或其他更愉快的時光，威勒比都是她所能想像出、最吸引她的理想對象，而他的行為表現都在宣示，他的心同樣懇切，正如他的條件也夠優秀。

她母親也是一樣，從來不曾因為他可望繼承龐大產業而期待他跟瑪莉安共結連理。然而，一個星期還沒過完，她已經生起希望，並且開始期待，默默恭喜自己得到愛德華和威勒比這兩個女婿。

布蘭登上校的朋友們早早就斷定他喜歡瑪莉安，如今又紛紛將這件事拋到腦後，轉而關注並打趣他那位更幸運的情敵。艾蓮諾卻在這個時候察覺到蛛絲馬跡。早先上校心中沒有生起任何情意，就飽受揶揄，如今他們的取笑成為事實，卻沒人打趣他了。艾蓮諾不得不承認，當初詹寧斯太太為了尋開心，捕風捉影說的那些玩笑話已經成真，上校確實看上了她妹妹。另外，個性投合或許讓威勒比的感情升溫，個性兩極卻也沒有阻礙上校的愛慕之心。艾蓮諾看得憂心忡忡，畢竟，寡言少語的三十五歲男士對上意氣

他們彈琴唱歌。

風發的二十五歲青年，有什麼勝算可言？既然她不能期待他獲勝，只能衷心希望他淡然處之。雖然他嚴肅又拘謹，她卻欣賞他，對他十分關心。他待人處事雖然認真嚴謹，個性卻相當溫和。他的拘謹顯然是精神上的壓抑，而不是天生的憂鬱性格。約翰爵士曾經隱約提及，上校在感情上遭遇過傷害與不如意，艾蓮諾因此相信他有過傷心往事，對他既敬重又同情。

威勒比和瑪莉安一致輕忽不再年輕有活力的上校，不將他的優點放在眼裡。或許正因為他們對他的輕忽，艾蓮諾更加憐憫他、尊敬他。

某天他們談起上校，威勒比說，「布蘭登就是那種人，每個人都誇讚他，卻沒人在乎他。所有人都喜歡見到他，卻都忘了找他說話。」

「我也有同感。」瑪莉安激動地說。

「你們這種想法不公平，別拿來誇口。」艾蓮諾說，「約翰爵士一家人都非常推崇他，我每次見到他，都會盡量找機會跟他聊一聊。」

「他得到**妳**的青睞當然是好事。」威勒比回應。「至於其他人對他的推崇，本身就是一種負面評價。像密多頓夫人和詹寧斯太太那樣的女人，她們的看法沒人在乎，有誰甘願承受被她們恭維的屈辱？」

「不過，你和瑪莉安這樣的人的羞辱，也許正好抵消密多頓夫人和她母親的尊重。如果她們的讚美是譴責，你們的譴責就是讚美。因為她們見識粗淺，相當於你們先入為主、有失公允。」

「為了幫妳眷顧的對象說話，妳連禮貌都顧不上了。」

「妳口中那個『我眷顧的對象』是個明事理的人，我對明事理的人向來有好感。沒錯，瑪莉安，即使對方已經三十多歲也是一樣。他閱歷豐富，到過國外，讀過不少書，也會思考。他在很多方面可以增廣我的見聞，也本著好教養、好脾氣，欣然回答我的問題。」

「意思就是，」瑪莉安不屑地說，「他告訴妳東印度[7]天氣炎熱，蚊子很討人厭。」

「如果我問了，他**肯定**會這麼回答，但這些事我原本就知道。」

「也許他的見聞還包括印度總督、莫爾金幣[8]和轎子。」威勒比說。

「我可以大膽地說，**他**的見聞比**你**鐵口直斷的範圍廣泛得多。不過你為什麼不喜歡他？」

「我沒有不喜歡他。恰恰相反，我認為他是個非常正派的人。所有人都說他好，卻沒有注意到他。他錢多得花不完，時間多得不知道該怎麼用，每年添置兩件新大衣。」

「再加上沒才華、沒品味、沒精神。」瑪莉安說，「還有腦子不靈光、情感不激烈、語調不生動。」

「你們細數了他這麼多缺點，」艾蓮諾說，「可惜多半是憑空想像。跟你們比較起來，我給他的稱讚變得冰冷平淡。我只能說他明事理、有教養、知識豐富、談吐斯文。另外，我也相信他有一顆厚道的心。」

7. East Indies，指印度與東南亞諸島。
8. gold mohr，印度舊金幣，約值十五盧比。

「艾蓮諾小姐，妳對我太嚴苛。」威勒比大聲說，「妳想靠說理來逼我服輸，要我相信我不相信的事。可惜沒用。妳會發現我的頑固不輸妳的機靈。我不喜歡布蘭登上校，是基於三個無可爭辯的理由：我想要好天氣時，他卻告訴我會下雨；他挑剔我馬車車架的高度；我怎麼說他都不肯買我那匹棕色母馬。不過，如果妳喜歡聽我說他在其他方面的性格無可指責，我隨時願意配合。但說出這種話我一定不好受，所以相對地，妳必須允許我繼續討厭他。」

第十一章

達胥伍母女剛到德文郡時，絲毫沒料到搬來不久就有這麼多事占用了她們的時間，總是在應邀赴宴，總是在招待賓客，幾乎沒有空閒做正事。但情況就是這樣。瑪莉安腳傷復元以後，約翰爵士預先安排好的各種室內外娛樂活動陸續舉辦。巴騰園邸的私人舞會登場；儘管十月份降雨頻繁，也見縫插針地安排水上派對。每一場活動威勒比都參加了，聚會的氛圍是那麼輕鬆自在，正適合增進他與達胥伍一家人的情誼，讓他有機會見識到瑪莉安的優秀，展現他對她的熱烈仰慕。他也從瑪莉安對他的態度，得到她芳心暗許的保證。

他們情投意合，艾蓮諾並不意外，她只是希望他們行事低調些。她曾經勸過瑪莉安一兩次，建議她稍加節制比較好。但瑪莉安厭惡一切的隱瞞，認為只要不是丟臉的事，就該光明正大。企圖約束無可非議的情感，在她看來不只多餘，更代表理智可恥地屈服於老掉牙的錯誤觀點。威勒比抱持相同看法，兩人的行為始終忠實反映他們的見解。

只要他在場，她眼裡就沒有別人。他做的事都正確無誤，說的話都聰明睿智。如果他們在巴騰園邸的夜間消遣以牌局終結，他會作弊給她一手好牌，讓自己和同桌牌友都吃虧。如果當晚的娛樂是跳舞，他們有一半時間都是對方的舞伴。依規矩需要換舞伴時，兩人會刻意站在一起，幾乎不跟其他人說話。這種行為當然惹來許多訕笑，但他們並不覺得難堪，好像也一點都不生氣。

達胥伍太太滿腔慈愛的看著兩人的情感互動，不打算阻止他們的公然示愛。在她看來，這是熱情的年輕人深陷情網的正常表現。

這是瑪莉安的快樂時光。離開沙塞克斯郡時，她覺得再也找不到比諾蘭園邸更可愛的家。如今她對威勒比一往情深，有他的陪伴，新家在她眼中增添許多魅力。

艾蓮諾卻沒那麼開心。她的心情並沒有太放鬆，也無法盡情享受各種娛樂。這些場合裡的友伴不足以取代過去的友誼，聚會裡的歡笑也無法消滅離開諾蘭的遺憾。雖然詹寧斯太太總是滔滔不絕，而且一開始就對她展現善意，經常找她說話，但無論是她或她女兒密多頓夫人，都不是她懷念的那種談話對象。詹寧斯太太已經對艾蓮諾重複了三、四次自己的往事，如果艾蓮諾的記憶力與受教次數相得益彰，或許她剛認識詹寧斯太太不久，就能熟知詹寧斯先生晚年病症的所有細節，嚥氣前幾分鐘又跟妻子說了些什麼。密多頓夫人比詹寧斯太太好相處，原因在於她比較沉默。艾蓮諾不難看出，她的沉默只是因為個性冷靜，而那種冷靜無關通情達理。她對丈夫和母親也是這種態度，所以跟她親近是不可能的事。她每天說的話跟前一天大致雷同，她的乏味一成不變，就連她的心情也始終如一。她從不反對丈夫舉辦餐宴，前提是宴會能辦得高雅有格調，而她有長子、次子相伴。她參加宴會時開心的程度，大約相當於在家中枯坐。她很少加入賓客的談話，所以貢獻的樂趣十分有限。人們會注意到她的存在，多半是因為她出聲關切調皮搗蛋的兒子。

在這些新朋友之中，只有上校或多或少受到艾蓮諾敬重，讓她興起結交的意願，或能跟她相談甚歡。威勒比就別提了。她欣賞他，關心他，也真心把他當成未來妹婿，但他正在熱戀中，眼裡只有瑪莉安，就算個性遠不如他討喜的人，也比此時的他好相處。上校運氣不好，沒有那份榮幸繞著瑪莉安打轉，受到妹妹的冷遇之餘，跟姊姊聊聊也算是一大慰藉。

艾蓮諾更同情他了，因為她有理由相信他曾經情場失意。她的猜測源於某天晚上上校在巴騰園邸偶然透露的幾句話。當時其他人在跳舞，他們徵得彼此同意後一起坐下。上校的目光鎖定瑪莉安，沉默幾分鐘之後，面帶微笑說，「據我了解，妳妹妹不贊同二度戀情。」

「沒錯。」艾蓮諾答。「她滿腦子浪漫主義觀點。」

「或者該說，她覺得二度戀情不可能存在。」

「的確是這樣。只是，我父親生前有過兩次婚姻，她發表這些論點時，有沒有考慮到自己父親的狀況，我就不清楚了。再過幾年她的想法應該會回歸理性，更符合世俗的道理和觀點。到時候她對自己的想法也會看得更明白，說得更清楚。」

「也許是吧。」他答。「不過，年輕人的偏見也有可貴的一面，看著他們放棄那些偏見，接納更世俗的見解，有點可惜。」

「這點我沒辦法同意。」艾蓮諾說，「瑪莉安的這些看法不免會招惹麻煩，再多的熱情與天真都無法彌補。很不幸的，她那些信條總是讓她無視禮法，我只希望等她多見見世面，會有長足的進步。」

他沉默片刻，才繼續說，「妳妹妹反對所有二度戀情、不考慮個別情況嗎？或者判定所有人都一樣可恥？第一次戀情不幸失敗，不管是因為對方變心，或環境所迫，終其一生都不能再動心了嗎？」

「坦白說，我對她的信條了解不夠深入。我只知道到目前為止還沒聽她提到過情有可原的二度戀情。」

「這種想法經不起考驗。」他說，「只要一點改變，心態徹底翻轉……不，不，不要有這種期待。年輕人一旦被迫捨棄高雅的浪漫情懷，取而代之的觀點往往太庸俗、也太危險！這是我的經驗之談。我曾經認識一位年輕女士，她的性情和心靈都跟妳妹妹非常相似，思考和判斷的模式也像她，卻因為一連串的不幸遭遇，不得不改變……」他突然停下來，顯然意識到自己說多了。艾蓮諾原本不以為意，但他的表情讓她不由得揣測一二。正因為上校似乎懊悔說出那位小姐的事，她才會對那位小姐產生好奇心。於是，只需要一點想像力，就能將他此刻的情緒跟他回首往事時的溫柔神情聯想在一起。但艾蓮諾沒有再多想。換作是瑪莉安，絕不可能就此打住，她豐富的想像力會迅速編造出故事的全貌，用最哀傷的語句敘述坎坷的情路。

第十二章

隔天艾蓮諾和瑪莉安一起散步，瑪莉安向姊姊透露一件事。艾蓮諾原本就知道妹妹行事欠考慮，聽完仍然為妹妹魯莽輕率的程度感到震驚。瑪莉興高采烈地說，威勒比要送她一匹馬，是他親自在薩默塞特的莊園培育出來的，正適合女性騎乘。她不假思索地收下禮物，還興奮地告訴姊姊，完全沒有考慮到她母親並不打算養馬。如果她母親為了這份贈禮決定養馬，就得有個僕人專門陪瑪莉安騎馬出門，這麼一來又得再買一匹馬給那個僕人使用，還得建個馬廄安置兩匹馬。

「他打算立刻派馬夫去薩默塞特牽馬。」她又說，「等馬來了我們可以每天騎，妳跟我一起。親愛的艾蓮諾妳想像一下，在這些綠茵丘陵策馬奔馳是多麼快樂的事。」

瑪莉安不願意從這些美夢中醒來，不願認清這件事附帶的各種不愉快事實，因此抗拒了一陣子，不肯向現實低頭。多雇一名僕人花不了多少錢，她相信媽媽絕不會反對。再者，僕人騎什麼馬都無所謂，也許巴騰園邸就有合用的。至於馬廄，最簡陋的棚子就夠用了。於是艾蓮諾告訴她，接受一個認識不深、至少認識不久的男人的禮物，恐怕不妥當。瑪莉安憤怒了。

「艾蓮諾，妳說我對威勒比認識不深，妳錯了。」她激動地說，「我跟他確實認識不久，但這世上除了妳和媽媽，我最了解的人就是他。決定人跟人之間熟悉度的，只有性情，跟相處的時間長短或次數多寡無關。有些人認識七年也不了解彼此，其他人卻只要七天就綽綽有餘。在我看來，接受哥哥送的馬，要比接受威勒比送的馬更欠妥當。我跟哥哥雖然曾經在一個屋簷下生活很多年，對他卻了解不多，而威勒比我卻早就熟悉了。」

艾蓮諾覺得最好別再談論這個話題，她了解妹妹的脾性，在這麼敏感的話題上跟她唱反調，只會讓她更固執己見。她於是訴諸瑪莉安對母親的愛，告訴她母親向來對她們寵愛有加，很有可能答應增加這筆開銷，屆時會給自己增添多少麻煩。瑪莉安很快就讓步了，也承諾不會向母親提起這件事，以免母親不顧後果地同意。她也表示下回見到威勒比，會婉謝贈馬的事。

瑪莉安沒有食言。當天威勒比造訪小屋，艾蓮諾聽見瑪莉安輕聲對他表達遺憾，因為她必須放棄他的贈禮。瑪莉安也說明改變心意的理由，而且立場堅定，威勒比怎麼勸都沒用。不過，威勒比明顯十分在意，懇切地表達他的失望之後，同樣壓低聲音說，「瑪莉安，雖然妳現在用不上，那匹馬還是屬於妳。我幫妳留著，哪天妳方便就帶走。等妳離開巴騰，有了自己更穩定的家，麥布女王[9]就可以為妳效勞。」

這些話艾蓮諾都聽見了。根據他的遣辭用字和語調神態，以及他直呼妹妹的名字，她立刻發現其中的親密感是那麼明確，意思是那麼直接，顯示他們之間已經心意相通。從那一刻起，她毫不懷疑他們兩人已經訂下婚約。她並不驚訝，只是沒料到她自己或周遭親友竟然被這兩個坦率的人瞞住，只能在無意中發現這件事。

隔天瑪格麗特跟她透露一些訊息，事態就更明顯了。前一天晚上威勒比在她們家做客，瑪格麗特一度單獨跟他和瑪莉安留在客廳，有機會觀察他們。等到跟長姊獨處時，立刻鄭重其事地說出當時的情景。

「艾蓮諾！」她亢奮地說，「告訴妳一個跟瑪莉安有關的大祕密，她很快就會嫁給威勒比。」

「自從他們在高教會丘陵相遇，妳每天都這麼說。另外，他們認識不到一星期，妳就認定瑪莉安的鍊墜裡有他的肖像，事實證明那只是我們叔公的肖像。」

「這回情況真的不一樣。我相信他們不久後就會結婚，因為他收藏她的一束頭髮。」

「瑪格麗特，別瞎猜，那可能只是**他**某個叔公的頭髮。」

「可是艾蓮諾，那真是瑪莉安的。我可以確定，因為我看著他把頭髮剪下來。昨晚喝過茶以後，妳跟媽媽離開客廳，他們嘀嘀咕咕說話，說得很快。他好像在跟她要什麼東西，之後拿起她的剪刀剪她的頭髮，剪了很長一截，因為當時她的頭髮都垂在後背。他吻了那束頭髮，用白紙包起來，收進皮夾裡。」

瑪格麗特描述得那麼詳盡，又是親眼所見，艾蓮諾無法置疑，也傾向相信，因為這完全符合她自己耳聞目睹的一切。

瑪格麗特的睿智表現未必總是令艾蓮諾滿意。某天晚上她在巴騰園邸遭到詹寧斯太太突襲，

9. Queen Mab，英格蘭民間故事中的精靈女王，曾出現在許多文學名著裡，比如莎士比亞的《羅密歐與茱麗葉》。

要她說出艾蓮諾心裡特別喜歡的男士的姓名，詹寧斯太太對這件事好奇很長時間了。瑪格麗特看著姊姊說，「我不能說。艾蓮諾，我能說嗎？」

所有人都被她逗笑了。艾蓮諾也努力擠出笑容，卻有苦難言。她知道瑪格麗特心裡想的是誰，沒有辦法平靜地坐視那個名字淪為詹寧斯太太的常備笑料。

瑪莉安真心替姊姊難過，可惜她當下的反應卻是成事不足敗事有餘，因為她漲紅了臉，氣沖沖地對瑪格麗特說：

「記住，不管妳胡思亂想些什麼，都沒有權利說出來。」

「那件事我從來沒有胡思亂想過，」瑪格麗特答，「都是聽妳說的。」

眾人聽得越開心了，紛紛要瑪格麗特多說一些。

「哎呀！瑪格麗特小姐，拜託妳都跟我們說了吧。」詹寧斯太太催促。

「那位先生叫什麼名字？」

「女士，我不能說。不過我什麼都知道，也知道他人在哪裡。」

他剪下她的一縷長髮。

「是，是，我們猜得到他在哪裡，肯定在諾蘭，在他自己家裡。我猜一定是教區的助理牧師。」

「不，他不是。」瑪格麗特急切地反駁，「他根本沒有職業。」

「瑪格麗特！」瑪莉安惱怒地說，「妳很清楚這些都是妳編出來的，世上根本沒有這樣一個人。」

「喔，那麼他前不久死了。因為我很確定曾經有這樣一個人，他的姓氏第一個字是『費』。」

這時密多頓夫人突然說，「雨下得很大。」艾蓮諾深深感激，儘管她知道夫人之所以打斷大家的談話，並不是出於對她的愛護，而是嫌惡這類令她丈夫和母親雀躍不已的粗鄙玩笑。總是關心他人感受的上校立刻接下夫人提起的話頭，兩人就下雨這個話題聊了許久。威勒比掀開鋼琴蓋，要瑪莉安坐下來為大家彈奏。在幾人齊心協力之下，那個尷尬話題終於被拋開，艾蓮諾卻沒那麼容易從這番驚嚇中回神。

這天晚上眾人商量好隔天出去郊遊，地點離巴騰大約二十公里，是一座美麗的莊園。莊園主人是上校的姊夫，他們必須有上校本人同行，才能進去參觀，因為莊園的主人在國外，對此留下了嚴格的指示。據說裡面的庭園景致格外優美，約翰爵士更是讚不絕口。過去十年來每逢夏天他至少會安排兩次遊園活動，所以他的評語還算有點參考價值。那裡面有一方幽靜的湖泊，所以當天的主要活動便是乘船遊湖。大家會帶上冷食，搭輕便馬車前往，完全按照尋常郊遊的規格安排。

有些人覺得這個計畫太大膽，畢竟當時不是最好的季節，已經連續下雨兩星期。達胥伍太太剛好感染風寒，接受艾蓮諾的勸告決定留在家裡。

第十三章

這項惠特維爾莊園嬉遊計畫的發展跟艾蓮諾的預期大不相同。她已經做好心理準備要被雨淋濕、筋疲力竭、擔心受怕。事件的結果卻更不幸：計畫胎死腹中。

上午十點所有人來到巴騰園邸集合，準備在那裡吃早餐。雖然前一天晚上下了一夜的雨，上午天空的雲朵已經分散，太陽頻繁露臉，天氣相當不錯。眾人神采奕奕，心情愉悅，等著去遊山玩水，決定不管要忍受多少麻煩吃多少苦，都要盡情玩樂。

吃早餐時，僕人將信件送進來，其中一封是上校的。他接過信瞥了一眼地址，臉色一變，立刻走出飯廳。

「布蘭登怎麼回事？」約翰爵士問。

沒有人知道。

「希望不是壞消息。」密多頓夫人說，「能讓上校像這樣突然離開餐桌，一定是很不尋常的事。」

大約五分鐘後他回來了。

他一進飯廳，詹寧斯太太就說，「上校，希望不是壞消息。」

「沒那回事，女士，謝謝妳的關心。」

「是從亞維農[10]寄來的嗎？但願你姊姊病情沒有加重。」

「不，女士。是倫敦來的，只是公事。」

「如果只是公事，為什麼你看到字跡會那麼緊張？少來了，上校，你騙不了人，跟我們老實說吧。」

「親愛的母親，」密多頓夫人說，「別亂說話。」

「或者你侄女梵妮結婚了？」詹寧斯太太沒有理會女兒的指責。

「不，不是那樣。」

「嗯，那我知道信是誰寫來的。希望她平平安安的。」

「女士，妳指的是誰？」上校臉色微紅。

「哎呀，你明知道我說的是誰。」

「夫人，非常抱歉，」他對密多頓夫人說，「沒想到今天會收到這封信。信裡提到的事需要我立刻去倫敦處理。」

「去倫敦！」詹寧斯太太驚呼，「這種時節倫敦能有什麼事？」

10. Avignon，位於法國南部的歷史古城。

「不能跟這麼一群親切和睦的同伴一起出遊，是我的損失。」上校說，「但我更在意的是，如果我不去，你們恐怕進不了惠特維爾莊園。」

這對眾人是多麼大的打擊！

「布蘭登先生，如果你給那邊的管家寫張字條，也行不通嗎？」瑪莉安著急地說。

他搖搖頭。

「我們一定得去。」約翰爵士說，「都要出發了，不該這時候延期。布蘭登，你明天再去倫敦。」

「我也希望事情有這麼簡單，但我一天都不能耽擱！」

「如果你說出你去倫敦辦什麼事，」詹寧斯太太說，「我們也許可以幫你想想你能不能晚一天去。」

「等我們回來你再出發，最多只延遲六小時。」威勒比說。

「我連**一小時**都不能浪費。」

艾蓮諾聽見威勒比悄聲對瑪莉安說，「有些人就是見不得別人開心玩樂，布蘭登就是那種人。我敢說他一定是怕受風寒，才編出這個理由想抽身。我賭五十基尼[11]，那封信是他自己寫的。」

「一定是這樣。」瑪莉安答。

「布蘭登，我老早就知道，」約翰爵士說，「一旦你打定主意，誰也勸不動你。但我還是希望你再考慮考慮。你想想，兩位凱瑞斯小姐從紐頓過來，三位達胥伍小姐從小屋那邊走過來，還有威勒比提早兩小時起床，都是為了去惠特維爾。」

布蘭登再次為讓眾人失望致歉，並且表示這是沒辦法的事。

「那你什麼時候回來？」

「倫敦的事處理好以後，希望你再來巴騰園邸。」密多頓夫人說，「去惠特維爾的計畫只能延到那時候。」

「非常感謝妳的諒解，只是我不確定什麼時候才能回來，所以不敢保證。」

「哼！他必須、也一定會回來。」約翰爵士嚷嚷說，「如果到週末他還沒回來，我就去找他。」

「對，女婿，就這麼辦。」詹寧斯太太大聲說，「到時候也許你就知道他為什麼進城。」

「我不想打聽別人的私事，也許是他覺得難為情的事。」

僕人通報上校的馬備好了。

「你不會打算騎馬去倫敦吧？」約翰爵士問。

「不，只騎到霍尼頓，到那裡再租馬車。」

「既然你堅持要走，那就祝你旅途順利。不過你最好改變主意。」

「我真的沒有辦法。」

11. Guinea，英國於一六六三到一八一三年發行的金幣，大約等於一英鎊。

而後他向所有人道別。

「艾蓮諾小姐，今年冬天我沒有機會在倫敦見到妳們姊妹嗎？」

「恐怕不可能。」

「那我們再見面的時間會比我希望的更晚一點。」

他只對瑪莉安點點頭，沒有說話。

「上校，」詹寧斯太太說，「先跟我們說說你去倫敦的原因再走。」

他跟她說了聲再見，就跟著約翰爵士走出去。

先前基於禮貌壓抑下來的埋怨與哀嘆這時全面爆發，所有人連聲表示，像這樣被潑一盆冷水實在太惱人。

「不過，我猜得到他為什麼去倫敦。」詹寧斯太太樂呵呵地說。

「妳能猜到？」幾乎所有人都問。

「是，一定是為了威廉斯小姐。」

「威廉斯小姐是誰？」瑪莉安問。

「什麼！妳不知道威廉斯小姐是誰？親愛的，妳一定聽說過她，她是上校的親人，血緣很近。我們不說有多近，免得嚇到年輕小姐們。」接著她稍微壓低聲音對艾蓮諾說，「是他的私生女。」

「什麼！」

「沒錯，長得跟他像一個模子刻出來的。我敢說上校會把所有財產留給她。」

約翰爵士回來後，慷慨激昂地跟眾人一起宣洩內心的遺憾。不過，最後他表示，既然來都來了，一定得找點樂子。經過一番討論達成協議，雖然失去了惠特維爾莊園這個唯一的快樂途徑，他們也能乘馬車在鄉間兜兜風，至少消滅內心的鬱悶。於是僕人奉命傳喚馬車，威勒比的最先來到，瑪莉安上車時興奮得不得了。他駕著馬車飛速穿越庭園，轉瞬間就消失在眾人眼前，直到回來以後，其他人才又看見他們。他們好像玩得相當開心，但只是含糊地說，大家去丘陵時，他們在鄉間小徑漫遊。

大家又商定當天晚上必須舉辦舞會，讓每個人都開心一整天。晚餐時凱瑞斯家又來了幾個人，總共將近二十人愉快地用餐，帶給約翰爵士極大的滿足。威勒比照舊坐在艾蓮諾和瑪莉安之間，詹寧斯太太坐在艾蓮諾右手邊。她們才剛落坐，詹寧斯太太探出上半身，隔著她和威勒比的後背，用他們都聽得見的音量跟瑪莉安說，「你們耍再多花招也瞞不了我，我知道你們白天上哪去了。」

瑪莉安臉頰緋紅，匆匆說道，「請問我們去了哪裡？」

威勒比則反問詹寧斯太太，「妳不知道嗎？我們駕我的馬車出去了。」

「是，是，冒失先生，我當然知道，而且我打定主意要查清楚你們去了**哪裡**。瑪莉安小姐，希望妳喜歡妳的房子。那房子很大，以後我去拜訪妳時，希望妳已經重新裝修好了。六年前我去過，當時房子內部已經很老舊。」

瑪莉安慌亂地別開臉，詹寧斯太太笑得開心極了。艾蓮諾發現，詹寧斯太太一心一意想查出他們的去處，竟然派她的女僕去找威勒比的馬夫打聽，透過這種管道得知他們去了阿朗罕，在那房子的花園和屋子裡逛了很長時間。

艾蓮諾簡直不敢相信這是真的，因為當時史密斯太太在家，而瑪莉安根本不認識她。威勒比似乎不該邀瑪莉安去那裡，瑪莉安也不該答應。

眾人離開飯廳後，艾蓮諾立刻詢問瑪莉安，卻震驚地發現，詹寧斯太太所說的一切都千真萬確。瑪莉安則是很生氣，姊姊竟然不相信這件事。

「艾蓮諾，妳怎麼會認為我們沒有去那裡，沒有參觀那棟房子？妳自己不是一直想去？」

「是，瑪莉安。但我不會選在史密斯太太在的時候去，也不會跟威勒比單獨去。」

「然而，只有威勒比能帶人進那房子。又因為他駕的是輕便馬車，只能帶一

「你們耍再多花招也瞞不了我。」

個人去。那是我這一生中最快樂的時光。」

「只怕，」艾蓮諾說，「快樂的事未必合乎禮法。」

「恰恰相反。艾蓮諾，快樂最能證明那件事合乎禮法。人一旦做了錯事，自己一定會知道。所以如果我做的事真的不得體，當時一定能察覺到，既然能察覺到，我就不可能會開心。」

「可是，親愛的瑪莉安，那件事已經為妳招來風言風語，妳現在還不覺得自己的行為有欠謹慎嗎？」

「如果詹寧斯太太的風言風語是行為逾矩的證明，那麼我們所有人無時無刻都在犯錯。我不在乎她的譴責，正如我也不在乎她的讚美。我不覺得參觀史密斯太太的庭園和房子有什麼不妥當，那些將來都是威勒比的，所以……」

「瑪莉安，就算那座庭園和房子將來屬於妳，妳今天的行為還是值得商榷。」

聽見姊姊話裡的含義，瑪莉安面露紅暈，卻明顯更稱心如意。認真思考十分鐘後，她又來找姊姊，好聲好氣地說，「艾蓮諾，去阿朗罕的事也許我確實欠考慮了，可是威勒比特別想帶我去看看，那真是一棟非常漂亮的房子。樓上有一間格外雅致的客廳，大小適中，很多場合都能用，只要換上現代家具，肯定賞心悅目。那房間正好在屋子的角落，兩面都有窗子。其中一面的視野越過屋後綠油油的木球場，直達陡坡上的蒼翠樹林。另一面可以看見教堂和村莊，更遠處就是我們經常觀賞的險峻山崗。我倒不覺得那房間有多好，因為家具實在太蕭條。不過威勒比說，只要花個兩百鎊重新裝修，就會變成全英格蘭最優美的夏季客廳之一。」

如果沒人來打岔，艾蓮諾繼續聽她說下去，她就會用同樣歡欣的語氣把那房子的所有房間都形容一遍。

第十四章

布蘭登上校突然離開巴騰，卻又三緘其口拒絕透露原因，詹寧斯太太為此心癢難搔，反覆琢磨了兩、三天。她有非常強烈的好奇心，這是過度關注熟人動向的人共通的特質。她無時無刻不在猜測上校離開的原因，認為一定不是好事，而且一一推斷上校可能碰上的麻煩。無論她猜測哪一種，都一口咬定他解決不了。

「一定是讓他非常鬱悶的事。」她說，「從他的表情就能看得出來。可憐的男人！他的境況恐怕不太好。他在德拉福德的產業一年收入不到兩千鎊，他哥哥給他留了一堆爛攤子。我認為他一定是去處理財務問題，不然還能是什麼？不知道是不是這樣，真想知道答案。也許跟威廉斯小姐有關。對了，一定是這樣，剛才我提到她時，他好像很緊張。也許她在倫敦生病了。沒有比這更可能的原因了，我向來覺得她身體不太好。我敢打賭一定是為了威廉斯小姐。他**現在**應該不會為財務憂心，他非常善於經營，肯定已經把所有債務都還清了。不知道是什麼事！也許他姊姊在亞維農病情惡化，寫信叫他過去。他走得這麼急，可能就是這樣。總之，我衷心希望他的麻煩很快就能解決，順便娶個好老婆。」

詹寧斯太太就這樣一面納悶，一面嘮叨。只要有新的推測，她的看法就跟著改變，每一種推測的可能性好像都一樣高。艾蓮諾雖然也真心關切上校的福祉，卻沒辦法如詹寧斯太太所願，將所有心思都用來猜想上校為何乍然離去。一來她不認為這件事值得花這麼多時間去驚嘆，或做各式各樣的猜測。她納悶的是某件她妹妹和威勒比明知大家都非常感興趣、卻始終守口如瓶的事。他們倆越是默不吭聲，事情就顯得越奇怪，也跟他們的性格越不相符。艾蓮諾實在想不通，明明兩人平時的相處模式已經有目共睹，為什麼遲遲不肯告訴她們母親和她。

她不難猜到他們可能暫時結不了婚，因為威勒比雖然經濟獨立，收入卻肯定不高。約翰爵士曾經評估過，他的產業每年的收益大約落在六百或七百鎊，但他生活開銷不小，想必入不敷出，何況他本人經常哭窮。對於訂婚的事他們保密到家，事實上什麼也沒瞞住。這種怪異行為她無法理解，完全背離他們平時的言論與行為，以至於艾蓮諾偶爾會懷疑他們是不是真的訂婚了。基於這份懷疑，她遲遲沒有向瑪莉安探詢。

最能表露他們感情的，莫過於威勒比的言行舉止。面對瑪莉安時，他將戀人的款款深情表達得淋漓盡致；面對家裡其他人，他又充滿晚輩與手足的溫柔關愛。小屋儼然是他鍾愛的家，待在那裡的時間比在阿朗罕多得多。只要不是一起去巴騰園邸聚會，他無論出門做什麼事，最後幾乎都會去達胥伍家，陪在瑪莉安身旁度過當天剩餘的時光，他最愛的獵犬也坐在她腳邊。

上校離開大約一星期後的某天晚上，情況更是明顯，他對周遭的一切好像比平時更加眷戀。當時達胥伍太太偶然提起打算次年春天整修小屋，他激烈地表示反對，不希望他心愛的完美屋舍有所變動。

「什麼！」他大聲驚呼。「整修這棟可愛的小屋！不行，**這件事**我絕不同意。如果在乎我的感受，這裡的牆壁就別多砌一塊石頭，屋子的大小一吋也別增加。」

「別緊張。」艾蓮諾說，「不會有那樣的事，我母親不可能有足夠的錢整修房子。」

「那就太好了。」他嚷嚷道，「如果她的錢只會用來改房子，那就希望她一直沒錢。」

「威勒比，謝謝你。不管多麼完美的整修計畫，都不足以犧牲你或我愛的人對這房子的感情。你放心，明天春天我結算帳目後，不管有多少餘錢，都寧可閒置不動，也不會拿來做一件讓你這麼難過的事。可是你對這房子感情當真這麼深、竟然看不到它的缺點？」

「是真的。」他答。「在我眼裡它完美無瑕。不只如此，我認為只有這種樣式的建築才能帶給人快樂。如果我錢夠多，一定馬上拆掉科姆莊園的宅子，重建成跟這棟小屋一模一樣。」

「我猜也要有陰暗狹窄的樓梯，排煙不良的廚房。」艾蓮諾打趣道。

「沒錯。」他用同樣熱切的語氣說，「屬於這房子的一切都不能少，它所有的便利與不便利，都必須原樣重現。到那時，只有到那個時候，我在科姆才能跟在巴騰一樣開心。」

「說句冒昧的話，」艾蓮諾說，「即使你的房子有些不足之處，比如房間比較好，樓梯比較寬敞，以後它在你眼中也會跟這棟小屋一樣，完美無瑕。」

「當然，我會因為某些情況更愛那棟房子。」威勒比說，「但我對這棟小屋有一份特別的愛，沒有任何地方比得上。」

達胥伍太太開心地看著瑪莉安。瑪莉安美麗的眼眸意味深長地望著威勒比，明白表示她聽懂了他的弦外之音。

「一年前這個時候我來到阿朗罕，」他又說，「心裡多麼希望巴騰小屋有人住！每次我經過這附近，一定會欣賞它的位置，感嘆這房子竟是空屋。當時我料想不到，等我再次來到這裡，史密斯太太告訴我的第一件消息，竟是巴騰小屋已經有人入住。我聽到之後覺得開心又關心，那種感覺很難解釋，只能說是一種預感，覺得我會在這裡得到許多快樂。」這時他悄聲問瑪莉安，「妳說是不是？」之後又用先前的口吻接著說，「然而，達胥伍太太，妳竟想破壞這棟房子？妳所謂的改善只會剝奪它的純樸！還有這間珍貴的客廳，我們在這裡相識，在這裡共度那麼多歡樂時光。它原本比世上最漂亮的房間更溫馨舒適，妳卻要把它降格為尋常的玄關，讓每個人都腳步匆忙地路過。」

達胥伍太太再次向他保證，那一類的變更絕不會發生。

「妳真是個善心的女士，」威勒比熱情地回應，「有妳這句話我就放心了，如果妳能再多給我一點保證，我會更開心。請告訴我，不只這棟房子永遠不會改變，妳和妳的家人也會跟妳們的住宅一樣永遠不變。另外，妳會永遠親切地對待我，因為這份親切，妳和屬於妳的一切在我心目中才會那麼珍貴。」

達胥伍太太立刻給出保證，那一整個晚上，威勒比的一舉一動都展現他的深情與快樂。

當晚他告辭時，達胥伍太太問他，「明天你會過來用晚餐嗎？明天白天我不邀你過來，我們要散步去巴騰園邸拜訪密多頓夫人。」

他跟她們約好下午四點過來。

第十五章

隔天達胥伍太太去拜訪密多頓夫人，只有兩個女兒陪她前去，瑪莉安找個小藉口婉拒同行。達胥伍太太樂意讓瑪莉安留在家裡，她猜想威勒比前一天晚上多半跟瑪莉安約好，等她們出門之後來看她。

她們從巴騰園邸回到家，看見威勒比的馬車和僕人還在屋外等候主人，達胥伍太太於是認為自己猜對了，到目前為止一切都符合她的預期。只是，一走進小屋，她看到的情景卻是再多的先見之明都預料不到的。她們剛踏進走道，瑪莉安就從客廳衝出來，顯然傷心欲絕，一面用手帕拭淚，一面飛奔上樓，似乎沒有注意到她們。她們驚訝又擔憂地走進客廳，裡面只有威勒比在，他背對她們，倚著壁爐架站著。她們進門時，他轉身過來，臉上的表情顯示他也跟瑪莉安一樣痛苦。

「她怎麼了？」達胥伍太太一進門就大聲問，「生病了嗎？」

「希望不是。」他擠出一絲笑容說道，「該生病的是我，因為我碰上非常失望的事。」

「失望？」

「是。我沒辦法履行跟妳們的約定。今天史密斯太太對我行使了有錢人對依附的窮親戚的特權，派我去倫敦辦事。我剛收到派遣令，告別了阿朗罕，現在開開心心地來向妳們辭行。」

「去倫敦！今天就出發嗎？」

「馬上就走。」

「實在太遺憾了，不過史密斯太太的命令必須聽從，希望你不會離開太久。」

他赧然回答，「妳太好心了，可惜短時間之內我恐怕不會回到德文郡。我每年只會來探望史密斯太太一次。」

「難道你只有史密斯太太一個親友？在這附近只有阿朗罕歡迎你暫住嗎？威勒比，這像什麼話，你來我家需要等我們開口邀請嗎？」

他面紅耳赤地盯著地板，只回答，「妳太好心了。」

達胥伍太太詫異地看著艾蓮諾，艾蓮諾同樣吃驚，所有人都沉默了。達胥伍太太最先開口。

「親愛的威勒比，我只想告訴你，巴騰小屋永遠歡迎你。我不會催促你立刻回來，因為你最清楚怎麼做才不會惹史密斯太太生氣。關於這件事，我不會質疑你的判斷，也不會懷疑你的意願。」

「我要去處理的事比較難說……」威勒比慌亂地回應，「我……我只怕沒那份福氣……」

他頓住。達胥伍太太震驚得說不出話來，因此現場又是一片靜默。這回打破沉默的是威勒比，他慘淡一笑，說道，「既然現在沒辦法開開心心跟各位相處，繼續逗留顯得有點傻。」

他匆匆跟她們道別，走出客廳。她們看著他登上馬車，一分鐘內連人帶車消失在眼前。

達胥伍太太心情亂糟糟，無法言語，快步走出客廳，獨自沉浸在威勒比遽然離去帶給她的不安與憂慮。

艾蓮諾內心的不安跟她母親不相上下。對於剛才發生的事，她有焦急也有疑慮。威勒比向她們道別時的模樣，一方面困窘，一方面裝笑臉，最重要的是，他不願意接受她母親的邀請。這種退縮表現一點都不像個情人，也不像平時的他，令她深感憂心。她前一刻擔心他從來沒有跟妹妹結婚的打算，下一刻又擔心他們兩個發生爭執。瑪莉安奔出客廳時那麼悲痛，確實像是兩人有過嚴重齟齬。只是，當她想到瑪莉安對威勒比的感情多麼深厚，又覺得兩人幾乎不可能起衝突。

不管他們分別的原因是什麼，妹妹的傷痛確切無疑。她無比心疼地想著，妹妹

顯然傷心欲絕。

承受那麼劇烈的痛苦，不但會徹底沉溺其中當做慰藉，還會火上添油痛上加痛，不負悲傷之名。

大約半小時後她母親回來了，雖然眼眶發紅，臉上的表情卻還算平和。

「艾蓮諾，我們親愛的威勒比已經離開巴騰好幾公里。」說著，她坐下來拿起針線。「他的心情該有多沉重！」

「整件事透著古怪，突然就走了，好像片刻間就決定了。昨天晚上他跟我們相處時多麼快樂，心情那麼好，感情那麼豐富。現在，出發前十分鐘來通知我們，離開後也沒打算回來！他一定還有別的事沒告訴我們，他的言談舉止都十分反常。妳肯定也看出他的變化。究竟什麼事？他們吵架了嗎？否則他為什麼不願意接受妳的邀請？」

「艾蓮諾，他不是不願意，這點我看得清楚明白。他是沒辦法接受。我已經仔細想過了，完全可以解釋那些乍看之下顯得古怪的事。」

「妳真的能解釋！」

「是，我已經找到最令人滿意的答案。可是妳，艾蓮諾，妳總是喜歡質疑，肯定不會接受我的看法。但不管妳怎麼說，我的想法都不會動搖。我認為史密斯太太猜到他喜歡瑪莉安，但她對他的婚事另有安排，不贊成這段感情，才會急著讓他離開，派他去處理公事只是打發他的託辭。我相信事情就是這樣。再者，威勒比知道她不贊成他跟瑪莉安在一起，所以現階段不敢說出跟瑪莉安訂婚的事。另外，他在經濟上依賴她，只能配合她的安排，暫時離開德文郡一段時間。我知道妳會說事情未必是這樣，但我不想聽妳挑我語病，除非妳能想出比這更有說服力的理由。好了，艾蓮諾，妳有什麼話要說？」

「沒有。妳已經都猜到了。」

「那妳想告訴我事情未必是我想的那樣。噢，艾蓮諾，妳的心太難懂了！妳凡事寧可往壞處想，妳寧可瑪莉安傷心難過，寧可相信可憐的威勒比有過錯，也不願意幫他辯解。妳決定把他當壞人，因為他跟我們道別時表現得不像平時那麼深情。為什麼不能包容他的一時疏忽，不能體諒他失望之餘心情低落？難道只因為無法確定，就拒絕接受事情的可能性？我們有千萬種理由去愛他，卻沒有任何理由當他是壞人。對於這樣一個人，難道不能多點寬容？不能假設他有無可辯駁的動機、暫時不得不保密？還有，妳到底懷疑他什麼？」

「我自己也說不清。我們親眼看到他變化這麼大，難免會往壞處想。不過，妳認為應該體諒他，確實很有道理，我也希望自己能公平論斷所有人。威勒比那麼做想必有非常充分的理由，我希望他有。只是，當場說出來反而更符合他的個性。隱瞞也許是明智的抉擇，我卻覺得那不是他的風格。」

「總之別怪他舉止反常，畢竟他身不由己。不過，妳真心覺得我為他辯解的那些話是公平的？我很高興，看來他沒有過錯。」

「不盡然。如果他們**當真**訂婚了，瞞著史密斯太太也許是應當的。在這種情況下，威勒比目前最好盡量避免留在德文郡。但這不足以解釋他們為什麼瞞著我們。」

「瞞著我們！妳指控威勒比和瑪莉安隱瞞？這實在太奇怪了，畢竟妳每天用眼神責備他們的輕率。」

「我不懷疑他們對彼此的感情。」艾蓮諾說，「卻不確定他們是不是訂婚了。」

「這兩件事我都百分之百肯定。」

「但他們兩個都沒有跟妳提過隻字片語。」

「既然行動已經表明一切，我不需要隻字片語。過去這兩星期，他對待瑪莉安和我們一家人的態度，難道不是明白表示他把她當未來的妻子，對我們也有一份親人的情感？我們不是已經明白彼此的心？他不是每天用他的表情、他的態度和他殷勤又溫柔的敬意徵求我的同意？親愛艾蓮諾，他們訂婚的事還有什麼好懷疑的？妳怎麼會有這種想法？威勒比肯定深知妳妹妹對他的愛，妳怎麼會認為他離開以前沒有向她表白，或認為兩人分開以前沒有互許終身？何況他這一走就是好幾個月。」

「我承認，」艾蓮諾答，「所有的情況都指向他們已經訂婚，卻有**一件事**例外，那就是他們兩個都絕口不提訂婚的事。在我看來，這偏偏是最重要的事。」

「這也太奇怪了！妳一定把威勒比想得很不堪。他們都已經公開示愛，妳竟然還對他們之間的關係抱持懷疑。這段時間以來他對妳妹妹的所有表現難道是在演戲？妳當真覺得他心裡沒有她？」

「不，我沒那麼想。我知道他必定、也真的愛她。」

「妳卻又說他跟她告別時太冷淡，完全忽略未來，那麼他的愛情未免太奇怪。」

「親愛的母親，妳別忘了，這些都只是我的推測。我承認我心裡有疑慮，但現在已經淡了很多，也許很快就徹底消失。只要他們互相通信[12]，我就不會再擔心。」

「難得妳肯讓步！妳非得看見他們站在聖壇前，才會相信他們要結婚吧。壞丫頭！但我不需要那樣的證據。在我看來沒什麼好懷疑的，沒有人隱瞞什麼，自始至終都光明磊落，沒有任何保留。妳很清楚自己妹妹的心意，所以妳懷疑的是威勒比。但是為什麼？難道他不是講信譽、重感情的人？他做過什麼前後矛盾的事、讓妳對他心生戒備？或者他不誠實？」

「但願不是，我相信他不是。」艾蓮諾大聲說，「我喜歡威勒比，真心喜歡他。我跟妳一樣不忍心懷疑他的人格。那些猜疑都是不由自主的，我會盡力克制。我承認他今天的異狀嚇到我了，說話的口氣判若兩人，還冷淡地回應妳的善意。不過原因可能就是妳猜測的那些。他確實可能會困窘不安，一來，當時他剛跟瑪莉安分別，看著她悲痛地離開客廳，卻因為擔心惹惱史密斯太太，不得不拒絕近期內回來。其次，他深知謝絕妳的邀請、又得告訴我們他要離開一段時間，我們可能會覺得他是個可鄙、不值得信任的人。在這種情況下，我認為坦白說出他的為難，才是正直的表現，也更符合他的性格。但我不會因為別人見解與我不同，或我覺得他們做得不對或前後矛盾，就否定他們的行為，那樣太狹隘了。」

12. 依據當時的禮法，沒有親屬關係或婚約的未婚男女不能互通信件。

「妳這番話說得合情合理。威勒比當然不該受到質疑。雖然**我們**跟他認識不久，但這裡的人對他都不陌生，有誰說過他的壞話？如果他能自己做主，能立刻結婚，卻二話不說就離開我們，那就太奇怪了。但情況不是這樣。某種程度上這樁婚事從一開始就不順利，因為結婚的日子遙遙無期。照目前的情況看來，甚至連保密都是明智的決定。」

這時瑪格麗特走進來，打斷她們的談話，艾蓮諾才有時間思索母親的各種推測，並且認為其中不少頗有可能，也希望母親都猜對了。

直到晚餐時分她們才又見到瑪莉安。她走進飯廳，不發一語坐進自己的位子，雙眼又紅又腫，而且似乎還在極力隱忍，不讓淚珠滾落下來。她避開家人的目光，沒辦法進食或說話。一段時間過後，她母親慈愛地按住她的手，她薄弱的防線應聲崩潰，淚汪汪地離開飯廳。

整個晚上她的情緒都處於這種強烈的壓抑狀態。她無力抵抗，因為她不想克制自己。只要稍稍提及任何跟威勒比相關的話題，她會立刻失控。家人雖然不願意惹她傷心，但無論她們說什麼，好像總會讓她想起威勒比。

第十六章

威勒比走後的第一個晚上，瑪莉安如果睡得著，一定會覺得自己不可原諒。她起床時的精神狀態如果沒有比前夜就寢時更萎靡，就會羞於面對家人。然而，她豐沛的感情以冷靜為恥，卻也讓她避開這樣的恥辱，因為她徹夜未眠，多半時間都在哭泣。起床時她覺得頭痛，沒辦法說話，什麼都不想吃，弄得家人時時刻刻憂心如焚，還不准她們安慰她。她的感性果然威力強大！

早餐結束後她獨自往外走，在阿朗罕的村莊漫無目標遊蕩，大半天時間都在追憶往日的歡笑，哀嘆當前的挫折。

當天晚上她同樣沉溺在哀傷中。她彈了過去為威勒比彈奏過的每一支心愛曲子，每一支他們最常合唱的曲調，坐在鋼琴前望著他為她謄抄的每一行音符，直到她的心太沉重，沒辦法再添加更多傷悲。這類助長悲痛的戲碼日復一日上演，她在鋼琴前一坐就是幾小時，一時唱一時哭，最後總是泣不成聲。讀書時也跟彈琴一樣，她只讀兩人一起讀過的篇章，感受過去與如今的差別，悲不自勝。

這樣激烈的悲痛確實不可能無休無止，幾天後終於沉澱下來，轉為較和緩的憂傷。不過，她仍然每天單獨出門散步，默默沉思，偶爾流露出一如既往的痛楚。

威勒比沒有來信，瑪莉安好像也並不期待。達胥伍太太十分驚訝，艾蓮諾又開始擔憂。不過，達胥伍太太永遠能找到解釋，至少足以說服她自己。

「艾蓮諾，別忘了，」她說，「約翰爵士經常去郵局幫我們送信取信。既然我們都認為這件事需要保密，萬一他們的信經過約翰爵士的手，祕密就會曝光。」

艾蓮諾必須承認母親說得有理，也努力為兩人之間音訊斷絕尋找充分的理由。不過有個辦法既簡單又直接，在她看來也非常合適，可以弄清楚真相，立即解開所有謎團，她忍不住向母親提出。

「妳為什麼不直接去問瑪莉安她有沒有跟威勒比訂婚？妳是這麼慈愛又寬容的母親，問這種問題一點都不傷感情。妳這麼疼愛她，自然會關心這種事，何況她向來有話直說，對妳更是如此。」

「我無論如何都不會問這樣的問題。假如他們沒有訂婚，這樣的探問會讓她多難受！總之，這麼做太刻薄，如果我逼她說出暫時不能讓任何人知道的事，日後再也沒資格聽她吐露心聲了。我了解瑪莉安，她非常愛我，只要這件事可以正式公開，她不會讓我最後一個知道。我不願意強迫任何人說出心裡的祕密，更何況是自己的孩子，因為她基於孝道可能不好意思拒絕。」

妹妹畢竟年紀還小，艾蓮諾覺得母親顧慮得太多，於是繼續勸說，可惜沒有成效。尋常的道理、關愛和慎重，都敵不過達胥伍太太的感性細膩。

一連幾天，家人都不敢在瑪莉安面前提起威勒比的名字。但約翰爵士和詹寧斯太太就沒那麼好心，他們的俏皮話為悲傷的瑪莉安增添許多煎熬。然而，某天晚上達胥伍太太不經意拿起一本莎士比亞的書，嚷嚷道：

「瑪莉安，我們一直沒讀完《哈姆雷特》。我們親愛的威勒比離開時，這本書還沒朗讀完。現在先不讀它，等他回來……不過，他可能要好幾個月之後才能回來。」

「好幾個月！」瑪莉安驚訝萬分。「不，也不需要幾星期。」

達胥伍太太後悔自己說話欠考慮，艾蓮諾卻覺得高興，因為瑪莉安的回應明顯對威勒比有信心，也知道他的打算。

威勒比離開大約一星期後的某天早上，瑪莉安終於被姊妹們說服，跟她們一起散步，不再一個人到處走。在此之前，她散步時總是刻意避免與人同行，如果姊姊和妹妹想去綠茵丘陵，她就偷偷鑽進鄉間小徑。如果她們要去山谷，她會迅速爬上山坡，其他人出發時已經找不到她的蹤影。艾蓮諾不贊成妹妹繼續孤立自己，在她的努力下，瑪莉安終於答應跟她們同行。她們沿著馬路穿過谷地，多半時間沉默無語，因為瑪莉安的個性不容易勸服，艾蓮諾認為目前已經小有成效，暫時不想逼太緊。山谷入口再過去的郊野同樣綠意盎然，卻少了點蕪雜，視野也更開闊，初到巴騰時走過的那條路就在眼前。她們走到谷地入口時停下腳步，放眼環顧四周。她們以往散步沒有來過這裡，現在駐足觀看她們在小屋窗子遠眺過的景色。

她們很快發現，在固定的景物中有個移動的物體，有個男性騎著馬朝她們而來。幾分鐘後她們看出那是一位紳士，不一會兒瑪莉安狂喜地大喊：

「是他，沒錯……我知道是他！」說完立刻加快腳步迎上去。艾蓮諾大聲說：

「瑪莉安，妳看錯了，那不是威勒比。那人個子沒他高，模樣也不像。」

「像，像！」瑪莉安激動地叫嚷，「我很確定。那是他的模樣、他的外套、他的馬。我就知道他很快會回來。」

她一面說著，一面急切地往前走。艾蓮諾為了不讓妹妹的舉止顯得突兀，連忙加快腳步趕上去，因為她幾乎確定那不是威勒比。她們很快走到離那位男士不到三十公尺的地方，瑪莉安抬眼一望，心情跌落谷底，猛地調頭，匆匆往回走。這時她姊姊和妹妹一起大聲呼喚她，要她停下來。另一個跟威勒比的聲音一樣熟悉的嗓音也跟她們一起喊她，她驚訝之餘轉頭，看見愛德華，於是上前歡迎他的到來。

請她停下腳步。

除了威勒比，任何人在那個時候出現都會被見怪，但愛德華例外，也只有他能讓她笑臉相迎。她擦去淚水對**他**微笑，暫時忘卻自己的失望，替姊姊高興。

愛德華翻身下馬，將馬兒交給僕人，陪她們走回巴騰。他來巴騰就是為了拜訪她們。

達霄伍一家人誠摯歡迎他的到來，特別是瑪莉安，她招呼他的時候，表現得比艾蓮諾熱情。在瑪莉安看來，愛德華和她姊姊見面的表現，跟他們在諾蘭時令人費解的冷漠互動沒有差別。尤其是愛德華，無論表情或言語，都不是戀人重逢時該有的模樣。他似乎不知所措，見到她們好像並沒有特別開心，沒有興奮或快樂，除了回答問題，幾乎不主動說話，對艾蓮諾更沒有表現出特殊的感情。瑪莉安看著聽著，內心越來越驚異，她幾乎開始討厭愛德華。最後她的心思轉回威勒比身上，正如她所有的心思最後都會轉向威勒比。她覺得以言行舉止來說，威勒比與他的準連襟正好是強烈對比。

初見面的訝異與問候之後，氣氛一度冷場，緊接著瑪莉安問愛德華是不是直接從倫敦過來。不，他來德文郡兩星期了。

「兩星期！」瑪莉安十分意外，沒想到他跟艾蓮諾在同一個郡這麼久，卻一直沒來看她。

他有點難堪地補充說，他一直住在離普利茅斯不遠的朋友家。

「近期你去過沙塞克斯嗎？」

「一個月前我在諾蘭。」

「那麼最親愛的諾蘭園邸現在是什麼模樣？」瑪莉安問。

「最親愛的諾蘭園邸，多半還是每年這個時節的模樣，樹林和步道鋪滿了落葉。」艾蓮諾說。

「唉，」瑪莉安嘆道，「過去我懷著多麼激動的心情看著它們飄落！那時我走在林間，看見被風吹落的枯葉像陣雨般灑下，在我身邊飛舞，心裡多麼歡喜！那些葉片、那樣的季節、那樣的微風通力合作，讓人多麼心潮澎湃！如今再也沒有人關注它們。現在它們只會惹人心煩，被人匆匆掃去，眼不見為淨。」

「不是每個人都跟妳一樣熱愛枯葉。」艾蓮諾說。

「確實。跟我有同感的不多，理解我的也少。不過偶爾會有。」說著，她短暫沉浸在回憶裡，很快又回過神來。「愛德華，」她指著眼前的景物對他說，「這裡是巴騰谷。抬頭瞧一瞧，看你能不能冷靜。看看那些山丘！你見過這麼靈秀的山巒嗎？左邊是巴騰園邸，就在那片樹林和林場之間。你應該看得到屋子的一端。還有那邊，最遠那座氣勢挺拔的山，山腳下就是我們的小屋。」

「這裡景色確實優美，」他說，「不過到了冬季，谷底只怕塵土飛揚。」

「美景當前，你怎麼能想到塵土？」

「因為，」他笑答，「我在美麗的景物之間看見一條被塵土覆蓋的小路。」

「多麼奇怪！」瑪莉安自言自語地向前走。

「附近的鄰居好不好相處？密多頓一家人隨和嗎？」

「不，差得遠了。」瑪莉安答。「搬來這裡實在太不幸。」

「瑪莉安！」艾蓮諾喊了一聲。「妳怎麼能這麼說？怎麼能這麼不公平？愛德華先生，密多頓是非常正派的人家，一直用最友善的態度對待我們。瑪莉安，多虧他們，我們才擁有那麼多歡樂時光，妳忘了嗎？」

「沒忘，」瑪莉安輕聲說，「也沒忘記很多痛苦時刻。」

艾蓮諾沒理會她，注意力轉向她們的訪客，聊聊目前的住所，房子的便利性等等。愛德華偶爾勉力拋出問題或給予回應，兩人維持還算暢通的交談。他的冷淡與矜持讓她難堪至極，她覺得懊惱，甚至有點生氣。不過，她決定無視他當前的態度，本著過去的情分，用對待姻親該有的熱忱招呼他。

第十七章

在達胥伍太太看來，愛德華來到巴騰是理所當然的事，因此見到他時只有短暫的驚訝。短暫驚訝之後，就是止不住的欣喜和關懷話語。他受到她最親切的歡迎，羞怯、冷淡與矜持都抵擋不了她的熱絡。原本他進屋前已經開始棄甲投降，現在更被她令人著迷的親善魅力征服。確實，男士們一旦愛上她女兒，很難不愛屋及烏敬愛她。艾蓮諾看見他很快恢復過去的神態，內心頗為滿意。他對她們一家人的感情好像復活了，也明顯表現出對她們的關心。只是，他有點憂鬱。他讚美她們的屋子，欣賞周遭的視野，殷勤體貼，溫柔親切，心情卻不開朗。全家人都看出來了，達胥伍太太認為那是因為他母親對他不厚道，用餐時還在氣惱天底下的自私父母。

晚餐結束後，眾人移到壁爐旁，她問，「愛德華，你母親現在對你有什麼期望？還是不顧你的意願，希望你成為傑出的政治人物嗎？」

「不。希望家母此時已經明白，我既沒有才幹也沒有意願，不會踏入政壇！」

「那麼你要怎麼博得名聲？畢竟你必須有知名度，你家人才會滿意。而你不想花錢，不喜歡接近陌生人，沒有職業、沒有自信，可能會有點困難。」

「我不會去嘗試。我對名氣不感興趣，也有充足理由相信我永遠都不會改變。感謝上帝！再怎麼逼迫，我都不會變成聰明能幹、口才犀利的人。」

「我很清楚你沒有野心，你的志向都比較平凡。」

「跟世上其他人一樣平凡。我跟所有人一樣，只希望擁有幸福的生活，也跟所有人一樣，必須是我自己認定的幸福。功成名就不能讓我快樂。」

「如果能就奇怪了！」瑪莉安說，「不管是富裕或功成名就，跟快樂有什麼關係？」

「快樂跟功成名就關係不大，」艾蓮諾答，「跟富裕卻息息相關。」

「艾蓮諾，這是什麼話！」瑪莉安不贊同。「只有在其他東西都做不到時，富裕才能給人快樂。在個人的層面，一旦超過夠用的程度，富裕就無法讓人真正滿足。」

「或許我們殊途同歸，」艾蓮諾笑著說，「我相信**妳所謂的**夠用和**我所謂的**富裕差別不大。以目前的世態而言，妳我都必須承認，達不到『夠用』或『富裕』，就不會有任何外在的舒適。妳的觀點只是比我的崇高。說吧，妳的夠用指的是多少？」

「大約一年一千八百鎊到兩千鎊，不能再高了。」

艾蓮諾哈哈笑。「兩千鎊！我的富裕指的是**一千鎊**！我早猜到會這樣。」

「但一年兩千鎊只是中等收入。」瑪莉安說，「要維持一個家庭，至少要有這個數目。我的生活所需稱不上奢華，只要足夠的僕人、一輛馬車，或者兩輛，還要有幾匹獵馬。不能再少了。」

艾蓮諾又笑了，因為妹妹這麼準確地描述他們未來在科姆莊園的開銷。

「獵馬！」愛德華說，「為什麼非得要獵馬？不是所有人都打獵。」

瑪莉安紅著臉答，「但大多數人都打獵。」

「但願，」瑪格麗特拋出一個新鮮想法，「有人給我們每人一大筆資產！」

「是啊！」瑪莉安開心地附和。她雙眼閃閃發光，為這假想的幸福興奮得雙頰泛紅。

「看來這是我們的共同心願，」艾蓮諾說，「儘管財富這東西不盡如人意。」

「天哪！」瑪格麗特說，「真是那樣我會有多開心！不知道我會怎麼用那些錢！」

瑪莉安好像沒有這種困擾。

「如果我的孩子不需要我幫忙就變成有錢人，我自己一個人可能不知道該怎麼花掉這麼多錢。」達胥伍太太說。

「那就著手修繕這棟房子，」艾蓮諾說，「妳的困擾會立刻消失。」

「到時候會有多麼豪氣的訂單從這棟房子送往倫敦！」愛德華說，「書商、樂譜商和版畫商會笑得合不攏嘴！還有艾蓮諾小姐，妳會委託版畫商把所有精選版畫都送過來。至於瑪莉安，我知道她有廣闊的心靈，整個倫敦的樂譜都滿足不了她。還有書本！湯姆森[13]、古柏、司各特，她會買了再買，每一本都買回來，免得被不配讀它們的人買走。每一本教人觀賞歪扭老樹的書她都不會錯過。瑪莉安，我說得對嗎？如果我說得太俏皮，請原諒。我只是想讓妳知道，我沒忘記我們過去的爭辯。」

「愛德華，我喜歡聽人提起過去的事，不管憂傷的或快樂的，我都喜歡回味。聊過去的事我絕不會生氣。有關我花錢的方法，你猜得很對。我的閒錢肯定會用來買更多書籍和樂譜，至少其中一部分會。」

「而妳大部分的錢都會規劃為年金，用來照顧作家和他們的子嗣。」

「不，愛德華，我有別的用途。」

「那麼，也許妳會設置一筆獎金，用來獎勵能以最擲地有聲的文章捍衛妳的鐵律的人。我指的是『一生只能愛一次』，妳這個觀點應該還沒改變吧？」

「那當然。到我這個年紀，想法勉強算固定了，現在不管看見或聽見什麼，都不太可能再改變。」

「瑪莉安的想法始終堅定，一點都沒變。」艾蓮諾說。

「她只是長大以後嚴肅了些。」

「不，愛德華，」瑪莉安說，「你不需要責備我。你自己也不開心。」

「妳竟然這麼認為！」愛德華嘆息道，「不過，我本來就不是樂天的人。」

「瑪莉安也不是。」艾蓮諾說，「我不會說她個性活潑。她無論做什麼都非常認真，非常熱切。有時會侃侃而談，興奮激動，但她通常不是真的開心。」

「妳說得沒錯。」他答。「不過我向來覺得她活潑開朗。」

13. James Thomson，一七〇〇～一七四八，蘇格蘭詩人兼劇作家，他的《四季》（*The Seasons*）是四季詩的代表作。

「我經常發現自己也犯這樣的錯，」艾蓮諾說，「也就是在某方面誤判別人的性格，把別人想得太開朗或太憂鬱，太聰明或太愚笨，卻一點都不知道這樣的誤解從何而來。通常都是聽當事人談論自己，很多時候也聽別人談論當事人，卻沒有花時間去思考或做判斷。」

「可是艾蓮諾，」瑪莉安說，「我以為完全依據別人的說法並沒有錯，也以為上天賜給我們判斷力，只是為了讓我們服從別人的判斷力。我相信這一直是妳的觀點。」

「不，瑪莉安，從來不是。我的觀點從來無關判斷力的從屬。我想要影響的始終是行為，妳不能混淆我的意思。我承認，我經常希望妳更用心對待我們的朋友，但我曾經要求妳跟他們抱持同樣見解，或在重要的事情上聽從他們的觀點嗎？」

「以前妳一直沒辦法讓瑪莉安認同妳的禮儀規範。」愛德華問艾蓮諾，「現在應該有點進展吧？」

「恰恰相反。」說著，艾蓮諾意味深長地看著瑪莉安。

「在觀念上我完全贊同妳，」愛德華回應，「但在實踐上，我恐怕比較類似瑪莉安。我從來不想對人失禮，可是我害羞得呆頭呆腦，即使我只是因為天性笨拙而退縮不前，看起來卻像無視別人。我經常覺得，我一定是天生喜歡跟底層的人相處，跟上流社會的陌生人聚在一起時，我總是渾身不自在。」

「瑪莉安不害羞，她的粗心不能用這當藉口。」艾蓮諾說。

「她太清楚自己的可貴，不會故作羞怯狀。」愛德華說，「害羞往往是因為在某方面覺得不如人。如果我能讓自己相信我的舉止從容又優雅，就不會害羞。」

「但你會把話藏在心裡，」瑪莉安說，「那更糟糕。」

「把話藏在心裡！瑪莉安，我會嗎？」

「是，經常。」

「我不懂妳的意思。」他臉色變紅。「把話藏在心裡！這話怎麼說？我有什麼話沒說出來嗎？妳是怎麼想的？」

艾蓮諾訝異地看著他激烈的反應，卻決定一笑帶過，對他說，「你難道不夠了解瑪莉安，不明白她的意思？你難道不知道，只要說話速度沒她快，欣賞美好事物時不像她一樣癡狂，都算把話藏在心裡？」

愛德華默不作聲，完全變回那個嚴肅、多思多慮的他，默默呆坐一段時間。

第十八章

艾蓮諾無比糾結地看著悶悶不樂的愛德華。他這次來訪似乎不是那麼輕鬆自在，所以她也開心不起來。他鬱悶的心情顯而易見，她多麼希望他對她的情意也同樣顯而易見。他曾經對她有過特別的感情，這點她毫不懷疑。只是，到目前為止他對她的偏愛始終似有若無，上一刻的歡快表情拉近了距離，下一刻又被他含蓄拘謹的態度抵消。

隔天早上，他、她和瑪莉安比其他人更早來到飯廳，瑪莉安向來積極為他們製造機會，很快就藉故離開。但她才走到樓梯中途，就聽見飯廳門開了，轉頭一看，發現愛德華竟然也出來了，她吃了一驚。

「既然妳們暫時還不吃早餐，我先去村莊看看我的馬，馬上回來。」

愛德華回來後又對她們讚嘆一番附近的美景。他步行去村莊時，在比小屋高得多的有利視角俯瞰山谷各處和村莊本身，將周遭的景物盡收眼底，心情無比愉悅。瑪莉安對這樣的話題格外感興趣，也說起自己對那些景色的讚賞，並且仔細詢問他特別喜歡哪些景物。沒想到愛德華突然打斷她，說道，「瑪莉安，別再問了。妳該記得我不懂景物的美，如果要討論細節，我的無知和欠缺品味可能會冒犯妳。本該是險峻的山崗，我會說坡度太大；本該是參差錯落與崎嶇，我卻說古怪與雜亂。本該是在氤氳薄霧裡若隱若現的景物，我只會說遠得看不清。我只說得出這些真心讚揚，妳別要求太高。我覺得這地方風景很不錯，山勢陡峭，樹林裡好像有不少好木材，山谷看起來舒適又溫暖，有豐盛的牧草地，幾棟整齊的農舍分散其間。這正是我心目中的美好鄉間，因為它結合了美觀與實用。我敢說它美得像圖畫，因為妳也喜歡。我相信其中有不少奇岩怪石，有灰暗的苔蘚和低矮的樹叢，但我注意不到這些。我完全不懂景物的美。」

「這話想必對極了，」瑪莉安說，「但你何必拿來誇口？」

「我在想，」艾蓮諾說，「愛德華這是矯枉過正。他覺得很多人口沫橫飛地讚賞大自然的美，卻未必是發自內心的感受，基於對這種虛偽作假的厭惡，他就誇大地聲稱自己對自然美景既不感興趣，也沒有鑑賞力。他太鑽牛角尖，變成另一種虛假。」

「確實如此。」瑪莉安說，「對自然景物的讚賞如今已經流於俗套。每個人都假裝被美景打動，天花亂墜地描述，彷彿跟率先定義自然之美的人一樣高雅又有品味。我討厭任何類型的老生常談，有時我索性把感動放在心裡，因為適用的辭彙都已經用得太浮濫陳舊，失去該有的旨趣和意義。」

「我相信妳見到美麗的景色時，內心感受到的和口語傳達出來的沒有差別。」愛德華說，「相對地，妳姊姊必須容我申辯，我並沒有誇大自己的感受。我喜歡美麗的景物，但我的喜愛不是以理論為依據。比起彎曲歪扭的枯樹，我更欣賞高大挺直、枝葉繁茂的樹木。我不喜歡坍塌破敗的小屋，不喜歡蕁麻、薊草和石南花。我待在舒適的農舍裡，會比在瞭望塔裡更愉快。最後，比起最富傳奇色彩的盜匪，我更喜歡安居樂業的村民。」

瑪莉安吃驚地望著愛德華，又同情地看向姊姊。艾蓮諾只是笑了笑。這個話題就此擱下，瑪莉安繼續無語沉思，不一會兒她突然注意到另一件新物品。當時她坐在愛德華身邊，愛德華伸手去接達胥伍太太遞給他的茶，他的手橫在她面前，她剛好清楚看見他手上的戒指纏著一綹髮絲。

「愛德華，以前沒見過你戴戒指，」她驚叫道，「那是你姊姊的頭髮嗎？我記得她說過要給你一些頭髮。不過她的髮色好像比這個深。」

瑪莉安脫口而出吐露心裡的想法。只是，當她看到愛德華難堪的表情，深深懊悔自己的口不擇言，難受的程度不輸愛德華。他臉色漲紅，匆匆瞥了艾蓮諾一眼，答道，「是我姊姊的頭髮，環境的光線會影響色澤的深淺。」

艾蓮諾迎向他的目光，似乎也心裡有數。她跟瑪莉安一樣，當下判定那是她自己的頭髮。她們倆的想法只有一點差別：瑪莉安覺得那是姊姊送的，艾蓮諾卻認為愛德華一定是用某種她不得而知的方法偷走的。然而，她不打算把這件事看成失禮舉動，也立刻轉移話題，假裝沒注意到剛才的事，在此同時暗自決定，只要有機會就瞄一眼戒指上的頭髮，直到她篤定地確認那是自己的髮色。

愛德華的尷尬持續了一段時間，最後被更明顯的心不在焉取代。他一整天都格外憂鬱。瑪莉安為自己說的話深深自責，可惜她不知道姊姊不生她的氣，否則應該會更快原諒自己。

中午不到約翰爵士和詹寧斯太太就來了，他們聽說有位男士造訪小屋，親自來探個究竟。在丈母娘的提示下，約翰爵士立刻發現愛德華的姓氏第一個字正是「費」，這無疑是他們調侃專情的艾蓮諾的最佳素材，如果不是因為剛認識愛德華，他們已經原形畢露了。正因如此，艾蓮諾只能根據兩人某些意味深長的表情來研判，他們從瑪格麗特透露的訊息又推測出多少東西。

約翰爵士每次來到小屋必定邀請她們去巴騰園邸做客，不是當天吃宵夜，就是隔天一起用餐。這回他覺得自己有義務安排更多活動款待愛德華，於是決定晚上既要吃宵夜，隔天也要聚餐。

「你們今天**必須**跟我們吃宵夜。」他說，「因為今天家裡沒其他客人。而明天你們一定得去我家吃晚餐，因為我們請了很多人。」

詹寧斯太太加入說服陣容，說道，「也許還可以辦個舞會。瑪莉安小姐，舞會**妳**一定有興趣。」

專程來探個究竟。

「舞會！」瑪莉安驚訝地答，「不可能！跟誰跳？」

「跟誰？妳們、凱瑞斯一家人，肯定還有惠特克一家。不會吧！某個不能提名字的人離開了，妳就覺得舞會辦不成了？」

「真希望威勒比已經回來了。」約翰爵士說。

這番話引起愛德華的猜測，何況瑪莉安臉頰露出紅暈。他壓低聲音問坐在他旁邊的艾蓮諾，

「威勒比是誰？」

她的回答相當簡略，瑪莉安的臉色則是透露得更多。一番察言觀色之後，愛德華不但明白其他人話裡的含義，也終於弄懂瑪莉安早先那些撲朔迷離的言語。等客人離開後，他立刻過去找瑪莉安，悄聲對她說，「我一直有個猜測，妳想聽聽嗎？」

「什麼意思？」

「妳想聽嗎？」

「當然！」

「好吧。我猜威勒比先生喜歡打獵。」

瑪莉安驚訝又窘迫，但想到愛德華竟然私底下打趣她，不禁莞爾一笑。沉默片刻後說道：

「愛德華！你怎麼能？不過我希望……我相信將來你會喜歡他。」

「我也相信，」他答。但她懇切又激動的語調令他震驚。他原本以為這只是朋友之間的小玩笑，拿她和威勒比之間真真假假的情意逗樂子，若非如此，他絕不會跟她說這種話。

第十九章

愛德華在小屋做客一星期，達胥伍太太竭誠挽留他多住幾日。然而，他卻彷彿決心讓自己遠離歡笑，選在跟朋友相處得最愉快的時刻告辭。過去兩三天他的心情雖然還是時好時壞，卻已經改善不少，愈來愈喜歡小屋和周遭環境，每次提到離開的事，總是輕聲嘆息。他說他根本無事可做，甚至不知道離開小屋後要往何處去，卻不能不走。這星期的時間轉眼消逝，他幾乎無法置信。這句話他反覆說了幾次，還說了其他不少話，透露出他心情的變化，也顯示他真的不想離去。他在諾蘭一點也不快樂，也討厭待在倫敦，但他只能在諾蘭和倫敦之間二選一。他格外珍惜她們的真心相待，跟她們相處是他最快樂的時光。然而，儘管她們希望他留下，而他既不想走，也沒有非走不可的理由，卻還是必須離開。

對於他這種怪異行為，艾蓮諾覺得問題根源在他母親。她對他母親所知不多，因此可以將愛德華的異常表現都歸咎到他母親身上，對她算是一樁幸事。只是，雖然她失望又困惑，有時甚至氣惱他模稜兩可的態度，但整體而言她願意公正厚道地包容他的行為，不像對待威勒比那樣，需要她母親費盡唇舌勸說，她才會多點體諒。他心情低落，藏著心事，忽冷忽熱，她都認為那是因為他經濟不獨立，也因為他了解他母親的性情與打算。他只小住一星期，堅持不肯再逗留，多半也是因為他受到約束，凡事都得遷就他母親。孝道與意願，父母與子女，二者之間根深柢固的衝突，就是所有問題的根源。哪天這些困難都解決了，對抗從此消失，費拉斯太太修正錯誤，她兒子能夠追求自己的幸福，艾蓮諾會很高興。但這些心願遙不可及，她只能另尋慰藉，比如再次確認愛德華的情意，回想他造訪巴騰這段期間，表情與言語流露出的關切。最重要的是，他始終戴在手上那枚戒指就是可喜的證據。

最後一天一起吃早餐時，達胥伍太太說，「愛德華，如果你有一份職業，會比較好打發時間，也比較方便安排各種計畫或活動。你的親友當然會有點遺憾，因為你不會有太多時間陪伴他們。不過，」她露出笑容，「這對你至少有一個具體的好處，那就是你向朋友告別後會知道下一個目的地在哪裡。」

「我向妳保證，」他答，「這件事我思考很久了。我沒有必須做的事，沒有可以從事的職業，經濟上沒辦法獨立，一直以來這都是我最大的不幸，現在如此，未來多半也是。不幸的是，我本身和家人都太挑剔，我才會變成一個無所事事、彷徨無依的人。我跟家人對職業的選擇永遠達不成共識。我向來偏好進教會，至今還是一樣。家人卻覺得這種職業不夠耀眼；他們希望我從軍，但那對我來說又太耀眼。律師這個職業確實體面，很多年輕人只要在聖殿區[14]有間事務所，就能在上流社會占有一席之地，駕著時髦的輕便馬車穿梭倫敦街頭。可惜我對法律沒興趣，即使家人同意我只拿證書不執業，我也不願意。至於海軍，雖然有不錯的社會地位，但當初討論到這一行時，我已經逾齡了。最後，職業對我而言並非必要。更何況，即使我不是軍官，同樣有機會過著跟軍官一樣光鮮奢華的生活，於是遊手好閒變成了最有利、最體面的選擇。畢竟十八歲的年輕男子通常不會太嚮往忙碌的生活，所以就算家人希望他賦閒，他也不會反對。於是我進了牛津，從那時起徹底無事可做。」

「閒散的生活沒有為你帶來快樂，」達胥伍太太說，「我猜日後你會讓自己的兒子去追求各種不同的目標、工作、專業或買賣，就像克魯麥拉[15]一樣。」

「以後我的兒子都要培養成跟我完全不同的人。」他認真地說，「包括性情、舉止和條件，各方面都不一樣。」

「好了，好了，愛德華，你心情不好才說這種話。你現在不開心，所以認為只要跟你不一樣，就能過得快樂。但是別忘了，不管教育程度和社會地位如何，任何人都會體驗到與親友分別的痛苦。只要清楚自己的快樂在哪裡，你需要的只是耐心，或者換個更動聽的名稱：『希望』。總有一天你母親會讓你擁有你渴望的獨立自主，那是她的責任。總有一天她會知道，不讓你鬱鬱不得志地荒廢青春歲月，她才能得到快樂。這一天想必不遠，幾個月的時間就足以改變一切。」

14. Temple，倫敦的法學中心，重要的司法機構與法律學院都集中在這裡。
15. Columella，英國作家理查・葛雷夫斯（Richard Graves，一七一五～一八〇四）一七七九年的作品《克魯麥拉》（*Columella*，或稱 *The Distressed Anchoret, a Colloquial Tale*）的主角，故事中小有資產的主人翁大學畢業後就過起無所事事的退休生活。

「我認為，」愛德華答，「就算再過無數個月，我的處境也不可能改善。」

他心情轉壞，雖然違背伍太太無法理解，但臨別時所有人都多了一分傷感。分別的時刻很快到來，艾蓮諾覺得特別難受，她費了一番工夫和時間，才壓抑住滿腔的離愁別緒。她決心強忍悲痛，不願意顯得比家人更傷心，所以沒有像瑪莉安面對類似狀況時一樣，不但用沉默、獨處和遊蕩來加深痛苦，還拒絕一切寬慰。她們的方式不同，正如她們的目標也互異，但兩人各有進展。

愛德華一離開，艾蓮諾就在畫桌旁坐下來忙一整天，不刻意談論愛德華，別人提起也不避諱。對於家裡的事，她幾乎一如往常地關切。這麼一來，她內心的傷悲即使沒有減輕，至少不會無端增添，她母親和妹妹也不需要太擔心她。

在瑪莉安眼中，姊姊這種跟自己南轅北轍的表現沒什麼好處，正如她也不認為自己的哀傷方式有什麼不對。關於自制這件事，她的看法很簡單：情緒激動時，自制是不可能的；心情比較平和時，自制又沒有必要。她不得不承認姊姊的情感確實平淡，為此難堪得羞紅了臉。儘管感到羞愧，她還是喜愛又敬重這樣的姊姊，足以證實她的情感的確濃烈。

艾蓮諾沒有自我封閉隔絕家人，沒有走出家門尋求獨處，更沒有整晚睜著眼躺在床上胡思亂想，於是發現每天都有充足的閒暇琢磨愛德華的言行舉止。至於琢磨些什麼，也隨著她在各種時刻的心情而有不同：有時是柔情或憐憫，有時是讚許或譴責，也可能是猜疑。偶爾母親或妹妹們不在身邊，或忙著做自己的事沒空說話，獨處的各種效應就會浮現。她的思緒不可避免地任意遊走，所有的念頭只有一個依歸。那是她最關心的一件事，那件事的過去與未來總是縈繞她心頭，占據她的回憶、冥思與遐想。

愛德華離開後不久的某天上午，她坐在畫桌前胡思亂想，卻被訪客打斷。當時剛好只有她一個人，她聽見有人關上前院綠地的小門，於是轉頭望向窗外，看見一大群人朝屋子走來。訪客之中除了約翰爵士夫婦和詹寧斯太太之外，還有一對她覺得眼生的男女。當時她坐在窗子旁，約翰爵士一看見她，就讓其他人行禮如儀去敲門，自己跨過草坪走過來，請她打開窗子跟他說話。其實窗子離門口很近，兩邊說話不可能聽不見。

「我們帶了陌生人過來。」他說，「妳看他們如何？」

「小聲點！他們會聽見。」

「聽見也沒關係，是帕爾瑪夫婦。夏綠蒂很漂亮，妳往這邊看就能看見她。」

艾蓮諾知道自己馬上就能見到對方，不願意擅自偷瞄，謝絕約翰爵士的提議。

「瑪莉安人呢？知道我們要來故意躲開了嗎？她的鋼琴蓋還掀開著。」

「她應該在散步。」

這時詹寧斯太太也走了過來，她沒耐心等人開門，急著想暢所欲言。她大呼小叫來到窗子旁，「親愛的，妳好嗎？妳母親好嗎？妳兩個妹妹在哪？什麼！只有妳在家！那麼妳應該很高興有人來陪妳。我帶了我小女兒和她丈夫來看妳們。他們竟然一聲不吭就來了！昨天晚上喝茶時，我覺得聽見馬車聲，不過我壓根沒想到會是他們。當時我只以為是上校回來了，所以我對約翰爵士說，我好像聽見馬車聲，也許上校回來了……」

她話還沒說完，艾蓮諾卻不得不離開，去迎接進門的客人。密多頓夫人介紹那兩位陌生人，達胥伍太太和瑪格麗特剛好下樓來，所有人各自就坐，你看我我看你。詹寧斯太太穿過走廊走進客廳，一路說個沒停，約翰爵士陪在一旁。

夏綠蒂比密多頓夫人年輕幾歲，各方面都不像姊姊。她個子不高、身材豐滿，姣好的臉蛋總是掛著最親切和藹的表情。她的儀態不像姊姊那麼優雅，卻更討人喜歡。她笑盈盈走進來，離開時也笑嘻嘻，自始至終不是哈哈大笑，就是掛著微笑。她丈夫面容嚴肅，大約二十五、六歲，看起來比妻子更高雅、更有見識，卻更不喜歡與人同樂。他進門時一派自命不凡，向女士們微微欠身致意，一句話都沒說，匆匆瞥了她們和屋內陳設幾眼，就拿起桌上的報紙，一直讀到告辭離去。

他妻子恰恰相反，她天生喜歡與人為善，樂觀開朗，對誰都親切有禮。人還沒坐下，就把客廳和所有擺設誇獎了一遍。

「哇！這屋子真漂亮！我沒見過這麼迷人的地方！媽，妳想想，這裡比我上次來的時候好看多少！」她轉向達胥伍太太，「我以前就覺得這是棟雅致的小屋，沒想到妳們把它裝飾得這麼美！姊，妳看屋裡的每件東西都那麼討人喜歡！我多麼想要有這樣一棟房子！親愛的老公，你也有同感吧？」

帕爾瑪沒有回答，連眼皮都沒抬一下，始終盯著報紙。

「他沒聽見，」她笑著說，「有時候就會這樣，太好笑了！」

達胥伍太太開了眼界，她從來不知道別人不理會自己也是好笑的事，不禁驚訝地看著這對夫妻。

在此同時，詹寧斯太太扯著嗓門說話，繼續描述前一天小女兒突然來到的驚喜，不說完不肯罷休。夏綠蒂被母親的話逗得哈哈大笑，在場的人都附和兩、三遍以上，一致認同那的確是驚喜。

「見到他們我們真的很高興。」詹寧斯太太傾身靠向艾蓮諾，壓低聲音說話，彷彿不想讓別人聽見，雖然其他人只是坐在客廳的不同方位。「不過，我還是希望他們別趕得太急，也別走這麼遠的路，因為他們繞一大段路去倫敦辦了點事才過來。我可告訴妳，」她朝小女兒的方向點了點頭。「她現在不適合出遠門。今天早上我原本要她留在家裡休息，但她非要跟來，太想認識妳們了！」

夏綠蒂笑呵呵地說她沒事。

「她的預產期在明年二月。」詹寧斯太太又說。

密多頓夫人再也無法忍受這個話題，只好強迫自己找妹婿說話，問他報紙上有什麼新聞。

「沒，沒什麼新鮮事。」他答完後繼續看報。

「瑪莉安回來了。」約翰爵士說，「帕爾瑪，你馬上會見到一個非常漂亮的女孩。」

說完，他走出客廳，去走廊打開前門，親自引瑪莉安進客廳。詹寧斯太太一見到瑪莉安，就問她是不是去了阿朗罕。夏綠蒂開懷大笑，顯示她也知道話中含義。瑪莉安出現時，帕爾瑪抬起頭盯了她幾分鐘，又低頭看報紙。這時夏綠蒂看到了牆壁上的圖畫，起身走過去細看。

「哇！老天，這些畫可真美！太好看了！媽，妳來看看，多討人喜歡！實在太迷人了，我永遠看不膩。」說完重新坐下，不一會兒就將那些畫拋到腦後。

密多頓夫人起身告辭時，帕爾瑪也放下報紙站起來，伸伸懶腰，看了看其他人。

「親愛的，你剛才睡著了嗎？」他妻子笑著問他。

他沒有回應，只再次環顧客廳一圈，說屋頂很低，天花板有點歪斜。之後他欠身致意，隨其他人離開。

約翰爵士強力要求她們隔天過去用餐，達脣伍太太覺得雙方互相宴請的次數必須相等，堅定地拒絕，但她不干涉女兒們的決定。三姊妹沒有興趣觀察帕爾瑪夫婦用餐的模樣，也不認為跟他們相處有任何樂趣可言，所以也都婉拒了，理由是天氣不穩定，看樣子隔天不可能放晴。約翰爵士沒那麼容易說服，他會派馬車來接，所以她們都得去。密多頓夫人沒有勉強達

「這些畫太迷人了。」

胥伍太太，卻希望三姊妹答應。詹寧斯太太和夏綠蒂也加入勸說的行列，所有人好像都不希望餐桌上只有自家人，三姊妹只好讓步。

「他們為什麼非得邀我們去？」客人離開後，瑪莉安埋怨道，「這房子租金是便宜，但如果他們家或我們家有暫住的訪客，我們就得跟他們吃飯，這樣的條件就太嚴苛了。」

「他們現在的邀約跟幾星期之前一樣頻繁，態度也同樣客氣又親切。如果他們的聚會變得沉悶乏味，問題不在他們身上。我們想要有變化，只能結交新朋友。」

第二十章

隔天三姊妹走進巴騰園邸的偏廳，夏綠蒂就從另一扇門跑進來，依然是歡欣快活的好脾氣。她幾乎情深意切地跟她們握手，表達再次相見的喜悅。

「見到妳們我太高興了！」她邊說邊在艾蓮諾和瑪莉安之間坐下。「天氣實在很不好，我擔心妳們不會來，真是那樣就太糟了，因為我們明天就走了。我們一定得走，威斯頓一家人下星期來拜訪我們。當初我們來這裡也很突然，我什麼都不知道，直到馬車來到家門口，帕爾瑪先生問我要不要跟他一起來巴騰。他實在太好笑了！什麼都不告訴我！可惜我們不能停留太久，希望很快能在倫敦見到妳們。」

她們不得不打破她的期望。

「不去倫敦！」夏綠蒂笑著說，「如果妳們不去，我會相當失望。我能幫妳們找到全世界最好的房子，就在我家隔壁，在漢諾瓦廣場。妳們一定要來，真的。如果達胥伍太太不喜歡社交場所，我生產以前隨時都樂意陪妳們出門[16]。」

她們向她致謝，卻還是拒絕她的各種懇求。

「哎呀，親愛的，」她對剛走進客廳的丈夫說，「你來幫我勸達胥伍小姐們冬天進城去。」

她親愛的丈夫沒有回答，而是微微向女士們欠身行禮，開始抱怨天氣。

「這種天氣讓所有東西和所有人都討厭極了。因為下雨，室內和戶外都枯燥乏味，所有認識的人都變得面目可憎。約翰爵士搞什麼鬼，家裡連個撞球室都沒有？沒有人懂得什麼叫愉快的生活！約翰爵士跟這天氣一樣煩人。」

不久後其他人都進來了。

「瑪莉安小姐，」約翰爵士說，「今天妳恐怕沒辦法像平常一樣去阿朗罕散步。」

瑪莉安繃著臉沒說話。

「別跟我們搞神祕。」夏綠蒂說，「我們所有人都知道。我非常欣賞妳的眼光，因為我覺得他相貌英俊極了。我們住在同一個郡，離得不遠，我敢說不到十六公里。」

「將近五十公里。」她丈夫說。

「啊！差不了多少。我沒去過他家，聽說那地方很漂亮。」

「那是我這輩子見過最差勁的地方。」她丈夫說。

瑪莉安不發一語，但她的表情顯示她對這個話題很感興趣。

「那地方很醜嗎？」夏綠蒂又問，「漂亮的房子大概在別的地方。」

16. 依照當時的社交禮儀，未婚女子出門必須有已婚女性相伴。

等大家都進飯廳就坐，約翰爵士感慨只有八個人一起用餐。

「親愛的，」他對妻子說，「人這麼少實在讓人不開心，妳為什麼沒有邀請吉伯特一家人過來？」

「約翰爵士，早先我們討論過這件事，我不是告訴你不能請他們，上次也是他們過來家裡吃飯[17]。」

「約翰爵士，你跟我都不在乎這些禮俗。」詹寧斯太太說。

「那麼你們會顯得很沒教養。」帕爾瑪提出異議。

「親愛的，無論誰的話你都要反駁。」他妻子笑呵呵地說，「你知不知道這樣很沒禮貌？」

「我說妳母親沒教養，並沒有反駁任何人。」

「你怎麼羞辱我都無所謂。」好脾氣的詹寧斯太太說，「你已經把夏綠蒂娶走了，不能再還回來，所以我比你占優勢。」

夏綠蒂想到她丈夫擺脫不了她，笑得前仰後合，還得意地說，反正他們必須一起過日子，她不在乎他對她多麼惡聲惡氣。再也找不到脾氣比她更好，或比她更堅決要開心過日子的人。丈夫刻意表現出的冷漠、傲慢與不滿，對她的心情沒有絲毫影響。不管他責備或辱罵她，她都樂呵呵的。

「我先生太逗了，」她悄聲對艾蓮諾說，「總是心情不好。」

艾蓮諾略作觀察之後認為，帕爾瑪先生倒不像他表現出來的那麼壞脾氣或沒教養。他或許跟很多男性一樣，發現自己基於對美貌難以理解的偏好，娶了個蠢女人，性情變得有點乖張。但這種失誤太普遍，任何理性的男人都不會惆悵太久。她認為，他之所以鄙夷所有人，貶低所有事物，只是為了標榜自己，為了顯得高人一等。這種動機太普通，沒什麼好奇怪的。只是，他用的方法不管多麼有效地證實他的沒教養高人一等，卻也讓所有人對他敬而遠之，他妻子除外。

「親愛的艾蓮諾，」夏綠蒂很快又說，「我想請妳和瑪莉安幫我一個大忙，今年聖誕節妳們能不能來克利夫蘭小住？拜託妳答應吧，就趁威斯頓一家人也在的時間過來。妳想像不到我會有多快樂！一定很開心！親愛的，」她轉向她丈夫。「你希望達胥伍小姐們來克利夫蘭嗎？」

「當然，」他不屑地說，「我來德文郡就是為了這件事。」

「看吧，」他妻子說，「我先生也希望妳們來，所以妳們不能拒絕。」

她們兩個連忙堅定地謝絕她的邀請。

「妳們一定要來，我相信這會是妳們最愉快的假期。威斯頓一家人會來我們家做客，大家會玩得很開心。妳們想像不到克利夫蘭是多麼美麗的地方，而且這段時間我們都很開心，因為我先生經常在郡裡各地競選，也經常有很多我沒見過的人來我們家用餐，實在太有意思了！只是，可憐的人！他不得不去討所有人的歡心，一定累壞了。」

17. 依據社交禮儀，請客必須有來有往，輪流作東。

艾蓮諾認同這確實是非常艱鉅的任務，幾乎忍俊不住。

「等他進了國會就太有趣了！」夏綠蒂說，「妳們說是不是？我一定笑壞了！到時候他收到的信收件人都會附註『國會議員』，太好笑了。妳們知道嗎？他說他不會讓我用他的名義寄免費郵件。他說他不會。帕爾瑪先生，你說是不是？」

她丈夫沒有理她。

「而且他不愛寫信，」她接著說，「他說寫信這種事很討人厭。」

「不，」他說，「我沒說過這麼荒謬的話。別把妳那些胡言亂語都推到我身上。」

「看吧，妳們知道他有多好玩了吧。他一直都是這樣！有時候大半天不理我，然後突然爆出非常逗趣的話，什麼話題都有。」

眾人重新回到偏廳，她問艾蓮諾是不是很喜歡帕爾瑪先生，大大出乎艾蓮諾的意料。

「當然，」艾蓮諾說，「他好像很好相處。」

「我很高興妳喜歡他。我也覺得妳會喜歡他，因為他是這麼和藹可親。我可以告訴妳，他也非常喜歡妳們姊妹，如果妳們不來克利夫蘭，他一定失望極了。我不明白妳們為什麼不肯來。」

艾蓮諾只好再次婉謝她的邀請，隨即換個話題防止她繼續遊說。她心想，帕爾瑪夫婦與威勒比住同一個郡，或許比與威勒比交情不深的約翰爵士一家人更了解他的為人。她急於向任何人打聽這方面的訊息，只為確認威勒比是個好人，免得再為瑪莉安擔憂。她問他們在克利夫蘭是不是經常見到威勒比，是不是與他相熟。

「是，親愛的，我對他很了解。」夏綠蒂答。「我倒沒有跟他說過話，卻經常在城裡見到他。真是不湊巧，每次我來巴騰，他正好都不在阿朗罕。我媽在這裡見過他一次，不過那時我在韋茅斯的叔叔家。我們原本有機會經常跟他碰面，可惜我們跟他不曾同時待在薩默塞特郡。他很少住科姆莊園，不過，就算他常在那裡，帕爾瑪先生多半也不會去拜訪他，因為他支持不同黨派。再者，我們跟他距離有點遠。我很清楚妳為什麼問起他，妳妹妹要嫁給她。這事我頂頂開心，因為以後她就是我鄰居了。」

「也許妳有什麼理由相信他們會結婚，但說實在話，這件事我一點都不知道。」艾蓮諾答。

「別跟我裝糊塗，妳明知道所有人都在談這件事。我在倫敦就聽說了。」

「這話當真！」

「人格保證絕無虛言。星期一上午我們從倫敦出發之前，在龐德街遇見布蘭登上校，是他親口告訴我的。」

「上校告訴妳的！真是想不到！妳一定弄錯了。就算是事實，把這種消息透露給不相干的人實在不是上校的作風。」

「我向妳保證是真的。事情是這樣的：我們在街上遇見他，他調頭陪我們走一段路，於是我們聊起姊姊和姊夫，東一句西一句。我告訴他，『聽說有一戶人家搬進巴騰小屋，媽媽寫信告訴我她們長得很漂亮，其中一個就快嫁給科姆莊園的威勒比，請告訴我是真的嗎？你前不久還在德文郡，一定會知道。』」

「那麼上校怎麼回答？」

「喔，他沒說什麼，但他的表情給了我肯定答案，所以從那時起我就認為這事已經拍板定案。這真是太好了！婚禮什麼時候舉行？」

「上校還好嗎？」

「他很好，滿口稱讚妳，提到妳只有好話。」

「承蒙他的讚美。他好像是個很出色的人，我覺得他非常討人喜歡。」

「我也有同感。他是個很有魅力的人，可惜平時那麼嚴肅鬱悶。我媽說他也愛上妳妹妹。如果真是這樣，那是很不得了的事，因為他好像從來沒有愛上過誰。」

「妳們薩默塞特的家附近很多人認識威勒比先生嗎？」艾蓮諾問。

「沒錯，很多人知道他。我是說，跟他往來的人可能不多，因為科姆莊園離我們很遠，不過大家都覺得他很好相處。威勒比不管到哪裡，都是最受歡迎的人，妳可以這麼告訴妳妹妹。她能嫁給他實在頂頂好運。當然，他能娶到她也一樣幸運，因為她漂亮又和善，配得上全天下最好的男人。只是，我一點都不覺得她比妳好看多少，我認為妳們兩個一樣美，我先生昨天晚上不願意親口承認，不過他一定也是這麼想的。」

夏綠蒂提供的訊息雖然相當有限，但只要能聽到有關威勒比的正面評價，不管多麼稀少，艾蓮諾都十分開心。

「我很高興終於能認識妳們。」夏綠蒂說，「希望以後我們一直是好朋友。妳想像不到我多麼想跟妳們見面！妳們能搬來小屋真是太好了！再沒有比那更舒適的房子！我也很高興妳妹妹找到好對象！以後妳們會經常去科姆莊園，所有人都說那是非常美麗的地方。」

「你們跟上校認識很久了吧？」

「沒錯，我姊姊結婚後就認識了，很長時間了。他跟我姊夫是很好的朋友。」而後她壓低聲音補充，「當初如果有機會，他會很樂意娶我。我姊姊和姊夫想撮合我們，但我媽覺得我可以找到更好的對象，否則我姊夫就會跟他提，那樣的話我們很快就會結婚。」

「那麼妳姊夫向妳母親提起這件事之前，上校知道嗎？他跟妳表白過嗎？」

「沒有。只要媽媽不反對，他一定會點頭同意。當時我還在上學，他才見過我兩次。不過我比較喜歡現在的生活，帕爾瑪先生正是我喜歡的類型。」

第二十一章

隔天帕爾瑪夫婦返回克利夫蘭，巴騰的兩戶人家重回以往彼此相伴的日子。但這種情況沒有持續太久。艾蓮諾還在回味前一波訪客的各種表現，比如夏綠蒂為什麼總是沒由來地開心，聰明的帕爾瑪先生為什麼總是做傻事，夫妻之間為什麼總是莫名地不對盤等等，熱衷社交活動的約翰爵士和詹寧斯太太就為她帶來全新的觀察對象。

某天他們前往艾克斯特遊玩，遇見兩名年輕小姐。詹寧斯太太開心地發現她們跟她有親戚關係，光憑這點就足以讓約翰爵士向她們提出邀請，希望她們結束在艾克斯特的拜訪行程後立刻轉往巴騰園邸。收到這樣的邀約，她們立刻結束在艾克斯特的行程。約翰爵士回家後告訴妻子，馬上會有兩名她沒見過的小姐來家裡做客，把他夫人嚇了一大跳。夫人不知道新訪客的舉止夠不夠高雅，有沒有基本素養，因為在這方面她完全不信任丈夫與母親所做的保證。聽說兩位小姐是母親娘家的親戚，她更是擔憂。她母親安慰她的那番話根本無濟於事，因為母親要她別在意兩位小姐打扮太花俏，還說親戚之間要互相擔待。然而，事情已經成定局，夫人只能發揮淑女的全部涵養，選擇接受現實，每天只拿這件事適度責備丈夫五、六次，就心滿意足了。

兩位小姐來了，她們的外表也算高雅時髦，衣著光鮮亮麗，儀態端莊有禮。她們盛讚密多頓家的宅子，更為室內的裝飾著迷。她們剛好特別喜歡小孩，因此抵達巴騰園邸不到一小時，就博得夫人的好感，直說她們真是討人喜歡的女孩。以夫人的標準而言，這已經是相當熱情的讚美了。約翰爵士聽見妻子的熱烈讚揚，對自己的判斷力信心大增，於是立刻出發前往小屋，去告訴達胥伍一家人史迪爾姊妹已經到來，並且保證兩位小姐是全世界最可愛的女孩。只是，這樣的讚美並沒有透露什麼。艾蓮諾很清楚，整個英格蘭到處都見得到全世界最可愛的女孩，各種體型、臉蛋、性情與才智，應有盡有。約翰爵士希望達胥伍一家人馬上出發，散步去巴騰園邸看他們的新訪客。多麼寬厚仁慈的男人！即使是拐彎抹角的親戚，也積極為她們引見新朋友。

「現在就去吧。」他說，「請妳們一定要去，非得去，妳們一定會喜歡她們。妹妹露西非常漂亮，個性好脾氣也好！孩子們都黏著她不放，像見到老朋友似的。她們倆最想跟妳們認識，因為她們在艾克斯特聽說妳們是世界上最漂亮的女孩。我告訴她們那些傳聞都是真的，還跟她們說了其他很多事。我相信妳們一定會喜歡她們。她們給孩子們帶了滿滿一馬車的玩具，妳們怎麼能這麼狠心拒絕？話說回來，她們勉強也算是妳們的親戚。因為**妳們**是我的親戚，她們是我妻子的親戚，所以妳們也有親戚關係。」

可惜約翰爵士勸說失敗，她們只答應一兩天內會去一趟巴騰園邸。最後他帶著一肚子納悶離開，想不通三姊妹為什麼不為所動。他回家後再度對史迪爾姊妹吹噓三位達胥伍小姐多麼喜歡她們，就像他在小屋吹噓史迪爾姊妹多麼喜歡三姊妹。

她們依約去到巴騰園邸，經過介紹認識了史迪爾姊妹，卻發現那位姊姊安妮年近三十，相貌平平，顯然不太精明，沒什麼值得誇獎的。妹妹露西最多二十二、三歲，確實略具姿色，五官甜美，眼神敏銳，穿著打扮十分入時，雖然稱不上端莊優雅，至少也算出色。她們的舉止格外有禮。艾蓮諾發現她們時時刻刻無所不用其極地討好密多頓夫人，因此斷定她們確實有點頭腦。她們跟夫人的孩子在一起總是歡天喜地，不停讚美他們的長相，吸引他們的注意力，遷就他們的調皮搗蛋。除了周到地陪著糾纏不休的孩子們玩鬧，她們也利用難得的空檔讚嘆夫人碰巧在做的任何事，或者描畫某件新衣裳的樣式，只因前一天夫人穿那身衣裳亮相，她們覺得賞心悅目、百看不厭。這種利用別人性格上的弱點獻殷勤的人也算幸運，因為寵愛孩子的母親怎麼也聽不膩別人對她孩子的讚美，所以也是最好哄騙的。在這方面她永不饜足，來者不拒，因此，史迪爾姊妹對她子女過度的鍾愛與無盡的容忍，她不會有絲毫的訝異與懷疑。無論史迪爾姊妹遭受孩子們什麼樣的無禮侵犯或惡作劇，她都以人母的自滿眼神袖手旁觀。她看見她們的腰帶被扯開，頭髮被抓亂，針線包被翻遍，小刀和剪刀被偷走，依然深信兩位小姐和她的孩子們玩得一樣開心。唯一讓她驚訝的是，艾蓮諾和瑪莉安竟能沉著地坐在一旁，沒有加入眼前的有趣活動。

「小約翰今天好活潑！」她看著兒子掏出安妮的手帕扔出窗外。「玩鬧的花樣一齣又一齣。」不久後另一個男孩用力掐安妮的手指，她慈愛地說，「威廉真淘氣！」

「這是我可愛的小安娜瑪麗亞，」說著，她溫柔地撫摸已經安靜了兩分鐘的三歲女兒。「她永遠這麼柔順乖巧。沒見過比她更文靜的孩子！」

不幸的是，夫人擁抱女兒時，頭上的髮夾輕輕刮到孩子的脖子，號稱柔順乖巧的小女孩頓時尖叫嘶吼，那音量幾乎凌駕所有以聒噪著稱的物種。夫人心慌意亂，史迪爾姊妹的擔憂更是有過之而無不極。三人手忙腳亂合力處理這樁嚴重事故，想方設法減輕小可憐的疼痛。小女孩坐在媽媽懷裡，得到無數憐惜的親吻。一位史迪爾小姐跪在她面前照料她，用薰衣草花水擦抹她的傷痕，另一位史迪爾小姐往她嘴裡塞糖果。小女孩也不笨，她的眼淚能換來這樣的獎賞，當然不能停下來。她繼續尖叫哭號，踢走想伸手摸摸她的兩個哥哥。眾人的努力都於事無補，最後夫人幸運地想起上星期的類似場景，當時用杏桃果醬順利解決鬢角紅腫的事故，於是提議使用同樣的療法來安撫這回的刮傷。小女孩聽見杏桃果醬，哭聲暫歇，眾人因此有理由相信這個療法不會失效。夫人於是抱著小女孩出去尋找靈藥，她要求兩個小男孩留在客廳，但他們堅持跟著去，四位小姐因此驟然體驗到喧鬧幾小時後的沉寂。

他們離開後，安妮說，「可憐的小傢伙！差點就出大事。」

「我想像不出要怎麼出大事，」瑪莉安不認同，「除非是截然不同的情況。不過這種事司空見

玩鬧的花樣一齣又一齣。

慣，明明一點事都沒有，偏偏大驚小怪。」

「夫人真是個親切的女士！」露西說。

瑪莉安不發一語。即使是無關緊要的小事，她也不願意說出違心之論。因此，每當基於禮貌不得不說點口是心非的話，責任總是落在艾蓮諾肩上。這回她同樣迎難而上，略微熱烈地讚揚夫人。儘管如此，她的熱情還是比露西遜色得多。

「約翰爵士也是，」露西語調激昂，「多麼有魅力的男士！」

艾蓮諾對約翰爵士的讚美只稱得上簡潔又公正，沒有華麗的辭藻。她說他個性和善待人親切。

「他們這個小家庭多麼溫馨！我從沒見過這麼可愛的孩子。我太愛他們了。我向來都特別喜歡小孩子。」

「根據我今天見到的一切，我相信妳的話。」艾蓮諾面帶微笑說。

「妳們好像覺得密多頓家太溺愛小孩。這些孩子或許有點太受寵，但以夫人而言那是再自然不過的事。至於我，我喜歡孩子們精力充沛活潑有勁，如果他們溫馴安靜，我會受不了。」

「坦白說，」艾蓮諾說，「我在巴騰園邸時，從來不覺得溫馴安靜的孩子討人厭。」

緊接著是短暫沉寂，打破沉默的是安妮，她好像很想跟她們聊天。她貿然問道，「艾蓮諾小姐，妳喜歡德文郡嗎？我猜妳很捨不得離開沙塞克斯郡。」

艾蓮諾吃了一驚，因為這個問題未免交淺言深，至少提問的口氣太不見外，但她還是給出肯定答覆。

「諾蘭是個非常美麗的地方，對吧？」安妮又問。

「我們聽說約翰爵士非常讚賞那個地方。」露西說。她好像覺得需要為姊姊毫無顧忌的言談辯解。

「任何人只要去過，**必定**會欣賞那個地方。」艾蓮諾答，「但不是每個人都像我們一樣喜歡那裡的美景。」

「妳們在那裡認識很多時髦的美男子吧？搬來這裡以後應該少得多。我向來覺得美男子對任何地方都有很大的加分作用。」

「妳怎麼會覺得德文郡的年輕男士沒有沙塞克斯多？」露西似乎為姊姊感到難為情。

「不，親愛的，我可沒這樣說。我知道艾克斯特有很多時髦的美男子，可我怎麼知道諾蘭有什麼樣的時髦美男子。我只是擔心如果巴騰美男子沒有諾蘭多，達胥伍小姐們會覺得這裡太無趣。不過妳們這些年輕小姐可能覺得有沒有美男子沒有差別。至於我，我覺得美男子只要打扮入時又彬彬有禮，就非常討人喜歡。我受不了骯髒又邋遢的男人。比如艾克斯特的羅斯先生，非常時尚的年輕人，稱得上美男子。他是辛普森先生的職員，如果你白天遇見他，那副模樣真叫人看不下去。艾蓮諾小姐，妳哥哥結婚前也是個美男子，因為他很有錢。」

「說實在話，我沒辦法回答妳。」艾蓮諾答，「因為我不完全理解妳所謂『美男子』指的是什麼。不過我可以告訴妳，如果他結婚前是個美男子，現在還是，因為他一點都沒變。」

「我的天！結過婚的男人怎麼會是美男子，他們有別的事做。」

「拜託！安妮，」她妹妹憤慨地說，「妳開口閉口美男子，艾蓮諾小姐會以為妳滿腦子只有美男子。」為了轉移話題，她開始讚美房子和室內布置。

這對姊妹花艾蓮諾已經觀察夠了。姊姊粗野放肆、蠢笨無知，令人不敢恭維；妹妹雖然容貌俏麗、眼神精明，卻欠缺真正的高雅與質樸。她離開巴騰園邸時，已經沒興趣深入了解這兩人。

史迪爾姊妹卻不然。她們從艾克斯特過來，帶著為約翰爵士、他的家人和親友準備的讚美話語，這時毫不吝惜地施用在爵士的美麗親戚身上，宣稱兩位達胥伍小姐是她們見過最漂亮、最有氣質、最有才華、個性最好的女孩，迫切希望跟她們進一步接觸。艾蓮諾很快發現，她們不可避免地必須跟史迪爾姊妹進一步往來。因為在這方面約翰爵士徹底跟史迪爾姊妹同一陣線，對方人多勢眾，她們反對無效，不得不跟對方親密交往，幾乎每天相聚一兩個小時。約翰爵士只能做到這一步，因為他不知道還需要做些什麼來增進雙方情誼。在他看來，只要湊在一起，就等於親密往來，而經由他的刻意安排，雙方一直有機會相聚，所以幾位小姐肯定已經是好朋友。

為他說句公道話，他竭盡全力促進雙方對彼此的了解，將他對達胥伍姊妹所知或猜測的一切鉅細靡遺告訴史迪爾姊妹，所以艾蓮諾跟史迪爾姊妹才見過兩次面，安妮就恭賀她，因為她妹妹瑪莉安來到巴騰不久，就幸運地釣上一位非常時髦的美男子。

「她這麼年輕就結婚，真是太好了。」她說，「我聽說那人是個好對象，英俊得不得了。希望妳再過不久也能碰上好運道，不過也許妳已經有了預備人選。」

約翰爵士既然宣揚了瑪莉安的事，艾蓮諾覺得他不會口下留情，一定會洩露她與愛德華的緋聞。事實上，他更喜歡拿她說笑，因為她跟愛德華的事比較新鮮，也比較神祕。愛德華在小屋做客那段時間，只要大家一起用餐，爵士一定會舉杯祝福她情場得意，還煞有介事地點頭又眨眼，引起所有人的注意。「費」這個字同樣不可避免地被提出來，編造許多笑料。長久以來艾蓮諾已經相信，這肯定是最詼諧的一個字。

舉杯祝她情場得意。

如她所料，史迪爾姊妹聽了許多這類笑話，姊姊安妮因此生起好奇心，想知道那位先生的姓名。她追問的方式通常很無禮，不過她平時探聽達胥伍一家人的相關訊息都是如此。約翰爵士愉快地引逗出她的好奇心，卻沒有吊她胃口太久，因為安妮有多想知道答案，他就有多樂意揭曉謎底。

「他姓費拉斯。」他壓低了音量，卻能讓旁人聽得見。「不過拜託別說出去，這是最高機密。」

「費拉斯！」安妮驚叫道，「費拉斯先生就是那個幸運兒嗎？天啊！艾蓮諾小姐，是妳大嫂的弟弟吧？非常討人喜歡的年輕人，我跟他很熟。」

「安妮，妳怎麼能說這種話？」露西嚷嚷著，她總是在修正姊姊的豪語。「我們在舅舅家見過他一兩次，不能誇口跟他很熟。」

艾蓮諾專注又震驚地留意這些話。這位舅舅是誰？住在哪裡？他們是怎麼認識的？她雖然保持沉默，卻很希望眾人繼續談這個話題，可惜沒有人再多說什麼。有史以來第一次，她覺得詹寧斯太太對瑣事不夠好奇，聊八卦的興致也不夠高昂。安妮提起愛德華的口氣讓她十分好奇，因為她覺得對方似乎不懷好意，似乎知道，或自以為知道某些對愛德華不利的事。可惜她的好奇心得不到滿足，因為接下來不管約翰爵士如何明示暗示提起愛德華，安妮都不再回應。

第二十二章

瑪莉安向來不太能容忍無禮、粗俗、才華低下的人，甚至不接受別人品味與她不同。以她目前的情緒狀態，更不可能喜歡史迪爾姊妹，也不會鼓勵她們跟她接近。艾蓮諾因此覺得，多半是妹妹太冷淡，澆熄兩位小姐的親近意圖，她們才會明顯將目標轉向她。尤其是露西，幾乎不錯過任何跟她交談的機會，甚至坦然地表露內心的感受，藉此增進彼此的情誼。

露西天生聰明伶俐，言談通常適切又幽默，如果只相處半小時，艾蓮諾會覺得她的性格還算討喜。可惜她的聰明沒有經過教育的薰陶，變得無知又淺薄，心理素質沒有任何長進，欠缺最普通的見識。儘管她時時刻刻在美化自己的言行，卻瞞不過艾蓮諾。艾蓮諾看見她因為教養不足，缺乏各種值得敬重的品德，為此同情她。從她在巴騰園邸的各種鑽營討好逢迎諂媚，艾蓮諾看出她的粗鄙、虛偽與狡詐，對她就沒那麼多憐惜了。這位小姐無知又不誠懇，艾蓮諾跟她相處久了就心生厭煩。再者，露西學識不足，彼此很難有共同話題。至於她對艾蓮諾的關切與敬意，也因為她對其他人的類似態度，變得毫無價值。

某天她們一起從巴騰園邸走向小屋，露西對她說，「我這樣問妳一定覺得奇怪，但請告訴我，妳認識妳大嫂的母親費拉斯太太嗎？」

艾蓮諾確實覺得這個問題非常奇怪，她帶著納悶的表情說她沒見過費拉斯太太。

「這樣啊！」露西說，「好奇怪，我以為妳偶爾會在諾蘭園邸見到她。那麼，妳大概沒辦法告訴我她是什麼樣的人。」

「沒辦法。」艾蓮諾答。她不願意透露她對愛德華母親的真實觀感，也不想滿足別人不當的好奇心。「我對她一無所知。」

「我這樣問起她的事，妳一定覺得我很古怪。」露西一面說，一面仔細觀察艾蓮諾的反應。「但我有充分理由，真希望能對妳說。不管怎樣，希望妳別錯怪我，以為我不懂禮貌。」

艾蓮諾客氣地回應她，兩人又默默地走了幾分鐘，露西再度開口說話，語帶遲疑地延續剛才的話題。

「如果妳把我想成冒失打探的人，我會很難過。妳的認同是對我最大的肯定，為了避免妳把我想成那種人，我什麼都願意做，何況我相信妳一定會幫我保守祕密。事實上，我很希望妳能給我一點建議，教教我該怎麼處理我目前碰上的惱人處境。只是，我不該這樣麻煩**妳**。很可惜妳不認識費拉斯太太。」

「如果我對她的看法對妳有幫助，那麼我很遺憾我**不認識**她。」艾蓮諾無比震驚。「我從來不知道妳跟費拉斯家有關係，妳這麼認真地打聽她的為人，我承認我有點驚訝。」

「妳會覺得驚訝一點也不奇怪，如果我大膽把一切告訴妳，妳就不會這麼訝異了。目前費拉斯太太當然跟我沒有關係，可是或許有一天我們的關係會很親近，至於那一天什麼時候到，完全由她決定。」

她說這些話的時候視線向下，滿臉嬌羞，只偷偷斜瞄一眼，觀察艾蓮諾的反應。

「我的天！」艾蓮諾驚呼，「這話什麼意思？妳認識羅伯特．費拉斯嗎？是這樣嗎？」想到可能會有這樣的妯娌，她開心不起來。

「不，不是**羅伯特**。我沒見過他。」說著，她定定望著艾蓮諾。「是他哥哥。」

此時此刻艾蓮諾心裡什麼感覺？是驚愕。要不是她當下判定露西撒謊，那份驚愕必定既強烈又折磨人。她不發一語，驚奇地看著露西，猜不透對方為什麼說這種話，又有什麼目的。雖然她變了臉色，卻堅決不相信對方的話，穩穩站著，一點也不擔心自己會歇斯底里或暈倒在地。

「妳當然很驚訝。」露西接著說，「因為妳一定不知道這件事。我相信他不曾向妳和妳的家人透露過一丁點消息，畢竟這是我們的大祕密，而在這一刻之前，我也一直守口如瓶。除了安妮，我家人都不知道這件事。我之所以會告訴妳，是因為我覺得妳是世界上最可靠的人。再者，我真

滿臉嬌羞。

的覺得像這樣跟妳打聽費拉斯太太有點奇怪，所以必須解釋清楚。如果愛德華知道我把事情告訴妳，一定不會生氣。他對妳們全家人的評價都很高，把妳們三姊妹當成自己的親妹妹。」她停下來。

艾蓮諾沉默了一陣子。聽見那番話之後，她一度震驚得無法言語，最後不得不強迫自己開口。為求謹慎，她用平靜的語調說話，勉強隱藏了她的詫異與憂慮。「請問你們訂婚很久了嗎？」

「四年了。」

「四年！」

「對。」

艾蓮諾雖然非常震撼，卻仍然無法相信。

「我幾天前才知道你們認識。」

「但我跟他認識很多年了。他在我舅舅家住了很多年。」

「妳舅舅？」

「嗯，就是普拉特先生。妳沒聽他提起過普拉特先生嗎？」

「好像聽過。」艾蓮諾答得愈來愈費力，因為她的心情越來越紊亂。

「他在我舅舅家待了四年，在隆斯特波，離普利茅斯不遠。我經常去舅舅家小住，我們就是在那裡認識的，也是在那裡訂婚，當時他學業已經結束一年，不過經常跟我們一起待在那裡。妳應該想像得到我不太願意跟他訂婚，因為我們沒有告訴他母親，沒有徵得她的同意。只是當時我太年輕，又太愛他，才會做出這麼莽撞的事。艾蓮諾小姐，妳雖然不如我了解他，但妳跟他相處的時間夠久，想必看得出來他確實能讓女人真心愛上他。」

「當然。」艾蓮諾不知道自己在說什麼。反思片刻後，她重新找回安全感，因為她相信愛德華的品德與情感，也認定露西一派胡言。她補充道，「妳說妳跟愛德華・費拉斯訂婚，我承認妳的話太出乎我的意料。恕我冒昧，妳一定是弄錯對象或姓名，我們說的不可能是同一個愛德華。」

「肯定是同一個。」露西笑著說，「我說的是愛德華・費拉斯，帕克街費拉斯太太的長子，妳大嫂約翰・達胥伍太太的弟弟。這個人關係到我的終身幸福，我不可能弄錯他的名字。」

「這就怪了。」艾蓮諾困惑得不知如何是好。「我竟然沒聽他提起過妳的姓名。」

「以我們的情況來說，這一點都不奇怪。我們最在乎的是保守祕密。妳不認識我，也不認識我家人，所以他沒有必要跟妳提到我。他一直怕引起他姊姊的懷疑，光憑這點就足以說明他為什麼沒有提起過我。」

她不再說話。艾蓮諾的安全感下降了，但她的沉著還在。

「你們訂婚四年了。」她用穩定的語氣說。

「誰也不知道我們還得等多久。可憐的愛德華！這件事讓他心情很低落。」她從口袋拿出一幅袖珍肖像畫，又說，「為了避免弄錯，請妳看看這張臉。畫得不像，但我相信妳一定看得出畫裡的人是誰。這張畫像陪了我三年多。」

她邊說邊把肖像塞到艾蓮諾手裡。艾蓮諾一看見那幅肖像，不管她基於什麼疑慮不願意倉促下定論，不管她多想看穿對方的謊言，都不得不確認那的確是愛德華的臉孔。她幾乎立刻交還肖像，也承認畫得很像。

「我還沒辦法回贈他我的肖像，所以苦惱得很。」露西接著說，「他一直很想要我的肖像！不過我已經決定，一有機會就請人幫我畫一幅。」

「這樣很對。」艾蓮諾平靜地回應。接下來兩人默默向前走了幾步，又是露西打破沉默。

「我相信妳一定會幫我們保密。」露西說，「畢竟妳已經知道這件事絕不能讓他母親發現，因為她永遠不會同意。我不會有自己的財產，再者，我猜她是個非常高傲的女人。」

「我並不想知道妳的祕密。」艾蓮諾說，「不過妳說對了，我的確不會洩露出去。我口風很緊，妳不需要擔心。請見諒，我剛才有點吃驚，畢竟妳根本不需要對我說這些話。妳至少該明白，把這些事告訴我，妳的祕密並不會更安全。」

她說完之後定定看著露西，想從她的表情找出蛛絲馬跡，也許想確認她剛才大部分的話都是假的。但露西的臉色始終沒變。

「我跟妳說這些，原本擔心妳會覺得我太冒昧。」露西說，「我們雖然才剛認識，但我很久以前就聽說過妳和妳家人。後來一見到妳，就覺得跟妳認識很久了。再者，以目前的情況來說，我向妳打聽愛德華母親的為人，真心覺得有必要做點解釋。我很可憐，沒有人可以商量。這件事只有安妮知道，但她沒有一點判斷力。事實上她只會給我添亂，我經常擔心她會說溜嘴。妳該看得出來她管不住自己的嘴，那天約翰爵士提到愛德華，我差點被嚇死，就怕她一股腦全說出來。

妳想像不到當時我心裡多麼焦慮。這四年來我為愛德華受了那麼多苦，很難想像自己怎麼能活到現在。所有的一切都是未知數，又很少見到他，一年最多見兩次面。我熬到現在還沒心碎真是奇蹟。」

說到這裡，她拿出手帕，但艾蓮諾不太同情她。

露西擦擦眼淚，又說，「有時候我覺得也許解除婚約對我跟他都比較好。」她說這些話時，直視著艾蓮諾，「但其他時候我又下不了決心。我知道如果我主動跟他提，他會很傷心，而我不忍心看他難過。當然也是為了我自己，因為他對我太重要，我承受不了失去他的痛苦。艾蓮諾小姐，像這種情況，妳能給我什麼建議？換做是妳，妳會怎麼做？」

艾蓮諾被對方的問題嚇了一跳，答道，「請見諒，這種事我沒辦法給妳任何建議，妳必須自己做決定。」

兩人沉默幾分鐘之後，露西又說，「的確是。總有一天他母親會讓他獨立，但可憐的愛德華心情沮喪極了！他來巴騰那段時間，妳有沒有發現他情緒非常低落？他原本跟我們待在隆斯特波，出發去拜訪妳們時看起來很憂傷，只怕妳們會以為他生病了。」

「所以他來我們家之前在妳舅舅家？」

「是啊，在那裡住了兩星期。妳以為他直接從倫敦過來嗎？」

「不。」艾蓮諾深刻感受到，每一項新訊息都在證實露西的話。「我記得他告訴過我們，他在離普利茅斯不遠的朋友家住了兩星期。」她也記得自己當時很訝異，因為他沒有多聊那些朋友，甚至連他們的姓名都沒提。

「那時妳不覺得他心情很不好嗎？」露西又問。

「是，我們大家都察覺到了，尤其是他剛到時。」

「我求他打起精神，免得妳們察覺異樣。可是他心裡太難受，因為只能在那裡住兩星期，又看到我傷心難過。可憐的人！我擔心他現在還是一樣，因為他寫的信還是很頹喪。我離開艾克斯特前收到他的信。」她小心翼翼從口袋裡掏出一封信，蠻不在乎地讓艾蓮諾看上面的地址。「妳一定認得他的筆跡，很漂亮的字。不過這些字沒有他平時的好看。我猜他當時很累，看得出來他只是盡力為我把信紙填滿。」

艾蓮諾看見那**確實**是他的字跡，心裡再也沒有懷疑。原先她給自己找理由，說那幅肖像也許是偶然取得，不是愛德華的贈禮。但未婚男女互相通信，代表他們之間必定有婚約存在，不會是其他原因。接下來那短暫片刻她幾乎不能自已，她的心直往下墜，雙腳幾乎站不穩。但她別無選擇，必須鎮定下來，於是她堅定地對抗排山倒海而來的情緒，也迅速收到成效，這時已經恢復鎮定。

露西把信放回口袋，說道，「我們長期分隔兩地，給彼此寫信是唯一的慰藉。沒錯，他的肖像也能帶給我撫慰，但愛德華卻連這個都沒有。他說只要有我的肖像，心情就能安定。上次他去隆斯特波，我給了他一束我的頭髮，纏在他的戒指上。他說那也能帶給他一點安慰，但比不上肖像。妳上次見到他的時候，應該看到戒指了吧？」

「看到了。」艾蓮諾答。她語調平穩，掩蓋住她從未體驗過的情緒波動與悲傷。她窘迫、震撼又狼狽。

幸好她們已經走到小屋，話題必須結束。史迪爾姊妹跟她們坐了幾分鐘，就回巴騰園邸去了，艾蓮諾終於有時間陷入沉思，悲不自勝。

第二十三章

不管平時艾蓮諾對露西的誠實度有多少懷疑，此刻她仔細一想，卻不認為露西在說謊：編出這種漫天大謊未免太愚蠢，她根本沒有理由這麼做。那麼，對於露西說的那些話，艾蓮諾不能、也不敢再懷疑。更何況，各方面的可能性與證據都支持露西的說詞，她只是不願意相信。他們確實有機會在普拉特先生家相遇，這是一切的基礎，不容撼搖，也是個警訊。愛德華去過普利茅斯附近、明顯鬱鬱寡歡、為自己的未來悶悶不樂、對她忽冷忽熱；史迪爾姊妹對諾蘭園邸、對兩家的親屬關係熟悉的程度令她訝異；還有那幀肖像、那封信和那枚戒指。這一切組成如山的鐵證，她沒辦法再擔心錯怪他，也證實他的確玩弄她的感情，再多的偏袒都抹滅不了這個事實。這樣的行為令她憎恨，受騙的事實令她憤慨，有那麼一段時間她自憐自艾。但她腦海很快又冒出別的想法，別的考量。愛德華故意欺騙她嗎？他明明不愛她，卻對她虛情假意嗎？他跟露西訂婚，是因為愛嗎？不，不管過去如何，她都無法相信他還愛露西。他的心裡只有她一個，這點她絕不會看錯。當初在諾蘭，她母親、兩個妹妹和大嫂芬妮都察覺到他對她的感情，那不是她自己的虛榮心製造的幻覺。他肯定愛她。這番自我勸解如此有效地軟化了她的心，她怎麼可能不原諒他！他犯了錯，錯得離譜。在諾蘭時，他察覺到自己對她產生不該有的感情，卻繼續留在那裡，這一點他確實理虧。但如果說他傷害了她，那麼他對自己的傷害更深；如果說她處境堪憐，那麼他就是希望破滅。他的輕率帶給她一時的痛苦，卻好像害他自己永遠失去幸福。隨著時間過去，她也許能找回平靜，但是他呢，他還能期待什麼？他跟露西在一起，有可能得到最低限度的幸福嗎？他毫無疑問愛著她，像他這種正直、細膩又滿腹經綸的人，跟露西這樣無知、狡詐又自私的妻子在一起會開心嗎？

十九歲年輕人的意亂情迷當然會蒙蔽他的眼睛，讓他只看見她的美貌與親切。可是之後那四年，只要他沒有虛度光陰，心智必定有所成長，也必定會看見她在教養上的缺失。而在那四年裡，她往來的都是層次比較低的人，追逐的是比較輕佻的趣味，也許就這麼消磨了年輕時為她美貌增色的那份質樸。

艾蓮諾心想，假設愛德華娶她會遭到他母親的強力反對，那麼他訂婚的對象是家世與財富都不如她的露西，來自他母親的阻力又會有多大。他心裡已經沒有露西，所以母親的阻撓對他而言不至於太難忍受。如果說家庭的反對與苛刻竟然讓他覺得是一種解脫，那就難怪他目前會顯得鬱鬱寡歡。

她越想這些事越心痛，流下的眼淚多半是為他，而不是為她自己。她覺得安慰，因為她知道目前的不快樂不是因為自己做錯了什麼，也相信愛德華沒有做出任何令她看輕的事。儘管她剛遭受沉重打擊，卻覺得自己甚至能夠掌控情緒，不會讓母親和妹妹們猜到真相。她沒有辜負自己的期待，在痛失最寶貴的希望之後兩小時，就平靜地跟家人一起吃晚餐。兩姊妹外表都毫無異狀，看不出艾蓮諾正為將她與摯愛永遠分隔的阻礙黯然神傷，也看不出瑪莉安內心想著某位男士如何盡善盡美，想著那人對她情真意切，隨時可能乘著馬車來到她家門口。

為了信守承諾保守祕密，艾蓮諾必須瞞住她母親和瑪莉安。這麼做雖然持續消耗她的心力，卻沒有加重她的憂傷。相反地，她從中得到寬慰，因為她不需要對她們說出這種勢必令她們苦惱萬分的事，在此同時，她也不必聽她們責罵愛德華。她們責罵愛德華，是基於對她的過度偏愛，但她覺得自己無法忍受那些苛責的言語。

她知道無論她們的建議或她們的話語，都不能給她幫助。她們的憐惜與哀傷只是徒增她的苦惱，而她的自制既不符合她們的風格，也得不到她們的讚賞。她獨自面對反而更為堅強。她的理智成為她最有力的支柱，儘管她剛遭受如此沉痛的打擊，依然盡可能表現得穩重如昔，歡顏依舊。

第一次跟露西聊起那個話題雖然令她痛苦萬分，不久後她又想再找露西談，原因不一而足。她想再聽聽他們訂婚的種種細節，想更清楚知道露西對愛德華是什麼樣的感情：她口口聲聲說對他一往情深，究竟有幾分真心？另外，她特別希望自己平心靜氣地主動談論那件事，藉此讓露西覺得她只是站在朋友的立場表達關切。早先兩人說話時，她的情緒不由自主地激動，她擔心露西會起疑。露西吃她的醋並非不可能，愛德華顯然經常讚美她，一來露西自己也這麼說，二來露西剛認識她就敢向她吐露據說很重要、確實也很重要的祕密。就連約翰爵士的玩笑話也有一定的影響力。事實上，艾蓮諾深信愛德華真正愛的是自己，那麼露西會吃醋就一點也不奇怪。露西向她吐露祕密就是吃醋的證據。露西之所以說出她跟愛德華的私情，難道不是為了告訴艾蓮諾，愛德華屬於她，讓艾蓮諾日後跟愛德華保持距離？艾蓮諾輕易就洞悉情敵的心計。雖然她已經下定決心本著光明磊落的處事原則，壓抑對愛德華的感情，盡量避免跟他見面，卻也不想委屈自己，因此一定要讓露西知道她並沒有受傷。如今她再聽見那些話，並不會比先前更難受，所以她相信自己一定能冷靜地聽露西重複其中的細節。

雖然露西也樂意把握任何空檔跟艾蓮諾說話，可惜一時之間還找不到這樣的機會，因為天氣通常不太好，她們沒辦法輕鬆擺脫別人一起去散步。雖然她們至少每隔一晚就會在巴騰園邸或小屋見面（多半是在巴騰園邸），這些聚會的主要目的卻不是讓大家交談，這種事約翰爵士或他夫人想都沒想過。所以不但眾人聚在一起純聊天的機會不多，少數人私下談話更是不可能。大家見面主要是為了吃喝笑鬧，玩玩紙牌、故事接龍或其他足夠嘈雜的遊戲。

這樣的聚會已經有過一兩次，艾蓮諾卻沒有機會私下找露西說話。不過，某天早上約翰爵士來到小屋，求她們全家行行好，去巴騰園邸陪他夫人用餐。當天他要去艾克斯特參加俱樂部的活動，他夫人在家孤孤單單地，只有他岳母和兩位史迪爾小姐作陪。艾蓮諾立刻應允，因為她預見到，比起約翰爵士那些以喧鬧為宗旨的聚會，由文靜有教養的夫人主持的餐會自由度更高，她更有機會達到目的。瑪格麗特取得母親的同意，也答應前往。瑪莉安不願意參加巴騰園邸的聚會，但她母親希望她盡量與眾人同樂，不要孤立自己，成功說服她同去。

三姊妹準時赴約，夫人於是幸運地解除冷清用餐的危機。聚會的單調乏味一如艾蓮諾預期，沒有迸發任何新穎的觀點或論述。不管是在飯廳或客廳，眾人的談話無趣至極。在客廳那段時間，孩子們都在，她很清楚露西不會有空，因此沒有找她說話。吃過茶點後孩子們就離開了，牌桌緊接著登場。艾蓮諾開始納悶，自己為什麼會認為在巴騰園邸能找到私下交談的機會。她們都站起來，準備入座玩紙牌。

密多頓夫人對露西說，「我很高興妳不打算今天晚上趕完小安娜瑪麗亞的籃子，因為在燭光下做金銀絲細工非常費眼力。明天我們再想辦法補償可愛的小寶貝，但願她不會太失望。」

夫人的暗示太明顯，露西立刻反應過來，答道，「夫人，您誤會了。我只是在等您確認牌桌上不缺我一個，否則我已經開始製作籃子了。我無論如何也不會讓小天使失望，就算您希望我陪您打牌，我也會在宵夜後把籃子做好。」

「妳太好心了，希望不會傷妳的眼睛。麻煩妳拉個鈴，讓僕人送些工作用的蠟燭過來？明天我的小寶貝如果看不到籃子，一定會很失望。雖然我告訴她明天還做不好，但我相信她一定認為明天能看得到。」

露西馬上把她的針線桌拉過來，歡歡喜喜地重新坐下，似乎在表明為被寵壞的孩子做金銀絲籃子是世上最快樂的事。

夫人建議玩卡西諾牌戲[18]，除了瑪莉安之外，沒有人反對。瑪莉安向來不太講究形式上的客套，叫道，「請夫人好心放過我，妳也知道我討厭玩牌。我去彈鋼琴，上次調音之後我還沒彈過。」說完，頭也不回地走向鋼琴。

夫人的表情像在慶幸**她自己**從沒說過這麼無禮的話。

「夫人，瑪莉安捨不得離開那台鋼琴太久。」艾蓮諾盡力打圓場，「我覺得一點也不奇怪，畢竟那是我聽過音質最好的鋼琴。」

剩下的五個人準備抽牌。

「不如我也退出。」艾蓮諾說，「也許我可以幫上露西小姐的忙，幫她捲些紙張。籃子離完工還有一大段距離，如果她一個人做，今晚可能做不完。如果她允許我參與，我會非常樂意出點力。」

「妳能幫我就太好了！」露西叫道，「我發現目前的進度比我原先估計的來得少，萬一害親愛的安娜瑪麗亞失望就太糟了。」

「哎呀！那的確會很糟糕。」安妮說，「親愛的小寶貝，我好愛她！」

「妳真是太好心了。」夫人對艾蓮諾說，「既然妳喜歡做金銀絲，也許妳願意下一輪再玩？或者妳想現在就來試試手氣？」

艾蓮諾開心地採納第一個選項，於是，她憑藉幾句瑪莉安不屑說出口的言語，順利達到她的目的，同時也取悅了密多頓夫人。露西熱心地挪出座位，兩位美麗的情敵就這樣並肩坐在桌子旁，無比融洽地做著同一件事。正在彈琴的瑪莉安已經徹底沉浸在自己的音樂與思緒之中，忘記

18. Casino，一種二到四人玩的紙牌遊戲，玩家以手中紙牌與桌面紙牌配對，以計分方式判定勝負。

客廳裡還有其他人。鋼琴幸好離她們兩個不遠，在琴音掩護下，艾蓮諾覺得自己可以放心聊她念念不忘的那件事，不必擔心牌桌上的人聽見。

第二十四章

艾蓮諾用謹慎中不失堅定的語調引出話題。

「我既然有那份榮幸幫妳保守祕密，如果不繼續跟妳聊聊那件事，或表現得不夠好奇，恐怕就不值得妳的信任。所以我不會為再次提起同一個話題向妳致歉。」

「謝謝妳主動提出來。」露西熱情地說，「妳這麼做，我反而鬆了一口氣。其實我有點擔心星期一跟妳透露那件事，惹妳不高興了。」

「惹我不高興！妳怎麼會這麼想？相信我，」艾蓮諾用最真誠的口吻說，「我一點都不希望給妳留下這種印象。妳把祕密告訴我，難道有任何不值得我尊敬或心喜的動機？」

「然而我必須告訴妳，」露西答，她那雙銳利的小眼睛別有深意。「當時妳的態度顯得冷淡又不高興，讓我感覺不太舒服，我覺得妳一定在生我的氣。我從那時起一直很糾結，因為我貿然說出我自己的事，造成妳的困擾。現在知道那全是我自己的想像，妳沒有生我的氣，我很高興。能夠把我時時刻刻思量的事告訴妳，對我是很大的安慰。如果妳知道這一點，基於妳的善心，一定不會在意其他的事。」

「的確，妳把自己的困擾告訴我，也確知我永遠不會洩露妳的祕密，一定如釋重負。你們的處境非常不幸，好像遭遇各種難題，在重重阻礙下，你們必須靠彼此的深厚情意，才能熬得過去。費拉斯先生目前的經濟完全依賴他母親吧。」

「他自己只有兩千鎊存款，這種條件去結婚太瘋狂。但以我來說，就算他得不到更多財產，我一點都不介意。我向來習慣收入微薄的日子，願意跟他一起忍受窮困了生活。但我太愛他，不願意自私地剝奪他有機會獲得的財富。他只要接受他母親安排的婚姻，就能得到那些東西。我們必須等待，可能要等很多年。換做其他任何男人，我的未來很值得憂慮，但我知道誰也沒辦法奪走愛德華對我的深情和忠誠。」

「這點信念想必是妳最重要的東西，他必然也是靠著對妳的信任撐下去。很多人訂婚四年後基於種種因素而感情變淡，如果你們也是那樣，妳的處境就真的值得同情。」

這時露西抬起頭，但艾蓮諾審慎維持表情，避免她的話啟人疑竇。

「愛德華對我的愛經歷過考驗。」露西說，「我們訂婚後長久分隔兩地，非常久，那份愛始終沒變。如果我現在懷疑他，就不可原諒。我可以放心地說，打從一開始，他就沒有讓我擔心過這方面的事。」

聽她這樣言之鑿鑿，艾蓮諾不知道自己該笑或該嘆息。

露西接著說，「我天生愛吃醋，而我跟他家世有差距，他見的世面比我廣得多，我們又總是聚少離多，如果我們見面時他的行為出現一丁點變化，或他莫名其妙心情不好，或他談到某位小姐的機率偏高，或者在隆斯特波顯得沒有過去開心，我一定會開始猜疑，也會立刻找出原因。我並不是說我觀察力特別好，或眼神特別銳利，但我相信這種事瞞不了我。」

艾蓮諾心想，這些話說得很好聽，但妳我都不會相信。

靜默片刻後，她又問，「那麼你們有什麼打算？或者你們唯一的策略就是等到費拉斯太太過世，這種辦法既哀傷又驚人。她兒子難道寧可走極端，讓妳憂心忡忡地忍受無數年的漫長等待，也不願意冒著惹她生氣的危險說出真相？」

「如果我們有把握她不會氣很久，當然可以！可是費拉斯太太是個非常固執又高傲的女人，一旦告訴她真相，她很可能一氣之下把所有財產都給羅伯特。考慮到這點，我不能操之過急，這都是為了愛德華。」

「也為了妳自己，否則妳的無私就顯得不合情理。」

露西又看艾蓮諾一眼，沒有說話。

「妳認識羅伯特嗎？」艾蓮諾問。

「不認識。我沒見過他，不過我猜他跟他哥哥一點也不像，沒有腦子，還是個大紈褲。」

「大紈褲！」安妮重複妹妹的話。當時琴音驟歇，她正好聽見這幾個字。「她們一定在聊她們最喜歡的美男子。」

「姊姊妳錯了。」露西叫道，「我們最喜歡的美男子**不會是**大紈褲。」

「我可以證實艾蓮諾小姐最喜歡的那位不是。」詹寧斯太太笑得開懷，說道，「因為他是我見過最謙虛、最斯文的男人。至於露西，這小丫頭太狡猾，沒有人知道她喜歡的是誰。」

「哎呀，」安妮意味深長地看看大家，「我敢說，露西的美男子跟艾蓮諾小姐的美男子一樣謙虛斯文。」

艾蓮諾不由自主地紅了臉，露西緊咬下唇，悻悻然瞪著姊姊。一時之間雙方都沒有說話。露西先打破沉默，不過這時瑪莉安已經用恢宏的協奏曲為她們提供掩護。露西壓低聲音說：

「我可以坦白告訴妳我最近想到的解決方法，事實上我必須把這個祕密告訴妳，因為這件事牽涉到妳。以妳對愛德華的了解，一定知道他最渴望進教會工作，我的計畫是他盡快取得資格，到時候由妳出面說服妳哥哥讓他接掌諾蘭教區。我想妳一定願意幫這個忙，一來是基於妳對他的友誼，二來也希望妳能看我的面子。據我所知，諾蘭教區規模不小，現任教區長好像活不了多久。有了那份收入，我們就能結婚，其他的只能交給時間和機會。」

「我隨時樂意做任何事來表達我對費拉斯先生的敬重和友誼。」艾蓮諾答。「可是

詹寧斯太太說，「這點我可以證實。」

妳沒發現這件事根本不需要我出面嗎？他是我大嫂的弟弟，光憑這點就足以說服我哥哥。」

「但妳大嫂不贊成愛德華進教會。」

「那麼我出面也不會有用。」

她們又沉默了幾分鐘。最後露西深深嘆一口氣：

「看來最明智的做法就是立刻解除婚約。我們好像進退兩難無路可走，退婚雖然會讓我們痛苦一段時間，但也許到最後還能得到幸福。艾蓮諾小姐，妳不能給我一點建議嗎？」

「不能。」艾蓮諾笑著回答，那笑容掩蓋了內心的激盪。「這種事我當然不會給妳建議。妳心裡也很清楚，除非我的建議正好是妳想聽的，否則妳不可能接受。」

「妳真的冤枉我了。」露西臉色非常肅穆。「在我認識的人之中，我最看重妳的意見。如果妳告訴我：『我建議妳跟愛德華．費拉斯解除婚約，這是為你們的幸福著想。』我一定立刻照辦。」

愛德華未來的妻子竟這樣口是心非，艾蓮諾難堪得臉紅。「妳這樣讚美我，就算我有什麼看法，也嚇得不敢說出來。妳賦予我太多影響力，拆散兩個這麼相愛的人茲事體大，一個不相關的局外人不該擁有這樣的權力。」

「正因為妳是個局外人，」露西口氣帶點憤懣，說話時刻意加強語氣，「所以妳的意見才值得我重視。假使妳基於私人情感產生任何偏見，妳的建議就不值得採納。」

艾蓮諾覺得最好不要再回應，否則兩人可能會氣得口不擇言，說出不該說的話。某種程度上，她甚至決定再也不談這個話題。於是兩人又沉默了幾分鐘，最後還是露西先開口。

「艾蓮諾小姐，今年冬天妳會進城嗎？」她一貫的自滿語氣發揮得淋漓盡致。

「當然不會。」

「我很遺憾，」露西說，只是她聽完眼神一亮。「如果能在那裡見到妳，我一定開心極了！不過雖然妳這麼說，我認為妳還是會去，妳哥哥嫂嫂會要妳去找他們。」

「就算他們提出邀請，我也沒辦法答應。」

「實在太可惜了！原本我以為一定可以在城裡遇見妳。一月底我跟安妮會去那裡拜訪親戚，這些年來他們一直邀請我們過去！愛德華二月會進城，我去就是為了見他，否則倫敦對我根本沒有吸引力，我對那地方沒興趣。」

第一輪紙牌遊戲結束了，艾蓮諾被叫上牌桌，跟露西的談話就此打住。她們似乎都不遺憾，因為兩人都沒有說出任何話來消滅對彼此的憎惡。艾蓮諾憂傷地坐上牌桌，她相信愛德華不但不愛那個即將成為他妻子的女子，甚至沒有機會在婚姻裡得到最起碼的幸福。只有妻子的真愛才能帶給他幸福，露西卻是自私自利的人，明知愛德華已經對他們的婚約感到厭煩，卻不肯取消婚約。

從此以後，艾蓮諾不曾再開口談論這個話題，露西卻把握所有機會主動提起，只要收到愛德華的信，一定刻意強調她有多麼開心。這種時候艾蓮諾都冷靜審慎地應對，在不失禮的情況下盡快結束談話。她認為露西不值得她這樣遷就，何況對她自己而言這是個危險話題。

史迪爾姊妹已經在巴騰做客很長時間，遠遠超出當初邀請時的默契。她們越來越受歡迎，主人家少不了她們，約翰爵士不想聽她們開口告辭。雖然她們在艾克斯特有數不清的邀約和早就定好的行程，雖然每到週末她們就表示必須立刻回去履行，刻不容緩，卻一直被挽留，在巴騰園邸住了將近兩個月，並且協助安排年終的重大節慶。那段時間舞會和餐宴都必須比平時更多，才能突顯這個節慶的重要性。

第二十五章

詹寧斯太太雖然一年到頭大多數時間都住在女兒或親友家，卻也有屬於自己的固定住所。她丈夫生前在倫敦某個文化層次不高的地帶經營事業頗為成功。自從他過世後，她每年都會在波特曼廣場周邊高級住宅區的一棟房子過冬。接近一月份時，她開始規劃回倫敦的事，有一天突然邀請艾蓮諾和瑪莉安跟她一起去。這完全出乎兩姊妹的意料。艾蓮諾沒有注意到妹妹臉上露出歡快的表情，似乎對這份邀請興致盎然，她心懷感激卻堅定地為自己和妹妹推辭，深信這是兩人共同的意願。她的理由是不願意在這段時間離開母親。詹寧斯太太有點吃驚，連忙重新提出邀請。

「我的天！我相信妳母親不介意妳們離家。我真心希望妳們能答應，因為我非常希望妳們能去陪陪我。別擔心妳們會造成我的不便，我不會讓自己為妳們受累。我們三個人坐我的三人座馬車出門一點問題也沒有，我的女僕貝蒂可以搭出租馬車，這點錢我應該負擔得起。進城後，如果妳們不想去我去的地方，那也沒事，妳們可以跟我任何一個女兒出門，我相信妳母親不會反對。我兩個女兒都嫁得好，她一定會覺得把妳們交給我再合適不過。如果我沒有幫妳們之中至少一個找到好丈夫，那肯定不是我的錯。我一定會在所有年輕男士面前誇獎妳們，這點妳們大可放心。」

「我覺得只要艾蓮諾小姐答應，瑪莉安小姐就不會反對。」約翰爵士說，「只因姊姊不同意，妹妹就沒辦法享受一點樂趣，實在太可憐。所以我建議妳們倆，等妳們在巴騰住膩了，就進城去，別告訴艾蓮諾。」

「不行。」詹寧斯太太嚷嚷道，「不管艾蓮諾小姐去不去，有瑪莉安小姐陪我去我當然非常高興，但人越多越開心，而且她們倆有彼此做伴會比較安心，萬一她們對我厭煩了，還可以跟彼此聊天，背地裡偷偷取笑我這個老古董。不過就算沒辦法兩個都去，我至少要帶一個去。上帝保佑我！在今年冬天以前，每年都是夏綠蒂陪我，現在我一個人要怎麼熬下去。瑪莉安小姐，咱們就這麼說定了，之後如果艾蓮諾小姐改變心意，那就更好了。」

「太太，謝謝妳，真心謝謝妳。」瑪莉安熱情地說，「我一輩子都會感謝妳的邀請。如果我能接受這份邀請，會非常開心，沒錯，可以說是我最開心的事。可是想到我的母親，我最親愛、最慈祥的母親，我覺得艾蓮諾說得沒錯，我們離家如果會對她的心情造成一丁點影響，天啊！不行，沒有任何東西能引誘我離開她。我不可以、也不該為這件事左右為難。」

詹寧斯太太再次向她們保證，她們離開一點也不會影響達胥伍太太。艾蓮諾終於看出瑪莉安的心意，知道她為了去找威勒比，任何事都不在意了。她不再堅決反對，改口說會聽從母親的意思。只是，她不敢奢望母親會支持她婉拒倫敦之行。為了瑪莉安好，她不贊成去倫敦，何況她自己也有不想去的特殊理由。但只要是瑪莉安想做的事，她母親都會積極促成。不管她說什麼，母親都不願意對威勒比的行為起疑，當然更不可能審慎處理他和瑪莉安的事。至於自己不想去倫敦的原因，更不能讓母親知道。挑剔的瑪莉安熟知詹寧斯太太的行事風格，而且無比嫌惡，這回為了某個目的，竟然無視這方面的種種不便，不在乎那些必然會刺激她易怒神經的言行舉止，足以證明那個目的對她有多重要。這種證據太有力、太充分，儘管目睹了過去那些事，艾蓮諾還是不願看到這樣的事實。

達膂伍太太聽說這個計畫之後，覺得這趟旅程能為兩個女兒增添不少樂趣。另外，雖然瑪莉安一片孝心為她著想，她卻看出來女兒心裡有多麼想去，因此絕不允許兩個女兒為了她錯過這個機會，堅持要她們立刻答應。而後她本著一貫的樂天，開始暢想這次的分別對她們全家每個人都有些什麼好處。

「我很高興妳們能去倫敦。」她開心地說，「這個計畫正合我意，對我跟瑪格麗特也好。妳們和密多頓一家人都走了以後，我們就可以安靜又愉快地看書彈琴！等妳們回來以後，會發現瑪格麗特進步很多！我也打算稍微修改一下妳們的房間，妳們不在家更方便施工。妳們進城去就太對了，像妳們這個年紀的女孩，都該去體驗一下倫敦的風尚和娛樂。詹寧斯太太是個慈愛的女士，我相信她一定會好好照顧妳們。再者，妳們很可能會見到妳們哥哥，不管他或他妻子有什麼過失，只要想到妳們的父親，我就不忍心看著你們兄妹彼此疏遠。」

「雖然妳一如既往為我們的幸福設想，排除了妳想像得到的所有阻礙，但我認為還有一個難題沒辦法輕易克服。」艾蓮諾說。

瑪莉安臉色沉下來。

「那麼我個性謹慎的乖女兒艾蓮諾想說什麼？妳所指的驚人障礙是什麼？別跟我提這趟旅程

的花費。」

「我反對的理由是：雖然我知道詹寧斯太太心地很好，卻不認為我們跟她在一起能過得開心，也不認為她的陪伴對我們的社會地位有幫助。」

「這話說得沒錯。」她母親答，「但妳們不會太常單獨跟她在一起。在公共場合時，密多頓夫人幾乎都會在。」

「艾蓮諾不喜歡詹寧斯太太，所以退縮不前。」瑪莉安說，「但我不會因此拒絕接受她的邀請。我沒有這種顧忌，我相信我輕易就能忍受那方面的不愉快。」

看到瑪莉安說得好像對別人的言行舉止蠻不在乎，艾蓮諾不禁失笑。平時她苦口婆心勸瑪莉安對別人要維持說得過去的禮儀，卻總是收效甚微。不過她暗自決定，如果瑪莉安堅持要去，她就跟著去。她不能放任妹妹一個人任性而為，也不能讓詹寧斯太太在自己家還得看瑪莉安臉色。她做這個決定並沒有太掙扎，因為她記得露西說過，愛德華二月才會到倫敦，而她們的倫敦行即使沒有臨時縮短，到那時一定也結束了。

「妳們兩個**都去**。」達胥伍太太說，「這些反對理由都站不住腳。妳們在倫敦會玩得很開心，尤其妳們兩姊妹在一起。如果艾蓮諾願意給自己一點期待，一定能在那裡找到許多快樂的泉源，說不定還能跟妳們大嫂的娘家人多相處。」

艾蓮諾一直在等待機會，希望能打消她母親對她和愛德華的期待，將來真相揭露時，才不會太震驚。現在母親突然提起這件事，儘管不太可能成功，她還是強迫自己依計行事，用最平靜的口氣說，「我很喜歡愛德華．費拉斯，任何時候都樂意見到他。至於他的家人，不管有沒有機會認識，我一點都不在乎。」

達胥伍太太笑了笑，什麼都沒說；瑪莉安吃驚地抬起視線。艾蓮諾覺得剛才那些話不如不說。

她們又簡單討論了幾句，終於決定接受邀請。詹寧斯太太收到消息興高采烈，一再保證會好好照顧她們，也會善待她們。高興的不只她一個，約翰爵士也很興奮，因為他是個最怕孤單的男人，去倫敦的期間能多兩個同伴，是很值得高興的事。就連密多頓夫人都一反她平時的作風，不吝表達她的欣喜。至於史迪爾姊妹，尤其是露西，她們這輩子從沒聽過比這還讓她們開心的消息。

艾蓮諾接受這個違反她意願的安排，內心的不情願卻不如她預期中那般強烈。以她本身來說，去不去倫敦不是那麼重要。但目睹母親為這件事那麼開心，妹妹的喜悅之情溢於言表，恢復了往日的生氣，比平時更活潑，於是對這個結果也感到滿意，不允許自己對倫敦之行有任何擔憂。

瑪莉安的快樂幾乎無法以言語形容，她心情太煩亂，迫不及待想出發。唯一能讓她保持冷靜的，是即將離開母親的不捨。分別的那一刻，她傷心得無法承受。她母親的心情跟她不相上下，三個人之中好像只有艾蓮諾表現得不像跟家人永別。

她們是在一月的第一個星期離家。密多頓夫婦比她們晚一星期出發，史迪爾姊妹繼續留在巴騰園邸，跟密多頓家其他人同行。

第二十六章

艾蓮諾為自己當下的處境感到詫異，她竟然與詹寧斯太太同乘一部馬車，在她的監護下前往倫敦，去她家做客。她們彼此認識時間不長，年齡與個性完全不相稱，幾天前她還想盡各種理由反對這樣的安排！但她再多的反對，都被瑪莉安和她母親如出一轍的雀躍少女心推翻或忽略了。艾蓮諾雖然偶爾會懷疑威勒比的真心，但目睹妹妹滿心滿眼都因為愉快的期待欣喜若狂，不免意識到自己的未來多麼渺茫，自己的內心跟妹妹相比多麼地淒涼。如果她跟瑪莉安有同樣令人振奮的目標，同樣可望成真的心願，她會多麼樂意跟此刻的瑪莉安一樣心有牽掛。再過不久，再等一小段時間，就可以確認威勒比的意向，因為他這時很可能就在倫敦。瑪莉安急著要去，顯示她認定在那裡可以見到他。艾蓮諾下定決心，要靠自己的觀察和他人提供的訊息，盡可能去了解威勒比的人品。同時也要密切留意他對瑪莉安的態度，希望不需要見太多次面，就能看清他的為人和他的想法。如果觀察的結果不令人滿意，她決定無論如何都要讓妹妹看清真相。如果結果是好的，那麼她要做的事就不同了，她要努力摒除私心，不跟妹妹攀比，要掃除所有懊喪，全心全意為妹妹的幸福欣喜。

她們在路上走了三天，瑪莉安的表現充分顯示，在接下來的日子裡，她會是詹寧斯太太柔順又友善的良伴。一路上她都安靜坐著，沉浸在自己的思緒裡，幾乎不曾主動開口說話。偶爾看見美麗的景物，她會興奮地表達驚嘆，但也只對姊姊說。為了彌補妹妹的失禮，艾蓮諾立刻承擔起她分派給自己的親善任務，用最殷勤的態度對待詹寧斯太太，跟她聊天，陪她大笑，盡可能聽她說話。相對地，詹寧斯太太也盡心盡力照顧她們，確保她們旅途上各方面都舒適又愉快。她唯一的煩惱是在旅舍時她們不肯自己點菜，也不願意坦承她們喜歡鮭魚或鱈魚、水煮禽肉或小牛排。第三天下午三點，她們抵達倫敦，經過漫長的旅途，個個都慶幸終於可以離開狹窄的馬車，享受溫暖的爐火。

房子很漂亮，裝潢也頗為雅致。艾蓮諾和瑪莉安被安排住進一間非常舒適的臥房，那原本是夏綠蒂的房間，壁爐架上方還掛著一幅絲繡風景畫，顯示她在名校求學七年並非毫無成果。

她們抵達後至少再過兩小時晚餐才能準備好，艾蓮諾決定利用這段空檔給母親寫信，於是坐到桌子旁。不一會兒，瑪莉安也在桌子旁坐下，艾蓮諾說，「瑪莉安，我要寫信回家，妳是不是過一兩天再寫比較好？」

「我**不是**寫信給媽媽。」瑪莉安答得草率，似乎不希望姊姊繼續追問。艾蓮諾沒再多說，她當下想到，瑪莉安一定是寫信給威勒比。這個念頭又引出下一個結論，那就是不管他們兩個多麼想隱瞞，他們必定已經訂婚了。艾蓮諾對這個結論雖然不完全滿意，卻也相當開心，懷著更愉快的心情繼續寫信。瑪莉安的信短短幾分鐘就寫好了，以長度而言充其量只是便條。她把信折好，封上，又急又快地寫了收件人和地址。艾蓮諾彷彿看見收件人姓名裡有個「威」字。瑪莉安寫完後馬上拉鈴，要求前來的僕人去幫她寄市內郵件。

瑪莉安的心情一直相當亢奮，卻帶點焦慮，艾蓮諾因此開心不起來。隨著夜幕降臨，瑪莉安的不安越來越明顯，幾乎吃不下晚餐。餐後大家一起回到偏廳，她好像焦急地傾聽馬車的聲音。

令艾蓮諾慶幸的是，詹寧斯太太多半待在她自己的房間裡，沒有看見瑪莉安的這些異狀。茶具和茶點送進來時，隔壁的敲門聲已經讓瑪莉安失望不只一次。這時又傳來響亮的敲門聲，可以確定敲的不是別家的門。艾蓮諾相信來的人是威勒比，瑪莉安猛地跳起來，朝門口走去。一片靜寂，過程不過短短幾秒。她打開房門走向樓梯，側耳傾聽大約半分鐘，而後激動地回到偏廳，彷彿確認聽見了他的聲音。她整個人陷入狂喜，忍不住叫嚷，「噢，艾蓮諾，是威勒比，是他沒錯！」似乎準備好要投入他懷抱，這時布蘭登上校走進來。

這個打擊太強烈，瑪莉安沒辦法冷靜承受，立刻衝出房間。艾蓮諾也很失望，卻沒忘記向上校表達歡迎之意，因為她敬重他。但她格外傷感，上校一心傾慕妹妹，卻親眼目睹她看見他的反應是哀傷與失望。她發現上校不但察覺到了，甚至震驚又關切地盯著瑪莉安，幾乎忘了對她展現該有的禮儀。

「妳妹妹身體不舒服嗎？」他問。

艾蓮諾有點苦惱地說妹妹的確不舒服，而後細數頭痛、精神不佳、過度疲倦等症狀，凡是能合理遮掩妹妹行為的藉口都用上了。

他聽得專注又投入，之後好像回過神來，不再談這個話題，改口說他很高興在倫敦見到她們，閒話家常地問起她們的旅程和留在巴騰的朋友。

兩人就這麼雲淡風輕地聊著，彼此都興致不高、無精打采，也都心不在焉。艾蓮諾很想問上校威勒比在不在城裡，卻擔心向他打聽他的情敵會刺傷他。最後，為了找話題，她問他上次離開巴騰後是不是一直待在倫敦。他有點尷尬地答，「是，幾乎從那時到現在。期間我去過德拉福德一兩趟，待了幾天，可惜一直沒有機會再去巴騰。」

這番話，以及他說話時的神態，立刻喚醒艾蓮諾的記憶。她想起他離開時的情景，以及當時詹寧斯太太的種種擔憂與猜測。她擔心自己的語氣讓他誤會她對這個話題太好奇。

詹寧斯太太走了進來，以她一貫的聒噪歡快地說，「哎呀！上校，見到你我真是非常高興，很抱歉我現在才來，請原諒。我不得不到處巡視一番，處理一些家務事。我離家很長時間了，你也知道不管離家多久，回來以後總有一大堆瑣事等人去做。何況我還得跟卡特萊交代一些事。我的天，晚餐過後我就忙得團團轉！不過上校，請告訴我你怎麼猜到我們今天進城？」

「我去帕爾瑪家吃晚餐，在那裡聽說的。」

「這樣啊，他們過得如何？夏綠蒂還好嗎？她現在肚子應該很大了。」

「帕爾瑪太太看起來很不錯，她讓我轉告妳，妳明天一定會見到她。」

「噯，沒錯，我也是這樣想。上校，我帶了兩位年輕小姐回來，你已經跟其中一個聊過了。還有一個不在這裡，那位也是你朋友，就是瑪莉安小姐，你應該很高興。我不知道你跟威勒比有什麼打算。年輕貌美真是一件好事。我也年輕過，只是運氣差了點，稱不上美貌。不過我嫁了個好丈夫，就算是天下第一美人也未必比我更好命。啊！可憐的男人，他已經過世八年多了。上校，上次你走了以後都待在哪裡？你的事情處理得怎麼樣？說吧，朋友之間不要有祕密。」

他一如往常溫和地回答她的每一個問題，卻什麼也沒透露。艾蓮諾開始泡茶，瑪莉安也不得不再次出現。

她進來以後，上校顯得思慮更重，更沉默。無論詹寧斯太太怎麼挽留，他都不願意待太久。那天晚上再沒有別的訪客前來，三位女士一致同意早早就寢。

隔天早上醒來以後，瑪莉安精神恢復了，臉上也有了笑容，前一天晚上的失望好像被今天的期待給驅散了。她們剛吃完早餐不久，夏綠蒂的四人座馬車就來到門口，幾分鐘後她笑著走進來，見到她們三個顯得格外歡喜，幾乎分辨不出她見到自己的母親或見到達胥伍姊妹更開心。雖然她一直期待她們能來倫敦，但看見她們在這裡，還是相當意外。她也氣她們拒絕了她，卻接受她母親的邀請，但如果她們不來，她永遠不會原諒她們！

「我先生再見到妳們一定會很高興。」她說，「妳們猜他聽說妳們跟媽媽進城來，說了什麼話？我現在想不起來，只記得非常好笑！」

她們聊了一兩個小時，詹寧斯太太稱之為愉快地閒話家常，亦即詹寧斯太太打聽她所有朋友的近況，夏綠蒂沒由來地哈哈大笑。之後夏綠蒂提議她們跟她去幾家店鋪，她要買些東西。她母親和艾蓮諾毫不猶豫答應了，因為她們也想買東西。瑪莉安一開始拒絕了，後來也被說服，跟著一起去。

不管她們走到哪裡，瑪莉安明顯東張西望。特別是在龐德街，她們主要的行程都在那裡，她的視線隨時隨地在搜尋。不管她們走進什麼樣的店鋪，她的心思都不在眼前的事物上。其他人感興趣、關注的東西，她視若無睹。她走到哪裡都心神不寧、灰心喪氣。艾蓮諾購物時詢問她的意見，即使是她們兩個都用得上的物品，她也不予回應。任何事都不能逗她開心，她只想回家，幾乎壓抑不了對夏綠蒂的厭煩。因為只要是好看、昂貴或新款的商品，夏綠蒂都看得目不轉睛，想大肆採購一番，卻始終猶豫不決，在癡狂與遲疑中虛耗不少時間。

她們回到家已接近傍晚，一進門，瑪莉安就急忙跑上樓。艾蓮諾跟了上去，看見她一臉哀傷地從桌子旁轉身過來，顯然威勒比沒有來過。

「我們出門以後沒收到信嗎？」她問拎著今天採購的物品上來的僕人，得到否定答案。她又問，「你確定嗎？你確定沒有哪個僕人或腳夫送信或便條過來？」

僕人說沒有。

「太奇怪了！」她壓低聲音失望地嘀咕，轉身走向窗子。

艾蓮諾不安地看著妹妹，心想，確實有古怪，如果瑪莉安不知道他在城裡，她寫的信就不會寄市內郵件，而會寄去科姆莊園。但如果他在城裡，卻人也沒來，信也沒回，未免太奇怪！唉！親愛的母親，妳一定做錯了，不該允許這麼年輕的女兒跟一個認識不深的男人訂婚，訂婚的方式又這麼可疑，這麼神祕！我很想問個清楚，可是如果我插手去管，妹妹會有什麼反應？

經過考慮，她決定如果接下來幾天情況還是這麼讓人心焦，也就要用最強硬的態度要求母親仔細問清楚。

當天夏綠蒂和另外兩位年長女士來跟她們一起吃晚餐。那兩位是詹寧斯太太的朋友，逛街時巧遇，應邀來共進晚餐。夏綠蒂晚上還有約，喝過茶不久就離開了，艾蓮諾不得不陪三位女士玩惠斯特牌[19]。瑪莉安不願意學這種牌戲，在這種場合毫無用處。這天晚上她雖然可以自由支配自己的時間，卻沒有過得比艾蓮諾開心，整晚都處於期待的焦慮與失望的痛苦中。偶爾她會打起精神讀書，但幾分鐘後又會扔下書本，重新做起她更感興趣的事，那就是在屋子裡來回踱步，走到窗子邊就停留片刻，希望聽見期待已久的敲門聲。

19. whist，橋牌（bridge）的前身。

第二十七章

隔天一起吃早餐時，詹寧斯太太說，「如果天氣一直這麼好，約翰爵士下星期不會想離開巴騰。愛打獵的人如果錯過一天的樂趣，是很遺憾的事。可憐的人！好天氣卻不能打獵，真令人同情，而且他們好像真的非常在乎。」

「說得沒錯，」瑪莉安用歡欣的語調回應，一面說話，一面走向窗子，探頭查看天氣。「這點我倒是沒想到，天氣這麼好，愛打獵的人都不願意離開鄉下。」

幸好想到這點，她的好心情全部找回來了。她在早餐桌旁坐下，臉上掩不住的喜悅，說道，「對於**他們**，這確實是最值得高興的天氣。他們一定歡喜極了！只是……」她重新添了點焦慮，「這種天氣持續不了太久。在這種時節，又下過那麼久的雨，肯定不會有太多晴天。霜雪天很快會到，而且很可能來勢洶洶。也許再過一兩天，這種少見的溫和天氣就結束了。不，或許今天就結凍了。」

「無論如何，」艾蓮諾接腔，她清楚妹妹的心思，不希望被詹寧斯太太看穿。「我估計下星期結束前我們就能見到約翰爵士和他夫人。」

「是啊，親愛的，我也這麼認為。瑪麗決定的事不會更改。」

艾蓮諾默默猜測，妹妹今天會寫信去科姆莊園。

不過即使瑪莉安真的寫了信，那封信必定寄得非常隱密，艾蓮諾再怎麼留心都沒辦法確定。不管事實如何，不管艾蓮諾內心多麼氣餒，只要看到瑪莉安心情好，她自己就不可能太鬱悶。瑪莉安確實眉開眼笑，好天氣令她一掃陰霾，她預期中的結凍更令她心花怒放。

這天大多數時間都花在探訪詹寧斯太太的舊識，留下拜帖，讓他們知道她回倫敦了。瑪莉安一整天都忙著觀察風向，看著天空的變化，想像氣溫在改變。

「艾蓮諾，妳不覺得現在比上午冷了一點嗎？我覺得氣溫明顯下降，我的手放在暖手筒裡還是覺得冷，昨天不是這樣。雲層好像要散開了，太陽馬上會露臉，下午應該會放晴。」

艾蓮諾既高興也難過，瑪莉安卻堅持不懈，在每天晚上的明亮爐火和每天早上的大氣變化之中，看見冰霜將至的跡象。

對於詹寧斯太太的生活方式和往來的朋友，兩位達胥伍小姐沒有明顯理由可以挑剔，正如她們也無法挑剔她對她們的態度，因為她始終親切和藹。在生活起居安排上，她給她們最大的方便。除了幾個她大女兒不喜歡她繼續往來的老朋友，她為她們介紹的朋友都不至於讓兩位年輕小姐不自在。這種情況比艾蓮諾原先的預期好得多，所以她願意妥協，不介意參與她們枯燥乏味的夜間聚會。那些聚會不管是在自己家或別人家，多半是打牌消遣，她很難樂在其中。

布蘭登上校幾乎每天都跟她們在一起，因為詹寧斯太太歡迎他隨時上門。他來看看瑪莉安，跟艾蓮諾說說話。艾蓮諾覺得跟他談話比做其他任何事都開心，卻也憂愁地看著他依然心繫自己的妹妹。她擔心他越陷越深，目睹他經常熱切地凝視瑪莉安，內心有說不出的哀傷。她也發現他的心情比在巴騰時更低落。

她們抵達大約一星期後，確認威勒比也到了：她們出門兜風回來後，看見他的拜帖放在桌上。

「我的天！」瑪莉安嚷嚷道，「我們出門時他來過。」艾蓮諾得知他在倫敦也很高興，終於敢壯起膽子說，「明天他一定會來。」瑪莉安好像沒聽見她的話，趁著詹寧斯太太走進來，帶著那張珍貴的拜帖溜掉了。

這件事讓艾蓮諾精神振奮，卻也讓瑪莉安的心情比先前更焦躁。從這一刻起，她的心再也靜不下來，一整天時時刻刻都期待看見他，什麼事都做不了。隔天其他人出門，她堅持要留在家裡。

艾蓮諾出門後不斷猜想柏克萊街的住處會發生什麼事，但她回來後只消看妹妹一眼，就有了答案，知道威勒比並沒有再登門。那時僕人送一張便條進來，放在桌子上。

「給我的！」瑪莉安喊了一聲，慌忙走過去。

「不，小姐，是給我家太太的。」

瑪莉安不相信，迅速拿起便條。

「真是給詹寧斯太太的，真煩人！」

「妳在等信？」艾蓮諾沒辦法繼續保持沉默。

「嗯，算是吧。」

短暫停頓後，「瑪莉安，妳什麼都不跟我說。」

「艾蓮諾，**妳**竟然這樣指責我，妳自己什麼都不跟任何人說！」

「我！」艾蓮諾有點困惑，「說真的，瑪莉安，我沒什麼可說的。」

「我也沒有。」瑪莉安快快說道，「那麼我們狀況類似，都沒有可說的事：妳是不肯說，而我是無所隱瞞。」

艾蓮諾被妹妹指控有話不說，實在有口難辯，相當洩氣。在這種情況下，她不知道該怎麼讓妹妹打開心房。

詹寧斯太太很快就來了，接過便條紙大聲念出來。那是密多頓夫人送來的，他們前一天晚上已經抵達康狄街，邀請她母親和兩位達胥伍小姐隔天晚上去她家。約翰爵士有事要辦，她自己得了重感冒，所以沒辦法來看母親。詹寧斯太太接受了女兒的邀請，兩姊妹本著基本禮儀，都該陪同前往。然而，當約定的時間接近，艾蓮諾差點勸不動瑪莉安一起去。瑪莉安到現在還沒見到威勒比，既沒興趣出門玩樂，也怕她不在家而錯過來訪的威勒比。

這天晚上聚會結束後，艾蓮諾發現人的個性不會因為換個住處而有明顯改變，因為約翰爵士才剛進城，就已經邀集了將近二十個年輕人，決定辦個舞會供大家娛樂。他夫人不太樂意。在鄉下臨時辦舞會一點問題都沒有，但在倫敦，有個高雅的名聲更重要，卻也更難達到。只為了讓幾個女孩子開心，就讓大家風聞密多頓夫人辦了一場小型舞會，只有八、九對舞伴，兩把小提琴和區區一餐台的點心，實在太冒險。

帕爾瑪夫婦也到場。這是兩姊妹進城後第一次見到帕爾瑪先生，因為他不想表現得跟丈母娘太親近，所以從來不肯出現在她附近。她們進門時，他也裝得好像不認識似的，只是瞥了她們一眼，像是不知道她們是誰，直接在房間另一頭隔空對丈母娘點點頭。瑪莉安進門時環顧室內一圈，這就夠了，他不在這裡。她坐下來，自己不開心，也不想逗別人開心。聚會進行大約一小時後，帕爾瑪先生漫步走向兩位達胥伍小姐，說他很驚訝竟然在城裡見到她們。但上校就是在他家得知她們進城的消息，據說他聽見她們進城的事，還說了逗趣的話。

「我以為妳們兩個還在德文郡。」他說。

「是嗎？」艾蓮諾答。

「妳們什麼時候回去？」

「不知道。」談話到此結束。

這天晚上，瑪莉安有史以來第一次這麼不想跳舞，也第一次覺得跳舞這麼累人，回到柏克萊街後開始埋怨。

「是，是。」詹寧斯太太說，「我們都很清楚為什麼。如果某個不能說出名字的人也在，妳就一點也不累。說句實話，他也受邀了，卻不來見妳們，實在不應當。」

「他也受邀！」瑪莉安驚呼。

「我大女兒是這麼說的，好像是約翰爵士白天在街上遇見他。」瑪莉安沒再說話，表情卻非常受傷。艾蓮諾心急如焚，想做點什麼來寬慰妹妹的心情，並且決定隔天寫信給母親。她希望提醒母親為瑪莉安的健康考量，把那些早該問的事情問清楚。隔天早餐後，她看見妹妹又寫信給威勒比，更加急於執行計畫，因為她認定那封信的收件人不會是別人。

大約中午時分，詹寧斯太太獨自出去辦事，艾蓮諾立刻坐下來寫信。瑪莉安煩躁得什麼都不想做，焦慮得不想跟任何人說話，從一扇窗走到另一扇窗，或者抑鬱地坐在爐火旁沉思。艾蓮諾鄭重地對母親提出請求，她敘述所有經過，坦言她懷疑威勒比變心，請母親本著責任與母愛，要求瑪莉安說出她跟威勒比的真實狀況。

她的信才剛寫完就聽見敲門聲，意味著有訪客上門。僕人通報布蘭登上校來訪。瑪莉安事先在窗子旁看見他，在他進門前離開了，因為她這時候不想跟任何人應酬。上校的臉色比平時更沉鬱，口頭上說很高興只有艾蓮諾在，彷彿有什麼特別的事要跟她談，卻不發一語地坐了一段時間。艾蓮諾認為他有事要說，而且跟她妹妹有關，所以心裡急不可耐。她不是第一次有這種預感：他曾經不只一次用「妳妹妹今天看起來不太好」或「妳妹妹好像不太開心」當開場白，接下來必定是透露或詢問有關瑪莉安的事。靜默幾分鐘後，他主動打破沉默，用焦慮的語氣問她，他什麼時候可以恭喜她多了個妹夫？這個問題完全出乎艾蓮諾的意料，她一時答不上來，只得採取簡單又常見的應變策略，反問他這話什麼意思？他擠出一絲笑容說，「大家都知道妳妹妹跟威勒比訂婚了。」

「不可能大家都知道，」艾蓮諾答，「她自己的家人就不知道。」

他面露驚訝，說道，「請見諒，我這樣問好像唐突了。我以為這不是祕密，他們公開通信，大家都在談他們的婚事。」

「怎麼會這樣？誰告訴你的？」

「很多人，有些人妳根本不認識，其他人妳很熟，比如詹寧斯太太、帕爾瑪太太和密多頓夫婦。原本我還不太相信，因為我們的腦子如果不願意接受某個事實，永遠都能找出理由來質疑。只是，今天我無意中看到幫我開門的僕人手裡拿著一封信，收件人是威勒比，那是令妹的筆跡。我來這裡是為了探詢，但我還沒發問就得到答案了。所以事情確定了嗎？不可能再……？不過我沒有權利，也不可能有機會。艾蓮諾小姐，很抱歉，我不該說這麼多，可是我不知道該如何是好，而且我相信妳會守口如瓶。這事已經沒有轉圜的餘地了嗎？我除了隱瞞（如果能瞞得住的話），沒別的辦法了嗎？」

在艾蓮諾聽來，這番話等於直接承認他對瑪莉安的愛，她深深動容。她不知道該說什麼。她心情恢復平靜了，卻也陷入短暫的糾結，斟酌著該怎麼回答最恰當。她不知道瑪莉安和威勒比的真實狀況，想把事情解釋清楚，她可能會說得太過，也可能說得不夠。不過，既然她認定瑪莉安深愛威勒比，不管這份感情的結果如何，上校都不可能有機會。在此同時，她也不希望妹妹的行為遭受批評。略做思考之後，她覺得最謹慎又仁慈的做法，是誇大她知道或相信的內容。於是，她坦言他們雖然沒有親口告訴她兩人目前的關係，但她相信他們確實彼此相愛，聽到他們相互通信，她也不驚訝。

他專注又安靜地聽她說。她說完以後，他猛地站起來，激動地表示，「對於令妹，我希望她得到最大的幸福。對於威勒比，我希望他努力讓自己配得上她。」說完告辭離去。

這次談話沒能帶給艾蓮諾安慰，因此也沒能減輕她對其他事情的擔憂。相反地，她哀傷地感受到上校的苦悶，甚至沒辦法期待他揮別苦悶，因為她還焦慮地等待著那個必然讓上校失望的結果。

第二十八章

接下來三、四天毫無進展，沒有發生任何讓艾蓮諾後悔向母親求助的事，威勒比沒有出現，也沒有來信。緊接著她們要隨密多頓夫人出席一場聚會，詹寧斯太太因為小女兒臨盆在即而無法出席。瑪莉安整個人無精打采，梳妝打扮時漫不經心，去或不去好像都無所謂，對這場聚會不抱任何期待，沒有一點興奮之情。吃過茶點後，她坐在偏廳的壁爐旁，一直到密多頓夫人抵達。期間她不曾離開座位，沒有變換姿勢，沉浸在思緒裡，似乎沒有察覺身旁的姊姊。最後僕人通報密多頓夫人的馬車到了門口，她吃了一驚，彷彿忘了有人會過來。

他們準時到達聚會地點。等前面那一長串馬車離開，她們下車、上樓，一層層樓梯平台都有人大聲通報她們的名字。最後她們走進一個燈光璀璨的房間，裡面擠滿了人，悶熱難當。她們向女主人行禮致意後，就獲准融入人群，分攤因她們到來而加劇的熱氣與擁擠。經過一段無話可說更無事可做的時間，密多頓夫人加入卡西諾牌戲。瑪莉安沒有興趣到處走動，她跟艾蓮諾幸運等到兩張椅子，坐在離桌子不遠的地方。

她們坐下來不久，艾蓮諾就看見威勒比站在幾公尺外，正跟一名打扮非常入時的女子聊得很熱絡。不久他的目光跟她對上，立刻欠身行禮，卻沒有過來跟她說話。他一定也看見瑪莉安了，卻也沒有過來找她，而是繼續跟那名女子說話。艾蓮諾不由自主地轉頭看瑪莉安，希望妹妹別看見。但瑪莉安這時正好看見他，開心得整張臉散發光芒。如果不是被姊姊攔住，她一定會馬上走過去。

「我的天！」她驚叫道。「他在那裡，他在那裡。哎呀！他為什麼不看我？我為什麼不能跟他說話？」

「拜託妳冷靜點，」艾蓮諾叫道，「別讓所有人都看出妳的心情。也許他還沒看見妳。」

只是這種話連她自己都不相信。在這種情況下，瑪莉安冷靜不了，也不想冷靜。她痛苦地坐在椅子上，一臉的不耐煩。

最後他終於又轉過頭來，看著她們倆。瑪莉安猛地站起來，深情地喊他的名字，向他伸出一隻手。他走過來，說話時對著艾蓮諾，像是刻意避開瑪莉安的目光，也決心忽視她伸出的手。他草率地問候她們的母親，問她們進城多久了。艾蓮諾被他這種態度震得腦中一片空白，目瞪口呆。瑪莉安卻馬上把心裡的感受表達出來，她臉色漲紅，用非常激動的語氣說，「我的天！威勒

她正好看見他。

比，你這是什麼意思？你沒收到我的信嗎？你不跟我握手嗎？」

他避無可避，只是，跟她握手好像讓他很難受，輕輕一碰就放開。整個過程中，他明顯努力保持鎮定。艾蓮諾盯著他的臉，發現他的表情漸漸穩定下來。停頓片刻後，他平靜地說：

「上星期二我有幸拜訪柏克萊街，很遺憾兩位和詹寧斯太太都不在。希望妳們看到了我留的拜帖。」

「可是你沒有收到我的信嗎？」瑪莉安心急如焚地問，「一定哪裡出錯了，嚴重的失誤。怎麼會這樣呢？告訴我，威勒比，拜託告訴我到底怎麼回事？」

他沒有回答，但臉色變了，所有的困窘都回來了。不過，他的視線對上先前跟他說話的女子，好像覺得必須馬上穩住，說道，「是，信我收到了，謝謝妳好心通知我妳們進城的消息。」之後輕輕點頭致意，匆忙轉身走向他的朋友。

瑪莉安臉色蒼白得嚇人，雙腿一軟跌坐回椅子上。艾蓮諾覺得妹妹隨時可能暈倒，連忙用薰衣草花水幫她醒神，並且盡量隔絕旁人的目光。

「艾蓮諾，去找他。」瑪莉安精神一恢復，馬上催促姊姊。「叫他過來找我，告訴他我必須再見他一面，必須馬上跟他談一談。他不解釋清楚，我的心一刻也不能平靜，這其中一定發生了某種可怕的誤解。」

「那怎麼可能？不行，親愛的瑪莉安，妳必須等。這不是解釋的場合，妳得等到明天。」

她好不容易才阻止妹妹親自去找他，卻沒辦法說服她壓抑激動的心情，保持表面的冷靜，耐心等待跟他私下說個清楚。瑪莉安持續低聲訴說自己的哀傷，發洩心中的淒苦。不久後艾蓮諾看見威勒比從通往樓梯那扇門離開，她告訴瑪莉安他走了，這天晚上不再有機會跟他說話，以這個理由要她冷靜下來。瑪莉安求姊姊請密多頓夫人帶她們回家，她心情太糟，一分鐘都待不下去。

密多頓夫人的牌局進行到中途，聽說瑪莉安身體不舒服，基於禮貌沒辦法拒絕她的要求，只得請朋友接替她，馬車一來就帶她們離開。回柏克萊街的路上，她們幾乎都沒說話。瑪莉安默默忍受痛苦，心情太壓抑，欲哭無淚。幸好詹寧斯太太還沒回家，她們可以直接回房。瑪莉安嗅了鹿角精[20]之後精神安定了些，迅速寬衣就寢。艾蓮諾覺得妹妹想要獨處，於是離開房間，獨自等候詹寧斯太太，這才有餘暇回想早先發生的一切。

威勒比與瑪莉安之間的確存在某種約定，這點無庸置疑。但威勒比對這份約定已經厭煩，這點同樣可以確定。不管瑪莉安是不是還滿懷希望，艾蓮諾都沒辦法用失誤或誤會來解釋威勒比的行為。除了感情生變，不會有別的原因。不過，回想起他當時的困窘，顯然他也知道自己行為不端，她心中的怒氣消減了些，覺得他不至於惡劣到從一開始就居心叵測地玩弄妹妹的感情。也許是分隔兩地沖淡他的感情，也許他基於現實考量決定放棄，但她不能否認他曾愛過瑪莉安。

至於瑪莉安，重逢的不愉快場面一定讓她痛徹心扉，接踵而來的情景只怕更難以承受，艾蓮

20. Hartshorn，以鹿角煉製，稀釋後做嗅鹽使用，當時多用來讓暈厥的人甦醒。

諾越想越擔憂。相較之下，她自己的遭遇反倒好一點，因為就算她跟愛德華沒有未來，只要他還值得她敬重，她就能釋懷。眼看所有的不利因素都湊在一起，一旦瑪莉安與威勒比徹底分手，兩人關係從此破裂無可挽回，瑪莉安一定會傷心欲絕。

第二十九章

隔天清晨，女僕還沒進房幫她們生火，太陽也還沒驅散一月份清晨的冷冽與陰鬱，瑪莉安連睡衣都沒換，直接跪在靠窗的椅子前，利用窗戶透進來的微弱晨光振筆疾書，邊寫邊流淚。艾蓮諾被她的躁動與啜泣吵醒，憂心如焚地觀察妹妹一段時間，而後用最溫柔體貼的語調說：

「瑪莉安，我能不能問……」

「不，艾蓮諾，什麼都別問，」瑪莉安答，「再過不久妳全都會知道。」

瑪莉安說話時力持鎮定，話聲一落又恢復先前的哀戚，幾分鐘後才能繼續寫信，卻還是悲痛至極，頻頻輟筆，足以證明她打定主意最後一次給威勒比寫信。

艾蓮諾盡可能悄悄從旁關切，以不干擾妹妹為原則。原本她也想多說點話安撫妹妹的情緒，但妹妹用最不耐煩的口氣請她什麼都別說。在這種情況下，她們還是盡快分開，對彼此都好。瑪莉安心煩意亂，換好衣服之後一刻也不想留在房間裡。她想要獨處，又不想待在同一個地方，早餐前在整棟房子裡到處走動，避免遇見其他人。

早餐時她什麼都沒吃，也不想吃。艾蓮諾只得使出渾身解數，不是勸她吃東西，不是表達憐惜或關懷，而是努力讓詹寧斯太太的注意力都集中在自己身上。

早飯是詹寧斯太太最喜歡的一餐，所以這頓飯吃了不算短的時間。餐後她們剛圍坐在共用的針線桌旁，僕人就送來一封給瑪莉安的信。瑪莉安火速搶下僕人手中的信，面無血色地轉身衝出去。艾蓮諾很清楚那是威勒比寄來的，清楚得就像看見了寄件人姓名。她不禁提心吊膽，幾乎抬不起頭來。她坐在椅子上顫抖得太厲害，覺得詹寧斯太太一定會注意到她的異狀。然而，在慈祥的詹寧斯太太眼中，這不過是瑪莉安收到威勒比的來信，正是打趣的好素材，於是她笑著說，希望瑪莉安喜歡信的內容。她沒有注意到艾蓮諾的焦慮，因為她忙著丈量織地墊用的毛紗。瑪莉安離開後，她繼續平靜地說：

「要我說，我這輩子沒見過哪個年輕小姐這麼癡情！跟她比起來，我那兩個女兒差得太遠，雖然她們以前也夠傻的。不過瑪莉安小姐整個人都變了。我真心希望他不會讓她等太久，看她這樣茶不思飯不想，真叫人心疼。請告訴我，他們打算什麼時候結婚？」

艾蓮諾從來沒有像此時此刻這麼不想說話，卻得打起精神面對難題。她強迫自己露出笑容，答道，「女士，妳真的相信我妹妹跟威勒比先生訂婚了？我以為妳只是開玩笑，但妳問得這麼認真，好像不只是玩笑話，所以我必須請妳別再有這種想法。我向妳保證，沒有什麼比他們要結婚的消息更令我驚訝的。」

「艾蓮諾小姐，太過分了！妳怎麼可以這麼說？我們大家不都知道他們要結婚，不都知道他們當初一見鍾情墜入愛河？我在德文郡難道沒看見他們天天出雙入對？我難道不知道妳妹妹跟我進城就是為了買結婚禮服？少來，少來，別想騙我。妳自己神祕兮兮的，就以為別人都看不出來。我可告訴妳，妳想錯了，城裡的人老早都知道了。我把這件事告訴所有人，夏綠蒂也是。」「女士，妳真的弄錯了。」艾蓮諾鄭重表示。「事實上，妳散布這種消息很不厚道。雖然妳現在不相信我的話，但有一天妳會發現自己弄錯了。」

詹寧斯太太又笑了，艾蓮諾已經沒有心情再說話，急著想知道威勒比信裡寫了什麼，匆匆回她們的房間。她一開門就看見瑪莉安直挺挺躺在床上，哭得喘不過氣來，手裡拿著一封信，另外兩三封散置在她身旁。艾蓮諾慢慢走過去，什麼都沒說。她在床邊坐下，拉起妹妹的手，溫柔地親吻幾次，而後眼淚撲簌簌落下，一開始哭得幾乎跟瑪莉安一樣慘烈。瑪莉安雖然說不出話來，卻好像感受到姊姊的疼惜，跟姊姊一起傷心一段時間後，把所有的信塞進姊姊手裡，緊接著拿起手帕掩著臉，哭得幾乎撕心裂肺。艾蓮諾知道這樣椎心泣血的傷痛看起來雖然嚇人，卻必須徹底發洩出來。她小心地在一旁看著，等妹妹的傷悲略見緩和，連忙拿起威勒比的信來讀。信的內容如下：

親愛的小姐，

很榮幸收到妳的來信，請接受我衷心的感謝。得知妳不贊同我昨晚的言行，我深感惶恐。雖然我不知道自己哪方面冒犯了妳，但我向妳保證那絕非故意，請妳務必寬恕。回想起之前在德文郡跟貴府往來的種種情景，我既感激又開心。我也認為，不管我的行為引起什麼樣的誤會或誤解，都不會損及我們彼此的友誼。我真心實意敬重貴府所有人，但如果我的敬重不幸引起不必要的聯想，誤以為我有某些情感或想法，我會責怪自己在表達敬重時不夠謹慎。如果妳知道我很久以前就心有所屬，再過幾星期就會跟對方結婚，就會明白我從來沒有別的心思。在此我遵照妳的指示，懷著最大的遺憾返還妳不吝賜予我的書信和妳熱心贈與的一縷秀髮。

順候　大安

約翰．威勒比謹致
龐德街，一月

不難想像艾蓮諾讀這樣的信會有多麼憤怒。雖然拿起信之前就知道內容一定是威勒比變心了，兩人從此沒有瓜葛。但她沒想到威勒比會把話說得這麼難聽，更沒想到他會如此不顧顏面又狼心狗肺，沒有一點基本的紳士風度，寄來這麼放肆又殘酷的信。這封信只在為他自己開脫，沒有表達一絲歉疚。既不承認違背諾言，更否認有任何特殊情感的存在。信裡的字字句句都是羞辱，顯示寫信的人是個鐵石心腸的惡徒。

她停頓下來，又驚又怒地拿著信，而後反覆重讀。但每多讀一次，她就更厭惡那個男人。她太痛恨那個人，不敢開口說話。她覺得取消這樣的婚約，妹妹非但沒有任何損失，反而逃過最悲慘、最無法挽救的厄運，不需要跟一個不道德的男人共度一生。在她看來這是最真實的解脫，最大的福分。但她擔心說出這些話，瑪莉安會更受傷。

艾蓮諾專心思考著這封信的內容，想著寫信的人心靈何等墮落，或許也想著另一個截然不同的人截然不同的心靈。這件事跟那人沒有一點關係，只是因緣際會讓她聯想到某些往事。想著想著，她忘了還在痛不欲生的妹妹，忘了還有三封信等著她讀，更忘了自己在房間裡待了多久，直到聽見馬車駛到門前。她走到窗子旁看看誰來得這麼早，卻震驚地發現那是詹寧斯太太早先吩咐的馬車，約定的時間是下午一點。雖然她暫時安撫不了瑪莉安，卻決定留在家裡陪她。她急忙去向詹寧斯太太告罪，說妹妹身體不適。詹寧斯太太完全能體諒艾蓮諾的心情，毫不遲疑就應允了。艾蓮諾送她出門後，又回房去看妹妹，當時瑪莉安下床差點摔倒，被她及時扶住。瑪莉安已經好幾天沒有胃口又輾轉難眠，吃不好睡不好導致虛弱無力、頭昏眼花，如今原本支撐著她的牽絆突然消失，頭痛、畏寒、神經衰弱等症狀席捲而來。艾蓮諾立刻幫她倒了一杯葡萄酒，她喝完之後明顯好轉，終於能夠表達一點善意。她說，「可憐的艾蓮諾，為了我這麼難過！」

「我只希望能做點什麼來減輕妳的痛苦。」艾蓮諾答。

不管是這句話，或其他任何話語，瑪莉安都無法承受，她只能悲痛地吶喊，「噢！艾蓮諾，我好難過，真的……」一陣啜泣淹沒她的話聲。

艾蓮諾不能再默不吭聲地看著妹妹深陷在翻江倒海般的傷痛裡。

「親愛的瑪莉安，如果妳不想逼死自己和所有愛妳的人，就振作起來。」她叫道，「想想母親，想想她看見妳受苦，會有多心痛。為了她，妳必須打起精神。」

「我做不到，做不到，」瑪莉安大喊，「如果我讓妳心煩，那麼妳走，妳走！妳可以走，可以恨我，可以忘了我，但別這樣折磨我。噢！沒有傷痛的人，口口聲聲振作，說得多容易！幸福的艾蓮諾，**妳**不知道我心裡有多苦。」

「瑪莉安，妳說**我**幸福是嗎？妳什麼都不知道！再者，我看著妳這麼難過，妳覺得我會幸福？」

「原諒我，原諒我。」她張開雙臂摟住姊姊的脖子。「我知道妳為我難過，我知道妳有多心軟，但是妳……妳一定很幸福，愛德華愛妳。有什麼，噢，有什麼能消滅那樣的幸福？」

「很多狀況都能。」艾蓮諾凝重地說。

「不，不，不。」瑪莉安失控地叫嚷，「他愛妳，而且只愛妳。妳**不可能**傷心難過。」

「我看見妳這樣子，不可能會開心。」

「但今後我都會是這個樣子，我的傷悲沒有任何東西能化解。」

「瑪莉安，別說這種話。妳的人生難道沒有一點開心事？妳沒有親友嗎？妳的挫折嚴重到任何安慰都起不了作用嗎？妳現在雖然痛苦，但妳想想，如果妳更晚發現他是這樣的人，到時候又會多受多少罪。也許他會繼續拖很久很久，才取消你們的婚約。這種痛苦的祕密妳多守一天，將來承受的打擊就更大。」

「婚約！」瑪莉安嚷嚷道，「我跟他沒有婚約。」

「沒有婚約！」

「沒有。他沒有妳想像中那麼卑鄙，他沒有違背對我的諾言。」

「但他告訴妳他愛妳。」

「是……不……他從來沒有親口說過。只有各種暗示，從來沒有明說。有時候我覺得我們兩情相悅，事實上從來沒有。」

「可是妳寫信給他？」

「是，以我跟他之間的過往，寫信有錯嗎？我不想再說了。」

艾蓮諾沒再說話，開始看那三封信。她現在對信的內容更好奇了，於是一口氣全部看完。第一封是瑪莉安剛到倫敦時寫的，內容如下：

> 威勒比，你收到這封信一定很驚訝。如果你知道我在倫敦，你的反應應當不只是驚訝。雖然是跟詹寧斯太太同行，但有機會能夠進城，我們抗拒不了這樣的誘惑。希望你能及時收到這封信，今晚就過來，不過我不敢奢望。不管怎樣，明天我一定能見到你。期待相見。
>
> 瑪莉安
>
> 柏克萊街，一月

第二封信是密多頓家舞會的隔天上午寫的，內容如下：

前天錯過跟你見面的機會，我心裡有說不出的失望。而我一個多星期前給你寫了信，到現在還沒收到回音，更是震驚得難以言喻。我時時刻刻都在等你的消息，更渴望見到你。請盡快再來一趟，我想知道為什麼一直等不到你。下回你最好早點來，我們通常一點鐘出門。昨天晚上我們在密多頓家，他們辦了舞會。我聽說你也受邀了，真是這樣嗎？如果你受到邀請卻沒有出席，那麼上次分別後你一定變了很多。但我相信事情不是這樣，希望盡快聽到你親口否認。

瑪莉安

她給威勒比的最後一封信是這樣寫的：

威勒比，我該怎麼解讀你昨天的行為？我再次要求你解釋。我們在巴騰時關係那麼親密，又分開那麼久，理所當然滿心歡喜地期待跟你相見。我挫敗極了。昨天晚上我度過最難熬的一夜，努力為你那堪稱羞辱的行為找藉口。雖然我還找不到恰當的理由來為你的行為辯解，但我隨時願意聽你解釋。也許你聽到某些關於我的謠言，甚至有人刻意騙你，導致你對我產生誤會。告訴我究竟是為什麼，告訴我你為什麼那麼做。只要能跟你把話說清楚，我就心滿意足了。如果我不得不認定你人品不好，我會非常傷心。假使我必須這麼做，假使我即將發現我們一直以來都錯看了你，你對我們的尊重都不是真心的，你跟我相處時的所有表現都只是為了欺騙我，就盡快告訴我。我目前非常迷惘，很希望你是無辜的。但不管答案是什麼，都能減輕我目前的痛苦。如果你已經不是從前的你，就把我寫給你的信和我那束頭髮還給我。

瑪莉安

這樣充滿感情與信任的信函，竟然得到那樣的回應。艾蓮諾真不願意相信威勒比是這種人。然而，她譴責威勒比之餘，卻也很清楚妹妹寫這樣的信並不恰當。她暗自難過：妹妹事先沒有得到任何保證，就輕率又主動地給出這些情感上的把柄，才會因為事件的結果遭受嚴重懲罰。這時瑪莉安發現姊姊讀完了信，對姊姊說那些內容沒什麼，任何人在相同狀況都會那樣寫。

她又補充，「我覺得我跟他訂了最莊嚴的婚約，那效力不輸最嚴謹的法定盟約。」

「這我相信。」艾蓮諾說，「可惜他不這麼認為。」

「艾蓮諾，他也這麼認為，有好多好多個星期他都這麼認為。這點我可以確定。除非有人施展了最惡毒的詭計對付我，他才可能變心。不管原因是什麼，他都深愛過我，那份愛曾經完全合我心意。這束如今他隨手拋棄的頭髮，當初是用最懇切的請求從我這裡要走的。妳真該親眼看看他當時的表情和神態，親耳聽聽他當時的語調！妳忘了我們最後一天晚上在巴騰相處的情景嗎？還有我們分別的那天早上！他對我說我們可能要好幾星期後才能相見，他是那麼憂傷，我怎麼可能忘了他當時有多麼傷心？」

接下來那段時間她無法言語，等這波情緒消退，她又用比較堅定的口吻說：

「艾蓮諾，我遭到最殘酷的對待，但加害者不是威勒比。」

「親愛的瑪莉安，除了他還有誰？有誰能慫恿他？」

「除了他自己的心，全世界都有可能。我寧可相信我認識的所有人都聯合起來破壞我在他心目中的形象，也不相信他做得出這麼殘忍的事。除了親愛的妳、媽媽和愛德華，任何人都可能這麼粗暴地中傷我，包括他信裡提到的那個女人，不管她是誰。除了你們三個，世上有哪個人在我心裡不比威勒比更可疑，畢竟我那麼了解威勒比？」

艾蓮諾不跟她爭辯，只說，「親愛的妹妹，不管是誰這麼可恨地對付妳，讓他們看到妳的純真與善良給自己帶來多麼大的勇氣與信心，讓他們的惡意算計一敗塗地。用傲氣抵抗這樣的惡意，肯定合情合理又值得讚賞。」

「不，不。」瑪莉安說，「悲傷的我已經沒有傲氣。我不在乎誰知道我痛不欲生，全世界都可以得意地看見這樣的我。艾蓮諾，艾蓮諾，淺嘗悲傷的人可以有傲氣，可以有自己的意志，遭到羞辱可以反抗，可以還擊。但我不能，我必須切身體驗，必須憂傷度日，如果這樣的我讓他們心情愉悅，就隨他們去。」

「但為了母親和我……」

「比起為我自己，我願意為妳們做更多。但要我在這麼傷心的時候強顏歡笑，天啊！誰忍心這樣要求我？」

兩人再次沉默無語。艾蓮諾在房間裡來回踱步，從壁爐邊走到窗子旁，再從窗子旁走到壁爐邊，冥思苦想，既感受不到爐火的暖意，也看不見窗外的景象。瑪莉安坐在床尾，腦袋靠向床柱，又拿起威勒比的信，為信裡的字句戰慄，激動地叫道：

「太過分了！噢，威勒比，威勒比，這真是你寫的嗎？殘酷，太殘酷，沒有任何理由能為你開脫。艾蓮諾，沒有任何理由。不管他聽見什麼對我不利的話，難道不該暫時存疑嗎？難道不該來告訴我、聽聽我的解釋嗎？『妳熱心贈與的一縷秀髮』，威勒比，這不可原諒，你寫這種話的時候良心在哪裡？噢，無恥到了極點！艾蓮諾，他會是情有可原嗎？」

「不，瑪莉安，絕不可能。」

「還有那個女人，天曉得她用了什麼詭計？計畫了多久？隱藏得多深？她是誰？會是誰？我有沒有聽他提起過任何年輕又迷人的女性朋友？噢！沒有，一個都沒有。在我面前他只談論過我。」

談話又中斷了。瑪莉安情緒激動，最後說道：

「艾蓮諾，我必須回家，我必須回去安慰媽媽。我們能不能明天就走？」

「明天！」

「沒錯，我何必留在這裡，當初我來是為了威勒比，現在還有誰在乎我？誰關心我？」

「明天走是不可能的。我們對待詹寧斯太太不能只講普通禮儀。何況就算最普通的禮貌，也不能這樣說走就走。」

「那就晚個一兩天吧，但我沒辦法待太久，我受不了那些人的探聽和議論，比如密多頓夫婦和帕爾瑪夫婦，我怎麼受得了他們的同情？被密多頓夫人這種女人同情！天啊，他要是知道了會怎麼想！」

艾蓮諾勸她躺回床上，她果真聽話躺了一陣子，但怎麼躺都不舒服，身心煩躁翻來覆去，情緒越來越激動。艾蓮諾費盡唇舌才勉強讓她繼續躺著，一度擔心不得不請人來幫忙。幸好，她好不容易勸妹妹用了些薰衣草精油，總算有點效用。從那時起到詹寧斯太太返家，妹妹都一動不動靜靜躺在床上。

第三十章

詹寧斯太太回到家立刻去她們房間，敲了門沒等回應就開門走進去，臉上的關切毫不虛假。

「親愛的，妳還好嗎？」她的語調有著滿滿的憐憫，瑪莉安別開臉不回答。

「艾蓮諾小姐，她怎麼樣了？可憐的女孩！看樣子很不好！也難怪。哎，那件事是真的，他馬上要結婚了，那個沒良心的傢伙！我真受不了他。半小時前泰勒太太告訴我的，她是聽格雷小姐的朋友說的，否則我也不會相信，我聽了差點暈倒。當時我告訴泰勒太太，我無話可說，如果這事是真的，那麼他用卑劣的手段騙了一個我認識的年輕小姐，我由衷希望他結婚後受他妻子磋磨。我永遠都會這麼說，親愛的，這點妳可以相信。我從來不知道男人會這麼壞，如果再見到他，我一定會狠狠數落他一頓。不過親愛的瑪莉安小姐，有一點值得安慰的，這世上條件好的男人不只他一個，妳長得這麼漂亮，愛慕妳的人不會少。好啦，可憐的孩子！我不吵她了，她現在最需要大哭一場，哭完這事就過去了。幸好今晚派瑞斯夫婦和桑德斯夫婦要過來，她可以輕鬆一下。」

說完，她躡手躡腳走出房間，彷彿認為腳步聲會讓瑪莉安的痛苦加劇。

令艾蓮諾驚訝的是，瑪莉安決定參加這場餐宴。艾蓮諾甚至勸阻她，但是她說，「不，我要下樓去，我可以應付得很好，這樣別人的閒話也會少一點。」艾蓮諾很高興妹妹願意為這個理由暫時控制自己的情緒，卻也認為妹妹不太可能忍到晚餐結束。她盡量幫還在床上的妹妹整理衣裳，等到僕人來請她們下樓時，她已經準備好帶妹妹進飯廳。

到了飯廳以後，瑪莉安雖然神情慘然，吃得卻比姊姊預期更多，表情也更平靜。如果她開口說話，或注意到詹寧斯太太過度的善意關懷，恐怕就沒辦法這麼鎮定。幸好她一句話也沒說，而且心不在焉，對周遭的一切置若罔聞。

詹寧斯太太表達的善意通常有點惱人，有時近乎荒謬，但艾蓮諾知道她是一番好意，於是向她致謝，以禮相待，彌補妹妹在這方面的不足。詹寧斯太太知道瑪莉安不快樂，覺得應當盡自己所能減輕她的痛苦。因此，她想盡辦法寵溺瑪莉安，就像當父母的會在假期最後一天縱容自己最寵愛的孩子。壁爐旁最好的座位留給瑪莉安，用家裡的美食促進她的食欲，跟她說說當天的新鮮事逗她開心。艾蓮諾看著詹寧斯太太試圖用甜食、橄欖和溫暖的爐火治療失戀，如果不是妹妹神情哀戚，她只怕會忍不住偷笑。然而，等瑪莉安終於察覺這些反覆施加的好意，她就一刻也忍受不了，匆匆說了聲她心情不好，揮手示意姊姊別跟著她，站起來快步離開。

「可憐的孩子！」她走了以後，詹寧斯太太嚷嚷道，「看她這樣，我心裡難受極了！她走之前真該把葡萄酒喝掉！還有櫻桃乾！天啊！什麼都幫不了她。如果我知道哪樣東西對她有好處，就算派人跑遍全城也要買回來。唉，這事未免太奇怪，竟然有男人會玩弄這麼漂亮的女孩的感情！不過如果一個有很多錢，另一個幾乎沒錢，他們就什麼都不管了！」

「那麼那位小姐……我記得妳說她姓格雷……她很有錢？」

「身價五萬鎊，親愛的。妳見過她嗎？聽說是個活潑時髦的小姐，不過長得不漂亮。我很記得她姨媽比蒂．漢夏，嫁了個非常有錢的男人。不過他們整個家族都有錢。五萬鎊！聽說這筆錢來得正是時候，因為他現在為了錢焦頭爛額。也難怪，在鄉下駕著小馬車或騎著獵馬到處揮霍！這種事沒什麼，但一個年輕男人，不管他是誰，跑來招惹漂亮女孩，口口聲聲要結婚，不能因為荷包空了，剛好有個富家女願意嫁他就悔婚。既然缺錢，為什麼不痛改前非，立刻把馬賣掉，房子租出去，遣散僕人？我可以保證瑪莉安肯定願意等他把事情全部解決掉。不過時代不一樣了，現在的年輕人無論如何也不肯放棄享樂。」

「妳知道格雷小姐是什麼樣的人嗎？她個性和善嗎？」

「我沒聽過誰說她壞話，其實我幾乎沒聽人談論過她，只有今天聽泰勒太太說起。她說有一天渥克小姐含蓄地表示，她覺得如果格雷小姐結婚，艾利森夫婦應該會鬆一口氣，因為格雷小姐和艾利森太太永遠意見不合……」

「那麼艾利森夫婦又是什麼人？」

「是她的監護人。現在她已經成年了，想嫁誰就嫁誰，瞧瞧她給自己選了個什麼人！這下子……」停頓片刻後她又說，「妳可憐的妹妹大概回房間一個人傷心去了。真的沒什麼東西能給她安慰嗎？可憐的孩子，讓她一個人待著好像有點殘忍。嗯，很快會有幾個朋友過來，應該能讓她開心一點。我們要玩什麼？我知道她討厭惠斯特，她沒有喜歡的紙牌遊戲嗎？」

「親愛的女士，妳不需要這麼費心，瑪莉安今晚不會再出來了。她現在需要好好休息，所以我會盡可能勸她早點上床。」

「嗯，這樣對她最好。問問她宵夜想吃什麼，吃完就上床。天啊！難怪過去這一兩個星期她的氣色那麼糟，心情那麼沮喪，我猜這段時間她一直在為這件事苦惱，今天收到的那封是分手信！可憐的孩子！如果我早點知道，無論如何都不會打趣她。不過妳也知道，我怎麼可能猜得到。我以為那只是普通的情書，妳也知道年輕人喜歡別人拿這種事跟他們說笑。老天！約翰爵士和我兩個女兒如果聽說這件事，會有多擔心！白天我腦子糊塗了，不然回來的路上就該順道去康狄街跟他們說說。不過我明天就能見到他們。」

「我想不需要妳提醒，帕爾瑪太太和約翰爵士都不會在瑪莉安面前提到威勒比，也不會聊起任何跟過去有關的事。他們都是好心人，一定會假裝什麼都不知道，免得刺傷瑪莉安。親愛的女士，妳也一定知道，越少跟我談這件事，我的心情越不難過。」

「我的天！這我當然知道。妳要是聽人談起這件事，心裡一定難受極了。至於妳妹妹，我絕對不會在她面前提起半個字。妳也看到了，吃晚餐時我什麼都沒說。約翰爵士和我的兩個女兒也不會，他們都是非常細心體貼的人，尤其如果我事先提醒他們的話，而我是一定會提醒的。至於我個人，我覺得這種事最好少拿出來說，風波才會越快過去，大家也更容易忘記。畢竟說得再多又有什麼用？」

「以這件事來說，談論只會帶來傷害。跟其他很多類似案例相比，更是如此。畢竟這事牽涉得太廣，為了所有當事人好，不適合在公共場合討論。我必須替威勒比先生說句公道話，他跟我妹妹沒有明確的婚約，自然就沒有悔婚的問題。」

「親愛的，別談法律！不需要說場面話替他狡辯。什麼叫沒有明確的婚約！帶著她逛遍阿朗罕那棟房子，特別看了他們日後要住的那些房間！」

為了妹妹好，艾蓮諾不能再多說。她也希望自己不需要為威勒比多做解釋，追究真相會讓瑪莉安受到許多傷害，對威勒比也沒什麼好處。兩人沉默一段時間後，天性樂觀的詹寧斯太太又說：

「哎呀，親愛的，俗話說再壞的事都有人得利，果然有道理，因為這個結果對布蘭登上校更好。他終究會娶她，嗯，一定會的。我敢說他們今年仲夏節[21]以前就會結婚。老天！他聽到這個消息會笑得多開心！希望他今晚會來。他才是妳妹妹的好對象，年收入兩千鎊，沒有債務，收入也不會扣減，除了那個小小的私生女。啊，我把她給忘了。不過只要花點小錢讓她去學點謀生本事，一點問題都沒有。他在德拉福德的莊園是個好地方，正是我心目中那種古色古香的住宅，舒適又便利。四周建了高大的圍牆，裡面種著全郡最好的果樹，有個角落種了一棵桑樹！我跟夏綠蒂只去過一次，那回我們兩個都吃撐了！那裡還有一間鴿舍、幾座清爽的魚池，還有一條非常美

21. Midsummer，六月二十四日，是歐洲北部夏季重要節日，有各種節慶活動。

麗的水渠。總之應有盡有。不只如此，附近還有教堂，而且離公路只有四百公尺，所以一點都不乏味。只要坐在屋子後面的紫杉木涼亭裡，就可以欣賞來來往往的馬車。哎呀，那真是個好地方！村莊裡的豬肉攤離得很近，牧師公館幾步路就到了。我覺得那裡比巴騰園邸好一千倍，巴騰園邸離肉攤五公里遠，住得最近的鄰居是妳母親。嗯，我會盡快鼓勵上校。妳也知道有一就有二，只要我們能讓她忘掉威勒比！」

「是啊，只要我們做得到。」艾蓮諾認同。「不管上校來不來，我們都能輕鬆一下。」說完，她就回房去看瑪莉安。正如她的預期，瑪莉安果然在房間裡，俯身靠向壁爐微弱的餘火，暗自傷心。在艾蓮諾進來以前，那餘火是房裡僅剩的光源。

對於姊姊的到來，瑪莉安沒有任何反應，只說，「妳最好出去。」

「妳上床躺著，我就出去。」艾蓮諾答。悲傷悽愴的瑪莉安鬧起彆扭，不肯聽姊姊的話。但艾蓮諾用嚴正卻溫柔的語氣勸說，瑪莉安很快就順從。於是艾蓮諾終於如願見到頭痛的妹妹乖乖躺

「他生前多愛這支酒！」

下安靜休息，才走出房間。

艾蓮諾去了偏廳，不一會兒詹寧斯太太也走進來，手裡的酒杯裝滿某種酒液。「親愛的，」她走進偏廳時說道，「我剛想起家裡有陳年康斯坦夏[22]葡萄酒，是我喝過最好的酒，我倒了一杯給妳妹妹。我可憐的丈夫，他生前多愛這支酒！每回他痛風兼腹絞痛老毛病發作，喝這款酒比什麼都有效。拿去給妳妹妹吧。」

詹寧斯太太推薦失戀的人喝治療痛風的酒，艾蓮諾不禁莞爾。她說，「親愛的女士，妳真是太好心了！不過瑪莉安已經上床，希望她快睡著了。我覺得現在對她最有幫助的是睡眠，如果妳不介意的話，這杯酒我來喝。」

詹寧斯太太雖然遺憾自己沒有早個五分鐘送來，卻也滿意艾蓮諾的折衷方案。艾蓮諾喝下大半杯酒之後尋思，這支酒對痛風兼腹絞痛的療效目前跟她沒有多大關係，至於它治療失戀的功效，由她或妹妹來試驗都很合適。

布蘭登上校是在茶點時間抵達，艾蓮諾看見他環顧一圈尋找瑪莉安的神色，覺得他既不預期、也不奢望能看見她，顯然已經知道她缺席的原因。詹寧斯太太卻沒有同樣的覺悟。他進來不久，她就走到正在泡茶的艾蓮諾身旁，悄聲說，「上校的臉色跟平時一樣悶悶不樂，他什麼都不

22. Constantia，南非葡萄酒產區。

知道。親愛的，妳去跟他說。」

不久後，上校拉了把椅子坐到艾蓮諾身旁，向她問起瑪莉安，那表情充分顯示他什麼都知道。

「瑪莉安不太好，」她答，「今天一整天都不舒服，我們勸她上床休息。」

「那麼，或許，」他吞吞吐吐地說，「我今天聽到的消息可能……可能是真的，一開始我不相信。」

「你聽見什麼？」

「聽說某位男士……我有理由相信……簡言之，我知道他訂婚了……可是我該怎麼跟妳說？假如妳已經知道了……我相信妳肯定知道，那麼我就不必為難了。」

「你指的是，」艾蓮諾強自鎮定，「威勒比先生與格雷小姐的婚事。沒錯，我們的確都知道了。今天好像是個揭露真相的日子，因為我們都是今天聽說的。威勒比先生太難捉摸！你在哪裡聽到的？」

「在帕爾摩街一家文具店，我剛好去那裡買東西。當時有兩位女士在等馬車，其中一位跟另外那位說起這樁婚事。她沒有壓低聲音，我不可能聽不見。她多次提到威勒比這個姓氏，約翰．威勒比，我才會注意到。她說他跟格雷小姐的婚事終於成定局，不再是祕密，幾個星期內就會舉行婚禮，還說到籌備婚禮的各種細節和相關事務。有一點我記得特別清楚，因為那讓我進一步確認他的身分。她說婚禮結束後他們馬上會前往科姆莊園，也就是他在薩默塞特郡的家。我太震驚了！我當時的心情沒辦法用言語形容。她們離開之後我繼續待在那家店，經過打聽，才知道那位健談的女士是艾利森太太，據說是格雷小姐的監護人。」

「沒錯。不過你當時有沒有聽到格雷小姐身價五萬鎊？如果有什麼能解釋，可能就是這個了。」

「也許是吧。但威勒比有能力……至少我這麼認為……」他頓了一下，又用不太確定的語調說，「那麼妳妹妹，她怎麼……」

「她受了很大的打擊，我只希望她難過的時間相對短暫。那是最殘酷的折磨。直到昨天以前，她從沒懷疑過他對她的感情，也許到現在還是。但我幾乎相信他其實沒有愛過她。他一直是虛情假意，在某些方面好像有點鐵石心腸！」

「唉！」上校說，「確實如此！但妳妹妹的想法跟妳不一樣……妳剛才好像是這麼說的？」

「你也了解她的個性，所以應當知道她還在想盡辦法幫他找理由。」

他沒有回應。不久之後茶具撤掉，牌局即將登場，這個話題於是到此為止。詹寧斯太太一直滿心歡喜地看著他們說話，認為上校聽了艾蓮諾的話以後，會充滿朝氣、希望與幸福，瞬間歡欣雀躍，卻訝異地看見他整個晚上都比過去更嚴肅，更愁眉不展。

第三十一章

瑪莉安睡得比自己預期中久，隔天早上醒來，前一夜入睡前盤據她腦海的愁雲慘霧重新浮現。

艾蓮諾鼓勵她說出心裡的感受，早餐準備好以前，她們已經將那件事反覆談了許多次。艾蓮諾始終抱持同樣的看法，溫柔地勸慰妹妹，瑪莉安則是依然情緒激盪、想法反反覆覆。有時候她相信威勒比跟她一樣可憐又無辜，其他時候又因為沒辦法證明他的清白而心灰意冷。某一刻她絲毫不在乎外界的言論，下一刻又想從此遠離人群，再下一刻又可以精神抖擻地抵抗一切。不過，有件事她始終如一，那就是她會盡可能避開詹寧斯太太，避不開時，乾脆一言不發。她堅定地相信詹寧斯太太對她的悲傷沒有一點同情心。

「不，不，不可能。」她叫道，「她沒有同情心。她的好意不是因為同情，她的親切不是因為心軟。她只喜歡嚼舌根，她喜歡我，只是因為她可以說我的閒話。」

艾蓮諾即使沒聽見這番話，也知道妹妹對別人的評價通常有欠公允，因為妹妹細膩的心思太過敏感，又太看重強烈的感性與優雅的舉止。世上如果有超過半數的人既聰明又善良，那麼具備一流才華與氣質的瑪莉安就跟另外那半數一樣，既不理性又不公正。她要求別人跟她有相同的觀點和感受，根據自己的當下反應判定他人的行為動機。早餐後兩姊妹留在房間裡，就發生了這麼一件事，導致她對詹寧斯太太的好心腸的評價一落千丈。只因當時的她心靈脆弱，詹寧斯太太本著最大的善意想給她一點安慰，結果卻增添她的痛苦。

詹寧斯太太進門後伸長手遞過來一封信，臉上堆滿了笑，認為信的內容一定能撫慰瑪莉安。

「親愛的，這對妳肯定有幫助。」

瑪莉安有這句話就夠了。那一瞬間，她想像威勒比的信就在眼前，滿紙的深情與懺悔，解釋近期發生的一切，周全又可信。緊接著又想像威勒比本人出現了，心急如焚地衝進房間，撲在她腳邊，用生動的眼神為信件內容做擔保。前一刻的幻想下一刻就破滅。她看見的是母親的字跡，這字跡從不曾像此刻這般令她失望。在願望成真的狂喜中被當頭澆了一盆冷水，她覺得先前的痛苦煎熬都微不足道。

即使在口才最流利的時刻，瑪莉安也找不到言語來形容詹寧斯太太的殘酷，現在她只能用奪眶而出的奔騰淚水譴責她。只是，被譴責的人絲毫沒有察覺到，說了許多憐憫疼惜的話語，離開前還提醒她快看那封能安撫她的信。只是，等到瑪莉安心情夠平靜，有辦法讀信時，卻發現那封信沒能給她一絲安慰。信裡每一頁都提到威勒比，她母親依然相信他們訂了婚，也跟以往一樣相信他的忠實，只是礙於艾蓮諾的請求，才寫信來要求她對母親和姊姊說清楚些。母親的信裡寫滿對女兒的憐愛和對威勒比的滿意，以及對他們未來幸福的信心，瑪莉安滿懷苦澀，流著淚讀完。

她再次迫不及待想回家，對母親的依戀也更深了，因為母親是那麼盲目地誤以為威勒比值得信任。她想回家，刻不容緩。艾蓮諾也不知道妹妹留在倫敦好，或回巴騰好，因此沒有發表意見，只勸妹妹耐心等著，看母親下一封信怎麼說，最後總算徵得妹妹的同意。

這天詹寧斯太太提早出門，兩個女兒和女婿還沒跟她一起哀嘆，她坐立難安。她堅決不讓艾蓮諾陪她去，而且一去就是一整天。艾蓮諾心情無比沉重，因為她要對母親說的事一定會帶給母親極大的痛苦。再者，根據母親的來信，她也明白自己先前給母親寫的信沒有發揮任何預警效果。她坐下來寫信，敘述事情的經過，也問母親她們該不該繼續留在倫敦。瑪莉安得知詹寧斯太太出門了，就來到偏廳，端坐在艾蓮諾的寫字桌旁，看著姊姊的筆尖在信紙上移動。姊姊不得不執行這麼艱難的任務，她覺得悲傷；想到信的內容即將帶給母親多大的打擊，她更心痛。

就這樣過了一刻鐘，瑪莉安被敲門聲嚇了一跳；她敏銳的神經無法承受任何突如其來的聲響。

「會是誰呢？」艾蓮諾說道，「時間還這麼早！我以為**不會**有人來打擾我們。」

瑪莉安走到窗子旁。

「是布蘭登上校！」她惱火地說，「永遠躲不開他的打擾。」

「詹寧斯太太不在家，他不會進來。」

「這很難說，」說完，她轉身回自己房間。「一個不知道怎麼打發自己時間的男人，才不會不好意思打擾別人。」

她猜得沒錯，上校確實進門了，只是她對上校的批評既不公平也不正確。艾蓮諾相信上校特地過來是因為擔心瑪莉安，她也的確在上校心煩意亂又哀傷的神情看見那份擔憂，加上上校雖然只用三言兩語探詢瑪莉安的情況，臉上的焦慮卻明顯可見，艾蓮諾無法原諒妹妹這麼污蔑上校。

「我在龐德街遇見詹寧斯太太，她鼓勵我過來一趟。」簡單寒暄後他說，「她輕而易舉就說服了我，因為我很想單獨跟妳談一談，覺得今天可能有機會。我之所以想找妳談，目的……或說心願，唯一的心願是想帶來一點安慰，希望是這樣……我相信是。不，我不能說安慰，不是眼前的安慰，而是讓她確認一件事，從此解開心結。我非常敬重她、敬重妳和妳母親，請允許我說出幾件事來證明我的尊敬。我想說出那些事，是基於絕對真誠的敬意，也是因為我迫切想提供一點幫助。在這方面，我自認無愧於心，雖然我花了幾小時說服自己這麼做是對的。我難道沒有理由懷疑自己可能做錯嗎？」他停下來。

「我明白。」艾蓮諾說，「你想告訴我威勒比先生的事，那些事會進一步揭露他的性格。你能說出來，展現了你對瑪莉安最真摯的友情。只要能增進我對那位先生的了解，**我的**感激是即時的，但我妹妹的感激可能需要多點時間。拜託，請告訴我。」

「沒問題。長話短說，去年十月我離開巴騰……不過這樣妳沒有頭緒，還要從更早的時期說起。艾蓮諾小姐，妳會發現我不擅長說故事，我幾乎不知道該從何說起。我想我必須簡單說說我自己的事，不會花太多時間。談這種事……」他深深嘆息，「我一點都不想牽扯太遠。」

他停頓片刻，略作回想，而後再嘆一口氣，繼續說下去。

「有一次我們在巴騰聊了幾句，妳可能已經忘了，那些話不太可能讓妳留下印象。那天晚上有舞會，我提起過去認識的一位女性，說她在某些方面跟妳妹妹很像。」

「其實我記得，」艾蓮諾說。他聽見這話好像鬆了一口氣，又說：

「如果我的記憶沒有被多變又偏頗的情愛蒙蔽，她們不管內在或外在都有極高的相似度。同樣奔放熱情、同樣充滿幻想、神采飛揚。她叫伊萊莎，是我表妹，從小父母雙亡，我父親是她的監護人。我們年齡相近，是幼時玩伴，也是好朋友。我對她的愛從來沒有中斷過，隨著年齡增長，我的感情越來越深。妳看到我現在這種淒涼陰鬱的模樣，一定想像不出我也曾經有過那麼深刻的愛。我相信她對我的感情也跟妳妹妹對威勒比的感情一樣強烈，卻也同樣不幸，只是原因不同。她十七歲時被迫嫁給我哥哥，我從此失去了她。她有大筆財產，而我家的財務出問題。這恐怕就是她舅舅兼監護人要她嫁給我哥哥的原因了。我哥哥不配娶她，他甚至不愛她。原本我希望她對我的愛能支撐她度過各種難關，有一段時間確實也是這樣，可惜她遭受到非常惡意的對待，最後，悲慘的境遇壓垮她所有的決心。雖然她向我保證絕不……啊，我說得顛三倒四！我還沒告訴妳具體的過程。當時我們約好私奔去蘇格蘭，可是出發前幾小時，她那不忠……或者說蠢笨的女僕出賣我們。我被驅逐到遠地的親戚家，我父親剝奪她的行動自由，禁絕所有社交和娛樂，要逼她就範。我太相信她的忍耐力，聽到消息時遭受沉重的打擊。不過當時我還年輕，只要她婚姻幸福，最多幾個月我的心情就能平復，至少不需要哀嘆到現在。情況卻不是那樣。我哥哥不愛她，他生活放蕩，從一開始就對她不好。當時她是那麼年輕、那麼活潑、那麼單純，面對不幸的婚姻，後果可想而知。一開始她認命地接受自己的悲慘處境，如果不需要克服對我的感情造成的遺憾，日子可能比較好過。她結婚幾個月後我父親就過世，而我隨著部隊在東印度。她跟著那樣的丈夫，又沒有朋友在身邊勸阻她，她會步入歧途，對婚姻不忠，又有什麼好奇怪的？當時我如果留在英格蘭，也許……但我想跟她分開幾年，好讓他們婚姻更幸福，才會申請調動。大約兩年後，我聽說她離婚了，內心多麼震撼。」他的語氣非常激動。「相較之下，她結婚的消息帶給我的打擊根本不足掛齒。我之所以這麼沮喪，正是因為她婚姻失敗……到現在想起當時的痛苦……」

他說不下去了，猛地站起來，在屋子裡來回踱步幾分鐘。艾蓮諾聽到他這些往事深受觸動，看見他的悲痛更是百感交集，一時也無法言語。他看出她的關切，走過來拉起她的手握住，感恩又恭敬地親吻，默默平復情緒，幾分鐘後才能繼續陳述。

「這段不愉快的時光過後將近三年，我才回到英格蘭。我踏上故土的當務之急當然是去找她，可惜結果是徒勞與悲傷。我只找到她第一個情夫，種種跡象顯示她離開那人之後進一步沉淪。她離婚後拿到的贍養年金跟她原有的財產不成比例，也不足以讓她過著寬裕的生活。我哥哥告訴我，那筆贍養年金的請領權已經轉移了幾個月。他竟然還能冷靜地猜想她揮霍無度，自然經濟窘迫，不得不轉賣年金權，換一筆錢應急。我回到英格蘭半年後，終於找到她。當時我有個舊僕際遇不佳，欠了債被關進債務人拘留所，我基於主僕情誼去探望他，卻在另一間牢房看見我那不幸的表妹。她變了個人，枯槁憔悴，被生活的種種苦難折磨得不成人形！我幾乎不敢相信，眼前這個哀傷病弱的身影，就是那個我曾經深愛過、健康可愛、容光煥發的女孩。當時看著她，心裡的感受……但我不該說那些來惹妳傷心，妳聽到這裡已經夠難受了。從她的模樣明顯看得出，她已經肺癆末期，在那種情況下，這對我是極大的安慰。生命唯一能為她做的，就是給她時間，讓她更安詳地面對死亡。生命果然給了她時間。我幫她安排個比較舒適的住所，請人照顧她。在她所剩不多的日子裡，我每天都去看她。她過世時我就陪在一旁。」

他再度停下來平復心情。艾蓮諾用親切關懷的口吻發抒自己的心情，感嘆他那位表妹的薄命。

「我說妳妹妹跟我那個誤入歧途的可憐表妹相像，希望她不會生氣。」他說，「她們的未來、她們的命運，都不可能相同。我表妹天生個性溫柔，如果她意志更堅定，或婚姻更幸福，她的人生可能就會跟妳妹妹一樣。不過我說這些有什麼用？我好像只是無端害妳心情鬱悶。唉！艾蓮諾小姐，這件事在我心裡埋藏了十四年，現在重新提起，實在是個危險話題！接下來我會冷靜一點，盡量長話短說。她把唯一的孩子交給我照顧，是個小女孩，那時大約三歲，是她跟第一個情夫生的。她愛那孩子，一直帶在身邊。對我而言，那是一份重要又珍貴的託付，假使條件允許，我會親自教養她，以最嚴謹的態度達成她的遺願。但我是單身漢，沒有自己的家，只能把我的小伊萊莎送進學校裡，一有機會就去看她。大約五年後我哥哥過世，我繼承家裡的產業，她經常去德拉福德探望我。我對外聲明她是我的遠房親戚，卻也知道人們懷疑我跟她之間有更近的血緣關係。三年前她滿十四歲，我讓她離開學校，交給多塞特郡一位名聲非常好的女士照顧，當時還有四、五個女孩也接受那位女士的照顧。接下來兩年她的生活讓我很放心。可是去年二月（將近一年前）她突然失蹤。在那之前她告訴我，她有個朋友要陪父親去貝斯療養身體，她非常想跟他們去。我答應了，事實證明那是個魯莽的決定。那位父親我也認識，是個非常正派的人，我對他女兒評價很高，但她不值得。她什麼都知道，卻頑固又愚昧地幫朋友保密，什麼都不說，一點口風也沒有透露。她父親心地善良，觀察力卻不夠敏銳，沒辦法提供消息，因為他通常足不出戶，放任兩個女孩子在鎮上到處遊玩，結交朋友。他相信自己的女兒完全不知情，也想讓我相信。總之，我什麼都問不出來，只知道她離開了。接下來那八個月，我只能胡思亂想。我在想什麼，在擔心什麼，受到什麼樣的折磨，一點也不難猜到。」

「我的天！」艾蓮諾驚呼，「難道是……難道是威勒比！」

「我再次聽到她的消息，」他接著說，「是去年十月她寫了一封信給我，從德拉福德轉寄到我手上，就是在我們準備去惠特維爾莊園那天早上，所以我才會突然離開巴騰。當然大家一定都覺得很奇怪，可能有些人為此生我的氣。那時威勒比的表情責備我太無禮，掃大家的興，恐怕絲毫沒有想到，我之所以急著離開，是為了去幫助一個被他害得悲慘又可憐的人。只是，就算他知道又怎麼樣？他對著妳妹妹的笑臉會變得比較不開心或不快樂嗎？不會，那種事任何有同理心的男人都做不出來，他卻已經做過一次。他誘拐單純的少女，讓她獨自面對最悲慘的境遇，無家可歸，求助無門，舉目無親，連他的地址都不知道。他離開時承諾會回去，結果一去不回，音訊全無，沒有幫她解決困境。」

「真是匪夷所思！」艾蓮諾震驚地說。

「現在妳知道他是什麼樣的人了：奢靡放蕩，甚至比奢靡放蕩更無可救藥。兩、三個月前我就知道他的真面目，在這種情況下，看著妳妹妹還是跟過去一樣喜歡他，又聽說她要嫁給他，我心裡會是什麼感受，會多麼擔心妳們一家人。上星期我過來拜訪，當時只有妳一個人在。那次我打定主意要把事情問清楚，卻又不知道問清楚之後該怎麼辦。當時妳一定覺得我的舉止有點古怪，不過現在妳都明白了。看著妳們受到欺騙，看著妳妹妹……但我又能怎麼辦？我就算想辦法阻止，也不可能成功，有時我又覺得妳妹妹或許能感化他。可是現在他這樣玩弄她的感情，誰知道他當初對她懷著什麼企圖。不管那是些什麼樣的企圖，從今以後她只要跟我可憐的小伊萊莎兩相對照，想到那女孩悲慘絕望的處境，假想自己也淪落到那般境地，就會對自己的際遇心懷感恩。小伊萊莎是那麼愛那個人，到現在還是跟她一樣癡情，未來的一生卻注定活在痛悔自責裡。這樣的對照對妳妹妹一定有好處，她會覺得自己的苦難不算什麼，因為她沒有行為不端，名聲不會受損。相反的，周遭的親友會因為她的遭遇更疼惜她。她的悲傷令他們擔憂，她的堅強贏得他們的敬重，人們對她的愛也更深厚。要不要把這些事告訴她，由妳審慎評估。說出這些事會有什麼效應，妳一定最清楚。我是真心、發自肺腑地相信說出來會有幫助，也許能減輕她的痛悔，否則就不會拿自己家族這些傷心事來惹妳心煩，畢竟說出這些事聽起來像是揭他人短處來抬舉自己。」

艾蓮諾聽他說完後，誠摯地感謝他，還說瑪莉安如果知道這些事，會有具體的好處。

「其他事倒還好，最讓我難過的是，她還在想辦法為他開脫。」艾蓮諾說，「與其看著她為了替他找藉口心亂如麻，不如讓她知道他是卑鄙小人。她聽過這些事之後，難免會痛苦一段時間，但我相信她很快就能平靜下來。你……」短暫停頓後，她又說，「離開巴騰後見過威勒比先生嗎？」

「見過一次。」他陰鬱地答。「有件事不得不跟他見面。」

艾蓮諾被他的神情嚇了一跳，焦慮地看著他，問道：

「什麼事？難道是為了……」

「我跟他只能這樣解決。小伊萊莎雖然不甘不願，但終究說出她情郎的姓名。等他回到倫敦（就在我抵達後不到兩星期），我約他一決勝負。我要懲罰他，讓他自我防衛。結果我們兩個都沒受傷，所以這場決鬥的消息沒有外傳。」

艾蓮諾嘆了一口氣。她覺得沒這個必要，但面對從事軍職的血性男子，她想想還是別指責了。

上校沉默片刻後又說，「她們母女竟然遭逢類似的不幸！我沒有達成她對我的託付！」

「她還在城裡嗎？」

「不。我找到她的時候，她已經快生產了，她出月子以後，我把她和孩子送到鄉下，現在還在那裡。」

不久後他大概是想到他耽誤了艾蓮諾照顧妹妹的時間，於是起身告辭。艾蓮諾再度表達對他的感謝，也對他充滿同情與敬重。

第三十二章

艾蓮諾很快就把這些事不厭其詳地告訴妹妹，成效卻不完全符合她原先的期待。倒不是說瑪莉安不相信那些事是真的：她聽得很專心，鎮定又乖巧，自始至終沒有反駁，也沒有評論，沒有試圖為威勒比辯解。她流淚的模樣像是知道辯解無用。根據瑪莉安的表現，艾蓮諾知道妹妹已經相信威勒比犯了錯，也心滿意足地看到一部分效果，比如上校到訪時妹妹不再迴避，也願意跟上校說話，甚至主動開口，言談之間帶著憐憫與敬意。只是，瑪莉安的情緒雖然不像早先那麼焦躁易怒，卻依然悲傷抑鬱。她的心情是穩定下來了，卻穩定在憂鬱沮喪中。相較於失去威勒比的愛，威勒比的道德沉淪更令她心痛。想到他誘拐又拋棄威廉斯小姐，想到那可憐女孩的悲慘遭遇，想到他是不是**曾經**對她也有不良企圖，這一切種種帶給她沉痛的打擊，即使面對姊姊，她也沒有勇氣說出心裡的感受。然而，她默默沉浸在傷痛裡，反而比毫不隱瞞、反覆不斷向姊姊訴苦更讓姊姊難過。

要描述達胥伍太太收到信之後的心情，以及她回信的內容，就等於重複她兩個女兒內心的感受和說出的言語。她失望的程度幾乎不輸瑪莉安，憤慨的程度甚至超過艾蓮諾。她寄來接二連三的長信，每一封都在訴說她哀痛的心情和內心的想法，表達她對瑪莉安的擔憂，希望瑪莉安堅強面對這場災禍。連她母親都要她「堅強」，可見瑪莉安的苦難多麼嚴重！母親還希望她不要沉溺在懊悔裡，可見那懊悔的原因多麼令人羞愧與屈辱！

達胥伍太太不顧自己對女兒的思念，認為這個時候瑪莉安在哪裡都好，就是別回巴騰，因為巴騰的一景一物都會以最激烈、最痛苦的方式讓她回想起過去，讓她目光所及都是他的身影，就像過去一樣。因此，她建議女兒不要提早返家。當初她們應詹寧斯太太的邀請進城，雖然沒有約定具體的做客時間，但彼此的默契大約至少要停留五、六個星期。在倫敦不可避免會接觸各式各樣的消遣、娛樂和同伴，這些是巴騰欠缺的。雖然目前瑪莉安想必唾棄外在事物和娛樂活動，達胥伍太太還是希望倫敦的一切偶爾可以讓瑪莉安分心，把注意力轉向外界，甚至能享受一點樂趣。

至於遇見威勒比的風險，達胥伍太太覺得在城裡和在鄉下機率一樣低，因為自認是她朋友的人一定都會跟威勒比保持距離。不會有人刻意安排他們見面，也不會有人粗心大意讓他們意外碰面。在熱鬧的倫敦，他們相遇的機會比在偏僻的巴騰更少。如果回到巴騰，他帶著新婚妻子走訪阿朗罕，雙方恐怕就會碰面。達胥伍太太原本只是覺得有此可能，後來越想越覺得必然發生。

她之所以希望女兒留在倫敦，還有另一個理由。繼子來信說，他們夫妻二月中以前會進城，所以她認為女兒應該留在那裡跟哥哥見個面。

瑪莉安答應過會聽從母親的指示，因此，儘管母親的決定跟她自己的心願和期待相反，她還是毫無異議地順從。只不過，她覺得母親這個決定錯得離譜，依據的是錯誤的考量。因為她留在倫敦就得不到母親的撫慰，而目前只有母親的疼惜能夠減輕她的痛苦。再者，留在倫敦就得面對各種社交場合，她肯定片刻不得安寧。

不過還有一點帶給她很大的安慰，那就是對她有害的，對姊姊卻有好處。在此同時，艾蓮諾覺得自己恐怕沒辦法徹底避開愛德華，只好自我安慰地想著，繼續留在倫敦自己雖然不開心，但瑪莉安留在這裡會比立刻回德文郡來得好。

她仍然小心防範，避免讓妹妹聽見威勒比的名字。瑪莉安不知道姊姊為她做了什麼，卻受益匪淺，因為無論是詹寧斯太太或約翰爵士，甚至夏綠蒂，都不曾在她面前談論他。艾蓮諾只希望大家在她面前也能這麼自制，但那是不可能的事，所以她每天被迫聽他們怒罵。

約翰爵士不敢置信。「我一直覺得威勒比是個好人！那麼好相處！整個英格蘭找不到騎術比他更好的人！實在叫人想不通。真心希望他下地獄去。不管在哪裡遇見他，我都不會跟他說半句話！不會的，就算一起在巴騰的獵場等兩個小時也不會。真是個無賴！滿嘴謊言的小人！上

答應送他佛莉生的狗崽。

次見面還說要送他一隻佛莉生的狗崽！現在他想都別想！」

夏綠蒂也一樣生氣，只是表達方式不同。「我決定不跟他往來！幸好我從來不認識他。真希望科姆莊園跟克利夫蘭距離沒這麼近，不過沒關係，反正這樣的距離已經超出互訪的範圍。我實在太討厭他，決定再也不提他的名字。我還會告訴我見到的所有人他有多差勁。」

夏綠蒂還以其他方式表達同情，比如盡她所能搜集那場婚禮的大小訊息，說給艾蓮諾聽。不久後她就知道新馬車在哪家車行打造，威勒比又找了哪個畫師幫他畫肖像，哪家商場可以看到格雷小姐的結婚禮服。

密多頓夫人對這件事表現得平靜有禮又漠不關心，讓艾蓮諾在飽受其他人喧鬧卻善意的壓迫時，有個愉快的喘息機會。朋友圈之中至少有**一個人**對這件事不感興趣，有**一個人**見到她不會好奇打探，也不擔心她妹妹的身體，對她而言是很大的安慰。

每一種性格的真正價值都會根據當時的情況有所提升，當她被過度熱絡的安慰攪得心煩，就會覺得好教養比好心腸更重要。

密多頓夫人一天只會表達一次她對這件事的觀感，如果旁人提起的次數太多，她也許會多說一句，「實在太驚人了！」藉著這種溫和卻持續的宣洩，她不但可以在事件發生後第一次見到達胥伍姊妹時心平氣和，不久後再見到就完全想不起那件事。她用這種方式支持女性的尊嚴，也明確表達對男方的譴責，而後就覺得可以放心依照自己的意願安排各種聚會。於是她不顧丈夫反對，決定等婚禮結束後，給威勒比太太送張拜帖，畢竟威勒比太太是個優雅又多金的女士。

上校的探詢委婉又不唐突，艾蓮諾從來不厭煩。他一番好意設法減輕瑪莉安的痛苦，贏得艾蓮諾的另眼相待，願意和他深入討論妹妹的狀況，兩人因此經常推心置腹地交談。他強忍悲痛說出過去的傷心事和近期的屈辱，獲得的最大回報是瑪莉安偶爾會用憐憫的目光看著他，必須回應他或難得主動找他說話時，語氣相當溫柔。這些結果讓他確認自己的努力沒有白費，因為瑪莉安對他越來越友好。艾蓮諾則是希望這份友好能持續進展。詹寧斯太太不知道這些事，她只看到上校依然悶悶不樂，不管她怎麼慫恿，他都不肯開口向瑪莉安求婚，也拒絕讓她幫他去提親。於是兩天後她開始覺得他們不會在仲夏節之前結婚，多半要拖到米迦勒節[23]，一星期後她已經認定他們倆不會結婚。艾蓮諾與上校彼此談得投契，好像在宣布她才有那份榮幸擁有那棵桑樹、那條水渠和那座紫杉涼亭。詹寧斯太太已經有一段時間沒再把她跟愛德華配成對。

到了二月初，大約收到威勒比分手信之後不到兩星期，艾蓮諾承擔起艱苦的任務，告訴妹妹威勒比結婚了。她事先請人在婚禮結束後立刻通知她：妹妹每天早上都心急地翻查報紙，她不希望妹妹從報紙上看到他們的結婚啟示。

瑪莉安聽到消息時堅定又冷靜，沒有做任何評論，一開始也沒有掉眼淚。但不久後她的淚水奪眶而出，接下來一整天悽悽切切，跟起初得知這樁婚事時一樣堪憐。

婚禮結束後威勒比夫婦就出城去了。艾蓮諾想起妹妹自從遭受打擊後就沒有出過門，既然現在已經沒有遇見威勒比夫婦的危險，於是勸妹妹跟往常一樣出去走走。

大約在這個時候，史迪爾姊妹來了。她們前不久抵達親戚家，住在霍本區的巴特雷巷，之後連忙去密多頓家和詹寧斯太太家，拜訪更高尚的親戚，受到所有人最熱誠的歡迎。

只有艾蓮諾很遺憾見到她們，跟她們相處，她始終開心不起來。露西發現她**還在**城裡，表現得歡天喜地，她實在不知道該如何親切地回應。

「幸好妳們**還在**這裡，不然我一定會很失望。」她重複一次，特別強調「還在」兩個字。「雖然妳在巴騰**告訴過**我妳們不會在城裡停留超過**一個月**，但我一直覺得我**能**見到妳們，幾乎可以確定妳們短時間內不會離開倫敦。當時我就覺得到時候妳們可能會改變主意。如果妳哥哥嫂嫂還沒進城妳們就回去了，未免太可惜。現在妳肯定不會**急著**離開，妳當時說的話**沒有做到**，我實在開心極了。」

艾蓮諾很清楚她的弦外之音，不得不發揮所有的自制力，假裝**沒聽出來**。

「哎呀，親愛的，妳們怎麼來的？」詹寧斯太太問。

「我向妳保證不是搭公共馬車，」安妮馬上洋洋得意地答，「我們一路搭出租馬車來的，而且有個非常稱頭的美男子陪伴。戴維斯博士正好要進城，所以我們決定跟他共租一輛馬車。他非常有紳士風度，比我們多付十或十二先令。」

「喲，喲！」詹寧斯太太嚷嚷道，「真是好極了！那位博士一定是單身。」

「又來了。」安妮裝模作樣地假笑。「所有人都這樣拿博士取笑我，真搞不懂為什麼。親戚們

23. Michaelmas，基督教紀念天使長米迦勒的節日，日期為九月二十九日。

都說他愛上我了。至於我，我聲明我對他可沒有思思念念。那天我表妹看見他從對街走過來，直說，『天啊！安妮，妳的美男子來了。』我說，什麼我的美男子！我不懂妳在說什麼。博士才不是我的美男子。」

「是啊，是啊，說得好聽，可惜沒用。就是博士沒錯了。」

「真不是！」安妮裝出認真的口吻，「如果妳聽人說起，拜託妳幫我澄清。」

詹寧斯太太直接給出令她滿意的保證，說她絕不會那麼做，安妮聽得眉開眼笑。

「艾蓮諾小姐，妳哥哥進城以後，妳們應該會搬過去吧。」露西剛才的惡意暗示被打斷，現在重提她的指控。

「不，應該不會。」

「會的，我敢說妳們一定會。」

艾蓮諾不願意迎合她，沒有再否認。

「達胥伍太太能讓妳們離開她這麼久，真是太好了！」

非常稱頭的美男子。

「怎麼會久！」詹寧斯太太打岔。「她們才剛來！」

露西只好閉嘴。

「艾蓮諾小姐，真可惜我們見不到妳妹妹。」安妮說，「很遺憾她身體不舒服……」瑪莉安聽說她們來訪，就回房去了。

「謝謝妳。我妹妹沒能跟妳們見面，也同樣遺憾。不過她最近頭疼得厲害，不適合見客或談話。」

「我的天，實在太可惜了！不過我跟露西都是老朋友了！她跟**我們**見個面沒關係，我們什麼都不會說。」

艾蓮諾非常客氣地謝絕她的提議，說妹妹可能穿著睡衣躺在床上，所以沒辦法來見她們。

「如果擔心這個，我們可以去看**她**。」安妮說。

艾蓮諾幾乎被這種無禮糾纏激怒，不過她不需要努力隱忍，因為露西已經嚴厲地斥責她姊姊。她這次的斥責跟在其他很多場合一樣，雖然沒有為她自己的禮儀增色，至少有效制止她姊姊的失禮。

第三十三章

有一天艾蓮諾極力鼓吹妹妹出門，瑪莉安拒絕無效，只好答應跟著姊姊和詹寧斯太太外出半小時。不過她提出明確的要求，不拜訪任何人家，只陪她們去薩克維爾街的葛瑞珠寶店。艾蓮諾打算跟那家珠寶店洽談，要拿幾件母親的舊首飾換新。

她們到達店門口時，詹寧斯太太想起她該去拜訪一位住在這條街另一頭的女士。她原本就不打算在葛瑞珠寶店買東西，於是決定讓兩位小姐進去處理珠寶，她去訪友，之後再回來接她們。

上樓以後，艾蓮諾發現店裡客人太多，沒有店員可以為他們服務，她們必須等一會兒。唯一的辦法是坐在櫃台那邊的位子，因為那裡等候的人最少，只有一位男士站在櫃台前。她有點希望男士看到她們在等，能發揮紳士風度加快他的動作。但他精準的眼光與高雅的品味顯然都超越他的風度。他要給自己定製一個牙籤盒，用店裡每一個牙籤盒當範本，細細檢視並討論了十五分鐘，才終於憑自己匠心獨運的設想，確定牙籤盒的尺寸、外形與裝飾。過程中他只是非常露骨地看了兩姊妹三、四眼，就沒有空閒再注意她們。那人雖然衣著華麗，但那幾眼在艾蓮諾心裡留下的印象，是明顯與生俱來、純粹的平庸。

瑪莉安對這一切渾然不覺，既沒發現那人放肆地打量她們，也沒看到他自鳴得意地挑剔每一個送到面前供他檢視的牙籤盒的缺點，因而避開了鄙視與憤慨的惱人感受。不管是在葛瑞珠寶店或在她自己房間，她都能沉浸在自己的內心世界，無視周遭發生的一切。

最後那人的訂單談妥，象牙、黃金和珍珠各自接受指派，那位先生指定了他沒有那個牙籤盒還能活下去的最後期限，從容不迫地戴上手套，又高高在上地賞了兩姊妹一眼，才帶著真正的自大及虛假的冷漠，愉快地離開。那眼神與其說是表達讚賞，不如說是索求讚賞。

艾蓮諾連忙拿著珠寶走過去，交易就快談妥時，另一位男士來到她身旁。她轉頭看過去，驚訝地發現那是她哥哥。

他們相逢時的溫情和欣喜表現得恰到好處，在珠寶店裡不至於引人側目。約翰真的一點也不懊惱跟妹妹偶遇，而且也非常恭敬又體貼地問候她們母親，所以兩姊妹還算開心。

艾蓮諾得知他跟芬妮已經進城兩天。

「昨天我原本想去看妳們，可惜辦不到。」他說，「因為我們必須帶哈利去艾克斯特動物園看野生動物，之後又去我岳母家，哈利玩得很開心。**今天**我非常想抽空去拜訪妳們，可惜連半小時都撥不出來，剛進城總是有忙不完的事。我來這裡幫芬妮預訂一枚封蠟章。明天我應當可以去一趟柏克萊街，跟妳朋友詹寧斯太太認識一下，我聽說她是個很有錢的女士。還有密多頓夫婦，到時候妳一定要介紹我跟**他們**認識。她們是我繼母的親戚，我很樂意向他們表達敬意。我聽說他們是妳們在巴騰的好鄰居。」

「確實是好鄰居。他們在各方面對我們的照顧與善意，超過我的言語所能形容。」

「聽妳這麼說我非常高興，真的高興極了。不過本來就該這樣，他們都是有錢人，又是妳們的親戚，透過各種禮儀和招待來讓妳們過得舒適愉快，也是理所當然。那麼妳們在小屋住得很滿意，什麼都不缺！愛德華把妳們的房子描述得很迷人，他說那是設備最齊全的小屋，妳們都非常喜歡。我們聽了都很欣慰，真的。」

艾蓮諾覺得哥哥有點丟臉，也慶幸不需要回應哥哥的話，因為詹寧斯太太的僕人過來告訴她，他的女主人在門口等她們。

約翰送她們下樓，在馬車外經妹妹介紹認識詹寧斯太太，再次表達希望隔天能拜訪她們，就告辭離去。

次日他依約前來拜訪，帶著託詞為他妻子的缺席辯解，「她時時刻刻陪著她母親，哪兒也去不了。」詹寧斯太太要他放心，她不講究這些虛禮，大家都是親戚……拐彎抹角算得上。她還說她很快會去拜訪約翰．達賈伍太太，帶她兩個小姑去看她。約翰對待兩個妹妹的態度雖然平淡，卻絕對和善，對詹寧斯太太則殷勤有禮。對於隨後不久來到的

介紹給詹寧斯太太認識。

上校，他用好奇的目光打量對方，似乎只想判斷上校是不是有錢人，再決定要不要禮遇**他**。

他停留半小時之後，邀艾蓮諾陪他走到康狄街，幫他引見約翰爵士和密多頓夫人。天氣格外晴朗，她不假思索答應。他們一走出大門，他就開始打聽。

「布蘭登上校是什麼人？他有錢嗎？」

「是，他在多塞特郡有不錯的產業。」

「這樣好。他看起來很有紳士風度，艾蓮諾，看來我可以恭喜妳找到好對象。」

「我？哥哥！你在說什麼？」

「他喜歡妳。我仔細觀察了，絕對沒看錯。他有多少資產？」

「聽說年收入大約兩千鎊。」

「年收兩千鎊。」他精神振奮，決定表現得更熱情大方，說道，「艾蓮諾，為了妳好，我衷心希望他的年收入**再多一倍**。」

「我相信你的話。」艾蓮諾答，「但我很確定上校一點也不想娶我。」

詹寧斯太太向他保證她不講究虛禮。

「艾蓮諾，妳錯了，大錯特錯。妳只要費一丁點心思就能得到他。也許現階段他還猶豫不決，妳財產不多，他難免遲疑，他身邊的親友可能也會勸阻他。但只要發揮一點女性的體貼，給他一點鼓舞，就能讓他不由自主愛上妳。何況妳沒有理由不試試。妳不該因為自己曾經心有所屬……妳知道我的意思。那不可能會成，有難以克服的阻礙，妳聰明懂事，一定看得出來。妳必須選擇上校，我會盡到該有的禮儀，讓他喜歡妳和妳的家人。這是一樁所有人都會滿意的婚事，換句話說，這會是一件……」說到這裡，他煞有介事地壓低聲音，「**皆大歡喜**的事。」這時他鎮定下來，補充道，「我是說，妳的親友都真心為妳著急，希望妳有個好歸宿。特別是芬妮，她真心希望妳過得好。還有她母親也是。她是個非常和藹的女士，如果知道妳找到好對象，她一定非常開心，前幾天她就是這麼說的。」

艾蓮諾拒絕回應。

「如果芬妮的弟弟和我妹妹同時結婚，應該是很難得的事。」他又說，「會很有意思。不過這種事也不是沒有可能。」

「那麼愛德華先生要結婚了？」艾蓮諾果敢地問。

「還沒確定，是有這麼一件事在談。他有個最慈祥的母親，對他特別慷慨大方，只要這件婚事談成，她就會給他一份年收入一千鎊的資產。女方是尊貴的摩頓小姐，已故摩頓爵爺的獨生女，身價三萬鎊。這是雙方都贊同的好姻緣，我相信過不了多久就會辦婚禮。做母親的給兒子年收入一千鎊、再也收不回來的資產，不是件容易的事，不過我岳母有崇高的心靈。再給妳說件事來證明她的慷慨大方：前些天我們剛進城，她知道我們手邊的現金不是很充足，就往芬妮手裡塞了兩百鎊現鈔。這筆錢真是來得太及時，因為我們在城裡的開銷一定不小。」

他停下來，等她表達認同與理解，於是她強迫自己說：

「不管在城裡或鄉下，你們的開銷肯定不小，不過你的收入也不少。」

「不如很多人想像中那麼多。我並不是在抱怨。目前我的手頭當然算寬鬆，而且我希望不久後還能更好一點。諾蘭公有地正在圈地[24]，那是最花錢的。另外，這半年來我買了一點土地，就是東金漢農場。妳應該還記得那個地方，以前老吉布森住在那裡。那塊地各方面都合我心意，緊鄰我的產業，我覺得我有責任買下來。如果被別人買走，我會愧對自己的良心。想要方便就得付出代價，只是這個方便**真的**花了我太多錢。」

「超出你心目中認定、本質上的真正價值。」

「但願不會，隔天我就能以更高的價錢賣出去。說到買地的那筆錢，我可能真的很倒楣，當時股價太低，幸好我銀行裡剛好有那筆錢，否則就得賠大錢賣股票了。」

艾蓮諾只能淡淡一笑。

「我們剛到諾蘭時也有許多不可避免的大筆支出。妳也知道，我們敬愛的父親把從史丹希爾

24. enclosure，指莊園領主將莊園內的公有地（common）收歸私有。歷史上曾經因為莊園主手段激烈引發衝突，本書出版時間的十九世紀初，英國國會通過法案使圈地合法化。

搬到諾蘭那些家具用品都留給妳母親，那些都是很值錢的東西。他這麼做我一點都不埋怨，他當然有權決定自己的財物要留給誰。但也因為這樣，我們不得不採買很多布匹、瓷器，填補東西被拿走後留下的空缺。妳一定想得到，我們花了這麼多錢以後，剩下的錢多麼地少，我岳母的好意又是多麼地可貴。」

「那是當然。」艾蓮諾說，「有她慷慨解囊，希望你們能過得寬裕些。」

「再過一兩年情況就會明顯好轉。」他嚴肅地答，「只是還是有很多事要做，芬妮的溫室還沒動工，花園也只是做好規劃。」

「溫室打算建在哪裡？」

「在屋子後面的小山上。那裡的老胡桃樹都砍了，清出一片空地。從莊園很多角度看過去，都會是一棟美觀的建築。花園就順著溫室前面的斜坡往下，肯定漂亮極了。懸崖頂端那一叢叢老荊棘樹也都清掉了。」

艾蓮諾把她的關切和譴責放在心裡，也非常慶幸瑪莉安不在場，不必受這種刺激。約翰順利完成哭窮的任務，覺得下回去葛瑞珠寶店不需要買兩對耳環送兩個妹妹，心情開朗了許多，於是恭喜艾蓮諾認識詹寧斯太太這樣的朋友。

「她好像真的很有身價，她的房子，她的生活風格，都顯示她收入很高。這樣的朋友不但對妳有幫助，日後可能還有實質的好處。她邀請妳們來倫敦對妳們很有利，整體來說，這代表她看重妳們，將來她立遺囑時多半也不會忘記妳們。她一定會留下不少遺產。」

「我倒覺得一點都沒有。她只有她丈夫指定給她的一筆資產，日後會由她的孩子繼承。」

「但她不太可能會把每年的收入全花光，只要有一點理財觀念，就不會**這麼做**。她存下來的錢完全可以自由支配。」

「你不覺得比起留給我們，她寧可把錢留給兩個女兒。」

「她兩個女兒都嫁得太好了，我不認為她還需要再多給她們留什麼。相反地，她那麼關心妳們，又對妳們這麼好，等於給妳們某種權利要求她日後想著妳們，任何有良心的女人都會這麼做。她對妳們表現了那麼多善意，不可能不知道這會引起妳們對她的期待。」

「她沒有引起我們任何期待。說實在話，哥哥，你對我們的幸福與財富太過憂慮，導致你想太多。」

「哎，沒錯。」他好像回過神來。「人的能力有限，太有限了。不過親愛的艾蓮諾，瑪莉安怎麼了？看起來不太好，臉色那麼蒼白，人也瘦了很多。她生病了嗎？」

「她身體不舒服，已經頭痛幾個星期。」

「很遺憾。在她這個年紀，任何病症都可能會永遠奪走青春的光采！可惜她的美貌這麼短暫！去年九月還是我見過最漂亮的女孩，輕易就令男人著迷。她的美有一種魅力，特別吸引男人。我記得以前芬妮常說她會比妳嫁得更快也更好。不過芬妮非常喜歡妳，只是剛好突發奇想。可惜她想錯了。**現在**我覺得瑪莉安能找到的對象年收入最多五、六百鎊，我很難相信妳找不到更好的。多塞特郡！那地方我了解得不多，不過親愛的艾蓮諾，我很樂意能多認識那裡，我可以保證我跟芬妮會是最早去那裡拜訪妳、也最開心的客人。」

艾蓮諾非常鄭重地向他澄清，她絕不可能嫁給上校。但他對這件事有太多期待，不願意放棄，而且真的決定跟上校進一步接觸，盡他所能促成這段姻緣。他沒有為妹妹做任何事，心裡正好有一點內疚，格外急於讓其他所有人都為她們多做點好事。上校求婚，詹寧斯太太的遺贈，都是彌補他的失責最便利的方法。

他們很幸運，因為密多頓夫人在家，他們離開前約翰爵士也回來了。所有人都謙恭有禮。約翰爵士見到誰都喜歡，雖然約翰對馬兒所知不多，他也立刻斷定他是個非常好相處的人。密多頓夫人則是看到約翰派頭十足，覺得這人還是值得往來。艾蓮諾的哥哥離開時對密多頓夫婦都很滿意。

「我回家可以跟芬妮分享很多開心事。」兩人一起往回走時，他對妹妹說，「密多頓夫人真是最雍容華貴的女士！芬妮肯定樂意跟這樣的女士認識。還有詹寧斯太太，雖然氣質沒有她女兒好，儀態卻很端莊。妳大嫂就算去拜訪**她**也不需要有顧慮。說實在話，她原本是有點擔心的。這也不難理解，畢竟我們只知道詹寧斯太太是個寡婦，而她先生生前只是個沒有社會地位的商人。之前芬妮和我岳母都有強烈預感，覺得她或她兩個女兒都不會是芬妮想結交的人。這下子我可以好好跟她描述這兩位。」

第三十四章

芬妮對丈夫的判斷力有十足的信心，隔天就去拜訪詹寧斯太太和密多頓夫人。她對丈夫的信心得到回報，因為就連正在招待兩個小姑的詹寧斯太太也值得她結交。至於密多頓夫人，她認為她是全世界最迷人的女士！

密多頓夫人對芬妮也同樣滿意。兩人一樣冷漠自私，正是物以類聚。再者，她們都端莊又無趣，也都不聰明，彼此惺惺相惜。

然而，芬妮那些贏得密多頓夫人讚賞的作風，詹寧斯太太卻不認同。詹寧斯太太覺得芬妮只是個言語冷淡、神情高傲的女人，對兩個小姑沒有一點溫情，幾乎不跟她們說話。她造訪柏克萊街那一刻鐘裡，至少半數時間都是悶不吭聲端坐。

艾蓮諾雖然不願開口詢問，卻很想知道愛德華是不是在城裡。可惜芬妮無論如何都不會在她面前提起愛德華，除非他跟摩頓小姐的婚事已經定下，或她丈夫對上校的期待成真。她認為他們兩個藕斷絲連，不管在任何場合，都必須以言語和行動隔開他們。然而，**她**不肯透露的訊息，很快就從另一個管道傳來。不久後，露西就來向艾蓮諾訴苦，說愛德華已經跟他姊姊和姊夫進城，她卻一直見不到他。還說他怕被人發現，不敢去看她。他們兩人都迫切想跟對方見面，卻又不能說出來，只能靠書信一解相思。

愛德華短時間內就來過詹寧斯太太家兩趟，親自以行動告訴她們他已經進城。她們白天出門訪友回到家，兩度看到他的拜帖放在桌上。艾蓮諾很高興他上門拜訪，更高興她剛好不在家。

約翰和芬妮對密多頓夫婦滿意到了極點，儘管沒有宴請別人的習慣，還是決定請他們吃頓飯。他們進城後在哈雷街租了一棟相當華麗的房子，租期三個月，認識密多頓夫婦不久，就決定邀請他們到家裡用餐。兩個妹妹和詹寧斯太太也在受邀之列，約翰還細心地邀請上校。上校有點訝異，卻更多欣喜，接受了對方的熱情邀約。任何有艾蓮諾和瑪莉安在的場合，他向來樂意出席。她們會見到費拉斯太太，但艾蓮諾不知道她的兩個兒子會不會出現。不過，能夠見到**那位女士**，她對這次餐宴總算有點感興趣。以前只要想到跟愛德華的母親見面，她心裡難免焦慮，現在卻可以淡然處之。不過，雖然她已經不在乎那位女士對她有什麼看法，卻還是跟以前一樣好奇，想跟她見個面，看看她是什麼樣的人。

不久後，她聽說史迪爾姊妹也受到邀請，對這場宴會的興趣更強烈了，卻沒有更歡喜。

史迪爾姊妹成功地在夫人心裡留下好印象，以各種巴結討好贏得夫人歡心。儘管露西不是那麼優雅，她姊姊更是連好教養都談不上，夫人卻跟丈夫一樣樂意邀請她們到自家小住一兩個星期。史迪爾姊妹得知達胥伍夫婦即將舉辦餐宴，連忙說她們剛好可以到密多頓家做客，並且趕在餐宴前幾天住過去。

她們的舅舅雖然曾經教導愛德華許多年，但光憑這點還不足以讓她們成為芬妮的座上賓。

不過，她們現在是密多頓夫人的訪客，當然也要一同出席。露西長久以來一直想認識費拉斯一家人，近距離觀察他們的性格，研判自己的困境，並且藉機努力討好他們。收到芬妮的邀請函，是她一生中難得的興奮時刻。

艾蓮諾收到邀請函的反應大不相同。她認為愛德華既然跟他母親同住，那麼他姊姊辦餐宴一定會邀請他母親和他。經過那麼多事之後再次見面，又有露西在場，她不知道自己能不能撐得住！

這些憂慮也許有點師出無名，當然更沒有事實依據。不過她很快釋懷，倒不是她自己鎮定下來，而是拜露西之賜。露西特地來告訴她，星期二愛德華不會在芬妮家。她以為艾蓮諾聽了會很失望，甚至想進一步刺激艾蓮諾，故意說愛德華實在太愛她，不得不避開，因為他一見到她，就會壓抑不住濃濃的愛意。

那個重要的星期二終於到了，兩位年輕小姐要正式跟可怕的婆婆見面。

「艾蓮諾小姐，可憐可憐我！」露西說。密多頓夫婦緊跟著詹寧斯太太抵達，所以她們一起跟著僕人上樓。「只有妳懂我的心情，我現在雙腿發軟。天哪！等一下我就要見到那個決定我一生幸福的人……那個即將成為我婆婆的人！」

原本艾蓮諾只要告訴她，她們即將見到的那位女士比較可能是摩頓小姐的婆婆，而不是她婆婆，就能立刻救她於水火。但她沒有這麼做，相反地，她真誠地對她說，她確實同情她。這完全出乎露西的意料，因為她雖然緊張萬分，卻希望至少讓艾蓮諾嫉妒得發狂。

費拉斯太太個子瘦小，身材挺直得近乎拘謹，面容嚴肅得近乎乖僻。她膚色蠟黃，五官窄小，長相不美，天生沒有表情。幸而緊蹙的眉頭為她的面容添加傲慢與暴躁的元素，擺脫了乏味之恥。她寡言少語，因為她跟大多數人不同，她有多少見解，才會有多少話可說。她說出口的少量語詞之中，沒有隻字片語是分配給艾蓮諾的。她看艾蓮諾的眼神透露，她已經下了最堅定的決心，無論如何都要討厭這位小姐。

如今的艾蓮諾已經不會為這種行為難過。幾個月前的她可能會深深被刺傷，但現在費拉斯太太再也沒有能力惹她心煩。費拉斯太太對待史迪爾姊妹的態度截然不同，想來是刻意藉此進一步貶低她，看在她眼裡只覺得有趣。她看見那對母女對露西與眾不同，格外親切，不禁莞爾。如果她們知道得跟她一樣多，露西才會是那個她們急於想羞辱的人。而她自己相較之下並沒有能力危害她們，只能坐在那裡承受她們的存心怠慢。不過，她琢磨著那兩人錯得離譜的親切態度，想到那錯誤的根源是刻薄和愚蠢，又看到史迪爾姊妹費盡心機想博取那兩人的好感，不得不徹

費拉斯太太。

底鄙視那四個人。

露西受到這麼體面的特殊待遇，喜出望外。安妮只要聽到別人拿戴維斯博士取笑她，就眉飛色舞。

晚宴十分盛大，僕從無數，大小事物都顯露出女主人想要擺闊、男主人也有能力支持。雖然男主人曾經哭窮，說諾蘭園邸正在進行各種改造與增建，說他一度差點為了幾千鎊拋售股票，晚宴上卻看不出一點匱乏跡象。唯一匱乏的是談話，而且這方面的匱乏十分明顯。男主人說不出什麼值得聆聽的話，女主人更少。不過這不算特別丟臉，因為他們大多數的賓客也是如此，幾乎都因為下列某一種性格缺失，很難討人喜歡：天生或後天的見識淺薄、不夠優雅、缺少活力、有失沉著。

晚餐結束後女士們前往偏廳，這種匱乏尤其明顯。雖然早先男士們貢獻了豐富多樣的話題，比如政治、圈地和馴馬，但那些話題都結束了，在咖啡送進來以前，女士們只有一件事可聊：哈利·達胥伍和密多頓夫人的次子威廉年紀一樣大，誰的個子比較高。

如果兩個孩子在場，只要馬上量一量，這件事輕易就能有個定論。但這天只有哈利在，所以只能靠猜測。所有人都有權利主張自己的看法跟別人一樣正確，而且想說幾遍就說幾遍。

現場實況如下：

兩位母親雖然都認定自己的孩子略勝一籌，卻都客氣地說對方的孩子比較高。兩個外祖母同樣各有偏愛，卻更誠實，都積極投自己外孫一票。

露西急於討好兩位母親，說她覺得以孩子的年紀來說，兩人身高都非比尋常，她無法想像兩個孩子的身高會有絲毫差異。安妮說了更多話，用最快的速度分別支持兩個孩子。

艾蓮諾表達過一次意見，說威廉比較高，結果更加得罪費拉斯太太和芬妮。之後她覺得沒有必須再一次強調。瑪莉安被問到的時候，說她不予置評，因為她從沒想過這件事，於是惹惱了所有人。

艾蓮諾搬出諾蘭園邸之前，曾經畫了一對漂亮的小屏風送給嫂嫂，這時剛配好框架帶回來，裝飾她目前的偏廳。約翰跟其他男士一起走進偏廳時看見這對屏風，自以為好意地把屏風遞給上校欣賞。

「這是我大妹畫的。」他說，「你是個有品味的人，一定會喜歡。我不知道你以前有沒有見過她的作品，大家都說她畫得非常好。」

上校雖然謙稱自己沒有任何鑑賞力，卻盛讚那對屏風，他對艾蓮諾的畫作向來都是讚譽有加。他的話當然引起其他人的好奇心，於是屏風被傳來遞去，供所有人欣賞。費拉斯太太不知道那是艾蓮諾的作品，特地要人拿過去給她瞧瞧。於是，在密多頓夫人發表過她的滿意見證之後，芬妮將屏風送到母親面前，還體貼地告訴母親，屏風是艾蓮諾畫的。

費拉斯太太哼了一聲，說道，「很漂亮。」看也不看，直接還給她女兒。

芬妮或許一時覺得母親有點失禮，臉色微紅，連忙說：「媽，真的很好看，是不是？」緊接著大概又擔心自己太客氣，會讓艾蓮諾有所期待，馬上又說，「媽，妳覺不覺得這跟摩頓小姐畫畫的風格很像？摩頓小姐的作品**真是**最討人喜歡的！她上一幅景物畫得真美！」

「的確美極了！不過**她**什麼都做得好。」

瑪莉安無法忍受這種行為。她原本就非常討厭費拉斯太太，現在對方又這麼不合時宜地誇別人貶艾蓮諾，儘管她不確知箇中緣由，卻也氣得語調激昂：

「這種讚美還真特別！摩頓小姐跟我們有什麼關係？誰認識她，誰在乎她？現在我們聊的是艾蓮諾。」

說著，她把嫂嫂手上的屏風拿過來，給予應有的讚賞。

費拉斯太太似乎怒火中燒，背脊挺得比平日更直，用嚴厲的譴責口吻反擊，「摩頓小姐是摩頓爵爺的女兒！」

芬妮顯然也火冒三丈，她丈夫則是被自己妹妹的大膽嚇傻。艾蓮諾深深被瑪莉安的激憤刺傷，比她先前聽說摩頓小姐的事更難過。上校的目光始終緊盯瑪莉安，顯示他只注意到瑪莉安對姊姊的愛，注意到她不忍心目睹姊姊受到一丁點輕慢。

瑪莉安此刻的心情卻不只是憤慨。在她看來，費拉斯太太對姊姊如此冷漠無禮，似乎預示姊姊即將遭遇困難與挫折。她經歷過情傷，覺得那樣的事太恐怖。她忽然非常心疼姊姊，忍不住坐到姊姊身旁，摟住姊姊脖子，貼近姊姊的臉頰，壓低聲音激動地說：

「最親愛的艾蓮諾，別理她們，別讓她們破壞**妳的**心情。」

她情緒太激動，已經無法言語，索性把臉埋在艾蓮諾肩膀上，痛哭流涕。大家的注意力都轉過來，幾乎所有人都很關心。上校起身走過去，對自己的反應渾然不覺。詹寧斯太太瞭然地喟嘆一聲，「唉！可憐的孩子。」隨即把自己的嗅鹽遞過去。約翰爵士對那個將瑪莉安害得如此悲慘的禍首深惡痛絕，立刻換了位子坐到露西身邊，悄聲向她轉述那起驚人事件。

幾分鐘後瑪莉安平靜下來，終止這場騷動。她重新跟大家坐在一起，只是整個晚上都為那件事心情低落。

「可憐的瑪莉安！」她哥哥一找到機會，就輕聲對上校說，「她的身體沒有姊姊健康，神經太敏感，體質不如艾蓮諾。不得不說，**曾經**貌美如花的年輕女孩一旦失去魅力，是很煎熬的事。你可能不相信，幾個月前瑪莉安還是非常漂亮的，幾乎跟艾蓮諾一樣好看，現在她已經不再美麗。」

第三十五章

艾蓮諾對費拉斯太太的好奇心已經得到滿足。她在對方身上看到所有不利於兩家結親的特質。她看清了她的傲慢與鄙陋，以及她對自己堅定不移的偏見，從而了解到，即使愛德華沒有婚約，他們也會遭遇重重阻力，談婚事多半紛擾不斷，婚禮難以順利舉行。她看得幾乎夠多到足以讓她為自己感恩，慶幸有個更大的障礙擋在前面，讓她不需要承受費拉斯太太的一切刁難，不需要受制於對方的反覆無常，不需要擔心對方對她沒有好感。即使她還沒辦法真心為愛德華和露西的婚事高興，但她下定決心，假若露西性格和善，她至少**應該**覺得高興。

她有點納悶，露西得到費拉斯太太的禮遇，竟是那麼開心，竟然被利益和虛榮蒙蔽了雙眼。明明費拉斯太太之所以對她另眼相看，只是因為她**不是艾蓮諾**，她卻當成對自己的恭維。明明人家只是不知道她跟愛德華的關係，才會偏愛她，她卻因此覺得自己所圖有望。但露西確實沾沾自喜，這種心情不只當時從她的眼神流露出來，隔天更是堂而皇之從她嘴裡說出來。因為第二天她特地要求密多頓夫人讓她在詹寧斯太太家下車，她要單獨跟艾蓮諾見面，告訴艾蓮諾她有多高興。

她運氣不錯，抵達不久後詹寧斯太太就收到女兒夏綠蒂的訊息，出門去了。

「親愛的朋友，我來告訴妳我多麼開心。」兩人獨處後，露西立刻嚷嚷道，「昨天費拉斯太太對我那麼好，還有什麼比那更叫人歡喜的？她實在太慈祥了！妳也知道，原先我想到要見她，心裡有多害怕。可是昨天我們一見面，她就對我那麼和藹親切，像是在表明她有多喜歡我。是不是這樣？妳全都看見了，當時不覺得很驚訝嗎？」

「她對妳確實很客氣。」

「客氣！妳看到的只有客氣嗎？我看到的可比妳多得多。只對我一個人那麼友善！沒有傲慢、沒有高高在上。還有妳嫂嫂也是，那麼溫柔隨和！」

艾蓮諾想換個話題，露西卻仍然催促她承認她有理由覺得開心。她只好接著說：

「如果她們知道你們的婚約還能這樣對妳，肯定是最值得開心的事。既然事情不是這樣……」

「我就知道妳會這麼說。」露西立刻回應，「但如果費拉斯太太不喜歡我，又何必假裝對我好。只要她喜歡我，其他都不重要。無論妳怎麼說，都影響不了我的心情。我相信一切都能有個圓滿結果，我以前擔心的困難都不會發生。費拉斯太太非常討人喜歡，妳嫂嫂也是。她們真的都很和善！真奇怪，以前妳怎麼沒告訴我妳嫂嫂這麼好相處！」

這句話艾蓮諾無法回應，也不想回應。

「艾蓮諾小姐，妳身體不舒服嗎？妳好像有點沮喪，不太愛說話，一定是身體不舒服。」

「我身體從沒這麼好過。」

「我打從心底替妳高興，但妳看起來真的不太好。如果妳生病了，我會很難過。妳是我在這世上最大的安慰！如果沒有妳這個朋友，天曉得我該怎麼辦。」

艾蓮諾盡量禮貌地加以回應，卻覺得自己做得不太好。不過露西好像挺滿意，因為她馬上回答：

「我真的相信妳對我的關心，除了愛德華的愛，妳的關心是我最大的安慰。可憐的愛德華！現在總算有件好事，我們可以見面了，而且能經常見面。密多頓夫人喜歡妳嫂嫂，所以我們一定會經常去妳哥哥家，而愛德華半數時間都在那裡。另外，現在密多頓夫人和費拉斯太太也會互相往來，而費拉斯太太和妳嫂嫂人都太好了，不只一次說她們隨時樂意見到我。她們都是這麼迷人的女士！如果哪天妳要跟妳嫂嫂說我對她的看法，妳說再多好話都不誇張。」

艾蓮諾沒有附和她，不想讓她以為她會照她的話做。露西又說：

「如果費拉斯太太不喜歡我，我肯定一眼就看出來。比方說，如果她只是表面上行個禮，一句話都沒說，之後徹底無視我，看我的眼神沒有一點善意……妳明白我的意思……那樣的話我就會絕望地放棄。我沒辦法忍受那種情況，因為我知道她一旦討厭什麼，必定是深惡痛絕。」

艾蓮諾不需要回應這些貌似有禮的炫耀，因為這時門被推開，僕人通報費拉斯先生到訪，愛德華隨後走進來。

那一刻實在尷尬極了，那份尷尬也呈現在他們的臉上，三個人都愣住了。愛德華好像既想調頭走出去，又想往前走進房間。三人都極力避免的局面，這時以最不愉快的方式登場。他們不只齊聚一堂，而且現場沒有其他人來緩衝。兩位小姐先恢復冷靜。這種時候露西不需要先開口，因為她還得假裝保守祕密。所以她只是一派溫婉，淡淡問候他一聲，就不再說話。

艾蓮諾要做的事比較多，而且為了他和她，她急於把事情做好。思索片刻後，她強迫自己用近乎輕鬆、近乎坦然的態度歡迎他的到來。下一刻她又打起精神，多做了一點努力，表現得更加輕鬆坦然。雖然露西在場，雖然自己受到不公平待遇，但她拒絕被這些事影響。她勇敢地對他說她很高興見到他，也很遺憾他上次來訪時她不在家。他是她朋友，也是姻親，她不能因為觀察入微的露西就在一旁，就忽略他應得的禮遇。而她很快發現，露西那雙眼睛果然緊盯著她。

艾蓮諾的態度讓愛德華覺得安心，總算有足夠的勇氣坐下來，卻還是比兩位小姐窘迫得多。在這種情況下實屬合理，但做為一名男性，他這樣的反應倒是罕見。原因在於他的情感不像露西那樣冷硬，他的良心又不像艾蓮諾那般無愧。

露西表現得端莊沉穩，悶不吭聲，彷彿打定主意不讓另外兩人好過。所有的話幾乎都是艾蓮諾說的，她敘述她母親的健康狀態和她們進城的經過等等。禮貌上這些話都是愛德華該探詢的，但他沒問，艾蓮諾只好主動說。

她的苦差事還沒完，因為不久後她覺得自己夠偉大，願意留給那兩人獨處的時間，藉口是她要去叫瑪莉安下樓。她真的做了，而且做得很漂亮，秉持最崇高的堅毅，刻意在樓梯平台磨蹭幾分鐘，才去找妹妹。不過，她任務完成時，愛德華的歡欣時刻就結束了，因為瑪莉安太開心，立刻衝進偏廳。見到愛德華，她的歡喜就跟她其他所有感受一樣，本身很強烈，表達也很熱切。她一見面就對他伸出手，說話的語調充滿對兄長的友愛。

「親愛的愛德華！」她叫道，「這真是最開心的時刻！幾乎彌補了其他的一切！」

愛德華盡量回報她的熱情，但在露西和艾蓮諾面前，他只能壓抑大半的感情。四個人重新坐下，接下來那一兩分鐘沒有人說話，瑪莉安用飽含千言萬語的溫柔目光看看愛德華，又看看艾蓮諾，感慨他們重逢的喜悅被不受歡迎的露西破壞。愛德華最先開口。他注意到瑪莉安憔悴的面容，擔心她不適應倫敦的生活。

「哎呀，別管我！」她的回答充滿真摯情感，只是說話時眼眶含著淚水。「別在乎**我的**身體。艾蓮諾很好，這樣你跟我應該都心滿意足了。」

這句話並沒有減輕愛德華或艾蓮諾的不自在，也沒有博得露西的好感。露西抬眼看著瑪莉安，表情不怎麼和善。

「妳喜歡倫敦嗎？」愛德華問。只要能換個話題，讓他說什麼都可以。

「一點也不。原本我以為來這裡會很開心，結果一點也沒有。愛德華，倫敦給我唯一的安慰，是在這裡見到你。謝天謝地！你還是以前的你！」

她停頓下來，沒有人接腔。

「艾蓮諾，」她很快又說，「我們一定要請愛德華送我們回巴騰。我估計這一兩個星期內我們就會啟程。我相信愛德華不會不樂意接受這個請託。」

可憐的愛德華喃喃回應了幾聲，沒有人聽清楚他說了什麼，連他自己都不知道。瑪莉安看見他的緊張，輕而易舉就做出她自己最喜歡的解讀，覺得十分滿意，很快又聊起別的。

「愛德華，昨天我們在哈雷街過得糟透了！太乏味，乏味透頂！我有很多話想跟你說，但現在不能說。」

基於這份可貴的謹慎，她打算等到沒有旁人在場時，再告訴愛德華她比以前更討厭他們共同的親戚，尤其厭惡他母親。

「可是你昨天為什麼沒出現？為什麼沒去你姊姊家？」

「我跟別人有約。」

「有約！你的親戚朋友難得聚在一起，你會有什麼事要辦？」

「瑪莉安小姐，」露西急著想報復瑪莉安，「妳大概覺得，不管大事小事，年輕人只要不想遵守約定，就可以輕易失約。」

艾蓮諾氣憤極了，瑪莉安卻好像沒聽出露西話中帶刺，因為她平靜地答：

「不是。說實在話，我很確定愛德華沒去哈雷街，只因他講道義。我真心相信他是世上最有良心的人。不管約定多麼不重要，多麼違背他的利益或喜好，他都會一絲不苟地履行，他是我所見過最害怕讓別人受苦或失落、最做不到自私自利的人。愛德華，這是事實，我就要這麼說。什麼！你不願意聽別人誇獎你！那麼你肯定不是我朋友，因為得到我的愛與尊重的人，都必須接受我的公開讚揚。」

只是，在目前的情況下，她的讚揚對她三分之二的聽眾而言格外刺耳。愛德華覺得很惆悵，不一會兒就起身告辭。

「這麼快就要走！」瑪莉安說，「親愛的愛德華，你不該這樣。」

她把他拉到一旁，悄聲告訴他露西不會再待太久。但這樣的挽留也沒用，他堅持要走。露西隨後也離開了：她早就打定主意，就算他待兩小時，她也要留得比他更久。

「她為什麼一天到晚跑過來？」她走了以後，瑪莉安問，「她難道看不出來我們希望她離開！愛德華一定氣壞了！」

「為什麼？我們都是他朋友，露西跟他認識更久。他喜歡見到我們，自然而然也喜歡見到她。」

瑪莉安定定看著姊姊，說道，「我受不了妳這樣說話。我覺得妳說這種話就是想聽人反駁，但妳該知道我是最不願意這麼做的人。我不至於淪落到聽幾句假話，就給出沒有必要的附和。」

說完，她轉身離開偏廳，艾蓮諾不敢追上去多做解釋，因為她受制於自己對露西的保密承諾，說不出令瑪莉安信服的話。瑪莉安繼續誤會導致的後果令她痛苦，她卻必須承受。她只希望愛德華不要經常讓瑪莉安因誤解而發怒，讓她或他自己陷入苦悶的處境，或再次經歷今天這種難堪局面。但今天這種局面她顯然很難避免。

把他拉到一旁。

第三十六章

這次見面後幾天，報紙向全世界宣布，鄉紳湯瑪斯．帕爾瑪的夫人平安產下長子兼繼承人。那一小段文字讀來有趣又暢快，至少那些已經知情的近親是這麼認為。

詹寧斯太太大喜過望，但她的時間安排也必須暫作調整，她兩位年輕客人也受到相同程度的影響。她想要盡可能陪在女兒身邊，所以每天換好衣裳就趕過去，直到深夜才返家。艾蓮諾和瑪莉安應密多頓夫人的邀請，全天候待在康狄街。她們其實寧可留在詹寧斯太太家，心情比較輕鬆自在，至少希望白天待在那裡，可惜她們違抗不了所有人的意願，只好每天跟密多頓夫人和史迪爾姊妹相處。只是，對於她們的相伴，那三位口頭上有多企盼，心裡就有多不在乎。

她們兩個太有見識，不會是密多頓夫人的理想同伴。史迪爾姊姊則是用嫉妒的眼光看待她們，認為她們闖入**她們**的領域，分走她們想要獨占的盛情。密多頓夫人對艾蓮諾和瑪莉安的禮儀雖然無可挑剔，但她一點也不喜歡她們。她們從來不讚美她和她的孩子，她不相信她們是心善的人。另外，她們愛讀書，所以她猜想她們好諷喻。也許她連什麼是諷喻都未必知道，但這不重要，那是譴責他人的常用辭彙，一般人都朗朗上口。

有她們相伴，密多頓夫人和露西都覺得拘束：一個不能什麼都不做，另一個很多事都不能做。有她們在，密多頓夫人不好意思無所事事，露西平日裡引以為傲的奉承手段也不敢盡情施展，以免被她們瞧不起。安妮是那三位之中受影響最少的一個，兩姊妹只要願意，輕易就能跟她和樂相處。她們在的時候，安妮經常需要讓出爐火旁最好的位子，但只要不厭其詳告訴她瑪莉安與威勒比的八卦，她就會覺得自己的犧牲得到充分的回報。可惜她們沒有給她這樣的撫慰。雖然安妮屢次向艾蓮諾表達對瑪莉安的同情，也不只一次當著瑪莉安議論三心二意的情人，但她得到的只是艾蓮諾的充耳不聞，或瑪莉安的嫌惡，沒有她預期的效果。還有另一個更簡單的方法可以贏得她的友誼：只要拿博士取笑她就夠了！可惜她們跟其他人一樣，都不願意滿足她。所以每回約翰爵士不在家吃晚餐，安妮就可能一整天聽不到任何人拿這個話題打趣她，除非她發發善心自己逗自己。

詹寧斯太太絲毫沒有察覺這些嫉妒與不滿。她認為四位年輕小姐能夠聚在一起是件好事，幾乎每天晚上都恭賀艾蓮諾和瑪莉安，因為她們不需要長時間陪伴她這個無趣的老太婆。某些夜晚她會跟她們待在大女兒家，有時則在她自己家。不管在哪裡，她始終心情愉快，開心又得意，直說夏綠蒂恢復得那麼好，都要歸功於她的照料。她也隨時願意描述夏綠蒂的現況，把所有細節敘述得鉅細靡遺，只有安妮有足夠的好奇心傾聽。但她也有一件煩心事，每天都要發發牢騷。帕爾瑪先生跟大多數男性有個共通點，不像個好父親，竟然認為所有新生兒都長得差不多。她任何時刻都清楚看見，小外孫跟父母雙方親人之間有著驚人的相似度。孩子的父親卻不肯相信，一口咬定所有同齡的小嬰兒外貌都一模一樣，也不肯認同這孩子是世上最可愛的寶寶這個簡單的論點。

接下來說到這段期間芬妮遇見的倒楣事。她兩個小姑第一次跟詹寧斯太太一起去她家時，她有個朋友剛好去拜訪她。表面上看起來，這樣的事不至於害她遭殃。但人們的想像力會引導他們誤判他人的行為，僅憑不起眼的表相做出論斷，於是某種程度上，人的快樂只能碰運氣。以這件事來說，這位最晚抵達的女士允許自己的想像力奔馳得太遠，超越事實與可能性，只聽見兩位達胥伍小姐的姓名，得知她們是芬妮的小姑，立刻斷定她們就住在哈雷街。一兩天後，這個誤解引來了幾張邀請函，請她們與兄嫂一起參加對方在家裡舉辦的小型音樂欣賞會。結果就是，芬妮不得不忍受莫大的不便，派馬車去接小姑，還得按下一肚子不痛快，裝出對她們關懷備至的模樣。再者，誰知道她們會不會期待下次再跟她一起出門？沒錯，她隨時都可以讓她們失望，但這還不夠。原因在於，人如果執意堅持自知錯誤的行為模式，一旦以為別人期待他們做點對的事，會覺得受委屈。

瑪莉安逐漸習慣每天出門，以至於出不出門對她根本無所謂。每次參加晚宴之前，她會平靜地、呆板地做準備，只是她從不期待能在宴會中得到任何樂趣，而且通常直到最後一刻，才知道自己要上哪赴宴。

她一點都不在意自己的服飾和外表，對自己的裝扮關注的程度還不及安妮見到她之後那五分鐘表現出的一半。什麼都逃不過安妮火眼金睛的觀察與無所不及的好奇心。她什麼都看到了，什麼都打聽，非得知道瑪莉安身上每個配件的價格才甘心。瑪莉安總共有多少套禮服，她比瑪莉安本人估算得更準確。當天分開之前，她也許就能弄清楚瑪莉安每星期支出多少洗衣費，每年又有多少零花錢。不只如此，這種無禮的審視通常附帶著恭維。這些恭維雖然旨在奉承，聽在瑪莉安耳裡卻是最不恰當的。因為安妮盤問過她禮服的價值與款式、鞋子的顏色和髮型之後，幾乎一定會說，「我敢說妳這樣打扮美極了，一定會迷倒很多男人。」

這回她同樣被這樣的鼓勵送出門，登上哥哥家的馬車。馬車到達門口不到五分鐘，她們就收拾妥當出來。可惜她們的嫂嫂並不喜歡她們這麼守時，她先抵達宴會地點，暗暗希望兩個小姑晚點到，讓她和她的車夫都多等一會兒。

這天晚上的活動沒什麼特色。這場宴會和其他音樂會一樣，有許多真正具備音樂品味的人，也有不少人根本聽不懂音樂。演奏者一如往常，在自己和親近的人眼中，是全英格蘭最優質的業餘演奏家。

艾蓮諾不懂音樂，也不裝懂，所以沒有良心上的顧慮，興致一來就把視線從平台鋼琴移開，甚至不會受制於同樣在場的豎琴和大提琴，敢於隨興凝視現場其他任何事物。就在一次隨意張望的過程中，她在一群年輕男性之中看見那個人，就是在葛瑞珠寶店為她們講授一堂牙籤盒相關知識的男子。她發現那人很快看見她，而且跟她哥哥熟稔地交談。她剛決定事後找哥哥打聽那人的姓名，就看見他們聯袂朝她走來，而後她哥哥為她介紹羅伯特・費拉斯。

他對她說話的態度禮貌中帶點隨性，行禮時草率點個頭，那姿態比言語更清晰地顯示，他正是露西向她描述過的那個空心大老倌。如果當初她會欣賞愛德華，是看重他的家人多於他本人，那她的樂子可就大了！他弟弟點個頭，就將他母親和姊姊帶頭展現出的劣根性推向頂點。不過，她為兩兄弟的差距納罕之餘，卻不會因為弟弟的鄙陋與自大，不再喜愛哥哥的謙虛與美德。兩兄弟的性情為什麼判若雲泥，羅伯特在短短一刻鐘的交談裡就向她解釋清楚了。他聊到自己的哥哥時充滿感慨，說哥哥太笨拙，沒辦法融入上流社會。他公平又大方地表示，哥哥會這樣不是因為天生的缺陷，而是接受私人教育導致的不幸。還說他本人或許沒有什麼特長，也沒有天生的才華，卻擁有上過公學[25]這個優勢，面對上流人士應付自如。

「我相信問題根源就在這裡。每次我母親為這件事傷心，我都會告訴她，『親愛的媽媽，妳別難過了。這件事已經無法挽回，要怪只能怪妳自己。妳當初為什麼不堅持自己的看法，反而聽舅舅羅伯特爵士的話，在愛德華生命中最重要的時期送他去接受私人教導。如果妳把他跟我一起送進西敏公學，而不是交給普拉特先生，這些問題都不會發生。』我向來都這麼認為，我母親也徹底明白自己當初做錯了。」

艾蓮諾沒有反駁他的話，因為不管她如何評價公學的優勢，只要想到愛德華曾經住在普拉特先生家，她就開心不起來。

「妳們好像住在德文郡，在道利什[26]附近的

約翰為她介紹羅伯特．費拉斯。

一棟小屋。」他又說。

艾蓮諾糾正他在地理位置上的錯誤，他好像相當驚訝，竟然有人搬去德文郡，卻沒有選擇住在道利什附近。不過，他衷心認可她們選擇的房屋樣式。

「我個人就特別喜歡小屋。」他說，「看起來多麼溫馨，多麼典雅。如果我有餘錢，一定會買一小塊地，自己建一棟。地點不能離倫敦太遠，我可以隨時駕車過去，邀三五好友聚聚，玩個痛快。任何人想蓋房子，我都建議蓋小屋。前幾天我朋友寇特蘭勳爵特意來徵詢我的意見，拿出三份波諾米[27]的設計圖，要我選出最好的一份。我當場把那些圖都扔進火爐，對他說，『親愛的朋友，這些都別用，一定要蓋棟小屋。』事情大概就這麼定了。」

「有些人覺得小屋不能接待朋友，空間不夠，這都是誤解。上個月我去我朋友艾略特在達特佛附近的小屋。艾略特夫人想辦個舞會，說道，『該怎麼辦？親愛的羅伯特，幫我想想辦法。這棟小屋裡沒有任何房間容納得了二十個人，宵夜要在哪兒用？』我一眼就看出來這事不難，就告訴她，『親愛的艾略特夫人，飯廳輕鬆就能容納三十六個人。把牌桌移到偏廳，茶和點心擺在圖

25. public school，英國的私立男校，稱為公學，是指公開招生，有別於私人小規模授課。
26. Dawlish，英格蘭德文郡的熱門海濱度假勝地。
27. Joseph Bonomi，一七三九～一八〇八，義大利裔建築師，在英格蘭享有盛名，擅長設計富麗堂皇的私人住宅、教堂與公共建築。

書室，宵夜的地點就選在大廳。』艾略特夫人很喜歡這個點子。我們丈量了飯廳，發現正好坐得下三十六個人，因此宴會就照我的辦法安排。所以說，只要懂得運用，小屋的功能一點也不輸最寬敞的大房子。」

艾蓮諾沒有任何異議，因為她覺得這個人不值得她費唇舌講道理。

艾蓮諾的哥哥跟她一樣不懂音樂，所以心思同樣到處遊走。這天晚上他忽然靈機一動，回家後把想法告訴妻子，徵求她的同意。他說，既然丹尼生太太誤以為兩個妹妹住在他們家，剛好詹寧斯太太經常不在家，那麼邀請妹妹過來住才是妥當的做法。她們住過來花不了多少錢，也不會造成多少不便。他敏銳的良知要求他為妹妹做這件事，履行當初對亡父的承諾。芬妮驚得張口結舌。

「我覺得行不通，會冒犯密多頓夫人。」她說，「畢竟她們現在每天都在她家。如果不是這樣，我一定樂意邀她們過來。你也知道我隨時都願意盡力照顧她們，比如今天晚上帶她們參加宴會。但她們是密多頓夫人的客人，我怎麼能把她們搶過來？」

她丈夫卻沒有看出妻子多麼反對，依然好聲好氣地說，「她們已經在康狄街住了一星期，搬到自己哥哥家住一星期，密多頓夫人應該不會生氣。」

芬妮沉默片刻，而後重新打起精神說：

「親愛的，只要我辦得到，我一定會真誠邀請她們過來。只是我剛決定要請兩位史迪爾小姐過來小住幾天。她們都是非常乖巧善良的女孩，她們的舅舅把愛德華教得那麼好，我覺得應該招待她們一下。你妹妹哪一年都可以過來，兩位史迪爾小姐卻不一定會再來倫敦。我保證你會喜歡她們。事實上，你已經非常喜歡她們了，我母親也是，哈利最愛跟她們玩！」

約翰被說服了，他立刻明白邀請史迪爾姊妹的必要性。想到可以以後再請妹妹過來，他的良心也得到安撫。他又暗自尋思，以後也不需要再邀請妹妹過來，因為屆時艾蓮諾會以上校妻子的身分進城，屆時瑪莉安必然是**他們的**客人。

芬妮慶幸自己逃過一劫，也為自己的機智反應自豪。隔天她就寫信給露西，告訴她只要密多頓夫人捨得她們離開，就帶著她姊姊到哈雷街小住幾日。露西收到信當然心花怒放。芬妮好像在幫她，重視她的心願，促成她的目標！這種跟愛德華一家人相處的機會，對她而言比什麼都重要，這樣的邀約最合她心意！這樣的好處她必須盡快表達謝意，必須盡快善加利用。當初來密多頓夫人家做客並沒有約定期限，現在她連忙聲稱原本就打算兩天後離開。

露西收到信不到十分鐘，就向艾蓮諾展示。艾蓮諾第一次覺得露西的期待或許能成真。芬妮跟露西相識不久，就釋出這種不尋常的善意，似乎意味著這樣的親善不只是源於對她的厭惡。露西只要多花點時間、多費點唇舌，或許真能如願。她的巴結已經征服高傲的密多頓夫人，也打開芬妮狹隘的胸襟，這些成果或許會創造出更大的可能。

史迪爾姊妹搬進哈雷街，艾蓮諾聽說她們在那裡如魚得水，更加覺得露西好事將近。約翰爵士不只一次去探望她們，回來後口沫橫飛地表示，她們在那裡受歡迎的程度肯定會讓所有人大吃一驚。他說達胥伍太太從來沒有這麼喜歡過年輕小姐，各送她們一個移民製作的針線盒，直接喊露西的教名，總是擔心她們離開後她該怎麼辦。

第三十七章

兩星期後夏綠蒂身體已經大好，詹寧斯太太覺得不需要再整天陪著她，往後一天來看個一兩次就夠了。於是她回到自己家，恢復過去的生活習慣，也發現兩位達胥伍小姐十分樂意配合她。

她們搬回柏克萊街的第三或第四天，詹寧斯太太例行探視小女兒回到家，走進偏廳，當時只有艾蓮諾在裡面。她一臉急切又鄭重其事，艾蓮諾猜想她可能要轉述某種驚人消息。果然，不一會兒詹寧斯太太就證實了她的猜測，直接說道：

「天啊！親愛的艾蓮諾小姐！妳聽說了嗎？」

「沒有。女士，什麼事？」

「天大的怪事！不過我會詳細告訴妳。今天我去看夏綠蒂，她正在擔心她的寶寶。她覺得寶寶生病了，因為孩子哭鬧、躁動，長了一大堆疹子。我走過去看了看，對她說，『哎呀，親愛的，一點事都沒有，只是嬰兒癬[28]……』保姆也是這麼說。可是夏綠蒂不放心，就派人去請唐納凡先生。幸好當時他剛從哈雷街回來，馬上走過來。他一看見孩子，就做出同樣的診斷，說那只是嬰兒癬，夏綠蒂這才安心。他要走的時候，我腦子冒出一個念頭，也不知道當時怎麼想的，總之我突然問他最近有什麼新鮮事。他聽我這麼一問，又是偷笑又是傻笑的，一臉嚴肅，好像知道點什麼。最後才壓低聲音說，『為免在府上做客的兩位小姐聽到她們嫂嫂身體不適的消息心裡掛念，我不妨先告訴妳，沒什麼好擔心的，達胥伍太太應該很快會康復。』」

「什麼！芬妮病了嗎？」

「親愛的，當時我的反應就是這樣。我說，『天哪，達胥伍太太病了嗎？』接著他就把事情全說了。根據我聽到的，整件事大概是這樣的。愛德華先生……就是我以前經常拿他跟妳開玩笑那個年輕人，原來根本沒那回事，我太高興了。愛德華先生好像跟我表親露西訂婚不只一年了！親愛的，妳聽聽！除了安妮之外，沒有人知道這件事！妳相信會有這種事嗎？他們互相看對眼一點也

壓低聲音對她說。

28. red gum，一種發癢的疹子，好發於嬰兒四肢，病因不明。

不奇怪。可是他們的關係進展到這個地步，卻沒有人猜到，這就奇怪了！我從來沒見過他們相處的樣子，否則一定馬上看出來。他們害怕費拉斯太太，所以一直守著這個大祕密。不管是費拉斯太太或妳哥哥嫂嫂，都沒有一點懷疑。直到今天，可憐的安妮，妳也知道她有一副好心腸，只是不太聰明。她把事情都說出來了，她心想，『他們都這麼喜歡露西，那件事不會有困難。』所以她就去找妳嫂嫂。當時妳嫂嫂一個人在織地毯，一點都不知道即將遭遇什麼事。在那之前五分鐘，她還跟妳哥哥聊到愛德華的婚事，想要他娶某個爵爺的女兒，我想不起名字。妳可以想像那對她的虛榮和傲氣是多大的打擊。她當場發狂，扯著嗓門尖叫，你哥哥在樓下自己的更衣室裡都聽見了。當時他正打算寫封信給留在鄉下的管家，聽見叫嚷聲飛也似地跑上樓。接下來發生了驚人的一幕，因為露西正好來找他們，做夢都沒想到出了什麼事。可憐的女孩！我同情**她**！我必須說，我覺得她被欺負得很慘。妳嫂嫂暴跳如雷地痛罵她，把她嚇得暈倒在地，安妮跪在妹妹身邊哭得慘兮兮。妳哥哥在屋子裡走來走去，說他不知道該怎麼辦。妳嫂嫂不許她們在她家多待一分鐘，妳哥哥不得已也跪了下來，求她給她們一點時間收拾行李。接著她又開始歇斯底里，他太害怕，只好請唐納凡先生過去。唐納凡先生到了以後，就看見這一團亂糟糟的事。當時馬車已經到了門口，等著送我可憐的表親離開，唐納凡先生離開時正好看見她們上馬車。他說可憐的露西模樣太慘了，幾乎沒力氣走路，安妮的情況也一樣糟。我必須說我受不了妳嫂嫂，真希望他們不顧她的反對去結婚。老天！愛德華聽見這事會有多生氣！他心愛的人受到這麼大的屈辱。聽說他愛她入骨，確實有可能。他就算大發雷霆我也不覺得奇怪，唐納凡先生跟我有同感。他跟我聊了很多。最妙的是，他又去了哈雷街，這樣的話，費拉斯太太聽說這件事的時候，萬一要請醫生比較方便。露西兩姊妹離開之後，他們立刻派人去請費拉斯太太，而妳嫂嫂覺得她母親一定也會情緒失控。就算會，我也不在乎。我一點都不同情那對母女。想不通為什麼有人把錢和地位看得那麼重。愛德華和露西為什麼不能結婚？一點道理都沒有。費拉斯太太有能力讓兒子過上好日子，雖然露西幾乎什麼都沒有，但她比任何人都懂得省吃儉用。我敢說，就算費拉斯太太一年只給愛德華五百鎊，露西也一定能過得跟年收入八百鎊的人一樣好。天哪！他們如果住跟妳家一樣的小屋，或者大一點，雇兩個女僕兩個男僕，生活會多麼舒坦。我還可以幫她們介紹個粗使女僕，我家貝蒂有個妹妹剛好沒工作，很適合他們。」

詹寧斯太太停下來，艾蓮諾有足夠的時間恢復鎮定，能順著這個話題給出該有的回應與看法。她很高興自己表現得夠淡定，也高興詹寧斯太太一如她近日來的期望，已經不再把她與愛德華湊成一對。最令她慶幸的是瑪莉安不在場，她可以甩開尷尬談論這個話題，對涉及這件事的所有人做出一番她自認不偏不倚的評論。

雖然她真心實意地提醒自己不要期待愛德華和露西結不成婚，卻不太確定自己希望這件事怎麼發展。費拉斯太太會說或做些什麼幾乎無庸置疑，但她還是急著想知道答案，更急著想知道愛德華有什麼反應。她對愛德華有許多憐憫，對露西只有極少的一丁點，連那一丁點都給得很辛苦。至於其他人，她一點都不同情。

詹寧斯太太顯然只想談這個話題，艾蓮諾因此覺得有必要給瑪莉安一點心理準備。事不宜遲，必須馬上讓妹妹知道實情，告訴她所有的真相，安撫她的情緒，好讓她能平靜地聽別人議論，不會流露出對姊姊的擔憂或對愛德華的怨恨。

這對艾蓮諾是一項痛苦的任務，因為她覺得自己即將剝奪妹妹最大的安慰。將愛德華的事情告訴妹妹，恐怕會從此破壞妹妹對愛德華的好印象。另外，妹妹一定會強烈感受到兩姊妹的遭遇太雷同，從而再次經歷自己的痛苦。但不管多麼難，她都得去做，於是她急匆匆去執行。

她不願意沉緬在自己的感傷裡，也不願意顯得哀痛欲絕。她想維持自從聽說愛德華有婚約以來的冷靜沉著，或許能給瑪莉安做個表率。她說得簡單明瞭，雖然敘述過程難免帶點情緒，卻不是極度的煩亂，也不是強烈的悲傷。**這些反應**都出現在瑪莉安身上，因為她聽得震驚錯愕，哭得淚如雨下。艾蓮諾注定既要安慰傷心人，也要為自己的傷心事安慰別人。她用盡一切方法安撫瑪莉安，先是聲明自己心情平靜，又殷切地為愛德華辯白，說他只是有欠謹慎。

起初瑪莉安不肯相信姊姊的話。她覺得愛德華是另一個威勒比。再者，姊姊既然承認自己真心**愛過**愛德華，怎麼可能不跟她一樣傷心。至於露西，瑪莉安覺得她個性一點都不和善，根本不可能吸引明智的男人。愛德華年輕時竟會愛上這樣的人，起初她難以置信，之後又無法諒解。她甚至拒絕承認他們相愛合乎常情。艾蓮諾不再多說，只等日後妹妹更了解人性，就會相信她的話。

一開始，她只說出愛德華有婚約，而且已經訂婚四年，瑪莉安就情緒崩潰了，原本要陳述的相關細節就此打住。接下來那段時間，艾蓮諾只能設法減輕妹妹的哀傷，安撫她的驚慌，化解她的怨恨。至於其他細節，是在瑪莉安提出第一個問題後才陸續提及。

「艾蓮諾，妳什麼時候知道的？他給妳寫過信嗎？」

「我四個月前知道的。去年十一月露西到巴騰園邸後不久，就告訴我她訂婚的祕密。」

聽到姊姊的回答，瑪莉安無法言語，眼裡滿是震驚。她驚訝地沉默片刻，才喊道：

「四個月！妳四個月前就知道了？」

艾蓮諾確認。

「天啊！妳在撫慰我的傷痛時，心裡一直藏著這件事？而我竟然指控妳幸福快樂！」

「當時不適合告訴妳我有多麼不快樂！」

「四個月！」瑪莉安再次驚呼。「而妳這麼心平氣和！這麼笑口常開！妳是怎麼撐過來的？」

「我告訴自己這是我的責任。我答應過露西，所以不能說出來。我對她有責任，不能洩露一點蛛絲馬跡。我對家人和朋友有責任，不能讓他們擔心我，因為我沒有能力消除他們的憂慮。」

瑪莉安好像備受打擊。

「我經常想告訴妳和母親，我跟愛德華不可能，也試過一兩次。」艾蓮諾又說，「但我不能洩露露西的祕密，所以沒辦法說服妳們。」

「四個月！而妳曾經愛過他！」

「是。但我愛的不只他一個，我也很在乎其他人的心情，我很高興他們不知道我的煩心事。如今我想起或談論這件事，都可以平靜以對。妳不要為我難過，我向妳保證我已經沒那麼痛苦了。我心裡有很多力量在支持我。首先，我知道這場傷心不是因為我做了任何不當行為導致的。其次，我選擇默默承受，沒有讓事情傳揚出去。我相信愛德華沒有重大過失，也祝他婚姻幸福。雖然他現在也許有點後悔，但我相信他會盡責到底，最後也能過得心安理得。露西是個聰明人，在這個基礎上，他們一定能建立美滿的家庭。還有，瑪莉安，雖然情有獨鍾、至死不渝這些論調聽起來很迷人，雖然一生幸福只寄託在某個人身上聽起來很浪漫，但這種事不應該、不恰當、也不可能存在。愛德華會娶露西，會娶一個外貌和智力優於半數女性的妻子。經過歲月的洗禮，他會忘記自己曾經認為有個女人比**她**更好。」

「如果妳是這麼想的，如果最珍貴的東西失去後，輕易就能用其他東西彌補，那麼妳的堅毅和自制也許就沒那麼難以理解。我總算比較明白了。」瑪莉安說。

「我懂妳的意思，妳認為我並沒有太難過。瑪莉安，整整四個月，這件事一直盤據在我腦海，我卻不能向任何人傾訴。妳和媽媽如果知道這件事，一定會傷心難過，我卻沒辦法事先給妳們一點預警。我也是聽來的，算是被逼著聽女方親口說出來。她早年訂下的婚約毀了我所有的期望，在我看來，她是來示威的，所以我必須打消她的猜疑。對於我一直以來最在意的事，我必須表現得漠不關心。而且這種事不只一次，我一而再、再而三聽她談她的未來、她的欣喜。我和他注定無緣，卻不是因為我得知任何讓我對他失望的事。沒有任何事來證明他不值得我愛，也沒有任何跡象顯示他對我沒有感情。我必須面對他姊姊的惡意和他母親的倨傲。我承受愛情的苦果，卻沒有品嘗到它的美好。妳想必很清楚，這些事發生時，我還有別的煩惱。如果妳願意相信我也會悲傷，一定能知道我此時此刻正在受苦。我現在還能平靜地思考這件事，還能給自己一點慰藉，是因為我持續不斷咬緊牙根努力著。這些平靜和慰藉不是無緣無故冒出來的，也不是從一開始就來減輕我的痛苦。不是的，瑪莉安。如果我不需要守信保密，或許就沒有任何事能阻止我公開表現出我的悲痛。即使會害我最親愛的家人傷心，我也顧不上了。」

瑪莉安信服了。

「噢！艾蓮諾，」她激動地說，「聽妳說這些，我會恨自己一輩子。我對妳多麼殘忍啊！一直以來只有妳在安慰我，陪我走過最黑暗的時期，彷彿只為我憂傷！我就是這樣表達感激嗎？我只能這樣回報妳嗎？妳的美德全力施展在我身上，所以我一直無視它。」

瑪莉安這番表白之後，兩人深情擁抱。以妹妹目前的心理狀態，艾蓮諾輕易就能讓她承諾任何事。因此，在她的要求下，瑪莉安答應日後跟任何人談起這件事，絕不會流露出一絲的怨懟。就算見到露西，表現出的厭惡也不能比以前多一絲一毫。甚至包括愛德華本人，假使有機會見面，也要維持跟過去同等的熱忱。這些都是極大的讓步，但瑪莉安自認傷害了姊姊，做得再多都不足以彌補。

她遵守承諾謹言慎行，表現得可圈可點。無論詹寧斯太太針對這個話題說了什麼，她都專心傾聽，臉色沒有一點變化，沒有表達任何異議，還曾經三次回應「是的，女士。」她聽見詹寧斯太太稱讚露西，只是換到另一個座位。當詹寧斯太太說到愛德華的深情，她只是喉嚨哽咽了一下。看見妹妹進步這麼大，表現出這麼多勇氣，艾蓮諾覺得自己能面對任何挑戰。

隔天她哥哥來了，也為她帶來更嚴苛的考驗。他表情極其凝重，專程來告訴她們那起恐怖事件，順便說說他妻子的近況。

他一坐下來就神情肅穆地說，「昨天我家發生一件驚天動地的事，妳們想必都聽說了。」

大家都默認了。這種時刻太沉重，好像不適合說話。

「妳們嫂嫂遭了一場大罪。」他接著說，「我岳母也是。總之，那場面真是混亂又悽慘。這場風暴總會平息，我希望在那之前我們都不會被擊倒。可憐的芬妮！昨天她一整天都精神崩潰。不過妳們別太擔心，唐納凡說她不會有事，她體質很不錯，也有堅強的意志力。她用天使般的毅力承受一切！她說她以後不會再相信任何人。這也難怪，畢竟她被騙得那麼慘！給出那麼多善意，那麼信任對方，卻碰到忘恩負義的人。當初她請那兩位小姐來家裡做客，都是出於一份善心，只因為她覺得她們是沒有惡意、行為端正的女孩，值得她照顧，也可以跟她作伴。我們兩個原本都很希望邀請妳和瑪莉安來小住一段時間，

「妳們想必都聽說了。」

因為當時詹寧斯太太正在照顧她女兒。結果好心沒好報！可憐的芬妮用最真摯的口氣說，『真希望當初我們邀請的是妳妹妹，而不是她們。』」

這時他停下來等艾蓮諾道謝。艾蓮諾表達了謝意，他又繼續說：

「後來芬妮把這件事告訴我岳母，我可憐的岳母內心的痛苦無法用言語形容。她基於對兒子最真摯的愛護，想為他安排一門最合適的婚事，誰知他早就偷偷跟別人訂婚了！她怎麼也想不到會有這種事！就算她曾經懷疑他心有所屬，也絕不可能猜到是那個人。她說，『我以為我永遠不必擔心露西。』她苦惱極了。我們一起討論接下來該怎麼做，最後她決定派人把愛德華找來。他來了。接下來的事說來遺憾，我岳母苦口婆心要他取消婚約，妳們不難想像我也在一旁幫腔，芬妮甚至苦苦哀求，可惜都沒用。孝道、親情，所有的一切他都不顧。我從來不知道愛德華這麼固執、這麼無情。我岳母告訴他，只要他跟摩頓小姐結婚，她會對他非常慷慨。她說她打算把諾福克莊園給他，那筆產業免繳土地稅，每年能有一千鎊收入。她發現愛德華不為所動，又加到一千二百鎊。相反地，如果他堅持要娶個身分卑微的妻子，婚後肯定要過清苦的日子，他原有的那兩千鎊就是他的全部財產，她永遠都不要再見到他。如果他打算出去謀職增加收入，她不會給他一丁點幫助，甚至會全力阻撓。」

瑪莉安聽得義憤填膺，雙手一拍，大聲說，「我的天！竟有這種事！」

「瑪莉安，難怪妳覺得驚訝。」她哥哥說，「竟有人這麼頑固，那些道理都聽不進去。妳會震驚很正常。」

瑪莉安原本打算反駁，想起自己的承諾，忍了下來。

「只是，這些道理都沒用。」他接著說，「愛德華說的話不多，態度卻很堅決。他不會為任何理由退婚。不管要付出什麼代價，他都會堅持到底。」

詹寧斯太太沒辦法再保持沉默，她用耿直又真誠的語調說，「那麼他就是正人君子！達胥伍先生，請見諒，如果他不這麼做，我會覺得他是個壞蛋。我跟你一樣關心這件事，因為露西是我的表親，我相信世上沒有比她更好的女孩，沒有人比她更值得嫁個好丈夫。」

約翰無比震驚，但他個性溫和，不容易發怒，從來不願意得罪別人，特別是有錢人，因此他不帶一絲怒氣回應道：

「女士，我絕不是在責難妳的親戚。我敢說露西小姐是個非常值得讚賞的年輕女性，但妳該知道，以眼前這件事來說，她不可能嫁給愛德華。再者，跟自己舅舅的學生偷偷訂婚，男方母親坐擁龐大資產，這整件事未免不太尋常。總之，詹寧斯太太，我無意批評任何妳關心的人的行為，我們都希望她幸福美滿。自始至終，我岳母所做的一切，都只是所有謹慎的好母親會做的事，既高貴又慷慨。愛德華選擇了自己要走的路，這條路恐怕很艱辛。」

瑪莉安嘆了一口氣，因為她也有同樣的擔憂。艾蓮諾很心痛，她想到愛德華，他為一個不值得的女人承受母親的威脅，會是什麼樣的心情。

「先生，結果怎樣？」詹寧斯太太問。

「很遺憾，結果是母子感情破裂。我岳母趕他走，跟他斷絕關係。他昨天搬出她的房子，我不知道他去了哪裡，不知道他在不在倫敦，**我們**當然不會去打聽。」

「可憐的年輕人！他以後會怎樣？」

「的確是，女士！想來真叫人難過。含著金湯匙出生！我想不出更可嘆的處境。兩千鎊一年能有多少利息，一個男人只靠這點錢怎麼活下去？如果不是因為他的愚蠢，三個月內他就能擁有兩千五百鎊的年收入，因為摩頓小姐有三萬鎊資產。我無法想像比這更悲慘的狀況。我們大家都會替他難過，更難過的是，我們完全沒有能力幫他。」

「可憐的年輕人！」詹寧斯太太感慨地說，「我非常歡迎他來我家吃住，如果有機會見到他，我會這麼跟他說。他現在不適合花錢租房子或住旅舍。」

詹寧斯太太想用這種方式幫助愛德華，艾蓮諾不禁失笑，內心卻也感謝她對愛德華的善意。

「他的家人都願意對他好。」約翰又說，「只要他也肯對自己好，他現在就會得到該有的地位，什麼都不缺。但事情到了這個地步，誰也幫不了他。還有一件事對他更不利，比任何事都更糟糕。他母親在氣頭上，決定立刻把那筆資產過戶給羅伯特。在正常狀況下，那原本該是愛德華的。今早我出門時，她正在跟律師討論這件事。」

「哎呀！她在報復。」詹寧斯太太說，「每個人都有自己的報復方式。但我想我不會因為一個兒子惹惱我，就把錢都給另一個兒子。」

瑪莉安站起來，在屋子裡來回踱步。

「眼睜睜看著弟弟得到原該屬於自己的財產，還有什麼比這更讓男人懊惱的？」約翰說，「可憐的愛德華！我真心替他難過。」

他繼續感嘆了幾分鐘，才起身告辭，臨走時再三向兩個妹妹保證，他真的相信芬妮的健康狀況沒有具體危險，讓她們別掛念，說完就離開了。在場三位女士對這整件事的觀點倒是一致，至少對費拉斯太太、達胥伍夫婦和愛德華各自的行事作為有相同的評價。

他離開之後，瑪莉安的憤怒就爆發了。聽見她厲聲控訴，艾蓮諾無法再隱忍，詹寧斯太太則是沒必要壓抑，於是三人砲口一致、猛烈地抨擊那些人。

正在跟律師討論。

第三十八章

詹寧斯太太極力讚揚愛德華的處事原則，但只有艾蓮諾和瑪莉安明白愛德華的堅持真正可貴的是什麼。只有**她們**知道，他違抗母命換來的回報多麼微薄，得到的安慰又多麼稀少。失去家人和財富之後，他僅剩的，就是知道自己做了對的事。艾蓮諾為他的正直自豪，瑪莉安也因為同情他遭受的懲罰，原諒他所有的過失。雖然事件爆發後兩姊妹重拾對彼此的信任，但兩人獨處時，卻都不喜歡談論這個話題。艾蓮諾刻意這麼做，因為妹妹太熱情、太積極確認愛德華對她的愛，會讓她更相信愛德華依然愛著她，而這正是她極力想忘記的。

另一方面，瑪莉安只要想到這件事，就會拿姊姊和自己兩人的行為做比較，因而對自己更加不滿，更加沒有勇氣主動提及。她確確實實感受到兩相對照帶給她的震撼，效果卻不如姊姊的期望，因為她並沒有因此堅強起來。她心裡難受，也在痛苦中不斷自責，深切地懊悔過去從來不曾強迫自己振作。但這只是讓她飽受悔過的折磨，卻沒有改過的可能。她的心變得太脆弱，覺得自己目前還是欲振乏力，這麼一來，她就更氣餒了。

接下來那一兩天，不管是達胥伍家或露西那邊，都沒有任何新消息傳來。這件事的內情她們已經知道得夠多，詹寧斯太太不需要再打聽，光是到處傳揚就夠她忙的。然而，她從一開始就打定主意，只要找到空閒就去慰問露西姊妹，並且探詢她們的近況。可惜那一兩天上門的客人比平時多，她一直沒辦法成行。

她們得知內情後的第三天是星期日，天氣是這麼晴朗，風光是這麼明媚，雖然才三月的第二個星期，很多人都趕往肯辛頓花園，詹寧斯太太和艾蓮諾也不落人後。瑪莉安知道威勒比夫婦已經回到倫敦，經常擔心會遇見他們，因此選擇留在家裡，不願意冒險去人多的地方。

她們一走進花園，詹寧斯太太就遇見一名好友，那人加入她們的行列，一路跟詹寧斯太太交談。艾蓮諾落個清靜，可以默默想心事，一點也不遺憾。她沒看見威勒比夫婦，也沒看見愛德華，好一段時間都沒有出現任何她見了不管開不開心、至少有點感興趣的人。最後她有點驚訝，因為安妮主動上前攀談，略顯羞怯地說她很高興見到她們。詹寧斯太太對她格外友善，她於是受到鼓勵，暫時離開原來的同伴，跟她們一起走。詹寧斯太太悄聲對艾蓮諾說：

「親愛的，讓她把事情都說出來。不管妳問什麼，她都會回答。我不能冷落克拉克太太。」

不只詹寧斯太太好奇，艾蓮諾也是。她們很幸運，**不需要**開口問，安妮就和盤托出。否則她們什麼都別想知道，因為艾蓮諾不會主動問。

「遇見妳我太高興了。」說著，安妮親密地挽住艾蓮諾的手臂。「我太想見到妳了。」接著她壓低聲音問，「詹寧斯太太應該都聽說了吧。她生氣嗎？」

「我相信她一點也不氣妳。」

「那是好事。還有密多頓夫人，**她**生氣嗎？」

「我不覺得她會生氣。」

「我真是非常高興。我的天！這段時間真難熬，我從沒見過露西生那麼大的氣。一開始她發誓，這輩子再也不幫我裝飾新帽子，也不幫我做任何事。現在她冷靜了一點，我們的感情又跟以前一樣好了。妳看，昨晚她幫我的帽子做了這個蝴蝶結，還加了羽毛。好吧，妳也要取笑我了。但我的帽子上為什麼不能有粉紅色蝴蝶結？就算粉紅色是博士最喜歡的顏色，我也不在乎。以我個人來說，如果不是剛好聽見他這麼說，我永遠不會知道這是他最喜歡的顏色。我那些表姊妹太煩人了！有時候被她們取笑得真不知道該怎麼辦。」

她已經偏離到一個艾蓮諾無言以對的話題，很快又覺得最好回到原來的主題。

「可是艾蓮諾小姐，」她得意洋洋地說，「有人說愛德華先生不會娶露西。他們愛怎麼說隨他們，但我可以告訴妳，那不是真的。竟然有人散布這種惡毒的謠言，真是可恥。露西怎麼想是她的自由，其他人都沒有資格下定論。」

「昨晚她用羽毛裝飾我的帽子。」

「我向妳保證我從沒聽過那樣的話。」艾蓮諾說。

「妳沒聽說過？但我很清楚有人這麼說，而且不只一個人。嘉德比小姐就跟史帕克斯小姐說，任何人只要有點腦子，就不會認為愛德華先生會放棄身價三萬鎊的摩頓小姐，去娶什麼都沒有的露西．史迪爾。這是史帕克斯小姐告訴我的。除此之外，我表哥理查也說，他擔心愛德華到了最後關頭會退婚。後來愛德華真的三天沒來看我們，我就不知道該怎麼看這件事了。我也相信露西應該是放棄了，畢竟我們星期三搬出妳哥哥家，從星期四到星期六都沒看見他，不知道他情況如何。露西一度想寫信給他，後來想到要維持尊嚴，就沒寫。不過今天我們從教堂回到家，他就來了，於是真相大白了。他說星期三他被叫去他姊姊家，他母親和其他人用什麼話勸他，他又是怎麼在他們面前聲明他只愛露西，也只願意娶露西。他說那些事讓他太心煩，離開他母親後他就跳上馬，跑到某個鄉下去，星期四和星期五就住在旅舍裡，想讓自己冷靜一下。他說，他反覆想了又想，他現在沒有錢，什麼都沒有，如果繼續維持婚約，對露西不公平。跟他結婚是露西的損失，因為他全部財產只有兩千鎊，不可能再增加。他打算進教會，即使真的進了，最多也只是個助理牧師，他們要怎麼靠這點錢過日子？他不忍心看她吃這種苦，所以他求她，只要她有一丁點意願，就解除婚約，讓他獨自面對問題。他說的這些話我聽得一清二楚，他都是為露西著想。他會想解除婚約，也都是為了**她**，不是為他自己。我可以發誓，他從頭到尾都沒有說他厭倦了她，或他想要娶摩頓小姐之類的話。當然，露西不肯聽，她直接告訴他，她沒有一絲退婚的念頭，還說了很多甜蜜蜜的情啊愛的，哎呀，就是不能轉述的那種話。她說她能跟他過苦日子，不管他收入多麼少，她都會很高興。總之，就是那一類的話。他聽完很開心，又商量了接下來的事。他們都同意他應該立刻進教會，等他領了聖職，他們才可以結婚。這時我沒辦法再聽下去了，因為我表親在樓下喊我，告訴我理查森太太要搭馬車過來，可以帶我或妹妹來肯辛頓花園。我不得不進房間去打斷他們，問露西要不要去。但她不想離開愛德華，所以我趕緊跑上樓穿雙絲襪，就跟理查森夫婦出門了。」

「妳說『打斷他們』，我不明白妳的意思。」艾蓮諾問，「當時你們都在同一個房間，不是嗎？」

「其實不是。哎呀！艾蓮諾小姐，怎麼會有人當著別人的面談情說愛？那太丟人了！這種事妳應該知道的呀。」她裝模作樣地笑了笑。「不，不。那時他們單獨在偏廳，那些話我都是站在門外聽到的。」

「什麼！」艾蓮諾驚呼，「妳剛才說的都是妳站在門外聽來的？很遺憾我早先不知情，否則一定不會麻煩妳跟我重述妳自己也不該知道的談話。妳怎麼可以背著妳妹妹做這種事？」

在門外偷聽。

「哎喲！那沒什麼。我只是站在門外，能聽見的就聽。換成是我，露西也會這麼做。一兩年前我跟瑪莎．夏普有很多祕密，那時她也會毫不猶豫地躲在隔壁的小房間或壁爐板後面偷聽。」

艾蓮諾設法換個話題，但頂多一兩分鐘後，安妮又會回到她最關心的那件事。

「愛德華說他不久後要去牛津。」她又說，「目前他在帕爾摩街租房子住。他媽媽真夠狠心，對吧？妳哥哥嫂嫂也不厚道！我不該在妳面前說他們壞話，何況他們派了馬車送我們回家，我原本不敢奢望的。至於我，我最擔心妳嫂嫂會把她之前一兩天送我們的針線盒要回去。幸好沒人提起針線盒，我也小心把我那個藏起來不讓他們看見。愛德華說他要去牛津辦點事，必須在那裡停留一段時間。之後只要他能找到主教，就能取得資格。不知道他會去哪裡當助理牧師！我的天！」說到這裡她咯咯笑，「等我那些表姐妹聽說這些事，我知道她們會怎麼說。她們會叫我寫信給博士，讓他聘愛德華當他新教區的助理牧師，她們一定會這麼說，但我無論如何都不會做這種事，我會直接對她們說，『喲！妳們怎麼會有這種念頭？讓我給博士寫信，真是的！』」

「嗯，凡事都做最壞的打算，是比較安心，這麼一來妳才能預先想好該怎麼回應那些人。」

安妮原本還想繼續說下去，但她的同伴走過來了，她只好換個話題。

「啊！理查森夫婦來了。我還有很多事要跟妳說，但我不能離開他們太久。我保證他們都是非常有教養的人。他賺很多錢，家裡有馬車。我沒有時間跟詹寧斯太太說，請告訴她我很高興她沒有生我們的氣，密多頓夫人也一樣。如果妳跟妳妹妹有事要離開，詹寧斯太太想找人作伴，我跟露西會很樂意去陪她。她想要我們住多久，我們就住多久。我猜今年密多頓夫人不會再邀請我們去她家了。再見，很遺憾瑪莉安小姐沒來，請代我問候她。呀！妳真不該穿這件圓點細棉布衣裳！妳不擔心勾破嗎？」

這就是她臨去時關心的事。她剩餘的時間只夠跟詹寧斯太太道聲再見，就跟理查森太太走了。艾蓮諾聽到的消息跟她原先預知或在腦海裡揣測的差不多，卻也足夠她思索一段時間。正如她的判斷，愛德華跟露西肯定會結婚，婚期依舊遙遙無期。同樣正如她的預期，一切都要看他什麼時候成為牧師，但目前看來好像機會渺茫。

她們回到馬車後，詹寧斯太太迫不及待想聽消息，艾蓮諾卻不想散播以不正當手段獲取的資訊，只簡短複述一些單純的細節，都是她覺得露西基於自己的名聲考量，會願意公開的內容。因此，她只說他們不會退婚，以及他們為了順利成婚有些什麼打算。詹寧斯太太自然而然評論道：

「等他成為牧師！哎，我們都知道那會有什麼結果：他們會等一整年，事情沒有一點進展，最後選擇當年薪五十鎊的助理牧師，加上他那兩千鎊存款的年息，以及史迪爾先生和普拉特先生能給她的一丁點嫁妝。之後他們每年會生一個孩子！天可憐見！他們會有多窮！我得想辦法送他們一些家用品。我前些天還說他們可以雇兩個女僕兩個男僕，跟真的一樣！不，不可能，他們只能雇一個健壯的女僕做所有家事。現在貝蒂的妹妹不適合他們了。」

隔天上午艾蓮諾收到一封露西寄來的市內郵件，內容如下：

希望親愛的艾蓮諾小姐包涵我冒昧寫這封信。我知道妳把我當朋友，一定很高興聽到我和我親愛的愛德華近來歷經磨難後總算度過難關。客氣話我不再多說，只想告訴妳，謝天謝地！我跟他雖然吃盡了苦頭，幸好現在都安然無恙，萬分幸福地感受著彼此的濃情蜜意。我們遭逢重大考驗，受到無情的迫害，但在此同時，我們也非常感謝許多朋友，包括妳在內。妳對我的善意我會一直記在心裡，愛德華也是。我跟他提起過妳。昨天下午我和他共度兩個小時的幸福時光，我相信妳和親愛的詹寧斯太太聽到都會很高興。我懇切地請他審慎考慮，只要他同意，我們立刻解除婚約，我有責任這麼做。但他拒絕聽到『分手』這兩個字，還說我們永遠不會分開。只要擁有我的愛，他不在乎他母親的憤怒。當然，我們的未來不是一片光明，我們必須等待，期待最好的結果。他很快就能取得牧師資格，如果妳能向任何有權選任牧師的人推薦他，我相信妳一定會這麼做。還有親愛的詹寧斯太太，相信她一定會在約翰爵士、帕爾瑪先生或任何有能力幫助我們的人面前為我們說好話。可憐的安妮那件事確實做得不對，但她也是一番好意，所以我沒有怪她。詹寧斯太太如果正好來霍本區，應該不會介意來看看我們，隨便哪天都方便。她能來我會很感謝，我的表親也都會很榮幸認識她。信紙到了末尾，我該停筆了。請代我向她轉達我的感謝與敬意，如果見到約翰爵士、密多頓夫人和親愛的孩子們，也請代我問候他們。謹此向瑪莉安小姐致意。

敬祝……

巴特雷街，三月

艾蓮諾讀完之後把信交給詹寧斯太太，她相信這是露西的本意。詹寧斯太太大聲念出信的內容，邊念邊表達滿意與讚賞。

「真是太好了！她的信寫得多麼流暢！噯，只要他願意，就還他自由，她做得很對。露西就是這樣的女孩。可憐的人！我真心希望我有能力幫他安排職位。她喊我親愛的詹寧斯太太，真是個最善良的女孩。我敢說這封信寫得非常好，那個句子寫得真漂亮。好，好，我一定會去看她。她真體貼，問候了所有人！親愛的，謝謝妳把信拿給我看。真是我讀過最美的信，證明她既有腦子又有好心腸。」

第三十九章

達霄伍姊妹進城已經超過兩個月，瑪莉安一天比一天更渴望回家。想到鄉間的空氣、自由與靜謐，她就忍不住嘆息。她心想，如果有哪個地方能帶給她安寧，那一定是巴騰。艾蓮諾也跟妹妹一樣歸心似箭，卻不認為短期內能夠成行，因為她很清楚長途旅行存在許多瑪莉安無視的難題。不過，她開始認真思考啟程的可能性，也向她們熱心的東道主提過。但詹寧斯太太以她的善意代替言語極力挽留。

這時有個方案出現，雖然她們返家的時程會因此延遲幾星期，艾蓮諾卻覺得比其他計畫更可靠。帕爾瑪夫婦大約三月底會回克利夫蘭過復活節[29]，他們盛情邀請詹寧斯太太和達霄伍姊妹同行。這項邀請本身並不足以吸引艾蓮諾，但帕爾瑪先生本人也彬彬有禮地真心邀請她們，加上他自從聽說瑪莉安的事，對她們的態度明顯改善，她才欣然接受。

她告訴瑪莉安她的決定之後，妹妹第一時間的回應不是很樂觀。

「克利夫蘭！」瑪莉安激動地叫道，「不，我不能去克利夫蘭。」

「妳忘了。」艾蓮諾溫和地說，「克利夫蘭的位置不在……離那地方不近。」

「但同樣在薩默塞特郡。我不能去薩默塞特郡，那是我曾經期待去的地方。不，艾蓮諾，妳不能要求我去那裡。」

艾蓮諾沒有鼓勵她克服這種抗拒心理，而是設法以其他訴求打動她。她告訴妹妹，只有這個辦法可以確定回家的日期，可以讓她以更恰當、更舒適的方式回到她日思夜想的母親身邊，或許也是最快的方案。克利夫蘭離布里斯托只有幾公里，到巴騰雖然還有漫長的一天路程，但至少一天就能到。那時母親輕易就能派僕人去接她們。再者，她們在克利夫蘭停留不可能超過一星期，所以她們再過三個多星期就能回到家。瑪莉安真心思念母親，所以這番話輕易就打消原先那些無端的顧慮。

詹寧斯太太對她的兩位年輕客人一點都不厭倦，格外真誠地邀請她們跟她一起從克利夫蘭回倫敦。艾蓮諾感謝她的關愛，卻沒有動搖。她們母親也極力贊同艾蓮諾的計畫，將她們返家的一應事宜盡力安排妥當。回家的日程總算敲定，瑪莉安也鬆了一口氣。

兩姊妹回家的事定案之後，詹寧斯太太一見到上門拜訪的上校，就對他說，「哎呀，上校，兩位達胥伍小姐離開以後，你跟我該怎麼辦？她們打定主意要從夏綠蒂家回巴騰，我回到倫敦以後，我們會多麼孤單。天啊！我們會像兩隻無聊的貓咪，坐在一起大眼瞪小眼。」

詹寧斯太太如此誇大未來的無趣生活，也許是想刺激他開口求婚，以便擺脫孤單寂寞。如果

29. Easter，基督教慶祝耶穌死後第三天復活的節日，日期是春分後第一次滿月後的第一個星期日。

真是這樣，那麼緊接著她就有理由相信自己的目的已經達成。因為那時艾蓮諾拿著版畫走到窗子旁，借著光線細看，她準備幫詹寧斯太太臨摹一幅。上校像是有話要說，跟著她走過去，兩人在那裡聊了幾分鐘。他的談話對艾蓮諾的影響也沒有逃過她的視線。她雖然品格高尚不至於偷聽，甚至為了讓他們放心，刻意換個位子坐到瑪莉安正在彈奏的鋼琴旁，卻忍不住看見艾蓮諾臉色一變，神情激動，全神貫注聽他說話，忘了看版畫。瑪莉安換曲子的空檔，上校說的話不可避免地飄進她耳朵，更進一步確認她的期望，因為他好像在為自己的房子屋況欠佳致歉。看來確切無疑了，不過她很是納悶，上校竟然認為有道歉的必要，想想又覺得這是適當的禮儀。艾蓮諾怎麼回應她沒聽清楚，但從她的唇形變化看來，應該是在說屋況不是大問題。她在心裡暗暗嘉許艾蓮諾的坦率。他們又談了幾分鐘，她一個字都沒再聽見。幸而瑪莉安停止彈奏，她聽見上校用平和的語氣說：

「近期內不太可能實現。」

這麼不熱情的言語令她驚訝又震撼，她幾乎衝口而出，「老天！還要等什麼？」但她及時忍住，只在心裡默默叫嚷：

「這太古怪了！他難道還要等年紀更大一點。」

然而，上校如此拖延，他美麗的女伴卻好像絲毫不覺得惱怒或屈辱，因為他們談話很快結束，兩人各自走開，詹寧斯太太清楚聽見艾蓮諾用非常真誠的語調說：

「你的好意我感激不盡。」

詹寧斯太太很高興她懂得感恩，只是想不通，上校聽見這句話之後，竟然馬上用最沉著的語氣向她們告辭，沒有給她任何回應就離開！她沒想到自己的老朋友求婚時竟表現得這麼冷淡。

上校跟艾蓮諾的談話真實情況如下：

他滿懷同情地表示，「我聽說妳的朋友愛德華先生受到家人的不公平對待。如果我聽得沒錯，他因為堅守跟一位非常可貴的年輕小姐的婚約，已經被趕出家門。我的消息是正確的嗎？是這樣嗎？」

艾蓮諾告訴他沒錯。

「那種殘酷，那種非理性的殘酷，實在糟糕。」他感慨地說，「硬生生拆散……或者說企圖拆散……兩個訂婚多年的年輕人。費拉斯太太不知道自己在做什麼，不知道她會把兒子逼到什麼境地。我在妳哥哥家見過愛德華先生兩、三次，非常欣賞他。他這個年輕人不是短時間內就能跟人親近，但我對他夠熟悉，足以希望他一切順利。也因為他是妳的朋友，我更希望他過得好。聽說他打算進教會服務。根據我今天收到的信，德拉福德的牧師職位剛剛出缺。我想請妳轉告他，只要他不嫌棄，這個職位就是他的。不過，想來我多慮了，他目前遭遇這種不幸，應該不會嫌棄。只可惜這份收入不會太高，那個職位是教區長，但教區不大。據我所知，上一任教區長每年收入不超過兩百鎊。雖然日後可望增加，但恐怕沒辦法提供他優渥的薪俸。儘管如此，我還是很樂意任用他，這點請務必轉告他。」

艾蓮諾接到這樣的任務無比訝異，就算上校真的向她求婚，她也不會更吃驚。兩天前她還覺得愛德華不可能找到好差事，如今機會已經送上門來，讓他可以順利結婚，而受託傳達這個消息的不是別人，竟然是她！她心情很複雜，以至於造成詹寧斯太太的誤解。只是，儘管那複雜的心情藏著某些不那麼純粹、不那麼欣喜的小感受，上校做了這件事，她還是敬重他的仁善，更感恩他這份特別的友誼，並且毫不保留地表達出來。她發自肺腑感謝他，也客觀公正地讚揚愛德華的操守與性情。她還說，如果上校真的不願意親自去執行這份愉快的任務，那她就恭敬不如從命。在此同時她不禁想到，沒有人比上校自己更適合做這件事。也就是說，為了不讓愛德華承受欠她人情的痛苦，她覺得她最好推辭。但上校基於同樣的體貼心態，委婉地拒絕，似乎還是希望由她出面，她因此不便再反對。她相信愛德華還在倫敦，也慶幸聽安妮提過他的地址，當天就可以向他轉達這個消息。事情談妥之後，上校表示，能找到這樣一位值得敬重又好相處的鄰居，對他也是好事。接下來他遺憾地談到教區長公館又小又普通。正如詹寧斯太太的猜測，艾蓮諾覺得這不是缺點，至少房子的大小不會是問題。

她說，「我不認為房子太小會對他們造成不便，因為那跟他們家的人數和收入相稱。」

上校很驚訝，他發現艾蓮諾認為愛德華就職後就會結婚。他原本覺得，以愛德華那樣的生活水準，不太可能會打算靠德拉福德教區長職務成家立業。他也把這個想法說出來。

「這個小小的教區最多只能負擔愛德華先生一個人的開銷，結婚是不可能的。很遺憾，我只能做到這一步，再多我也無能為力。如果未來我能力範圍之內出現預料之外的機會，我卻不像現在這樣真誠地為他效勞，那一定是因為我對他的看法有很大的改變。我現在能為他做的其實微不足道，畢竟這對他目前追求幸福最主要的、唯一的目標沒有幫助。他想結婚還得等很長時間，至少近期內不太可能實現。」

這樣的一句話，在斷章取義的情況下，合理地冒犯了詹寧斯太太細膩的心思。但把他們在窗子旁的對話交代清楚之後，兩人分開時艾蓮諾表達的謝忱與激動的神情，或許就跟被求婚時一樣合理，說的話也一樣恰如其分。

第四十章

「艾蓮諾小姐，」上校離開後，詹寧斯太太露出心領神會的笑容說，「我不問妳上校對妳說了什麼，天地良心，我盡量躲得遠遠，還是聽到一兩句，知道他找妳談什麼事。我向妳保證，我這輩子從沒這麼開心過，我發自內心祝妳幸福。」

「謝謝妳，」艾蓮諾答，「那的確是件讓我非常高興的事，上校真是太善良了。世上很少人會這麼做，很少人有這麼慈悲的心腸！我實在太驚訝了。」

「我的天！親愛的，妳太謙虛了。我一點也不驚訝，最近我一直有這種想法，沒有什麼比這件事更有可能。」

「妳是根據上校平時的善行做出的判斷，但至少妳預料不到機會來得這麼快。」

「機會！」詹寧斯太太重複她的話，「是啊！說到機會，男人一旦在這方面做出決定，不管怎樣，他總能迅速找到機會。親愛的，我還是要再三祝妳幸福。這世上如果有幸福的夫妻，我想我很快就知道該上哪去找他們。」

「我猜妳打算去德拉福德找他們。」艾蓮諾慘淡一笑。

「噯，親愛的，我確實有這個打算。至於說房子不太好，我不明白上校指的是什麼，因為那房子不輸我見過的其他好房子。」

「他意思是年久失修。」

「喔，那又是誰的錯？他為什麼不維修？這事他不做誰做？」

這時她們的談話被打斷，僕人進來通報馬車已經到了門口，詹寧斯太太立刻起身準備出門，說道：

「親愛的，話說一半我就得走了，不過晚上家裡沒別人，我們再好好聊聊。我不要求妳陪我出去，我敢說妳現在滿腦子都是那件事，不想要人陪。再者，妳一定也很想告訴妳妹妹。」

瑪莉安提早離開，沒聽見她們的談話。

「當然，女士，我會告訴瑪莉安。不過目前我還不打算讓其他人知道。」

「哦，好吧。」詹寧斯太太相當失望。「那麼妳應該不希望我告訴露西，我今天準備去一趟霍本。」

「對，女士，連露西都不要說。晚一天應該不會有問題。在我寫信通知愛德華先生以前，最好別讓任何人知道。我馬上就寫信。他現在必須爭取時間，因為他領聖職一定有很多事要做。」

詹寧斯太太聽得一頭霧水，她想不通為什麼需要緊急寫信給愛德華。不過，尋思片刻後，她想到一個讓她非常開心的推論，於是嚷嚷道：

「哎呀！我懂妳的意思，他就是那個人。嗯，這樣對他更好，他必須馬上取得資格。知道你們進展這麼快，我很高興。不過親愛的，這樣好像不太對？不是該上校寫信給他嗎？由他來寫比較合適。」

艾蓮諾不太明白詹寧斯太太前半段話的意思，卻覺得沒必要探究，所以只回答她後半段的問題。

「上校個性體貼，他希望由別人代他向愛德華先生轉達他的意願。」

「原來妳是被逼的。嗯，這種體貼還蠻特別的！」她看見艾蓮諾準備寫信。「好啦，我不打擾妳了，該怎麼做妳自己最清楚。再見了，親愛的。自從夏綠蒂生產以來，我第一次聽見這麼值得高興的事。」

說完她就走了，不一會兒又調頭回來。

「親愛的，我又想到貝蒂的妹妹。如果能幫她找個這麼好的女主人，我會很高興。只是我不確定她是不是合格的貼身女僕。她擅長家務活，做得一手好針線。總之，妳有空的時候考慮一下。」

「當然，女士。」艾蓮諾答。她沒聽見詹寧斯太太說什麼，比起跟對方談話，她更想一個人安靜寫信。

她現在唯一在乎的，是這封信該怎麼開頭，她該用什麼樣的語氣給愛德華寫信。原本對任何人而言都是最簡單的事，卻因他們的特殊關係，變得格外困難。她怕說得太多，也怕說得太少，坐在那裡拿著筆對著信紙思索，直到被走進來的愛德華打斷。

他過來送辭別卡，在門口遇見正要出去搭馬車的詹寧斯太太。她向他致歉，因為她不能在家接待他。她也請他進去，說艾蓮諾在樓上，有件很特別的事要找他談。

原本艾蓮諾一面傷神一面慶幸，在信裡把話說得恰當又得體確實不容易，但至少比當面傳達訊息來得好。沒想到愛德華來了，她只得承擔起難度加深的任務。此時他突然出現，她既訝異又困惑。自從他訂婚的消息公開、也就是他知道她已經知情之後，這是彼此第一次見面。想到近期以來的心事，想到自己要對他說的話，接下來幾分鐘她只覺格外窘迫。他也非常頹喪，兩人坐著面面相覷，一場尷尬顯然無法避免。進門時有沒有為自己的貿然打擾致歉，他已經想不起來了。他決定採取最保險的做法，等入座後心情穩定能開口說話，就正式向她表示歉意。

「詹寧斯太太說妳有話要告訴我，」他說，「至少據我的理解是這樣，否則我絕不會這樣冒昧打擾妳。只不過，離開倫敦前如果沒能親自向妳和令妹告辭，我會非常遺憾，尤其這次我可能會離開一段時間，短期內也許沒有那份榮幸再見到妳們。我明天去牛津。」

這時艾蓮諾已經找回平靜，決定快刀斬亂麻。「就算我們沒能見面，你離開之前一定會收到我們的祝福。詹寧斯太太說得沒錯，我有重要事情要告訴你，剛才正準備給你寫信。有人委託我一件最愉快的任務。」她的呼吸比平時急促。「那人就是布蘭登上校，十分鐘前他還在這裡。他要我轉告你，他得知你打算進教會服務，非常樂意請你接掌剛出缺的德拉福德教區，他只遺憾那個職位薪俸不高。容我恭喜你擁有這麼可敬、這麼明智的朋友。我也跟他一樣，很希望這份薪俸……一年大約兩百鎊……能優渥得多，足以讓你得到你想要的所有幸福，而不是像目前這樣暫時只夠你一個人度日。」

愛德華心情如何，他自己說不出口，當然也不可能有人來替他說。他一臉震驚，就像所有人聽到這種意想不到、始料未及的消息會有的表現。他只說了這幾個字：

「布蘭登上校！」

「是，」艾蓮諾答。最困難的階段已經過去，她意志更堅定了。「上校這麼做，是為了表達他對近期發生的事的關切：他知道你因為家人的不合理對待陷入悽慘的處境。不管是瑪莉安、我本人或你所有的朋友，一定也都跟上校有同感。另外，他這麼做也是為了表示他對你的為人處事的高度評價，也特別認同你對當前這件事的應對方式。」

「布蘭登上校選**我**當教區長！真的嗎？」

「你受到自己家人的苛待，所以別人的好意讓你驚訝。」

「不，」他忽然回過神來，「**妳的**好意不會，因為我知道這一切都要感謝妳和妳的善良。我很感動，我很想表達出來，但妳很清楚我拙於言辭。」

「你完全弄錯了。我向你保證，你最該感謝的是你自己的美德，至少絕大部分是，當然還要感謝上校的識人之明。我什麼都沒做。在他告訴我他的計畫之前，我甚至不知道那個教區長職位出缺，也不知道他有權選任教區牧師。他是我和我家人的朋友，也許……可能因此更樂意把這個職位給你……事實上，我確定他是如此。但請相信我，我沒有替你求他，你不欠我什麼。」

她必須說實話，坦承這事跟自己確實有一點關係，在此同時又不希望愛德華把她當成恩人，所以說話時支支吾吾。她這樣的表現或許讓愛德華確認了他近期以來的猜測。艾蓮諾說完後，他呆坐著沉思片刻，最後似乎有點費力地說：

「布蘭登上校好像是個非常端正又值得敬重的人。我經常聽人這樣讚賞他，據我所知，妳哥哥也很看重他。他無疑是個明事理的人，待人處事上是絕對的正人君子。」

「確實如此。」艾蓮諾答。「等你進一步認識他，就會發現外面的風評一點也沒錯。據我所知，牧師公館離莊園主宅不遠，以後你們住得近，所以他是個名實相符的人就更重要了。」

愛德華沒有回應。但當她移開視線，他的表情是那麼嚴肅、那麼鄭重、那麼不開心，似乎在說，他從今往後只願牧師公館跟莊園主宅離得遠遠的。

不一會兒他就站起來，說道，「布蘭登上校好像住在聖雅各街。」

艾蓮諾告訴他門牌號碼。

「那我就得快一點，去向他表達妳拒絕接受的謝意，向他保證他讓我成為非常幸福……幸福到了極點的人。」

艾蓮諾沒有挽留他，也非常真誠地向他保證，將來不管他的身分有什麼變化，她永遠都會祝他幸福。他很努力想以同樣的祝福回應她，只是沒有能力表達。

門關上以後，艾蓮諾對自己說，「下回再見面，他就是露西的丈夫了。」

懷著這份可喜的期待，她坐下來回想過去，回想兩人所說的話，琢磨愛德華的心情。當然，也消沉地探索自己的感受。

詹寧斯太太回家了。雖然她今天出門見了過去不曾見過的人，必然很想大談特談那些人的事，但相較之下，她更關注她知道的那個重大祕密，所以艾蓮諾一出現，她馬上重拾那個話題。

「親愛的，我讓那個年輕人上來找妳，是不是做對了？」她大聲說，「我猜你們談得很順利，他不會不願意接受妳的提議吧？」

「不會，女士，他不太可能不願意。」

「嗯，那他多久可以準備好？畢竟那件事就看他了。」

「這種程序我不是很清楚，」艾蓮諾答，「沒辦法估計時間，也不知道需要做些什麼準備。不過我猜他應該能在兩、三個月內取得資格。」

「兩、三個月！」詹寧斯太太驚呼，「天哪！親愛的，妳怎麼這麼冷靜，上校能等兩、三個月嗎！上帝保佑我！換做是我一定會不耐煩！雖然是好意幫愛德華先生的忙，但我認為不值得花兩、三個月等他。肯定能找到另一個合適的人，某個已經有牧師資格的人。」

「親愛的女士，」艾蓮諾說，「妳怎麼有這種想法？上校唯一的目的就是想為愛德華先生做點事。」

「親愛的，願上帝保佑妳！妳該不會想讓我相信，上校之所以跟妳結婚，只是為了給愛德華先生十基尼[30]！」

這麼一來誤解難以持續，緊接著是一番解釋，一時之間兩人都笑開懷，也都沒有變得不開心，因為詹寧斯太太只是以一種快樂取代另一種，而且對前一種快樂還懷抱希望。

詹寧斯太太發抒完第一波驚訝與喜悅後說道，「是啊，牧師公館是不大，而且可能比較破舊。那時聽見上校為房子太小道歉，還是對著妳這個住慣巴騰小屋的人說這種話，實在覺得荒謬。據我所知他家一樓就有五間客廳，記得管家告訴過我整棟屋子最多能有十五張床。不過親愛的，我們得提醒上校在露西搬進去之前整修牧師公館，好讓他們住得舒適點。」

「可是上校好像不認為那份薪俸足夠讓他們成家。」

「親愛的，上校是個死腦筋。他自己年收入兩千鎊，就覺得想結婚至少要有這麼多收入。妳信我的話，只要我活著，米迦勒節之前我一定能去德拉福德牧師公館拜訪，而露西不在那裡，我是不可能去的。」

艾蓮諾的想法跟詹寧斯太太一樣，也覺得他們的婚禮應該不會拖太久。

30. 十基尼是牧師主持婚禮的費用。

兩人都笑開懷。

第四十一章

愛德華去向上校致謝之後，又滿懷欣喜地去找露西。他抵達巴特雷街時實在太開心，隔天露西因此能對再次上門恭喜她的詹寧斯太太說，她從沒見過愛德華心情這麼振奮。

至少可以確定露西本人非常開心振奮。她跟詹寧斯太太一起暢想未來，期待米迦勒節前彼此就能在德拉福德牧師公館愉快地相聚。另外，她毫不遲疑地代替愛德華表達對艾蓮諾的感謝，感恩戴德地說起艾蓮諾對他們兩人的友誼，口口聲聲說他們欠她天大的人情，聲稱不管現在或未來，艾蓮諾為他們做再多事，她都不會感到驚訝，因為她相信艾蓮諾願意為真心敬重的人做任何事。至於布蘭登上校，她不只願意把他當聖人膜拜，更期盼他在世俗事務也扮演聖人，繳納最高額的什一稅[31]。她也暗自決定，到了德拉福德後，會盡可能利用他的僕人、馬車、乳牛和家禽。

約翰上次造訪詹寧斯太太家已經是一星期前的事，這段期間她們只是口頭問候過一次，就沒有再關心芬妮的病況，艾蓮諾因此覺得有必要去探望她。只是，這份義務非但違背她本人的意願，也沒有得到同伴的鼓勵。瑪莉安不但自己堅決不去，還極力阻止姊姊前往。詹寧斯太太雖說馬車隨時供艾蓮諾使用，卻太討厭芬妮，就算很好奇事情揭發後芬妮的現況，也很想當她的面幫愛德華說話，卻無論如何都不想再見到她。結果是艾蓮諾獨自出門。她比任何人都不想做這件事，何況去了可能還得跟芬妮演一場姑嫂情深，而她比妹妹和詹寧斯太太更有理由討厭芬妮。

僕人說達胥伍太太不在家。然而，馬車還沒調頭離開，約翰正巧走出來。他見到艾蓮諾非常高興，說他正打算去拜訪詹寧斯太太。他向她保證芬妮見到她會很開心，邀請她進門。

他們上樓走進偏廳，裡面沒人。

「芬妮大概在她自己的房間。」他說，「我馬上去找她。她不可能不想見**妳**。事實上恰恰相反，尤其現在已經沒有……總之，我們永遠最喜歡妳和瑪莉安。瑪莉安為什麼沒來？」

艾蓮諾編了個藉口。

「妳自己一個人過來也好。」他說，「我有很多話要跟妳說。布蘭登上校那個牧師職位……是真的嗎？他真的要給愛德華嗎？我昨天碰巧聽說的，本來打算去找妳們問清楚。」

「確實是真的。上校請愛德華去德拉福德擔任教區長。」

「當真！實在叫人吃驚！他們既不是朋友，也不是親戚！何況目前牧師選任權價碼這麼高[32]。一年的薪俸多少？」

「大約兩百鎊。」

31. Tithe，亦稱教區稅，是神職人員的薪俸來源，數額為教區內農產品或其他收益的十分之一。
32. 有時牧師指派權是屬於莊園主的財產，可以留給繼承人，也可以出售。有些富人會為沒有繼承權的孩子買下這樣的權利，等孩子成年取得牧師資格，就有一份謀生能力。

「嗯，假設前任牧師年老體衰，職位可能很快會出缺，那麼這種薪俸的職位應該可以賣到一千四百鎊。他怎麼沒在上一任過世前把這件事處理好？現在要賣已經太晚。上校是這麼明智的人！處理這種自然又尋常的事務竟然沒有一點遠見！嗯，幾乎每個人的性格都有反常的時候。不過，仔細一想，實際的情況可能是這樣：愛德華只是暫時得到這個職位，等真正買下職位的人年紀夠大，可以當牧師再換人。對，對，就是這樣，不會錯的。」

然而，艾蓮諾斬釘截鐵反駁他的推論。她說這件事是上校委託她轉告愛德華的，所以，她最清楚上校給出職位的條件，約翰不得不信服她的權威。

「真是太叫人驚訝了！」他聽完之後驚叫道，「上校為什麼這麼做？」

「原因很簡單，他只想幫愛德華先生。」

「好吧，不管上校是怎麼想的，愛德華很幸運。妳別在芬妮面前提這件事。我已經告訴她了，她雖然非常冷靜，但應該不想聽人多說。」

艾蓮諾忍不住心想，芬妮當然能平靜接受，自己的弟弟得到財富，自己和兒子一點都不會因此變窮。

「我岳母目前還不知情。」約翰壓低聲音，用適合傳達這種重要話題的音量說，「我覺得最好能瞞多久就瞞多久。等他們結婚，她恐怕什麼都會知道。」

「有必要這麼謹慎嗎？費拉斯太太知道自己的兒子有一份足以維持生計的收入，想必一點都不開心，這一點都不需要懷疑。只是，依照她近期的行為，她會有一絲一毫的在乎嗎？她厭倦自己的兒子，永遠把他逐出家門，也要求所有聽她話的人跟他斷絕關係。做了這樣的事，她不可能會為兒子傷心或高興，不可能對兒子的任何遭遇感興趣。她不至於這麼優柔寡斷，趕走承歡膝下的孩子，卻要繼續當操心掛念的母親！」

「哎！艾蓮諾，這番話聽起來很合理，可惜妳對人類的天性不夠了解。等愛德華結下那門不幸的婚姻，他母親還是會很痛心，就跟她沒有趕他出門一樣。所以，我們必須想盡辦法隱瞞，以便拖延那可怕的局面。我岳母永遠不會忘記愛德華是她兒子。」

「你這話讓我太驚訝了，我以為到**這時**她應該幾乎忘光了。」

「妳太不了解她了。我岳母是世上最慈愛的母親。」

艾蓮諾默不作聲。

停頓片刻後，約翰又說，「**現在**我們打算讓**羅伯特**娶摩頓小姐。」

聽到哥哥鄭重其事又堅決果斷的語氣，艾蓮諾不禁失笑。她平靜地說：

「看來那位小姐沒有權利選擇自己的對象。」

「選擇！這話什麼意思？」

「我的意思是，聽你的口氣，摩頓小姐嫁的不管是愛德華或羅伯特，對她都沒有差別。」

「當然不會有差別。如今在我岳母的安排和規劃裡，羅伯特都被視為長子，在其他方面，兩兄弟都是非常值得稱道的年輕人。我不認為哪一個比另一個優秀。」

艾蓮諾不再多說，約翰也沉默了片刻。他思考後得出了結論：

「親愛的妹妹，有件事我可以向妳保證，」他親切地拉起她的手，聲音壓得極低，「而且我會做到，因為我知道妳會很高興。我有充分理由相信……事實上我是根據最可靠的消息，否則絕不會跟妳提起，因為這樣的事不能隨便談論。但我有最可靠的消息來源……我沒有親耳聽見我岳母這麼說，但妳嫂嫂**聽見了**，是她告訴我的。總之，我相信，不管過去我岳母多麼反對某樁婚事……妳明白的……相較之下都比目前這樁好得多，至少令她惱怒的程度只有目前這樁的一半。我岳母能這麼想，我非常高興，我們大家都覺得欣慰。她說，『兩個都不滿意，這個卻比那個糟得多，**現在**她會樂意選比較不糟的那個。』只是，那是不可能的事，想都別想，甚至提都別提。不管愛德華喜歡過誰，都不可能會成，那都過去了。我只是想跟妳說說，因為

「有件事我可以向妳保證。」

我覺得妳聽了會很高興。親愛的艾蓮諾，我並不是說妳有什麼值得遺憾的，妳現在這樣就很好。從各方面考量，可以說一樣好，或許更好。妳最近見過上校嗎？」

艾蓮諾聽夠了。這些話沒有滿足她的虛榮，也沒有讓她更自負，反而攪得她情緒緊繃、心情煩悶。她很慶幸自己不需要回應太多，也不必擔心聽見哥哥說出別的話，因為羅伯特走進來了。閒聊幾句後，約翰想到妻子還不知道妹妹來了，於是起身去找她，艾蓮諾因此有機會增進她對羅伯特的認識。這人能得到母親的偏愛，完全是因為自己太放蕩，他哥哥又太耿直。而他母親基於偏見驅逐他哥哥，他因此享受著母親不公平的慈愛與慷慨，卻一派事不關己、自鳴得意。這一切都讓艾蓮諾更加確認他心術不正、冷漠無情。

他們獨處不到兩分鐘，他就聊起愛德華，因為他也聽說了牧師職位的事，對這件事非常好奇。艾蓮諾重述剛才對約翰說過的話，羅伯特的反應雖然跟約翰不一樣，震驚的程度卻不相上下。他笑得前仰後合：愛德華當牧師，住在小小的牧師公館，實在太逗趣。緊接著他又想像愛德華穿著白色法衣誦念禱告辭，發布鄉巴佬的結婚啟事[33]，只覺沒有比這更可笑的事。

艾蓮諾默默坐著，面容肅穆地等他結束這番愚蠢論調，忍不住注視對方，眼神裡滿是對他那些言語的鄙夷。不過，這個眼神算是恰到好處，既發洩了她的情緒，又沒有被對方察覺。不一會

33. 這是婚前的查證程序，準新人在教堂刊登啓事，一定期限內沒有人提出異議，才能舉行婚禮。但這多半是底層百姓的做法，有錢人可以花一筆錢請神職人員查證雙方結婚資格，出具證明。

兒羅伯特收起機智，找回理智，但不是因為她的指責，而是他自己的敏感度。最後，他收斂內心的歡樂消退後依然持續的笑聲，說道，「說笑歸說笑，這是一件非常嚴肅的事。可憐的愛德華！他這輩子完蛋了。我非常遺憾，因為我知道他為人寬厚，比任何人都善良。艾蓮諾小姐，妳跟他不熟，不要隨便論斷他。可憐的愛德華！他不是天性開朗的人，但我們每個人與生俱來的能力和口才都不一樣。可憐的傢伙！想到他舉目無親！實在叫人同情！我發誓，我相信他是全英國最好心的人。我必須告訴妳，當初東窗事發時，我實在太震驚了。我不敢相信。我是聽我母親說的，當時我覺得自己需要立刻展現決心，就告訴她，『親愛的母親，我不知道妳打算怎麼處理，至於我，如果愛德華真的娶這位小姐，我再也不會見他。』這就是我當時說的話。我真是太震驚了！可憐的愛德華，他徹底毀了他自己，把自己趕出上流社會！不過，就像我當場跟我母親說的，我一點都不驚訝。他接受那種教育，做出這種事一點也不奇怪。我可憐的母親差點氣瘋。」

「你見過那位小姐嗎？」

「她住在這裡的時候見過一次，當時我碰巧過來，待了十分鐘，就把她看透了。是最不起眼又俗氣的鄉下女孩，不時髦也不優雅，幾乎沒有美貌可言。我記得很清楚，就是那種可能會迷倒可憐的愛德華的女孩。我母親把事情告訴我之後，我馬上自告奮勇要去找他談，勸他取消婚約，可惜事情已經無法挽回了。因為最初我不知情，等我知道了，母親已經跟他斷絕關係，那時我已經沒有資格干涉他。如果我提早幾小時知道，也許會有轉機。我一定能用最強大的理由說服他。我會告訴他，『親愛的老哥，想想你在做什麼。你想結一門最不體面的親事，你的家人全部反對。』總之，我覺得一定會有辦法解決。不過現在都太遲了。他以後會三餐不繼，這點可以確定，肯定要挨餓。」

他剛用無動於衷的語氣做出這個結論，芬妮就走進來，這個話題就此結束。只是，芬妮在外人面前雖然絕口不提家醜，艾蓮諾卻看得出來她心情紊亂，因為她進來時表情有點恍惚，也嘗試對她展現熱忱，甚至在聽說她們不久後就會離開倫敦，還顯得相當關切，彷彿她一直很希望跟她們多相處似的。她這番話讓陪她走進來的約翰聽得如癡如醉，彷彿從中聽見最溫柔、最得體的真情。

第四十二章

後來艾蓮諾又去哥哥家短暫拜訪一次，她哥哥向她表達恭賀，一來她們省下回巴騰這段長途旅程的路費，二來一兩天後上校也會去克利夫蘭跟她們會合。兄妹在倫敦的往來就這樣畫下句點。芬妮不怎麼熱絡地提出邀請，讓她們順路的話就去諾蘭園邸坐坐，可惜她們不可能順路。約翰比較熱情，私下向艾蓮諾保證，他會盡快去德拉福德看她。憑這區區幾句話，就可以預知他們在鄉下有沒有機會見面。

親友似乎都決定把她送去德拉福德，艾蓮諾覺得很有意思。那是目前她最不想去、也最不想定居的地方，偏偏她哥哥和詹寧斯太太都認為那是她未來的家，就連露西臨別時也極力邀請她去那裡探望她。

剛跨入四月的某一天，在一個不至於太早的時刻，兩批人馬從各自在漢諾威街和柏克萊街的家出發，依照約定在途中會合。為了顧及夏綠蒂和她孩子的舒適，他們估計會走個兩日有餘。帕爾瑪先生和上校速度比較快，等她們到達克利夫蘭後不久就會趕到。

瑪莉安在倫敦沒享受過多少輕鬆時光，很久以前就迫不及待想回家，到了臨別之際，終究還是滿懷感傷。她曾經在這裡對威勒比充滿期望與信心，但那些都已經煙消雲散。威勒比還留在這個城市，為各種新朋友、新計畫奔忙，卻都與她無關，所以她臨走時不禁淚眼婆娑。

離開的那一刻，艾蓮諾比妹妹開心多了。倫敦沒有任何事物值得她念念不忘，沒有任何人讓她感傷重逢無望。她很高興終於擺脫露西的假友誼真折磨，慶幸總算平安帶著妹妹離開，沒讓她跟婚後的威勒比偶遇過。她暗自期待，回寧靜的巴騰休養幾個月後，妹妹的心情能恢復平靜，她自己也能遠離紛擾。

旅途平安順利，隔天就抵達瑪莉安又愛又恨的薩默塞特郡，到了第三天上午，馬車駛進了克利夫蘭莊園。

帕爾瑪夫婦的家是一棟寬敞的現代建築，坐落在一片碧茵斜坡上。屋外沒有庭園，周邊休閒綠地還算廣闊。這棟住宅與其他同等體面的住宅一樣，有視野開闊的灌木林，有枝葉扶疏的林間步道。一條光滑碎石鋪成的小徑蜿蜒穿過林場，直達大宅前門。草地上參差種植著林木，幾株冷杉、花楸和刺槐守護著主屋，一旁更密集的樹林之間穿插著高大白楊，遮掩了馬廄與穀倉。

瑪莉安懷著振奮的心情走進屋子，因為這裡距離巴騰只剩一百三十公里路程，離科姆莊園不到五十公里。不過，她進屋不到五分鐘，趁其他人忙著陪夏綠蒂向管家展示她的小寶寶，悄悄溜出門。她七彎八拐穿過正是茂密豐美的灌木，想去遠處的最高點。那地方有座仿希臘神廟建築，她在那裡朝東南方極目遠望，視線越過遼闊的平野，深情地凝視地平線上最遠的山脊，猜想站上那些山脊或許就能看見科姆莊園。

在這種難能可貴的哀戚時刻，她為來到克利夫蘭喜極而泣，流下悲傷的淚水。她沿著另一條路往回走，感受到鄉間特有的無拘無束，歡暢地享受這份自在又奢侈的孤獨。她決定，暫住帕爾瑪家這段期間，每一天的每一個小時都要像這樣盡情地獨自漫遊。

她回來的正是時候，其他人恰好走出來，準備在莊園裡逛逛。這天剩下的時間就這麼輕鬆度過了，眾人在蔬果園閒蕩，觀看圍牆上盛開的花朵，聽園丁為植物的病害發牢騷，或者在溫室裡漫步。夏綠蒂看到她最心愛的花木因為疏於照料，被逗留不去的嚴霜殘害，樂得哈哈大笑。她走到家禽場，聽見女工抱怨連連，說有的母雞逃跑了，有的被狐狸偷咬了，看似活蹦亂跳的小雞養不活，數量日益減少，她又找到新樂子。

白天晴朗乾燥，瑪莉安因此發下宏願要每天外出遊蕩，沒有考慮到客居克利夫蘭這段期間的氣候變化。沒想到傍晚用過餐後大雨傾瀉而下，阻礙了她的計畫，令她十分意外。她原本打算迎著薄暮微光散步到那棟仿神廟建築，或許把那個區域都逛一遍，不在乎寒氣與濕氣。但面對持續不歇的滂沱大雨，就連她也沒辦法假裝天

讓管家看她的小寶寶。

氣乾爽宜人，適合散步。

屋子裡人不多，安安靜靜度過晚間時光。夏綠蒂照顧孩子，詹寧斯太太編織地毯，大家談論留在倫敦的朋友，猜想密多頓夫人在赴誰的宴會，好奇帕爾瑪先生和上校這天晚上到不到得了雷丁。艾蓮諾雖然不關心這些事，還是跟大家閒聊。瑪莉安很快給自己弄來一本書。她有個本領：每到一棟新房子，即使那家人通常避免涉足圖書室，她總是能找對地方。

夏綠蒂永遠那麼親切友善，讓她們賓至如歸。她雖然欠缺穩重與優雅，導致在禮貌上稍嫌不足，但她的率真與熱忱完全可以彌補。她的美貌讓她的善意更吸引人。她的蠢笨雖然明顯，卻不討人厭，因為那不是自負。除了她的笑聲，艾蓮諾可以包容她所有的不足。

園丁的苦惱。

兩位男士隔天晚上趕到，吃了一頓逾時的晚餐。屋子裡的人數有了可喜的增長，談話內容也變得更豐富：雨勢連綿一整天，她們已經幾乎找不到話題了。

在此之前艾蓮諾很少見到帕爾瑪先生，在那少數幾次裡，他對她們姊妹的態度變化極大，以至於她猜不出他在自己家裡會是什麼模樣。不過，她發現他對所有訪客都以禮相待，對妻子和岳母只是偶爾無禮些。他跟人相處時能讓人如沐春風，這種本事卻鮮少展現出來，因為他太喜歡想像自己比一般人優越得多，正如他必然覺得自己比岳母和妻子高雅。至於他的其他性格和習性，據艾蓮諾觀察，以他的性別與年齡而言，並沒有特殊之處。他飲食追求精美，作息欠缺規律，喜愛自己的孩子，卻假裝不重視。白天該處理正事，他卻流連在撞球室裡。整體來說，她比原先的預期更喜歡他，卻也不遺憾她對他的喜歡僅止於此，也不遺憾因為他愛好美食、自私與自大，讓她欣慰地想到愛德華的寬厚、單純與靦腆。

她從上校口中獲知愛德華的消息，或者該說聽到一些與他相關的事務。上校近期去了一趟多塞特郡，跟她詳細聊了德拉福德的牧師公館，描述那房子的缺點，還說明他打算如何改善。這是因為他們是無話不談的好朋友，而他認定她跟愛德華之間有一份無私的交情。不管是這件事，或者他在其他方面的表現，比如分開十天後再次見面那份毫不掩飾的欣喜，隨時願意跟她談話，尊重她的看法，彷彿都在證明他確實如詹寧斯太太所說，深愛著艾蓮諾。如果艾蓮諾不是自始至終深信他真正傾慕的是瑪莉安，恐怕也會這麼認為。不過，由於她知道內情，所以除非詹寧斯太太提起，她從來沒有想過那樣的事。她忍不住覺得自己的觀察力比詹寧斯太太好：她看懂他的眼神，詹寧斯太太卻只看見他的行為。瑪莉安出現頭痛、喉嚨痛等重感冒前兆，他顯得憂心忡忡，只因沒有用言辭表達出來，詹寧斯太太就無法察覺。艾蓮諾卻在他的表情裡看見他的焦慮，看見情人莫須有的驚慌。

抵達後的第三、四兩日，瑪莉安連續在日暮時分出去散步，不只穿梭乾燥的灌木林碎石路，更在整片園區留下她的足跡，特別是最偏遠的角落。那些角落比其他地方有著更多野趣，樹木最古老，青草最茂盛，也最潮濕。不只如此，她更是輕率地穿著濕透的鞋襪久坐，就這麼染上重感冒。頭兩天她不以為意或索性否認，沒想到症狀明顯加重，不只引來眾人的關切，連她自己也注意到了。所有人都提供居家良方，但一如往常都被推拒了。儘管昏沉又發燒，四肢疼痛又咳嗽，附帶喉嚨痛，她覺得只要好好睡一覺就會不藥而癒。她上床就寢時，艾蓮諾想勸她試試一兩種最簡單的療法，都被她拒絕。

第四十三章

隔天早上瑪莉安按時起床，面對詢問一概回答她好多了，並且照慣例做著平時做的事，以示她確實痊癒了。然而，她一整天不是捧著書坐在爐火前顫抖，一個字也讀不進去，就是倦怠乏力地躺在沙發上，一點也不像病情好轉，最後還因為身體越來越不舒服提早就寢。令上校詫異的是，艾蓮諾顯得很鎮定。她雖然不顧妹妹反對照顧她一整天，入睡前還強迫她吃了對症的藥，卻跟瑪莉安一樣，深信一夜好眠可以治百病，一點都不擔心。

然而，兩姊妹的期待都落空了，因為瑪莉安高燒不退、輾轉難眠，隔天早上她先是堅持要下床，而後又承認自己起不來，主動躺回床上休息。艾蓮諾欣然接受詹寧斯太太的提議，派人去請帕爾瑪家的藥劑師。

藥劑師來了，檢查過病人。他告訴艾蓮諾，瑪莉安的病幾天內可望康復，卻也坦承病人的症狀有點像斑疹傷寒，甚至用了「傳染」這樣的字眼，聽得夏綠蒂立刻為自己的寶寶提心吊膽。詹寧斯太太跟艾蓮諾不同，她從一開始就傾向認為瑪莉安的病情十分嚴重，這時聽見哈里斯先生的診斷，認同夏綠蒂的恐懼與謹慎，催促她立刻帶著寶寶暫時搬出去。帕爾瑪先生覺得她們的恐懼毫無根據，卻抵擋不了焦慮的妻子再三要求。她離開的事於是敲定，哈里斯先生抵達後不到一小時，她就帶著兒子和保姆出發了。她要投奔丈夫某個近親，就在貝斯再過去幾公里的地方。在她極力懇求下，她丈夫同意一兩天後去陪她。她同樣殷切地希望母親跟她一起去，但詹寧斯太太堅定地表示，在瑪莉安痊癒以前，她不會離開克利夫蘭。她細心地照料瑪莉安，因為她覺得她讓瑪莉安離開母親，所以她必須填補這個位置，這份善意讓艾蓮諾深深敬愛她。艾蓮諾覺得她在各方面都主動積極，願意分擔照顧病人的辛勞，而且通常因為經驗比較豐富，提供了不少實質的幫助。

瑪莉安被病痛折磨得虛弱無力、精神萎靡，覺得渾身不舒服，隔天肯定好不了。想到因為這場病，原本隔天可以做的很多事都取消了，她的病勢更加沉重。因為這天正是她們打道回府的日子，原訂由詹寧斯太太的僕人陪伴，隔天上午就能回到家給母親一個驚喜。她說的話不多，都是感嘆這無法避免的拖延。艾蓮諾努力為她打氣，她相信妹妹的病很快就會痊癒，也一直這麼勸慰妹妹。

隔天瑪莉安的狀況幾乎沒有變化，病情沒有好轉，卻也沒有惡化。同一個屋簷下的人又變少了。帕爾瑪先生其實不願意離開，一來是基於真正的人道關懷與善心，二來不願意顯得自己怕老婆。最後他聽了上校的勸，決定履行對妻子的承諾。他做行前準備時，上校雖然比他更不情願，卻也開口表示要離開。不過，好心的詹寧斯太太適時出面干預。她覺得上校心愛的人正為妹妹的病憂心如焚，這時讓上校離開，無疑剝奪了雙方所有的慰藉。她連忙告訴上校，她需要他留在克利夫蘭，夜晚艾蓮諾在樓上照顧妹妹，上校可以陪她玩玩紙牌之類的。她誠意十足的挽留正合上校的心意，讓他沒辦法客套推辭太久。何況帕爾瑪先生也附和詹寧斯太太的說法，他覺得上校留下來讓他如釋重負，萬一發生緊急狀況，上校一定能成為艾蓮諾最大的助力。

這些安排瑪莉安當然一無所知。她不知道這棟宅子的主人到家短短七天，就因為她另覓居所。一直沒見到夏綠蒂，她也不覺得驚訝。也因為她不放在心上，所以從沒問起對方。

帕爾瑪先生離開兩天後，她的情況還是一樣，沒有一點變化。哈里斯先生每天都來為她診治，依然大膽預測病人能迅速康復。艾蓮諾的看法跟他一樣，其他人卻沒那麼樂觀。瑪莉安剛生病時，詹寧斯太太就斷定她熬不過來。上校這時最大的功用就是聽詹寧斯太太吐露不祥預感，心情低落的他免不了受她影響。相較於哈里斯先生截然不同的診斷，他的恐懼顯得荒謬。他努力用理智驅散那些恐懼，但他每天獨處許多小時，千愁萬緒湧上心頭，腦海裡始終有個揮之不去的預感，覺得他可能再也見不到瑪莉安。

第三天哈里斯先生過來，他們兩人的悲觀念頭幾乎一掃而空。他宣布病人明顯好轉，脈搏強健得多，所有症狀都比他前一次診斷改善。艾蓮諾所有的樂觀期待得到確認，欣喜萬分。她太開心，寫信給母親時聽從自己的判斷，不受詹寧斯太太的影響，對這場迫使他們留在克利夫蘭的疾病輕描淡寫，甚至幾乎訂下瑪莉安能出發的日期。

但這一天的尾聲並不像開頭那麼吉利。到了晚上，瑪莉安病勢加重，比早先更虛弱、更煩躁、更難受。但艾蓮諾依然保持樂觀，覺得妹妹只是因為下床讓人幫她換床單，才會覺得疲倦。她小心翼翼地讓妹妹喝了藥劑師開的藥水，滿意地看著妹妹入睡，期待這場睡眠能發揮最佳療效。瑪莉安的睡眠品質雖然沒有達到姊姊的期望，至少時間夠長。艾蓮諾急於觀察這場睡眠的功效，決定守護妹妹一整夜。詹寧斯太太覺得病人沒有任何變化，罕見地提早上床。她的女僕也是主要看護之一，暫時去管家的房間休息，只剩艾蓮諾獨自看著妹妹。

瑪莉安睡得越來越不安穩，艾蓮諾目不轉睛盯著她翻來覆去，聽見她因為病痛不時發出聽不清的語句，幾乎想將妹妹從痛苦的睡眠中喚醒。這時瑪莉安突然被屋子裡某種意外聲響吵醒，猛地坐起來，狂熱地大聲問：

「媽媽來了嗎？」

「還沒。」艾蓮諾一面回答，一面壓下內心的恐慌，扶妹妹重新躺下。「她應該很快就會來，妳也知道這裡離巴騰有點遠。」

「但她不能繞道倫敦，」瑪莉安語調依然焦躁，「如果她繞道倫敦，我就見不到她了。」

艾蓮諾驚覺妹妹神智不清，設法安撫她，順便摸她的脈搏。她的脈搏比早先更淺也更快！瑪莉安仍然癡狂地口口聲聲找媽媽，艾蓮諾越聽越心驚，決定立刻派人去請哈里斯先生，並且打算找個人去巴騰接母親過來。有了這個想法之後，她決定找上校商量該用什麼方法去接母親。她拉鈴召喚女僕上來幫她守著瑪莉安，自己連忙下樓去偏廳。她知道上校經常在偏廳待到深夜。

時間緊迫不容拖延。她不假思索向他說出她的恐懼與難題。對於她的恐懼，他沒有勇氣、也沒有信心幫她排除，只能沮喪地默默聆聽。但她的難題瞬間消失了，因為他早就打算盡力協助，以符合當時情勢的迅速與主動，表示願意充當信差，親自去接達胥伍太太過來。艾蓮諾客氣地推辭幾句，就接受他的提議，簡短向他表達最誠摯的感謝。他一方面緊急派人去請哈里斯先生，一方面安排租馬匹事宜，艾蓮諾趁機寫了封短箋給母親。

母親在那樣的時刻有上校這樣的朋友陪伴，她心裡充滿感恩！上校的判斷力會給母親指引，他的照料一定能緩解母親的焦慮，他的友誼也許可以給她安慰！母親臨時聽到這樣的召喚，一定非常震驚。這份震驚如果有減輕的餘地，那麼上校的陪伴，他的一言一行和他的協助，都能發揮這種效果。

在此同時，上校不管心情如何，做起事來都鎮定又沉穩。他用最快的速度做好一切必要的安排，精準地估算回來的時間。整個過程沒有絲毫拖延。馬匹比他們預期更早送來，上校只是面容肅穆地拉一下她的手，壓低聲音說了幾句她沒聽清楚的話，就匆忙上了馬車。當時大約午夜十二點，艾蓮諾回到妹妹房間等藥劑師到來，順便照顧妹妹到天亮。這一夜，兩姊妹受罪的程度不相上下。時間一小時一小時過去，在哈里斯先生到來以前，瑪莉安意識模糊無法成眠，艾蓮諾心急如焚痛苦難當。她的憂慮一旦出現就來勢洶洶，遠遠超過她先前的樂觀。她不願打擾詹寧斯太太，因此由女僕陪她守夜。這位女僕跟詹寧斯太太一樣不看好瑪莉安的病情，也表現在言談中，徒然帶給她更多折磨。

瑪莉安仍然每隔一段時間錯亂地喊媽媽，每回她提到媽媽，可憐的艾蓮諾就一陣心痛，責備自己先前那麼多天輕忽妹妹的病。她悲痛地盼望得到某種救援，又覺得已經耽誤太久，所有的救援都起不了作用。她甚至想像母親來得太遲，她心愛的孩子已經不在人世，或不省人事。

她正打算再派人去請哈里斯先生，或者如果**他**不能來，就請別人，哈里斯先生就來了，只是當時已經清晨五點多。他的診斷多少彌補了他的遲來，因為他承認病人的症狀有了出乎意料的不妙發展，卻不認為病人有什麼具體危險。他信心十足地說，換一種療法肯定會有效果，這番話也帶給艾蓮諾一點信心。他承諾三、四個小時後再來一趟，離開時病人和看護都比他來的時候平靜了些。

詹寧斯太太醒來後得知前一天晚上的事，非常擔心，責備艾蓮諾沒有找她幫忙。她原本就對病情不樂觀，現在那些憂慮有更充分的理由捲土重來，她因此毫不懷疑最後結果會是什麼。她雖然設法安慰艾蓮諾，但由於她深信瑪莉安病況危急，所以不敢給艾蓮諾希望。她悲傷極了。瑪莉安這麼年輕貌美，身體卻衰敗得這麼快，生命這麼短暫，就算是不相干的人，也會覺得感傷。詹寧斯太太有更多理由憐惜瑪莉安，一來瑪莉安已經在她家做客三個月，目前還接受她的照顧，二來瑪莉安感情受創，長時間心情鬱悶。再者，她目睹自己特別喜歡的艾蓮諾為妹妹受了很多苦。最後是她們的母親，她想到瑪莉安對於她母親，想必就跟夏綠蒂對於她自己一樣，因此非常真誠地同情她母親。

哈里斯先生這天的第二次出診沒有遲到，但前一次的治療卻沒有達到他的預期。他用的藥沒有效果，瑪莉安還沒退燒，依然陷入沉睡，雖然不再輾轉反側，意識卻沒有恢復。艾蓮諾一眼就看出哈里斯先生所有的擔憂，甚至擴大解讀，於是提議請別的醫生來會診。哈里斯先生認為沒這個必要，他還可以試試別的辦法，是更新的療法。他對這種療法的信心不輸上一次的療法。臨去時他又是鼓勵又是保證的，但這些話入了艾蓮諾的耳，卻入不了她的心。除非想起母親，否則她多半還能保持冷靜，只是內心近乎絕望。她就這樣在妹妹床邊坐到中午，幾乎沒有動彈，腦海裡思緒紛飛，不時浮現悲傷的身影，那是一個又一個哀戚的親友。詹寧斯太太毫不顧忌地分析病因，認為一定是瑪莉安失戀，連續幾個星期心情鬱悶，才導致這場凶猛又危急的重病。這些話讓艾蓮諾情緒低落到極點，卻也覺得不無道理，內心又添了幾分悽楚。

到了中午，她卻想像……或期盼……妹妹的脈搏似乎有點進步。由於害怕失望，她已經有一段時間不敢談論妹妹的病情，這回也謹慎以對。她耐心等候，細細觀察，一次又一次摸妹妹的脈搏。最後，她內心的激動超越先前的憂傷，表面的冷靜再也無法隱藏，終於大膽說出她的樂觀判斷。詹寧斯太太查看過後勉強同意脈搏是暫時變強，卻勸艾蓮諾不要認為這種現象能夠延續下去。艾蓮諾仔細思量過所有不樂觀的理由，提醒自己不要懷抱希望。可惜太遲了，希望已經進駐她的腦海。她感受到希望的急躁顫動，俯身靠向妹妹就近查看，根本不知道為什麼這麼做。半小時過去了，那可喜的進步依然存在。其他人也表示認同。瑪莉安的呼吸、膚色和嘴唇都讓艾蓮諾看到了好轉跡象，她注視著姊姊，雙眼雖然倦怠無神，卻已經恢復清明。艾蓮諾在焦慮與渴盼中飽受煎熬，片刻不得安寧，直到下午四點鐘哈里斯先生到來為止。哈里斯先生向她確認瑪莉安的恢復狀況超過他的預期，也表達他的祝賀。艾蓮諾終於有了信心，安心之餘流下欣喜的淚水。

從各方面看來，瑪莉安的病情確實好多了，哈里斯先生甚至宣布她已經徹底脫離險境。詹寧斯太太認為自己先前的不祥預感與瑪莉安後期的危急狀況也算相符，覺得心滿意足，因此願意相信哈里斯先生的判斷，帶著毫不虛偽的歡欣和確切無疑的喜悅，承認瑪莉安確實可望完全康復。

艾蓮諾卻沒辦法喜形於色。她的喜悅性質不同，衍生出來的心情絕非單純的歡欣。瑪莉安活過來了，恢復健康，重回親友和慈祥的母親身邊，這個念頭讓她感慨萬千、心神安定，讓她的心滿溢著感激，卻沒有化為外在的喜悅、言語或笑容。她的內心只有靜默又強烈的滿足感。

整個下午她都守在妹妹身邊，幾乎不曾離開過。她安撫妹妹的恐懼，回答虛弱的妹妹提出的每個問題，滿足她的所有需求，密切觀察她的每個表情和每一次呼吸。當然，偶爾她會擔心病情反覆，因而再次體驗到焦慮的感受。但她時時刻刻查看，確定妹妹的病情持續好轉。直到傍晚六點妹妹又沉沉睡去，看起來睡得安穩又舒適，她才終於放下所有疑慮。

上校預估的抵達時間慢慢接近。她相信晚上十點，頂多再晚一些，母親就能擺脫一路伴她而來那駭人的擔憂。上校也是，也許跟母親一樣令人同情！唉！時間過得真慢，他們還要掛慮多久！

七點瑪莉安還在熟睡，她於是到偏廳陪詹寧斯太太喝茶。早餐時她滿心憂懼，晚餐時心情突然逆轉，都沒有好好用餐。這時她終於可以放下心來享用這頓適時的茶點。茶點結束時，詹寧斯太太勸她趁母親抵達之前休息一下，她會代替她照顧瑪莉安。但艾蓮諾一點也不累，也沒有一絲睡意，除非必要，她不願意離開妹妹身邊。詹寧斯太太於是陪她上樓到瑪莉安房間，確認情況良好，就回自己房間寫信睡覺。艾蓮諾則一面照料妹妹，一面獨自沉思。

這是個風雨交加的寒夜，狂風在屋子四周怒吼，暴雨擊打窗戶。艾蓮諾內心幸福洋溢，沒有放在心上。咆哮的風聲沒有干擾瑪莉安的睡眠，路上的旅人儘管承受著不便，等待他們的卻是豐厚的回報。

時鐘敲了八響。如果敲的是十響，艾蓮諾一定會斷定自己真的聽見馬車朝屋子駛來。雖然上校和母親幾乎不可能在這個時間抵達，但那聲音太真實，她還是走到隔壁的更衣室打開窗子，想確認自己的猜測。她發現自己沒聽錯，馬車閃爍的車燈映入眼簾。在模糊的燈光中，她依稀看見拉車的馬好像有四匹。這顯示她母親有多麼擔心，也說明他們為什麼來得這麼快。

她的心情從來不曾像此刻這麼激動，她知道馬車停在門口時，母親心裡會有些什麼感受，知道母親的疑慮、害怕，或許還有絕望！也知道自己要對母親說的話！心裡想著這些，她如何平靜得下來。如今她唯一能做的就是加快腳步，所以她只花了點時間請詹寧斯太太的女僕陪伴妹妹，就急忙趕下樓。

她沿著走廊往前走，聽見門廳傳來聲響，確認他們已經進門了，於是趕緊跑向偏廳，推開門走進去，卻只看見威勒比。

打開窗子確認。

第四十四章

見到他的那一刻，艾蓮諾滿臉驚恐地往後退，聽從內心的直覺反應，立刻轉身往外走。她的手已經搭在門把上，卻又停住，因為他匆忙追過來，用命令多於請求的口氣說：

「艾蓮諾小姐，拜託妳留下來，只要半小時，十分鐘也行。」

「不，先生。」她堅定地回答，「我不會留下來。你不可能是來找我的。門房大概忘了告訴你帕爾瑪先生不在。」

「就算他告訴我帕爾瑪先生全家都下了地獄，我也不會離開。」他激動地叫嚷，「我是來找妳的，而且只找妳。」

「拜託妳留下來。」

「找我！」艾蓮諾不可置信。「那麼……先生，有話快說。還有……請盡量別激動。」

「妳先坐下，我會照妳的話做。」

她躊躇不前，不知如何是好。她突然想到上校隨時會到，會看見她在這裡。但她已經答應要聽他說，何況除了必須守信之外，她也十分好奇。尋思片刻之後，她認為基於謹慎考量，這件事必須盡快解決，而要達到這個目的，她必須馬上同意。她默默走到桌子旁，坐了下來。他坐在她對面，接下來那半分鐘，誰也沒有開口。

「先生，有話請快說，」艾蓮諾不耐煩地催促，「我還有事要做。」

他坐在那裡像在沉思，似乎沒聽見她的話。

過了一會兒他突然說，「妳妹妹沒事了，是僕人告訴我的。感謝上帝！是真的嗎？千真萬確嗎？」

艾蓮諾不肯回答。他又問了一次，語氣更為急切。

「拜託妳告訴我，她是不是脫離險境了？或者還沒？」

「我們希望她在好轉。」

他站起來，走到房間另一頭。

他又回到座位，勉強打起精神，「如果半小時之前我知道……不過既然來了，說這些有什麼用？艾蓮諾小姐，就這麼一次，也許是最後一次了，我們愉快地說說話。我現在很想開心一下。請坦白告訴我……」他滿臉通紅，「妳覺得我是個無賴，或是蠢貨？」

艾蓮諾看著他，表情更驚訝了。她開始懷疑他喝醉了……莫名其妙地跑來，說些奇怪的話……好像只有這個原因可以解釋。想到這裡，她立刻站起來，說道：

「威勒比先生，我建議你馬上回科姆莊園，我沒有時間再陪你說話了。不管你來找我是為了什麼，明天你也許能想清楚該怎麼說。」

「我懂妳的意思。」他露出意味深長的笑容，用極其平靜的口氣說，「沒錯，我喝醉了。在梅爾堡吃冷牛肉配一品脫[34]黑啤酒，就夠我醺醺然了。」

「梅爾堡！」艾蓮諾驚呼一聲，越來越納悶他到底想做什麼。

「是啊，我早上八點從倫敦出發，途中只離開馬車十分鐘，就是在梅爾堡吃早午餐。」

他舉手投足還算穩定，說話時眼神清亮，艾蓮諾因此覺得，不管他為了什麼不可原諒的愚蠢原因來到克利夫蘭，至少不是酒精的驅使。她略作思索後說道：

「威勒比先生，經過那麼多事，你應該感覺得到，你就這樣跑來，強迫我聽你說話，需要非常特殊的理由。至少我這麼認為。你的理由是什麼呢？你這麼做到底是什麼意思？」

他鄭重強調，「我來這裡是為了……如果可能的話……讓妳比現在少恨我一點。我來向妳解釋，為過去的事做點辯解，向妳坦誠相告，讓妳相信我雖然經常是個蠢蛋，卻不常是混蛋。我來

34. pint，容量單位，一英制品脫大約等於五百八十六毫升。

是希望能取得瑪……妳妹妹的原諒。」

「這就是你來這裡的真正目的？」

「我可以發誓。」他激情的口吻讓她回想起記憶中那個威勒比，雖然不情願，卻覺得他是真心的。

「如果是這樣，那麼你的目的達到了。瑪莉安確實不怪你，她早就原諒你了。」

「是嗎？」他用同樣急切的語調問，「那麼她原諒得太早。不過她會再原諒我一次，而且更合乎情理。現在妳願意聽我說了嗎？」

艾蓮諾點頭。

緊接是短暫的沉默，艾蓮諾懷著期待，威勒比則是若有所思。「我不知道妳怎麼解讀我對妳妹妹做的事，不知道妳判定我懷著什麼樣的邪惡動機。也許妳不可能改變對我的惡劣印象，但我覺得值得一試，我會毫不保留全告訴妳。最早跟妳們一家人親近時，我沒有別的企圖與想法，只是希望在不得不暫住德文郡的期間，讓自己過得比以往都開心。妳妹妹容貌甜美，言談迷人，很合我的心意。幾乎從一開始，她對我的態度就有一點……事後我回想到其中的含義，回想到她當時的模樣，我為自己的麻木感到震驚！不過我必須承認，一開始我只覺得虛榮。當時我不在乎她的幸福，只想給自己找點樂子，盡情享受那些我經常縱容自己過度沉溺其中的感受。我盡我所能去迎合她，根本不打算回應她的情感。」

這時艾蓮諾用最憤怒、最鄙視的眼神看著他，開口打斷他的話。

「威勒比先生，你不必再說了，我也不想再聽，不值得。這樣的開頭不會有別的結尾，別讓我因為聽到更多相關內情承受痛苦。」

「妳必須全部聽完。」他答。「我的財產從來都不多，卻花錢如流水，也習慣結交收入比我好的人。我成年以後，每一年債務都在增加，甚至成年以前就開始累積。我親戚史密斯太太的遺產雖然能解決我的煩惱，但我未必拿得到，而且可能需要等很久，所以我一直想娶個有錢的女人，靠婚姻東山再起。因此，愛上妳妹妹是不可能的事。我卑鄙、自私又殘酷地接受她的垂青，卻不打算給她回應。再多的鄙夷目光……甚至包括妳的……都不足以譴責這樣的行為。但我必須為自己說句公道話：即使在那種自私虛榮的卑劣心境下，我其實不知道自己造成多大的傷害，因為當時的我不懂愛情。但我現在懂了嗎？這點很值得懷疑，因為如果我真心愛過，我還能為了自私或貪婪犧牲愛情嗎？甚至，我會犧牲她的愛嗎？但我這麼做了。只要擁有她的愛，有她相伴，窮一點其實沒那麼可怕。我卻為了逃避那種相對的貧窮，選擇了財富，從此失去可以將財富變成祝福的東西。」

「那麼你確實相信自己曾經愛上她。」艾蓮諾的語氣略為軟化。

「世上有哪個男人抵擋得了那種魅力、抗拒得了那種溫柔？沒錯，我發現自己在不知不覺中真心喜歡上她。我這一生中最快樂的日子，就是我光明磊落、真心實意跟她相處的那段時間。然而，即使那時我已經下定決心向她求婚，我還是放任自己拖拖拉拉，看著日子一天天過去，始終沒有向她開口，只因我不願意在債台高築的情況下訂婚。感情上我對她負有責任，卻瞻前顧後不肯給她承諾，對此我不想多做申辯，也不想停下來聽妳批判我的荒唐，甚至不只是荒唐。事實證明我是個狡猾的笨蛋，謹小慎微地給自己挖了個坑，讓自己有機會變成一個可鄙又卑劣的人。最後我還是做出決斷，只要有機會再跟她獨處，就要證明我對她一直以來的殷勤都是真心的，要坦然承認我盡心盡力表達的情感。可是就在那段期間……就在我再次見到她之前那幾小時裡，在我有機會跟她私下談話之前……發生了一件事，很不幸的一件事，摧毀我全部的決心，也帶走我所有的安逸。有件事被揭發了……」他猶豫了，視線往下移，「史密斯太太不知怎的聽說了我的一筆風流債，我猜是某個遠親告訴她的，那人這麼做是為了破壞她對我的好印象。那個人是妳的某位特別親近的朋友。」他抬眼看著她，臉色泛紅，眼裡有著探詢。「我想我不需要多做解釋……妳可能很久以前就聽說過所有的事。」

「沒錯。」艾蓮諾答，臉上也露出紅暈，卻重新硬起心腸，收回對他的憐憫。「我都聽說了。我必須承認，無論你如何為自己在這起驚人事件裡的罪過辯白，我都沒辦法理解。」

「別忘了告訴妳那件事的人是誰。」威勒比激動地嚷著。「他的立場公正嗎？我承認，我應該重視她的處境和名聲。我不是為自己開脫，但也不能讓妳覺得我無話可說。不能因為她受了傷害，就判定她沒有過失，也不能因為我放蕩不羈，就判定**她**聖潔無瑕。如果她激烈的情感，她薄弱的才智……但我不是在為自己辯護。她對我的愛應該受到更好的對待。在那段極短暫的時間裡，她對我的情意足以得到我的任何回應。事後回想起來，我經常深深自責。我希望……發自內心希望那件事沒有發生過。但我傷害的不只是她，我還傷害了另一個人。那人對我的感情（我能說出來嗎？）熱烈的程度跟她不相上下，而那人的心靈……卻是她遠遠不及的！」

「我很不願意談論這種不愉快的話題，卻不得不說，你不愛那個不幸的女孩，但這不能做為你殘忍棄她不顧的理由。你自己明顯任性又無情，不要用她才智薄弱或不足做藉口。你一定知道，你在德文郡追求新目標縱情享樂、過得快活又舒暢時，她卻貧困交加得無以為生。」

「可是，我發誓當時我**不知道**。」他激動地說，「我忘了當初沒有把地址留給她，也覺得只要有點常識，她就應該查得到。」

「那麼史密斯太太怎麼說？」

「她譴責我的過失，我的窘迫不難想像。她生活單純，觀念刻板，不諳世事，這些都對我不利。那件事我無法否認，費盡唇舌也沒辦法大事化小。她原本就對我平時的品德抱持懷疑，那陣子更是對我心存不滿，因為我很少花時間陪伴她。總之，結果是關係徹底破裂。我也許有辦法可以自救。這位善良的女士有最崇高的道德觀，她說只要我娶伊萊莎，她可以既往不咎。我不答應，所以我被正式驅逐了，她不再認同我，把我趕出她家。我預定隔天早上離開，當天晚上絞盡腦汁思考未來該怎麼辦。我很掙扎，但掙扎很快結束。我愛瑪莉安，也深信她愛我，可是這些都抵不過我對貧窮的恐懼。當時我仍然誤以為財富是不可或缺的，這點我向來視為理所當然，跟富人交際往來更加深這種觀念。當時我有理由相信，只要我向我目前的妻子求婚，她一定會答應。我告訴自己，基於審慎考量，這是唯一的辦法。只是，離開德文郡之前還有一個難關要面對。當天我約好要去妳家用晚餐，所以必須為我的失約找個藉口。我左右為難，不知道究竟該寫封信去告罪，或親自去解釋。我害怕跟瑪莉安見面，甚至懷疑我見到她以後還能不能堅定決心。事實證明，在這方面我高估了自己的善良。因為我去了，見了她，看見她傷心欲絕，拋下傷心欲絕的她，離開時只盼再也不要見到她。」

「威勒比先生，當時你為什麼要去見她？」艾蓮諾語帶責備，「只要寫張便條就能達到目的，何必親自跑一趟？」

「為了我的尊嚴，有這個必要。如果我走得太倉促，讓妳們或其他鄰居懷疑我和史密斯太太之間出了什麼問題，我會受不了，所以我決定去霍尼頓途中順道去妳家。只是，見到妳妹妹的那一刻，我害怕極了。更糟的是，當時她一個人在家，我不知道妳們去了哪裡。前一天晚上我跟她分開時，還毅然決然下定決心，要做該做的事，幾小時後就要

「我被正式驅逐了。」

跟她互許終身！我還記得我從小屋走向阿朗罕時，心情多麼愉快，多麼歡喜，對自己滿意，見到誰都開心！可是這回，我們最後一次以朋友身分見面，我滿懷愧疚走向她，那份愧疚幾乎瓦解我所有的偽裝。我永遠忘不了，我告訴她我必須馬上離開德文郡時，她是多麼哀傷，多麼失望，多麼遺憾。在悲傷之餘，她對我還是那麼信賴，那麼有信心！天啊！我真是個鐵石心腸的混蛋！」

兩人沉默了幾分鐘後，艾蓮諾先開口。「你當時有沒有告訴她你很快就會回來？」

「我不知道我跟她說了些什麼。」他煩躁地答，「不過，論過去的情分，我肯定說得不夠；論未來，卻可能多說了不該說的。我沒辦法回想，想也沒用。之後妳親愛的母親回來了，用她所有的親切與信任折磨我。感謝上天！我的確飽受折磨，難過至極。艾蓮諾小姐，妳很難想像，我現在回想起當時的痛苦，內心多麼安慰。我太痛恨那個愚蠢卑鄙的自己，以至於我過去吃到的所有苦頭，如今都讓我稱心如意痛快歡喜。我走了，拋下我心愛的一切，走向一個我不在乎的人。我獨自駕車進城，沒有人跟我說話，所以旅途格外漫長。但我滿心喜悅，放眼未來，前途一片光明！回首巴騰，景物多麼舒心！那是一段愉快的旅程！」

他停下來。

「先生，你說完了？」艾蓮諾雖然同情他，卻越來越不耐煩，盼著他盡快離開。

「啊！還沒。妳忘了城裡發生的事嗎？忘了那封可恥的信？她拿給妳看了嗎？」

「是，你們往來的信件我都看了。」

「那段時間我一直在倫敦，所以她寫來的第一封信我很快就收到了。當時我的心情，用通俗的話說，是『難以言喻』，用比較簡單的語詞，是『非常、非常痛苦』。這麼形容或許太簡單，聽起來索然無味。信裡的每一字每一句，都像一把匕首刺向我的心。如果寫信那位親愛的人兒在這裡，一定會禁止我使用這麼陳腐的比喻。再套用個陳腔濫調，得知瑪莉安進城，我像遭到晴天霹靂。晴天霹靂和匕首！用這樣的辭語，她會怎麼責罵我！她的品味與見解，對我而言應該比我自己的更熟悉，肯定比我自己的更珍貴。」

在這段奇特的對話中，艾蓮諾的心情經歷了幾番變化，現在又軟化了些。但她跟先前一樣，覺得自己有責任打斷對方的這些念頭。

「威勒比先生，這樣不好，別忘了你已經結婚了。你只說那些你的良心判定我需要聽的就夠了。」

「瑪莉安的信讓我知道，我們雖然分開那麼多星期，她對我的感情還是跟過去一樣，依然深情不悔，也相信我始終如一。這封信喚醒我所有的懊悔。我說『喚醒』，因為我在倫敦待了那麼長時間，生活中填滿正事和玩樂，某種程度上消磨了那些懊悔，把我變成麻木不仁的惡棍。我假想她心裡已經沒有我，也假裝我想必也已經忘了她。我告訴自己，我們過去的感情只是件無聊的小事，我可以無謂地聳聳肩，證明事實一定是這樣。為了平息每一次自責、壓下每一個顧慮，我經常偷偷對自己說，『日後聽到她嫁個好對象，我一定會很高興。』然而，這封信讓我看清自己的心，讓我知道她比世上任何女人都珍貴，也因此覺得我太對不起她。但那時我跟格雷小姐的婚事已經箭在弦上，不可能打退堂鼓。我唯一要做的，就是避開妳們兩個。我沒有給瑪莉安回信，希望這麼做可以讓她忘了我，有一段時間我甚至決定不去詹寧斯太太家拜訪。後來，我覺得最好假裝我們只是平平淡淡的普通朋友，有一天我在詹寧斯太太家外面看著妳們出門，才留下我的拜帖。」

「看著我們出門！」

「不只如此。如果妳知道我多麼常看見妳們，多少次差點跟妳們偶遇，一定會很驚訝。為了不讓搭馬車路過的妳們發現，我躲進過很多商店。那時我住在龐德街，幾乎每天都有機會看見妳們之中的某個人。我們之所以遲遲沒碰上面，都是因為我時時刻刻提高警覺，千方百計避開妳們的視線。我盡可能躲著密多頓夫婦，躲著我們共同認識的所有人。只是，我不知道他們已經進城了，意外遇上了約翰爵士，好像就是他進城的那一天，也就是我去詹寧斯太太家送拜帖的隔天。他邀請我參加當天晚上在他家舉辦的舞會，為了吸引我去，還特地告訴我妳們姊妹也會出席。如果不是這樣，我一定會放心去參加。隔天我收到瑪莉安送來的另一封信，依然情深意濃，真誠坦率，單純輕信，讓我的所做所為更顯得可憎。我沒辦法回信。我試過，但一個句子都寫不出來。那天我無時

「為了不讓妳們發現，我躲進過很多商店。」

無刻不想著她。艾蓮諾小姐，如果妳**能夠**同情我，就同情我**當時**的處境。我腦子想的、心裡念的是妳妹妹，卻必須強迫自己滿面春風地跟另一個女人談情說愛！那三、四個星期比任何時期都煎熬。最後，不需要我說，我們終於還是碰面了，當時我的表現真是精彩絕倫！那真是痛苦的一夜！一邊是美得像天使的瑪莉安，用那樣的語調喊我！天哪！她向我伸出手，要求我解釋，那雙迷人的眼睛緊盯我的臉，眼裡滿是擔憂！另一邊是蘇菲亞，有著魔鬼般的嫉妒心，那表情……唉，說這些沒有意義，事情都結束了。多麼糟糕的夜晚！我一找到機會就告辭離開，臨走前看到瑪莉安美麗的臉龐蒼白得像死人。那是我最後一次看見她，也是她在我心裡留下的最後印象。多麼恐怖的畫面！今天早上我想到她真的快死了，內心有一種安慰，因為我知道她離開人世時會是什麼模樣。我趕路時，她始終在我眼前，不曾消失，同樣的表情，同樣的臉色。」

緊接著兩人默不作聲，各自沉思。威勒比先回過神來打破沉默。

「我長話短說，說完就走。妳妹妹真的好多了？真的脫離險境了？」

「這點我們可以確定。」

「妳可憐的母親，她多麼疼愛瑪莉安。」

「還有那封信，威勒比先生，你寄來的那封信。你有什麼話要說嗎？」

「有，有，特別是**那封信**。妳想必知道妳妹妹隔天又寫信給我，也看過信裡的內容。當時我在蘇菲亞的監護人艾利森夫婦家吃早餐，她的信跟其他幾封一起從我的住處轉送過來。蘇菲亞比我先看到那封信，信的尺寸、精緻的紙質和上面的字跡立刻引起她的懷疑。她曾經隱約聽說過我在德文郡跟某位年輕小姐過從甚密，前一天晚上她目睹的情景讓她猜到那位年輕小姐是誰，一度醋勁大發。她假裝跟我玩鬧，把信拆開來，宣讀裡面的內容。如果是自己心愛的女人，這種行為還算可愛。她的肆無忌憚受到了報應，信的內容讓她變得卑劣。她的卑劣我可以承受，但她的壞脾氣、她的惡意，我必須盡全力安撫。總之，妳覺得我太太信寫得如何？是不是細膩、貼心，充滿女性的溫柔？」

「你太太！但那是你的筆跡呀。」

「沒錯，我唯一的功勞就是卑躬屈膝地寫下我羞於署名的字句。信的內容都來自她，都是她愉快的構思和溫柔的口述。我能怎麼辦！我們已經訂婚了，正在緊鑼密鼓籌備婚禮，日子也定好了。不過我何必說這些傻話。籌備！日子！坦白說，我需要她的錢。以我當時的境況，必須不擇手段保住跟她之間的關係。畢竟，不管我的回信寫了些什麼，瑪莉安和她的親友怎麼看待我，對我有什麼要緊？這封信只有一個目的，那就是宣布我是個壞蛋，那麼我說的時候是謙恭有禮或盛氣凌人，一點都不重要。我告訴自己，『我在他們心目中的形象全毀了，他們從此不會再理我。他們原本就認為我品行不端，這封信更讓他們確定我卑鄙無恥。』那時我在絕望中一面蠻不在乎地抄寫我太太念的詞句，一面跟瑪莉安留在我這裡的最後一點東西告別，心裡想的就是這些。很不幸，她寫給我那三封信正好放在我皮夾裡，否則我會否認我有這些東西，會偷偷珍藏一輩子。我被迫全部交出去，連親吻一下都辦不到。還有那束頭髮，我同樣放在皮夾裡隨身攜帶，也被掛著最親切笑容的偉大女士惡毒地搜走。那寶貴的頭髮……全部拿走了，所有值得懷念的東西都被搶走了。」

「威勒比先生，你這樣很不對，很該罵。」艾蓮諾說，但她的聲音不由自主地洩露她的同情。「你不該用這種態度談論你太太和我妹妹。那是你自己做的選擇，沒有人強迫你。你對你太太必須有基本的禮貌和尊重。她肯定是愛你的，否則不會嫁給你。對她不友善，輕慢地談論她，既補償不了瑪莉安，也不能讓你的良心更好過。」

「別跟我談我太太。」他重重嘆一口氣。「她不值得妳同情。我們結婚時，她就知道我心裡沒有她。但我們還是結婚了，婚後來到科姆莊園享受幸福，之後再回倫敦尋歡作樂。艾蓮諾小姐，現在妳同情我了嗎？或者我這些話都白說了？在妳心目中，我的罪責有沒有減輕那麼一丁點？我有沒有成功減輕自己的任何一絲罪過？」

「嗯，你的確清除了某些罪過，只有一點點。整體來說，你已經證明你沒有我想像中那麼壞，證明你的心遠不如我原先所想那麼邪惡。但是，你的所做所為，讓我們痛苦到無以復加。」

「妳妹妹恢復健康後，妳會跟她轉述我說的這些話，讓她也跟妳一樣少恨我一點嗎？妳說她已經原諒我了。那麼讓她更明白我的真心，更了解我目前的感受，好讓我可以想像她對我的寬恕是出乎本心、合乎天性，多點溫柔的情懷，少點崇高的義理。讓她知道我的痛苦與悔過，讓她知道我的心沒有變過。如果妳願意的話，讓她知道現在的我比過去更愛她。」

「你所說的那些稱得上辯解的話，需要讓她知道的我會說。但你還沒告訴我你今天為什麼來這裡，也沒說你是怎麼知道她生病的。」

「昨晚我在德魯里巷皇家歌劇院大廳遇見約翰爵士，他認出我之後主動找我說話，這是兩個月以來第一次。我結婚以後他就不再理我，這我知道，但我不訝異，也沒有怨恨。不過，他性格敦厚、坦誠又單純，如今充滿對我的憤慨和對妳妹妹的憂心，忍不住跟我說了這件事。也許他打心底認為我不在乎你妹妹，才會對我透露她的病情，覺得我聽見了至少會心煩。他直言不諱地告訴我，瑪莉安在克利夫蘭感染斑疹傷寒，就快死了。他是當天早上收到詹寧斯太太的信，說她的病情非常危急，帕爾瑪一家人已經嚇得暫時搬出去。我太震驚，努力裝出無動於衷的樣子，卻連遲鈍的約翰爵士都瞞不過。他看見我難過，自己也心軟了，不再對我幸災樂禍。到最後他差點跟我握手道別，臨去時還提起他曾經答應送我一條小獵犬。我聽說妳妹妹生命垂危，想到她臨死前還在唾棄我、憎恨我，認定我是世上最可惡的壞蛋，心裡是什麼感覺。誰曉得有什麼恐怖罪行被推到我身上？我知道**有個人**會把我描述成無惡不作的小人。當時我心情糟透了！我當下做出決定，今天早上八點我已經坐在馬車上。事情就是這樣。」

艾蓮諾沒有回應。她默默想著，這人原本相貌堂堂又才華洋溢，性格開朗真誠且善感體貼，卻因為太早經濟獨立，養成遊手好閒、奢侈浪費的習慣，對他的心靈、名聲與幸福造成無法挽回的傷害。這個世界把他塑造成奢靡又虛榮的人，而奢靡與虛榮又讓他變得冷漠自私。虛榮心引導他為了不當利益傷害他人，卻也讓他捲入一段真情，但奢靡……或者說隨奢靡而來的需求……要求他犧牲這份真情。每一種劣根性帶領他作惡的同時，也會讓他遭受懲罰。他不顧名譽、情感和一切更崇高的利益，公開揚棄那份愛情，如今失去之後，卻又念念不忘。他為了娶另一個女人，毫不顧忌地將瑪莉安推向悲慘的境地，如今婚姻卻可能成為他更難跳脫的痛苦泉源。她就這樣思索了幾分鐘，最後被威勒比打斷。他從同等悲傷的沉思中回神，遽然站起來準備告辭，說道：

「留在這裡也沒用，我該走了。」

「你要回倫敦嗎？」

「不，我回科姆莊園，去那裡處理一點事，一兩天後再從那裡回倫敦。再見。」

他伸出手，她無法拒絕，只得伸出自己的手，他親切地握了一下。

「妳現在對我的印象**真的**比先前好點了？」他鬆開她的手，俯身靠向壁爐架，好像忘了自己要離開。

艾蓮諾給他肯定答覆，還說她原諒他，同情他，祝福他，甚至關心他的幸福。她溫柔地提供建言，告訴他該怎麼做比較可能得到幸福。他的回答不怎麼樂觀。

「關於這點，我只能咬緊牙關撐下去。」他說，「家庭幸福是不可能的。不過，如果我有幸知道妳和妳的家人還關心我的命運和生活，也許是對我的激勵，能讓我時時警惕，至少是活下去的動力。我已經永遠失去瑪莉安，如果我有幸恢復單身……」

艾蓮諾用責備的話打斷他。

「好吧，」他說，「再次道別。我要走了，接下來我只害怕一件事。」

「什麼事？」

「怕妳妹妹結婚。」

「你大錯特錯，她現在已經跟你沒有任何關係了。」

「但會有另一個人得到她，那個人如果是所有人之中我最無法忍受的那一個……算了，再說下去只會消磨妳對我的善心，因為妳會發現最無法原諒我的，是被我傷得最深的人。再見，上帝祝福妳！」

說完這些話，他近乎跑著出偏廳。

第四十五章

他離開一段時間，甚至在他的馬車聲消失一段時間後，艾蓮諾依然留在原地。她心情沉重，思緒紛飛。那些念頭各自不同，但都讓她感到悲傷，所以一時沒想起妹妹。

威勒比，短短半小時前她還認定他是世上最卑鄙的人，對他深惡痛絕。威勒比，儘管犯了種種過錯，也為那些過錯自食惡果，卻激起她的一絲憐憫。基於那些過錯，他從此不再是她們家的朋友，她不禁為此感到心軟與遺憾。她也很快發現，她會心軟，是因為他渴望得到原諒，而非他值得原諒。她覺得自己的思維受到他的影響，但左右她的卻是某些說起來無足輕重的因素，比如那非凡的魅力，那坦率、親切又活潑的舉止，而擁有這些不代表他值得原諒。另外就是他對瑪莉安那份依然熾烈的愛，而他甚至不該繼續沉溺其中。但她確實覺得自己被他觸動，那股影響力延續了很久，才開始減弱。

等到她終於回到沉睡中的妹妹身邊，發現妹妹剛醒來。經過長時間的酣暢睡眠，妹妹恢復的情況達到她的期望，她滿心歡喜。過去、現在與未來，威勒比的來訪，瑪莉安的脫險，以及母親即將抵達，這一切共同作用之下，她心情激盪，毫無倦意，只擔心妹妹察覺她的異樣。不過，這份憂慮為時甚短，因為威勒比離去不到半小時，她又聽見馬車聲，再度下樓去。她心急如焚，不想讓母親膽顫心驚地多承受一分沒有必要的擔憂，於是快步跑向門廳，到達大門時正好迎接母親，扶她進門。

達胥伍太太一路飽受驚嚇，馬車越靠近目的地，她越篤定女兒已經不在人世，因此沒有勇氣開口詢問，甚至沒辦法關心艾蓮諾。艾蓮諾沒有等母親慰問或探詢，立刻欣喜地解除母親的憂慮。她母親聽見之後一如往常地激動，原先有多懼怕，現在就有多開心。她被女兒和上校扶進偏廳，在那裡流下歡喜的淚水，卻依然無法言語，只是一次次地擁抱艾蓮諾，偶爾轉身握住上校的手。她的表情顯示她滿懷感激，也顯示她相信此時此刻上校跟她一樣興高采烈。上校的確喜出望外，只是他的喜悅更為內斂。

達胥伍太太恢復鎮定之後，最想做的就是去看瑪莉安。兩分鐘後她就見到心愛的孩子。由於分離、哀傷與病危，她對瑪莉安的疼愛更勝往日。艾蓮諾看見母親與妹妹重逢時的真情流露，非常高興，只是有點擔心會干擾瑪莉安的睡眠。不過，孩子的生命受到威脅時，達胥伍太太也能冷靜，甚至能謹慎小心。瑪莉安得知母親就在身邊已經心滿意足，她知道自己身體虛弱沒辦法跟母親交談，於是欣然順從大家的意見，暫時不說話，安靜休養。達胥伍太太想照顧女兒一整夜，艾蓮諾答應母親的請求，回房去睡覺。她前一天晚上徹夜未眠，又連續許多小時在焦慮與煎熬中度過，現在最需要的是休息，卻因為心情紛擾無法成眠。威勒比始終盤據她腦海——如今她允許自己稱呼他「可憐的威勒比」。她曾經堅決不聽他辯解，後來還是聽了。想到過去對他的嚴厲批判，她時而自責，時而認定自己沒錯。想到答應向妹妹轉述他的話，她只覺得痛苦。她害怕履行承諾，害怕那些話對妹妹造成影響。她擔心妹妹聽過那些解釋之後，再也無法擁有幸福的婚姻，因此一度盼望威勒比喪偶。緊接著她想到上校，又忍不住責備自己。她覺得上校吃了那麼多苦，始終忠貞不渝，遠比他的情敵更有資格得到瑪莉安，於是又希望威勒比太太長命百歲。

早先上校抵達巴騰時，達胥伍太太的震驚並沒有想像中劇烈，因為她原本就為女兒遲歸提心吊膽。再者，她實在太擔心瑪莉安，已經決定不再等待進一步的消息，當天就要出發前往克利夫蘭。在上校到達以前，她已經做好行前安排，凱瑞斯夫婦隨時會去接走瑪格麗特，因為她不想帶著小女兒前往可能感染疾病的地方。

瑪莉安的病情一天天好轉。達胥伍太太再三宣稱自己是世上最快樂的女人，她愉快的笑臉和爽朗的心情也證實她的說法。艾蓮諾聽著母親的宣言，看著母親歡欣雀躍，不禁納悶母親是否曾經想起愛德華這個人。只是，她在信中對愛德華訂婚的事只表達淡淡的失望，她母親因此相信她不太傷心。現在她母親為瑪莉安的康復喜不自勝，只願意想些讓自己更開心的事。一場病差點奪走她心愛的女兒，而她開始覺得，瑪莉安會遭遇這次危機，都是因為自己判斷錯誤，鼓勵女兒去愛一個品行不佳的人。瑪莉安的康復帶給她另一種艾蓮諾意想不到的喜悅，她們一有機會獨處，她就把這份喜悅告訴艾蓮諾。

「終於只剩我們兩母女。艾蓮諾，妳不知道我還有一件開心事。上校愛上瑪莉安，他親口告訴我的。」

艾蓮諾既開心又難過，既驚訝又不意外，只是靜靜聆聽。

「親愛的艾蓮諾，妳跟我一點都不像，否則我現在就會納悶妳為什麼這麼鎮定。如果我要祈禱我的家人碰上什麼好事，那麼我最大的願望就是妳或瑪莉安能嫁給上校，而我相信瑪莉安嫁給他，會比妳嫁給他更幸福。」

艾蓮諾有點想問母親為什麼這麼認為，因為她知道這肯定不是依據年齡、性格或情感做出的公正裁決。但她母親只要聊起感興趣的話題，總會異想天開，所以她只是一笑置之，沒有提問。

「昨天在路上他對我掏心掏肺。事情發生得很突然，誰也沒想到。妳該知道，當時我除了瑪莉安什麼都不想談，而他無法隱藏他的悲痛，我才發現他跟我一樣哀傷。他或許覺得，以目前的世道而言，單純的友誼不該引發這麼強烈的同情，或者他什麼也沒有多想，只是抗拒不了豐沛的感情，才向我說出他對瑪莉安那份真摯、深刻又始終如一的愛。艾蓮諾，他從第一眼見到她就愛上她了。」

然而，艾蓮諾知道那些不是上校的原話，不是他的表白，而是經過她母親活躍的想像力增色潤飾的結果。她母親的想像力會自動將一切塑造成她喜歡的模樣。

「他對她的感情遠遠超過威勒比的不管真情或假意，而且更強烈、更真摯，或更忠貞，隨便怎麼說都行。他知道親愛的瑪莉安不幸愛上那個卑鄙的年輕人，對她的愛卻沒有動搖！沒有一點自私想法，沒有懷抱一絲希望！只希望看見她過著幸福的生活。多麼高尚的情操！這麼寬大！這麼真誠！**他**絕不會騙人！」

「大家都知道上校品格非常高尚。」艾蓮諾說。

「這我知道。」她母親鄭重回應。「否則剛經歷過一次教訓，我不可能鼓勵這樣的感情，甚至不可能覺得高興。可是他大老遠去接我，這麼熱心，主動伸出援手，證明他是個可靠的男人。」

「不過，光是這一次的善行，還不足以說明他的品格。畢竟就算不考慮人道，光是他對瑪莉安的愛，就會促使他這麼做。詹寧斯太太和密多頓夫婦都跟他有長久又親密的情誼，他們都喜歡他、敬重他。我跟他雖然認識不久，卻足夠了解他，而我非常看重他、推崇他。如果瑪莉安願意接受他，我會跟妳一樣，覺得這樁婚事是我們最大的福氣。妳怎麼答覆他？妳給他希望了嗎？」

「唉，親愛的，當時我想到瑪莉安可能隨時會死，無論對他或對自己，我都沒有心情談希望。但他沒有要我給他希望或鼓勵，他那些話只是不由自主的表白，只是情不自禁表露心意，是對關心的朋友吐露心跡，不是對情人母親的懇求。不過，一開始我是心煩意亂，但一段時間後我確實告訴他，只要她活下來，我最大的幸福就是促成他們的婚事，而我相信她一定能活下來。自從我們抵達、聽到喜訊之後，我又跟他強調過一次，也盡全力鼓勵他。我告訴他，時間會改變一切，只需要一點時間就夠了。瑪莉安的感情不會永遠浪費在威勒比那種人身上。他有那麼多優點，一定很快能得到她的心。」

「只是，從上校的心情看來，他對這件事並沒有很樂觀。」

「沒錯。他認為瑪莉安對威勒比的感情太深，短時間之內很難改變。即使她忘了威勒比，他們兩個年齡和個性差異懸殊，他不敢奢望她會愛上他。然而，這點他看錯了。他跟她的年齡差距正好是一種優勢，因為他的性格和觀念都已經穩定了。至於他的性格，我可以確定正好是瑪莉安喜歡的那種。還有他的儀表和行事作風，都對他有利。我是偏心他，但我並不盲目，他當然沒有威勒比英俊，但相對地，他的相貌看起來比威勒比更順眼。妳記不記得我說過，我不太喜歡威勒比的某些眼神。」

艾蓮諾不記得，但她母親沒有等她回應，接著說：

「還有他的言行舉止。上校的言行舉止不但比威勒比的更討我喜歡，而且我知道那正是更吸引瑪莉安的那種。他斯文有禮，真心體貼別人，有種男性化的單純直率，比威勒比那種矯揉造作、不合時宜的熱情活潑更貼近瑪莉安的真性情。雖然威勒比已經露出他的真面目，但我相信，就算他是個厚道的人，瑪莉安跟**他**在一起，絕對不會比跟上校在一起幸福。」

她停下來。艾蓮諾不太贊同母親的想法，但沒有說出來，所以沒有冒犯母親。

「如果瑪莉安嫁到德拉福德，而我留在巴騰，她跟我就離得不遠。」達胥伍太太接著說，「再者，我聽說那是個大村莊，附近一定有小型房舍或小屋，跟我們目前的住處一樣適合我們。」

可憐的艾蓮諾！又來一個想把她遷往德拉福德的人！不過她有堅定的意志。

「還有他的財產！妳也知道，人活到我這個年紀，都在意這個。雖然我不知道、也不想知道他有多少錢，但我相信一定不少。」

這時有人進來打斷她們的談話，艾蓮諾於是離開，獨自把所有的事琢磨一遍。她祝上校心想事成，在此同時不免為威勒比感傷。

第四十六章

瑪莉安的病雖然導致身體虛弱，所幸拖得不久，復元速度不算太慢。何況她年輕、體質好，又有母親為她打氣，總算穩定進步，在她母親抵達後的四天內，她終於可以離開房間來到夏綠蒂的小客廳。她特地邀請上校過來，因為她急於感謝他親自去接她母親。

他走進房間後，她立刻向他伸出手。他看著她憔悴的面容、握住她蒼白的手，情緒明顯激動。艾蓮諾心想，那份激動肯定不只是因為他對瑪莉安的愛，或因為這份感情已經公開。她很快發現，他看著瑪莉安時眼神憂鬱，表情變幻不定，也許是瑪莉安近似伊萊莎的外貌，讓他回想起過去的諸多傷痛。另外，此時瑪莉安眼眶凹陷、膚色慘白，虛弱地窩在椅子裡，熱切地對他表達謝意，想必更像伊萊莎了。

達胥伍太太同樣密切觀察瑪莉安和上校的互動，但她的想法跟艾蓮諾大相逕庭，因此得出截然不同的結論。她認為上校的舉動只是基於最單純、最不言而喻的感情。另外，她認為瑪莉安的言談舉止之中除了感激，還萌生了其他情愫。

瑪莉安的體力每隔十二小時就有顯著進步，經過一兩天之後，達胥伍太太基於自己和女兒的意願，開始討論回巴騰的事。詹寧斯太太和上校的動向都取決於她：只要她留在克利夫蘭，詹寧斯太太就不能離開；而在她們一致要求下，上校也覺得自己雖然不像詹寧斯太太那麼不可或缺，卻也必須留下來。另一方面，在他跟詹寧斯太太一致勸說下，達胥伍太太同意借用他的馬車回巴騰，好讓瑪莉安在旅途中更舒適一點。古道熱腸的詹寧斯太太自己熱情好客，也幫別人熱情好客，她跟達胥伍太太一起邀請上校去小屋拜訪，上校欣然同意，約定幾星期內會應邀前往。

離別的日子到了，瑪莉安特別花了許多時間向詹寧斯太太道別。她表達了真誠的感激，言語中滿是尊敬與祝福，彷彿她暗自承認過去對詹寧斯太太的無視。她也以朋友的熱誠向上校告別。之後上校小心翼翼扶她上車，刻意安排她占用半個車廂。達胥伍太太和艾蓮諾緊跟著上車，留下來的詹寧斯太太和上校聊了聊旅途中的友人，感受人去樓空的寂寥，直到僕人通知詹寧斯太太上馬車，她才在女僕的閒話中得到些許慰藉，彌補失去兩位年輕同伴的失落感。上校也立刻出發，獨自踏上返回德拉福德的旅程。

達胥伍母女在路上走了兩天，瑪莉安撐住了，沒有過度疲乏。母親和姊姊時時留意她，用最細心體貼、最無微不至的照料，確保她旅途中的舒適。她們的努力得到回報，一路上瑪莉安身體安康，心情平靜。妹妹心情平靜讓艾蓮諾特別感恩。她連續幾星期看著妹妹受罪，內心的痛苦與壓抑既沒有勇氣說出來，也沒有毅力隱藏。現在看到妹妹的心明顯安定下來，她內心的喜悅無人能及。妹妹這樣的表現必定是深思熟慮的成果，而這個成果最後將為妹妹帶來滿足與快樂。

當馬車接近巴騰，眼前的每一片田野、每一棵樹都附帶某些特別的、或痛苦的回憶，瑪莉安開始沉默不語，獨自沉思，把臉轉開不讓她們看見，專注地凝視窗外。對此，艾蓮諾既不驚訝也無法責怪。當她扶妹妹下車，發現妹妹哭過，覺得那是情感的自然流露，只會讓人同情，何況妹妹並不張揚，只是含蓄地落淚，值得讚賞。瑪莉安接下來的所有表現告訴艾蓮諾，她已經打定主意要振作起來，因為她們一走進家裡的客廳，她就用堅定的目光環顧一圈，彷彿決心要立刻適應眼前讓她聯想起威勒比的一切。她說得不多，但每句話都在營造歡樂氣氛。偶爾無意中嘆一口氣，也會立刻用笑容彌補。晚餐後她想彈鋼琴。只是，當她走到鋼琴前面，看見的第一份樂譜是威勒比幫她找來的歌劇，裡面有他們最喜歡的二重唱，樂譜的封面有她的名字，是他的筆跡。這個不行，她搖搖頭，把樂譜放在一旁。她的手指在琴鍵上遊走一分鐘後，就說她手指乏力，重新把琴蓋闔上，並且堅定地表示，日後她會更努力練琴。

到了隔天，這種可喜的現象不但沒有減退，相反地，經過充足的休息，瑪莉安的身心都更強健，面容和言談也多了生氣。她等待瑪格麗特返家，暢想全家人歡聚一堂，做點共同的娛樂，彼此相伴，覺得這才是唯一值得期待的幸福。

「等天氣好一點，而我體力也恢復，我們每天一起出去散步。」她說，「我們可以走到綠茵丘陵邊緣的農場，看看那裡的孩子們過得如何。也可以走到約翰爵士在巴騰十字路口的林場，還有大修道院的院區。我們也可以常去小修道院的廢墟，依照聽過的傳說去探索舊址的範圍。我們一定會過得很開心，會度過愉快的夏天。我打算每天六點以前起床，從那之後到晚餐前，每一分鐘都用來彈琴或讀書。我已經做好計畫，也決定要認真讀書。家裡的書我都讀過了，再讀最多只是消遣，沒有益處。不過巴騰園邸有很多書值得一讀，我還可以向上校借些更近期的作品。我現在還有很多不足，只要每天閱讀六小時，一年後我一定能吸收到很多寶貴的知識。」

艾蓮諾讚揚妹妹願意為這麼崇高的目標用功讀書。妹妹那天馬行空的想像力讓過去的她變得淡漠懶散，自私埋怨，如今又帶領她將這麼理性的作息和適度的自制安排得過於偏激，想到這裡，她不禁莞爾。只是，她的笑容很快化為一聲嘆息，因為她對威勒比的承諾還沒履行，擔心轉述那些話會再度擾亂妹妹的心靈，至少會暫時破壞妹妹預期中忙碌又平靜的美好生活。因此，她打算拖延那令人擔憂的一刻，等妹妹身體完全康復再說。只是，這個計畫注定無法達成。

瑪莉安到家那兩三天，天氣始終不夠暖和，不適合她這個病人出門。某天早上和風習習、溫暖舒適，兩姊妹抵擋不了好天氣的誘惑，她們的母親也放心讓她們出門，瑪莉

「看看孩子們過得如何。」

安倚著姊姊的胳膊，獲准在家門前的小路散步，走到覺得疲倦為止。

兩姊妹出發了。瑪莉安生病之後身體虛弱，再沒有散過步，所以她們步履緩慢，而且只走到屋子外圍能將屋後那座重要山巒一覽無遺的地方。瑪莉安停下腳步，轉身望過去，平靜地說：

「那裡，就是那裡。」她伸手指著，「就在那個突伸的小丘。那就是我摔倒的地方，也是我第一次見到威勒比的地方。」

說到威勒比的名字，她的語調下沉，但很快又打起精神說道：

「現在看著那個地方，心裡只有一點點難受，我很慶幸！」說完，她又吞吞吐吐地問，「艾蓮諾，我們可以談那件事吧？或者不該談？我希望我能用我該有的態度談那件事。」

艾蓮諾溫柔地鼓勵妹妹有話就說。

「至於懊悔，」瑪莉安說，「對於威勒比的事，我已經不再懊悔了。我想跟妳討論的不是過去我對他的感情，而是我**現在**對他的想法。如今我只希望能確認一件事，只希望能相信他在我面前不是**從頭到尾**在演戲，不是**從頭到尾**在騙我。自從我聽說那可憐女孩的事，偶爾我太害怕，會把他想得卑鄙無恥，真希望能確定他不是那樣的人。」

她停住了。艾蓮諾滿心歡喜地珍視妹妹的這番話，答道：

「所以妳覺得只要妳能確認這點，妳的心就能安定下來。」

「是，這件事擾得我心神不寧。首先，他在我心中有過重要地位，懷疑他曾經刻意欺騙我的感情，是件很糟糕的事。再者，這會讓我變成什麼樣的女人？我這樣的女孩，除了那樣輕率付出感情，還有什麼會讓我變成……」

「那麼，」艾蓮諾打斷她的話，「妳怎麼看待他的行為？」

「我會認為他只是善變，非常、非常善變。唉，如果我能這樣評論他，該有多麼開心！」

艾蓮諾沒再多說。她內心在交戰，不知道該不該現在說出來，或等妹妹身體更好一點。她們默默往前走了幾分鐘。

最後瑪莉安嘆息道，「我希望他回想起這些事時，不至於比我痛苦，但我的意思不是希望他過得很好。他的回憶就夠他受了。」

「妳拿自己的行為跟他做比較嗎？」

「不，我是跟正當的行為做比較，跟妳的行為做比較。」

「我們情況不一樣。」

「我們只是行為不同，情況卻類似。最親愛的艾蓮諾，不要因為心善，就姑息妳的理智譴責的行為。這場病給我機會思考。因為生病，我才有時間，也能冷靜地反覆思量。早在我恢復到能開口說話以前，我就有能力反省了。我回想過去的事，看見自己從去年秋天認識他以後的所做所為，看見我接二連三對自己輕率、對他人不友善。我看見我的感情為我帶來痛苦，而我面對自己的感情又不夠堅強，差點丟了性命。我很清楚，我會生病，完全是因為當時明知故犯，忽視自己的健康。如果我死了，只能說是自作孽。直到脫離險境以後，我才知道自己一度病危。這些反省讓我心情沉重，我不禁納悶自己竟然還能康復。我渴望活下來，渴望有時間向上帝和你們大家贖罪，這樣的壓力竟然沒有要了我的命。如果我死了，在病床旁守護我的最親愛的姊姊會有多難過！妳見過我最後那段日子的煩躁與自私，聽過我內心所有的低語！我在**妳**記憶中會是什麼樣的人！還有母親！妳要怎麼安慰她！我說不出有多厭惡自己。每當我回想過去，我就看見自己沒盡到的責任，看見我縱容自己的過失。我好像傷害了每個人。詹寧斯太太的善意，源源不絕的善意，我卻用不知感恩的蔑視回報。對於密多頓夫婦、帕爾瑪夫婦、史迪爾姊妹，甚至所有普通朋友，我既無禮又不公平。我硬起心腸無視他們的優點，用壞脾氣回應他們的關懷。還有哥哥和嫂嫂，沒錯，甚至包括他們，儘管他們不值得，但我還是沒有給他們應有的尊重。還有妳，特別是妳，是我辜負得最深的，超過所有人，也超過母親。我明白妳的心事，知道妳的悲傷，只有我知道，但這並沒有觸動我，並沒有在我心中激起對妳或我有益的憐惜。妳這樣的典範就在我眼前，但有什麼用？我更體貼妳和妳的心情了嗎？我有沒有效法妳的堅忍，減輕妳的壓力，分擔妳一直獨力承擔的責任，學著對所有人客氣、對某些人感恩？沒有。我不曾因為知道妳心情鬱悶，就比平時更努力承擔責任或給妳關懷。我只看得見自己的悲傷，只憑弔那顆拋棄我、辜負我的心。我口口聲聲說我多麼愛妳，卻讓妳為我傷心難過。」

她滔滔不絕的自責話語停頓了。艾蓮諾個性誠實，沒辦法說些讓妹妹高興的話，卻也立刻對妹妹的坦誠與痛悔表達適度的讚美。瑪莉安握住她的手，答道：

「妳對我太好了。時間會證明我的決心。我已經訂好計畫，如果我能堅持執行，我的感情能受到控制，我的脾氣也會變好，不會再讓別人擔心，也不會再讓自己受折磨。現在我只為家人而活。從此以後，妳、母親和瑪格麗特就是我的全部，我只愛妳們三個人。我不會有一絲想離開妳們、離開家的念頭。即使我跟別人往來，也只是為了讓他們知道我已經學會謙卑，已經洗心革面，也能恭敬有禮，能溫和又堅忍地履行生命中的小職責。至於威勒比，若說我很快能忘記他，或說我會忘了他，都是多餘的。不管情勢怎麼改變，不管別人怎麼看他，我都不可能忘了他。但我會約束自己，會靠宗教、理智和忙碌的生活壓抑那份感情。」

她停下來，又小聲說，「如果我能知道**他的**真心，一切都會容易得多。」

艾蓮諾已經斟酌一段時間，糾結著該不該冒險提早告訴妹妹，卻依然沒有定論。這時聽見妹妹的話，心想，既然三思無用，不如果斷行動，於是開始轉述威勒比的話。

她希望自己敘述時有點技巧，也確實辦到了。先幫焦慮的妹妹做點心理準備，再簡單又誠實地說出威勒比那番辯解的主要內容，公平地陳述他的懺悔。至於他聲稱還深愛著瑪莉安，她只是輕描淡寫一語帶過。瑪莉安沒有回應。她渾身顫抖，視線緊盯地面，唇色比大病初癒時更蒼白。她內心湧現上千個問題，卻一個都不敢問。她如饑似渴地傾聽姊姊說的字字句句，不知不覺中握緊姊姊的手，淚流滿面。

艾蓮諾擔心她累了，帶著她往回走。雖然妹妹沒有提問，她卻輕易猜到妹妹想知道些什麼，在抵達小屋門口之前，她只聊威勒比，聊他們那一場對談，在容許範圍內特別詳盡地描述談話內容和表情。她們走進家門後，瑪莉安感激地親吻姊姊，流著淚勉強說出，「告訴媽媽。」就獨自慢慢上樓去。艾蓮諾知道這種時候妹妹想獨處合情合理，沒有去打擾她。她焦急地預想那些話對妹妹會有什麼作用，決定就算妹妹沒有主動提起，她也要再跟她討論這個話題。之後她轉身走進客廳，執行妹妹交代的任務。

第四十七章

達胥伍太太聽完她過去最滿意的女婿人選的辯辭，頗為感動。她很高興威勒比澄清了他的某些罪名，為他感到遺憾，也祝他幸福。只是，過去的感情已經無法挽回，他不再是那個品德沒有瑕疵、值得瑪莉安信任的人。她無論如何也忘不掉瑪莉安為他受過的罪，以及他對伊萊莎犯下的過錯。因此，沒有什麼能挽回她對他的看重，也沒有什麼能破壞她對上校的好評。

如果達胥伍太太跟艾蓮諾一樣聽到威勒比的親口辯解，看見他那頹喪的模樣，被他的舉止和表情打動，也許會更憐惜他。艾蓮諾當初聽完之後對威勒比充滿同情，但她既沒有能力，也沒有意願透過詳盡的轉述，讓別人也跟她一樣動容。幾番思索後，她已經能夠冷靜判斷，可以清醒地看待威勒比的對錯。因此，她只敘述單純的真相，說出符合威勒比人格的事實，沒有心軟地為他說好話，免得母親浮想聯翩。

當天晚上母女三人聚在一起，瑪莉安又主動提起威勒比。只是她必然經過一番掙扎，從她開口前坐立不安心事重重，說話時臉色漲紅聲音顫抖，明顯看得出來。

「我向妳們保證，我對整件事的看法，一定能符合妳們的期望。」她說。

達胥伍太太原本會立刻打斷她的話，再溫柔地安撫她，但艾蓮諾真心想聽妹妹的客觀意見，急切地打手勢，她才沒有出聲。

瑪莉安又緩緩說道：「艾蓮諾今天早上說的那些，給了我很大的慰藉。我聽到我最想聽的話。」她一時激動得無法言語，又馬上恢復，用比原來更鎮定的聲音接著說，「現在我完全滿足了，不希望有任何改變。這些事我遲早都會知道，而知道了之後，我跟他在一起絕不可能幸福。我不可能再相信他或尊重他，我永遠忘不了這些事帶給我的痛苦。」

「我懂，我懂。」她母親連忙說，「跟一個行為放蕩的男人在一起怎麼會幸福！何況他還攪得我們最好的朋友、世上最好的男人心煩意亂！不，我的瑪莉安跟那樣的男人在一起不會幸福，她的心沒那麼狠。她的良心，她敏銳的良心會感受到她丈夫的良心該有的所有愧疚。」

瑪莉安嘆一口氣，重複說，「我不希望有任何改變。」

「妳的想法很正確。」艾蓮諾說，「理性、睿智的人都會這麼想。我敢說妳跟我一樣，可以從這件事和其他很多情況看得出來，你們的婚姻會為妳帶來許多特定的麻煩與失望，到時候他的愛會變得更不穩定，沒辦法給妳支持。假使你們結婚，肯定會一直缺錢。連他自己都承認他揮霍無度，從他的言行舉止看得出來，他從來不知道克己為何物。他需索無度，妳又沒有持家經驗，要靠非常微薄的收入過日子，一定會遭遇許多挫折。這些挫折並不會因為妳事先不知情或沒想到過，就變得比較好承受。一旦妳了解到自己的處境，妳的誠實和妳的榮譽感會促使妳想盡辦法縮減開支。如果妳省吃儉用只影響到妳自己的生活，或許妳還可以忍受。然而，光靠妳一個人縮衣節食，那一點成果又怎麼阻止得了婚前就已經存在的入不敷出？再者，如果妳要他減少享樂，不管理由多麼充足，難道不擔心自私的他不但不配合，反倒動搖對妳的感情，覺得跟妳結婚才會陷入這樣的困境，從而心生後悔？」

瑪莉安的嘴唇顫抖，重複艾蓮諾的話，問道，「自私？」彷彿在說，「妳真的覺得他自私？」

「自始至終，他所有的行為都以自私為出發點。一開始戲弄妳的感情，就是因為自私。後來他愛上妳，又因為自私，遲遲不願意告白，最後更基於自私的理由遠離巴騰。不管什麼事，他自己的享受，或說他自己的安逸，都是他的最高宗旨。」

「確實如此，他從來不在乎**我的**幸福。」

「現在他後悔當初的選擇。」艾蓮諾又說，「但他為什麼後悔？因為這個選擇不合他的心意，沒能讓他快樂。他現在手頭寬裕，不再有金錢上的困擾，於是開始介意自己娶了一個不如妳般溫柔似水的女人。但這就代表他娶了妳就會幸福嗎？不，還是會有不同的麻煩，屆時他會面臨財務問題。他現在沒有這種問題，才不把它當回事。假使他娶到性情無可挑剔的妻子，他就會手頭拮据，錢永遠不夠用。於是他很快又會發現，單就家庭幸福而言，沒有負債的資產帶來的各種安逸和收入，遠比妻子的性格重要得多。」

「這點我毫不懷疑。」瑪莉安說，「我沒什麼好後悔的，只後悔自己的癡傻。」

「孩子，該說是我的輕忽。」達胥伍太太說，「**我**也有責任。」

瑪莉安不願意媽媽再說下去，艾蓮諾很高興母親和妹妹都明白自己錯在哪裡，不想繼續檢討過去，以免妹妹心情沮喪，連忙重拾最初的話題，說道：

「綜觀這整件事，我覺得可以客觀地得出一個結論：威勒比的所有難題，都來自他對伊萊莎・威廉斯的始亂終棄。那個罪行是他後來種種小過失和他目前所有不滿的根源。」

瑪莉安百感交集地認同姊姊的話，她母親順著話題細數上校受過的傷害和他本身的優點，言談之中既有熱切的友誼，也不乏一絲刻意。只是，瑪莉安好像多半充耳不聞。

接下來那兩、三天一如艾蓮諾的預期，瑪莉安的體力不像先前那般持續增強。但她的決心依然堅定，仍舊表現得輕鬆又愉快，艾蓮諾因此相信，假以時日妹妹一定能復原。

瑪格麗特回來了，一家人終於團聚，重新在小屋裡過起靜謐的生活。她們從事各種興趣時雖然不像剛到巴騰時那麼充滿活力，至少決定日後要更積極更用心。

艾蓮諾急於知曉愛德華的近況，自從離開倫敦以後，她就沒聽過他的消息，不知道他的新動向，甚至不確定他住在哪裡。因為瑪莉安的病，她跟哥哥通過幾封信。哥哥寄來的第一封信裡出現這個句子：「我們沒有可憐的愛德華的消息，也不能打聽這種犯忌諱的事，不過可以確定他還在牛津。」關於愛德華的現況，她哥哥的來信只提供這一點訊息，後來的信件根本沒提起他的名字。不過，她注定不會等太久。

有一天她們的男僕奉命前往艾克斯特辦事，男僕回來後在桌邊侍候她們用餐，達胥伍太太問他事情辦得如何，他主動提到：

「太太，您大概知道費拉斯先生結婚了。」

瑪莉安猛地一驚，連忙看向姊姊，發現姊姊面無血色，自己便歇斯底里地癱在椅子裡。達胥伍太太回應僕人的同時，視線本能地投向艾蓮諾，從艾蓮諾的面容看出她多麼痛苦，無比震驚。下一刻她又被瑪莉安的情況嚇到，一時之間不知道該先照顧哪個女兒。

僕人只發現瑪莉安身體不適，機靈地喊來一名女僕，女僕與達胥伍太太合力扶瑪莉安離開飯廳。等瑪莉安情況好轉，達胥伍太太將她交給瑪格麗特和女僕照顧，回去看艾蓮諾。這時艾蓮諾已經鎮定了些，開始用穩定的語調詢問湯瑪士消息從何而來。達胥伍太太立刻接下這個任務，於是艾蓮諾不需要費心探詢，就得到她想要的資訊。

「您大概知道費拉斯先生結婚了。」

「湯瑪士，你聽誰說費拉斯先生結婚了？」

「今天我在艾克斯特看見費拉斯先生本人，還有他太太，也就是露西小姐。他們的馬車正好停在新倫敦旅舍門口。我去那裡幫巴騰園邸的莎莉送信給她弟弟，她弟弟在出租馬車行當差。我經過那輛馬車時剛好抬頭看了一眼，發現那是露西小姐。我摘下帽子向她致敬，她認出我來，把我喊過去。太太，她問候您和幾位小姐，特別是瑪莉安小姐。她還要我代她和費拉斯先生向妳們致上敬意，轉達最真誠的問候，還說他們很遺憾沒有時間過來看您，因為他們在趕路，還要往前走一段路程。不過，回程他們一定會過來拜訪您。」

「湯瑪士，她告訴你她結婚了？」

「是的，太太。她笑著說她來到這地方之後才順利結了婚。她向來非常和藹可親，說話直爽，舉止非常文雅，所以我自作主張祝她新婚愉快。」

「費拉斯先生跟她一起在車上嗎？」

「是的，太太。我只看見他靠向椅背坐在裡面，不過他低著頭，他向來不愛說話。」

艾蓮諾不難猜到他為什麼不出面說話，達胥伍太太的推測多半也相同。

「馬車裡沒有別人了嗎？」

「沒有，太太。只有他們兩位。」

「你知不知道他們從哪裡來？」

「他們直接從倫敦過來，是露西小姐……費拉斯太太告訴我的。」

「他們要繼續往西邊去嗎？」

「是的，太太。不過他們不會停留太久，很快就會回來，到時候一定會來拜訪。」

達胥伍太太看著艾蓮諾，但艾蓮諾很清楚他們不會來。她從僕人的回話中聽出露西的全部性格，也篤定愛德華絕不會再來她家。她悄聲對母親說，他們可能是去探望普拉特先生，那裡離普利茅斯不遠。

湯瑪士的消息好像說完了，但艾蓮諾似乎意猶未盡。

「你離開之前看見他們出發了嗎？」

「沒有，太太。那時馬剛牽出來，但我不能再耽擱了，我怕回來得太遲。」

「費拉斯太太看起來還好嗎？」

「是的，太太。她說她過得非常好。我一直覺得她是位漂亮的年輕小姐，好像很幸福。」

達胥伍太太想不出其他問題，不一會兒湯瑪士和同樣不再被需要的桌巾一起撤離。瑪莉安早先派人來說她不想再吃了，達胥伍太太和艾蓮諾也都沒有胃口。瑪格麗特覺得自己比較幸運，兩個姊姊最近總是心情不好，有那麼多理由不想吃飯，她卻從來沒有吃不下晚餐的煩惱。

甜點和葡萄酒送上來之後，飯廳裡只剩達胥伍太太和艾蓮諾，兩人都沒有說話，各自沉思許久。達胥伍太太不敢冒險發表議論，也不敢貿然出聲安慰女兒。她發現過去太相信艾蓮諾的外在表現，如今她斷定當時艾蓮諾隱藏了大部分的煩惱，只因不想增加她的悲痛，畢竟那時她正在為瑪莉安的事傷心。她還發現，自己原本深知艾蓮諾對愛德華的感情，卻被女兒的細心與體貼誤導，以為那份愛其實很平淡，沒有她過去猜想的、或如今證實的那麼深。她擔心在這樣的誤解下，她對她的艾蓮諾不公平、不關心，甚至幾乎不慈愛。她還擔心，由於當時她更清楚、更即時看見瑪莉安的痛苦，把滿腔的溫情都給了二女兒，以至於忽略大女兒也承受著同樣程度的痛苦，而大女兒肯定不像妹妹那麼自尋煩惱，卻比妹妹剛毅堅忍。

第四十八章

如今艾蓮諾發現，即使自己的心認定某個不愉快的事實必然發生，預期它會發生，跟確認它已經發生，還是有所不同。如今她醒悟到，只要愛德華保持單身，她就會希望有什麼事可以阻止他娶露西，比如他自己的決心、親友的干預，或露西找到更合意的對象，最後皆大歡喜。但他結婚了，她譴責自己竟然偷偷藏著這種僥倖心態，導致現在聽到消息更痛苦。

他這麼快就辦婚禮，剛聽到消息時她相當驚訝，畢竟她原先以為他會先進入教會、謀得牧師職位再談婚事。但她馬上想到這事很有可能，因為露西善於為自己謀劃，一定急著想抓牢他，為了防止節外生枝，什麼都顧不上。他們結婚了，在倫敦舉行婚禮，現在匆忙趕去她舅舅家。愛德華來到離巴騰不到七公里的地方，見到她母親的僕人，聽見露西說的那番話，他心裡做何感想！

她猜他們很快會定居德拉福德。德拉福德……有太多因素串連，吸引她去關注那個地方。她想了解那個地方，卻也想遠離。她眼前浮現他們住在牧師公館的情景，看見露西積極又精明地主持家計，在撙節用度中維持體面的表相，擔心被人識破她那些省錢措施，一心一意追求自己的利益，巴結上校、詹寧斯太太和每個有錢的親友。至於愛德華，她想像不出他的模樣，也不知道自己希望他變成什麼模樣。無論他幸不幸福，她都不滿意，索性不再幻想他的現況。

艾蓮諾想當然耳地認為，倫敦的朋友會寫信告訴她們這件事，敘述相關細節。但日子一天天過去，她沒等到信，也沒收到任何消息。她不確定該怪誰，於是挑剔所有不在身邊的朋友，覺得他們都粗心又懶散。

「媽，妳打算什麼時候寫信給上校？」她問母親，因為她急不可耐，希望做點什麼。

「親愛的，我上星期已經寫了，我覺得比起回信，他更可能親自過來。我極力邀請他過來看我們，估計他今天或明天就會到，任何一天都有可能。」

總算有點進展，有點值得期待的事。上校一定知道得比較多。

她還在尋思，窗外就出現一個騎馬的身影，吸引她的視線。那人在大門外停下來，是一位男士，一定是上校。總算可以知道更多消息，她緊張得不住顫抖。只是，那**不是**上校，舉止不像，

那是愛德華。

身高也不對。如果可能的話，她必須說那是愛德華。她又看一眼。那人剛下馬，錯不了，確實是愛德華。她趕緊離開窗子坐下來，心想，「他特地從普拉特先生家來看我們，我一定會冷靜，一定會控制好自己。」

不一會兒，她發現家人也意識到自己猜錯了，她看見母親和瑪莉安臉色都變了，看見她們轉頭看她，交頭接耳一番。但願她現在說得出話，但願她能告訴她們，她不希望她們對他冷淡或怠慢。可惜她無法言語，只能讓她們自由發揮。

沒有人說話，大家靜靜等待訪客出現。他的腳步聲沿著礫石路前進，下一刻就到了屋裡的走道，再下一刻已經站在她們面前。

他進屋時臉上沒有笑容，連艾蓮諾都不覺得他心情好。他緊張得臉色發白，好像害怕自己不受歡迎，覺得自己不值得主人家禮遇。不過，達胥伍太太基於滿腔的母愛，已經決定凡事要站在艾蓮諾的立場考量，勉強裝出開心的模樣，主動伸出手，向他道喜。

他臉色漲紅，含糊地應了一聲，艾蓮諾也隨著母親說聲恭喜。初見面的寒暄結束，她才意識到應該跟他握個手，可惜已經太遲。她裝出坦然的表情，坐下來聊起天氣。

瑪莉安盡可能往退後，不想被人發現她的哀傷。瑪格麗特也略知一二，覺得必須拿出自己的態度，選了個離他最遠的位子，不言不語。

艾蓮諾稱讚完乾爽的天氣，現場突然鴉雀無聲。幸好達胥伍太太打破沉默，遵循禮儀問候費拉斯太太。他急忙給出肯定答覆。

再一次冷場。

艾蓮諾雖然擔心自己的聲音會露怯，卻決定鼓起勇氣，她說：

「費拉斯太太在隆斯特波嗎？」

「在隆斯特波！」他詫異道，「不，我母親在倫敦。」

「我指的是**愛德華**．費拉斯太太。」說著，她拿起桌上的針線。她不敢抬頭看，但她母親和瑪莉安都把視線轉向他。他滿臉通紅，好像有點茫然，眼裡有著困惑，遲疑片刻後，說道：

「妳指的應該是我弟弟……是羅伯特．費拉斯太太。」

「羅伯特．費拉斯太太！」瑪莉安和她母親同時用最震驚的語氣重複他的話。艾蓮諾雖然無法言語，卻緊盯著他，眼裡有著迫切的好奇。他起身走到窗子旁，顯然手足無措，拿起一旁的剪刀胡亂剪，把護套剪成碎片，剪刀也弄壞了。他邊剪邊說：

「妳們可能不知道……可能還沒聽說我弟弟……剛結婚……跟露西小姐結婚。」

他的話讓所有人震驚得難以言喻，只有艾蓮諾例外，她埋頭做針線，內心太過震撼，幾乎不知道自己身在何處。

「是，他們上星期結婚，目前人在道利什。」

艾蓮諾再也坐不住了，她幾乎是奪門而出，背後的門一關上，喜悅的淚水就奔湧而出，起初她還以為這淚水沒有盡頭。在此之前，愛德華的視線一直避開她，現在看見她匆忙離開，或許也看見她情緒激動，甚至聽見了。他陷入沉思，不管達胥伍太太說什麼、問什麼，或表達最慈愛的關懷，他都好像沒聽見。最後他默不吭聲地離開，朝村莊走去。對於這種神奇又突然的變化，留在客廳的人深感震驚與困惑，只能靠猜想為自己解惑。

第四十九章

全家人都想不通愛德華的婚約是怎麼解除的，卻可以確定他已經恢復自由身。至於該怎麼運用這份自由，她們輕易就做出決定。畢竟，四年多前他未經母親同意享受了輕率訂婚的福氣，經歷一次失敗後，立刻再訂下婚約是再正常不過的事。

事實上，他這次來巴騰的目的很簡單，就是向艾蓮諾求婚。求婚這種事他不是沒有經驗，這回卻這麼緊張，這麼需要激勵，需要透透氣，未免太奇怪。

不過，他散步時多麼快下定決心，多麼快就找到機會開口，求婚時說了什麼，又如何取得同意，都不需要詳述。該說的只有這點：下午四點鐘他們齊聚餐桌旁時，也就是他抵達約三小時後，情人已經點頭，未來岳母也同意。無論是根據他自己眉開眼笑的宣示，或根據當下的情理與事實，他都是世上最幸福的男人。他的喜悅確實非比尋常，讓他滿心歡喜、精神抖擻的，不只是求婚成功。困擾他多年的婚約解除了，他早就不愛對方，如今退婚也並不是因為他的過失。現在他又訂下另一樁婚約，而當初他也曾經奢望過這個婚約，可惜那時的心情是悲觀與絕望。他得到快樂之前的心情不是疑慮或緊張，而是悲慘。他真誠、感恩又歡喜地訴說他這種心境變化，那滔滔不絕的言語讓所有人刮目相看。

如今他對艾蓮諾毫不隱瞞，坦承他的軟弱與過錯，用二十四歲的人生哲理點評年少時的青澀戀情。

「都怪那時的我太蠢又太閒。」他說，「是少不更事又空虛度日的結果。我十八歲結束在普拉特先生那裡的學業後，如果我母親找點事給我做，我猜……不，我**確定**那件事不會發生。雖然我離開隆斯特波時，自以為對他外甥女有一份此生不渝的感情，但只要當時我有正事可做，可以遠離她忙碌幾個月，又能見見世面，一定可以擺脫那份虛幻的迷戀。相反地，我沒有任何事可做，沒有人幫我選擇職業，我也不能為自己選。我回到家，徹底變成閒人。接下來那一年，我連個名義上的正業都沒有。如果去上大學，至少有事可做，但我十九歲才進牛津。我日子太無聊，唯一能做的，就是幻想自己在戀愛。當時我母親對我不滿意，我沒有朋友，跟弟弟處不來，也不想結交新朋友，自然而然經常去隆斯特波。我在那裡感受到家的溫暖，總是受到歡迎，所以從十八歲到十九歲，我大部分時間都待在那裡，那時的露西非常溫柔親切。她長得也漂亮，至少我當時這麼認為。那時我沒有機會認識別的女人，沒辦法做比較，所以看不出她的缺點。整體來說，雖然那個婚約顯得愚蠢，之後各方面也證明確實愚蠢，但在當時看來卻不算是太奇怪或太不可原諒的傻事。」

短短幾小時內，達胥伍一家人心情起伏太劇烈，幸福來得太突然，注定開心得無法成眠。達胥伍太太高興得一顆心七上八下，總覺得怎麼疼惜愛德華都不夠，怎麼誇獎艾蓮諾都不夠。她不知道該怎麼慶幸愛德華順利退婚，又不刺傷他敏感的神經。她既想讓他們獨處、互訴衷曲，也想待在一旁欣賞他們幸福的模樣。

瑪莉安只能用淚水表達**她的**歡欣。她免不了拿自己跟姊姊做比較，心中難免懊悔。她的喜悅雖然跟她對姊姊的愛一樣真誠，卻讓她變得消沉寡言。

可是艾蓮諾，該怎麼描述她的心情？從聽說露西嫁給別人、愛德華順利退婚，到愛德華實現她迅速升起的希望，她只覺得各種感受紛至沓來，唯獨少了平靜。之後，當所有的懷疑和焦慮都消失，想到前不久的心情，知道他名正言順地解除婚約後立刻把握機會向她表達情意，而這份情意一如她過去所想，那麼溫柔，那麼忠貞，她幸福得喘不過氣來，無法自已。當事情往好的方向發展，人類的心靈很容易就適應，她的心卻到幾小時後才鎮定下來，找回平靜。

愛德華預定在小屋做客至少一星期，不管還有多少別的理由可以挽留他，光是他跟艾蓮諾相處的時間就不能少於一星期，否則不足以讓他們暢談有關過去、現在與未來的半數話題。畢竟，如果是兩個理性的人聚在一起，只要短短幾小時持續不歇侃侃而談，彼此的共同話題就會告罄，情人之間卻不是如此。相愛的人每個話題都得重複至少二十遍，否則就不算聊完，不算彼此交流。

露西的婚事理所當然是所有人始終好奇的話題，當然也是這對戀人最早討論的主題。艾蓮諾對男女雙方都有一定程度的認識，覺得不管怎麼看，這都是她遇過最不尋常、最難以理解的事。這兩個人怎麼會湊成一對，羅伯特怎麼會娶一個他在艾蓮諾面前評論為毫無姿色的女人，何況這個女人是他哥哥的未婚妻，他哥哥為了她被趕出家門。她怎麼也想不通。她的心覺得這是件可喜的事，她的想像力甚至覺得這件事太荒謬，但她的理智、她的判斷力卻覺得這是個謎團。

愛德華只能靠揣測給出一點解釋，他認為或許兩人初次見面時，其中一個的虛榮心在另一個的阿諛奉承中得到太多滿足，事情就慢慢發展到這個地步。艾蓮諾想起當初在哥哥家遇見羅伯特，對方曾說過如果時間來得及，他會怎麼處理愛德華私訂終身的問題。她跟愛德華說了這件事。

「羅伯特確實是這樣的個性。」他馬上回應，緊接著又說，「他們第一次見面時，他也許就是抱著這種念頭。露西一開始可能只是想幫我拉攏他，之後才生起別的心思。」

然而，他們兩個究竟交往多久，愛德華也跟艾蓮諾一樣沒有頭緒。當初他離開倫敦後選擇待在牛津，所以除了露西的信，他無從獲知她的消息。而她的信始終跟以往一樣頻繁，內容一樣深情，所以他沒有一絲懷疑，對後來發生的事也就沒有一點心理準備。後來露西寫信告訴他這件事，他意識到自己解脫了，一時納悶、驚嚇又歡喜，幾乎呆若木雞。他把那封信塞進艾蓮諾手裡。

親愛的先生：

我確定你對我早就沒有感情了，所以我有權選擇另一個對象，也相信我跟他在一起會擁有幸福，正如我過去跟你在一起時也這麼認定。再者，我拒絕接受一個心裡有別人的人，衷心祝你跟所愛的人幸福快樂。如今我們成了親戚，希望日後和樂相處。即使做不到，也不會是我的錯。我自認對你從來沒有惡意，也相信你為人寬宏大量，不會做出危害我們的事。我全心全意愛著你弟弟，我們沒有對方都活不下去，所以我們剛舉行了婚禮，現在打算去道利什度假幾星期。你弟弟很想去看看那個地方，我覺得我最好先給你寫這封信。

敬祝 安康

你的弟妹露西．費拉斯

附言：我把你的信都燒了，你的肖像一有機會就退還。請把我寫的信都毀了，那枚纏著我一縷頭髮的戒指，你喜歡就留著。

艾蓮諾讀過之後把信交還，沒有評論。

「我就不問你這封信寫得如何。」愛德華說，「以前我無論如何也不願意讓**妳**看她的信。這樣的人就算當弟媳也夠糟的，更何況當妻子！讓人看見她寫出這樣的信，我會沒臉見人！從我跟她那樁……蠢事的半年後到現在，她寫給我的信之中，只有這一封的內容能夠彌補風格上的不足。」

停頓片刻後，艾蓮諾說，「不管事情是怎麼發生的，他們確定已經結婚了。你母親算是自作自受。當初她怨恨你，讓羅伯特經濟獨立，等於把選擇對象的權力交到他手上。她因為長子要求婚姻自主剝奪他的繼承權，卻用一年一千鎊收入賄賂次子，讓他決定自己的婚事。羅伯特娶露西帶給她的傷害，想必就跟你娶露西一樣。」

「應該更嚴重，羅伯特一直是她最心愛的孩子，所以這件事帶給她的傷害更大。基於同樣的理由，她也會更快原諒他。」

愛德華不知道母親和弟弟目前關係如何，因為他到現在還沒有跟家人聯絡。他收到露西的信之後不到二十四小時就離開牛津，心裡只有一個目標，那就是走最近的路來巴騰。任何跟那條路無關的事，他還沒有空閒去思考。跟艾蓮諾的事確定下來以前，他什麼都做不了。他這麼迫不及待採取行動，似乎可以看得出來，他雖然曾經吃上校的醋，雖然謙虛地評估自己的過錯，客氣地擔心求婚被拒，但整體來說，他不覺得自己會遭到冷酷的對待。不過，他卻有責任自謙，而且表達得十分得體。至於經過一年後他又會怎麼說，只能留給世間夫妻去想像。

露西利用男僕湯瑪士傳遞假消息，是為了宣洩她對愛德華的滿腔惡意，這點艾蓮諾很清楚。愛德華已經認清露西的品行，也毫不懷疑地認定，以她那肆無忌憚的惡劣本質，再卑鄙的事也做得出來。早在他認識艾蓮諾之前，就已經看見露西的缺點。她對某些事的觀點暴露她的無知與狹隘，但他都認為這是因為她教育程度不足。在收到她最後一封信以前，他一直相信她個性親切，心地善良，而且全心全意愛著他。就是因為這樣，他才堅持不肯解除婚約。畢竟早在他跟露西的事被揭發、激怒他母親之前很久，這個婚約就已經是他煩惱與後悔的根源。

「當初我被我母親趕出家門，淪落到孤立無援的境地，」他說，「我覺得不管我自己怎麼想，都應該將退婚與否的決定權交給她。以我當時的處境，不可能引起任何人的貪婪或虛榮，她又表現得那麼誠摯，信誓旦旦地告訴我，不管我命運如何，她都要陪著我。我當然認為她這麼做是出於一份最無私的愛。直到現在我還是想不通，她非得要跟一個她毫不在意、總財產只有兩千鎊的男人綁在一起，究竟出於什麼動機，或者奢望從中得到什麼好處。她不可能未卜先知猜到上校會給我牧師職位。」

「是不能，但她可能認為，或許會發生某種對你有利的事，或者你家人的態度遲早會軟化。不管怎樣，保留婚約對她沒有任何損失。她已經證明，婚約對她的意願和行動都沒有約束力。這肯定是一樁體面的婚事，也許會抬高她在親友間的地位。即使沒有更有利的情況出現，嫁給你總比單身好。」

愛德華當然立刻認定露西的所做所為再自然不過，動機也不言而喻。

艾蓮諾於是責備愛德華，一如女士們責備輕率表達仰慕之意的男士那般嚴厲。她說愛德華在諾蘭園邸跟她們相處那麼長時間，一定察覺到自己對婚約不忠誠。

「你的行為實在太不應該。」她說，「我怎麼想姑且不談，你我的親友都被誤導，產生**某種**幻想與期待。然而，以你**當時**的處境，那是不可能的事。」

他只好請求原諒，說他不了解自己的心，又對婚約的力量太有信心。

「當時我太單純，以為既然我已經跟別人立了誓約，跟妳相處就不可能有危險；以為我既然知道自己有婚約，我的心就能跟我的信譽一樣，既安全又神聖。我意識到我欣賞妳，但我告訴自己那只是友誼。直到我開始拿妳跟露西做比較，我才知道自己陷得多深。在那之後，我不應該那麼常待在沙塞克斯郡，當時我給自己找的理由是：這麼做只會危害我自己，不會傷害到其他人。」

艾蓮諾笑著搖搖頭。

愛德華聽說上校即將來小屋拜訪，相當高興。他不但想進一步跟上校結交，也希望有機會能讓上校知道，他已經不再反感上校給他德拉福德牧師職位的事。他說，「我當初向他致謝時表現得那麼失禮，他現在一定以為我還在生他的氣。」

現在他很震驚，因為他竟然還沒去過德拉福德。他對這件事表現得實在太淡漠，有關那個職位的一切都是聽艾蓮諾說的，比如房子、果菜園、耕地、教區範圍、土地現況和什一稅數額。這些事艾蓮諾聽上校說得很多，而且聽得很認真，一副是她自己的事似的。

接下來他們只剩一個問題需要解決，只剩一個困難需要克服。他們情投意合，又得到至親的真心認可，兩人相知相惜，一定能幸福美滿，現在只缺婚後的經濟來源。愛德華有兩千鎊存款，艾蓮諾有一千鎊，加上德拉福德的牧師薪俸，就是他們的總資產。達胥伍太太沒有能力給他們錢，他們也沒有被愛情沖昏頭，以至於認為年收入三百五十鎊可以讓他們過著舒適的生活。

愛德華還懷抱一絲希望，覺得母親對他的態度也許會改善，因此，家裡的其他收入他就仰仗母親。艾蓮諾卻沒有這種奢望。在她看來，愛德華跟摩頓小姐的婚事還是沒談成，套用費拉斯太太的話，比起選擇露西，愛德華選擇她只是兩害取其輕，如今羅伯特也違背母命，最後的結果只是讓芬妮得到好處。

愛德華抵達約四天後，上校也來了，達胥伍太太的喜悅因此達到最高點。她搬到巴騰後，首度體驗到訪客人數超過自家客房容量的榮耀。愛德華先來，有權繼續占用客房，上校於是每天晚上步行到巴騰園邸老朋友家投宿。他每天上午從巴騰園邸過來，時間太早，總是打擾戀人的親密對談。

他回德拉福德那三星期沒什麼事可做，總是在衡量三十六歲和十七歲之間的差距，至少入夜以後是如此。因此，他來到巴騰時，很需要看到瑪莉安恢復健康，需要她親切相迎，需要達胥伍太太的言語鼓勵，才能找回好心情。見到了她們，受到溫馨的接待，他的鬱悶果然一掃而空。他還沒聽說露西結婚的事，對近期發生的事一無所知，於是剛到的那幾個小時，都在聽達胥伍太太講述消息和驚訝中度過。上校發現給愛德華牧師職位又多了一個值得高興的理由，因為艾蓮諾也從中受益。

不難想見，兩位男士越熟悉，對彼此的好感越深。這是必然的，他們有為有守有見識，性情與思維相近，即使沒有其他因素，也足以讓他們變成好朋友。不過，由於他們愛上一對姊妹，而這對姊妹情誼深厚，因此不需要時間與判斷力的考驗，就確認了對彼此的看重。

倫敦的信到了，若是早個幾天，這些信就會讓艾蓮諾的精神緊繃到極點，現在她讀信時是歡笑多於激動。詹寧斯太太來信告訴她們這樁妙聞，發洩她對那個見異思遷女孩的義憤，並且表達她對可憐的愛德華的同情。她深信愛德華曾經深愛那個不值一提的輕佻丫頭，此刻據說在牛津黯然神傷。她又寫道，「我從沒見過這麼偷偷摸摸的行為，兩天前露西才來看我，陪我聊了兩小時，沒有人察覺出一絲異樣，連安妮都沒發現。唉，可憐的安妮，隔天哭著跑來找我，她太害怕費拉斯太太，也不知道該怎麼去普利茅斯。露西結婚前好像把她的錢全借走了，大概是為了裝闊氣擺場面，可憐的安妮口袋裡連七先令都不到。所以我很樂意給她五基尼當旅費，讓她去艾克斯特。她打算在勃吉斯太太家住三到四星期，我鼓勵她努力一下，讓博士再愛上她。我不得不說，露西最壞的一點，是不肯讓她搭他們的馬車一起走。可憐的愛德華！我一直擔心他，妳一定要邀請他去巴騰，讓瑪莉安好好安慰他。」

約翰的筆調比較嚴肅。他說他岳母是最不幸的女性，可憐的芬妮心如刀割。他覺得，遭受這樣的打擊，她們還有一口氣在，是值得感恩的奇蹟。羅伯特的行為不可原諒，露西更是差勁至極。費拉斯太太禁止任何人再提起這兩個人，還說就算她以後原諒兒子，也絕不會承認露西這個媳婦，更不准她出現在她面前。所有人合理地認為，他們兩人交往過程保密到家，深深加重他們的罪行。因為只要大家有一點起疑，就會採取適當措施阻止他們結婚。他要艾蓮諾跟她一起感慨露西為什麼不去跟愛德華結婚，反倒跑來為他們家製造更大的煩惱。接著他又寫道：

「我岳母到現在還沒提到過愛德華，這我們一點都不驚訝。但令我們震驚的是，出了這種事，愛德華竟然沒有寫信來。不過，他不寫信可能是怕惹怒他母親，所以我打算寫封信到牛津暗示他，他姊姊和我都覺得他不妨寫封信向她母親低頭，信可以寄給芬妮，再由芬妮轉交給我岳母。這麼做應該會有用，我們都知道我岳母是個慈愛的人，她只想跟孩子維持良好關係。」

這段話對愛德華的期盼和行動有點重要性，他看完之後，決定試著跟母親和解，但不是採用姊夫和姊姊建議的方式。

「寫封信去低頭！」他說，「羅伯特辜負母親的恩澤，背棄兄弟的情義，他們卻要我去請求母親的寬恕？我不低頭。經歷過那麼多事，我現在不覺得自己卑微或有罪。我現在非常快樂，不過他們不在乎這點。我不認為我需要為任何事低頭。」

「你可以請求寬恕，」艾蓮諾說，「畢竟你確實激怒她了。你**現在**甚至可以告訴她，過去訂下那樁婚約惹她生氣，你心裡過意不去。」

他表示他或許會這麼做。

「等她原諒你之後，你提起第二次訂婚時態度不妨恭敬些，畢竟在**她**眼中，這次的婚約幾乎跟上次一樣魯莽。」

他找不到理由反駁，卻還是抗拒寫信去低頭。他覺得這種讓步有失顏面，比起寫信，他寧可口頭傳達。為了不讓他為難，他們決定不寫信給芬妮，而是由他去一趟倫敦，親自請求母親做點對他有利的安排。瑪莉安如今學會公正地看待一切，說道，「如果約翰和芬妮真心想化解你和你母親的矛盾，那麼他們也許不算太壞。」

上校來到巴騰短短三、四天之後，兩位男士聯袂離開。他們打算直接去德拉福德，愛德華要去看看他未來的家，並且跟恩人兼好友討論屋子的修繕事宜。在那裡停留兩夜之後，他就會重新踏上旅途，前往倫敦。

第五十章

起初費拉斯太太拒絕見愛德華，她拒絕的力道恰到好處，剛好夠猛烈、夠堅持，不至於墮了自己的威名，畢竟她好像很害怕表現得太和善而遭受責難。最後愛德華還是順利見到母親，恢復母子關係。

近期費拉斯太太的家庭成員人數巨幅波動。許多年來她一直有兩個兒子，幾星期前愛德華犯了錯被斷絕關係，她失去一個兒子。後來羅伯特也因為類似原因被除名，於是她度過兩星期沒有兒子的日子。重新認回愛德華之後，她又有了一個兒子。

愛德華雖然在母親心裡復活，但在坦承目前的婚約之前，他對自己的存活不太有安全感。他擔心說出訂婚的事，他會再次失去人子身分，跟先前一樣迅速被抹除。於是他戒慎恐懼地向母親坦白，沒想到母親只是平靜地聆聽。起初費拉斯太太理所當然地勸他別娶艾蓮諾，也盡她所能提出各種論點。她告訴他，娶了摩頓小姐，他會得到一個身分更高貴、資產更豐厚的妻子。為了證實自己的話，她還說摩頓小姐有個貴族父親，本人身價三萬鎊，而艾蓮諾的父親只是個沒有地位的紳士，她本人總存款只有三千鎊。然而，她發現兒子雖然承認她說的都對，卻不願意照她的話做。根據過去的經驗，她認為最明智的做法是屈服。於是，為了自己的尊嚴，也為了避免被人懷疑她心腸太好，她不討喜地拖拖拉拉一陣子之後，終於正式批准愛德華與艾蓮諾的婚事。

接下來要考慮的是，她打算如何增加他們的收入。顯而易見，愛德華雖然是她目前唯一的兒子，卻稱不上她的長子。因為她給了羅伯特每年一千鎊的收入，卻不曾反對愛德華為了每年最高三百五十鎊的收入去當牧師。另外，除了跟芬妮同等待遇的一萬鎊存款，她並沒有承諾現在或未來會再給愛德華任何錢財。

這個數目超出愛德華與艾蓮諾的預期，卻正符合他們的需求。好像只有費拉斯太太本人為自己只給這些感到意外，這可以從她囁囁嚅嚅為自己找藉口看得出來。

擁有足夠應付生活所需的收入後，只要等愛德華正式上任，房子也修繕完成，他們就能結婚。但上校為了迎接艾蓮諾入住，對牧師公館大興土木。他們等了一段時間，施工過程因為工人莫名的拖延，他們遭遇千百種挫折與延誤，艾蓮諾只得放棄等萬事具備再結婚的打算，兩人於初秋時節在巴騰教堂舉行婚禮。

婚後第一個月他們住在上校的宅邸，方便他們就近監督牧師公館工程進度，照自己的意思到現場指揮，比如挑選壁紙、規劃灌木叢或開闢弧形車道。詹寧斯太太的預言雖然搞錯對象，大致上也實現了。她果然在米迦勒節之前到牧師公館探望愛德華和他妻子，艾蓮諾和她丈夫也確實過著最幸福的生活。如今除了上校和瑪莉安的婚事，以及有更好的牧草地養牛，他們別無所求。

他們安頓下來以後，幾乎所有親友都來拜訪了。費拉斯太太過來檢閱這對當初她幾乎恥於批准的幸福新人，就連約翰和芬妮都不惜旅費從沙塞克斯來探望他們。

某天約翰和艾蓮諾在德拉福德府邸大門前散步，約翰說，「親愛的妹妹，我不會說我對目前的結果失望，那樣說就太過了，因為妳確實是世上最幸運的女孩。但我必須承認，如果上校是我妹夫，我會非常高興。看看他這裡的財產，不論土地或房子都那麼體面，維護得那麼好！還有他的林場，德拉福德陡坡那些優質林木，我在多塞特郡還沒見過！雖然瑪莉安未必是他欣賞的類型，我覺得妳不妨經常讓兩個妹妹過來妳家住。上校好像大部分時間都在家，只要彼此經常碰面，又沒太多機會遇見別人，誰曉得會擦出什麼火花。妳總會有辦法幫她安排個好出路。簡而言之，妳不妨給她個機會，妳明白我的意思。」

雖然費拉斯太太確實來看過他們，也假裝對他們親切寬容，卻從來不曾用真心的寵愛與偏疼羞辱他們。那種東西都保留給愚蠢的羅伯特和狡猾的露西，那兩人也在幾個月內就爭取到了。當初露西用她的自私與精明把羅伯特拉進困境，如今同樣靠這樣的本事拯救他脫離苦海。她的恭敬謙遜、殷勤周到和滔滔如江水的奉承找到最小的突破口之後，費拉斯太太就接

「一切都那麼體面。」

受羅伯特的選擇，羅伯特也再次成為最受寵的孩子。

露西在這整件事的行為，以及她後來獲得的富貴榮華，也許可以視為最激勵人心的案例，證實一個人只要專心致志追求自己的利益，不管需要克服多少阻礙，最終一定能獲得幸運之神的眷顧，所要犧牲的，也只是一點時間與良心而已。羅伯特當初主動接近她，私下去巴特雷街跟她見面，理由正如愛德華的推測，只是為了說服她解除婚約。他覺得兩人只要放棄這段感情，退婚一點困難都沒有，他自然而然地認為，只要勸個一兩次就能收效，但這也是他唯一的誤判。露西不吝給他希望，讓他相信假以時日他的口才一定能說服她，只要再登門一次，再談一次，就能成功。然而，每次他告辭時，她始終還有些疑慮，需要跟他再聊半小時才能消除。她用這種手段引他上鉤，其他的事就水到渠成。漸漸地，他們的話題從愛德華換成羅伯特，而這正是他最熱衷的話題。很快地，露西對這個話題的興致也不亞於他本人。總之，不久後兩人發現，羅伯特已經完全取代哥哥。他為自己的情場戰績自豪，為自己蒙騙哥哥自豪，更為瞞著母親偷偷結婚自豪。接下來的事大家都知道。他們在道利什享受了幾個月的幸福生活：她忙著跟許多親戚和故舊斷絕往來，他忙著設計一棟又一棟豪華小屋。之後他們回到倫敦，在露西的慫恿下，僅僅提出要求，就得到費拉斯太太的原諒。一開始只有羅伯特得到寬恕，這點合情合理。露西對費拉斯太太沒有盡孝的義務，自然也沒有犯下不孝的罪行，卻比羅伯特晚幾個星期才被接納。但她堅持不懈地用行動或傳遞訊息表達她的謙卑，為羅伯特的犯行譴責自己，為她受到的刻薄待遇表示感恩，終於得到傲慢的費拉斯太太認可，她為此感激得五體投地。不久後她的地位迅速攀升，成為最受寵、最有影響力的媳婦。在費拉斯太太心目中，她變得跟羅伯特和芬妮一樣無可替代。愛德華當初因為決定娶露西，至今還沒得到母親的真心寬恕。還有艾蓮諾，她的家世和財產都勝過露西，婆婆卻說她是外人。反觀露西，不管從哪方面考量，永遠是費拉斯太太口中最心愛的孩子。他們定居在倫敦，得到費拉斯太太的慷慨資助，跟約翰與芬妮相處得親密無間。撇開芬妮和露西之間始終存在的嫉妒與敵意（她們各自的丈夫也加入戰局），以及羅伯特和露西頻頻發生的夫妻齟齬，所有人都相處得和樂融融。

很多人或許覺得困惑，愛德華到底做了什麼，才失去長子的權利，更令他們困惑的是，羅伯特又做了什麼，才取而代之。不過，不論原因，至少從結果來看，這是最好的安排。從羅伯特的生活習慣和言談之中，一點都看不出他為自己的收入感到遺憾，既不覺得哥哥拿到太少，也不認為自己得到太多。另外，愛德華在工作上克盡職責，對妻子和家庭越來越依戀，隨時隨地心情愉快。如果這些可以做為判斷依據，那麼他想必也跟弟弟一樣滿足現狀，一點都不想跟弟弟交換。

婚後的艾蓮諾有充足的機會跟娘家人相處。她母親和妹妹半數以上的時間都跟她住在一起，但巴騰小屋也沒有荒廢。達胥伍太太經常去德拉福德看大女兒，既為散心，也別有用心：她撮合瑪莉安和上校的意願跟繼子一樣熱切，心態卻更無私。這是她現階段最在乎的事。她雖然很珍惜女兒的陪伴，卻更希望自己看重的上校也能享有這份喜悅。愛德華和艾蓮諾也同樣希望瑪莉安嫁進莊園主宅。他們都感受到上校的哀傷，也認為這是自己的責任。所有人一致同意，瑪莉安就是上校最大的回報。

身邊的人有志一同，瑪莉安也深知上校的美德。至於上校對她的情意，在所有人都看得清楚明白之後許久，她才驀然察覺，那麼她還能怎麼辦？

瑪莉安的命運天生不同凡響，注定要發現自身觀點的偏差，再用行為來推翻她最喜歡的座右銘。她也注定要割捨遲至十七歲才萌生的情愫，只本著高度的敬意和真摯的友誼，主動接納另一個人。而那個人跟她一樣為過去的戀情吃過苦頭，兩年前還被她判定為老得不適合談婚論嫁，至今還靠法蘭絨背心保健身體！

事情就是這樣。她沒有像她過去的浪漫想法，為癡心不悔的愛情犧牲。也沒有像後來變得更冷靜、更理智之後所做的決定，永遠陪在母親身邊，生活的樂趣只剩獨處與閱讀。到了十九歲，她發現自己接受了新的感情，有了全新職責，搬進了新家，成為人妻，主持家務，照顧一整個村莊。

上校如今享有的幸福，達到所有至親好友的期待。瑪莉安撫慰了他曾經有過的全部創傷，她的關愛與陪伴為他的心靈找回活力，讓他的情緒始終愉悅。周遭所有親友都欣喜地發現，瑪莉安為他帶來幸福的同時，自己也感受到幸福。瑪莉安的愛無法分割，隨著時間過去，她的一顆心全然奉獻給丈夫，就像當初對威勒比那麼專情。

威勒比聽說她結婚的消息，難免一陣心痛，不久後他也受到終極的懲罰，那就是史密斯太太徹底原諒他，只因他娶了端莊的女子。他於是有理由相信，如果當初沒有辜負瑪莉安，也許他能同時擁有金錢與愛情。他真的後悔，這點無庸置疑，而後悔本身就是他的懲罰。曾經很長一段時間，他想到上校就嫉妒，想到瑪莉安就後悔。至於說他會痛苦一生，離群索居，愁眉不解，或抑鬱而終，這些情況都沒有發生。他認真地活著，經常為自己找樂子。他妻子未必總是發脾氣，生活也未必總有煩惱。他養馬、養獵犬，從事各種戶外運動，從中找到家庭幸福。

失去瑪莉安之後，他雖然無禮地過著幸福的生活，對瑪莉安卻始終有著明確的關懷，對她的動向特別感興趣，偷偷將她視為衡量女性完美程度的標竿，日後許多初入社會的美麗女子都被他藐視，只因她們比不上布蘭登太太。

達晋伍太太足夠慎重，沒有搬出小屋遷往德拉福德。約翰爵士和詹寧斯太太運氣不錯，瑪莉安嫁人後，瑪格麗特也到了可以參加舞會的年紀，編造緋聞打趣她也不算太誇張。

一家人感情深厚，巴騰與德拉福德之間自然而然往來密切。艾蓮諾和瑪莉安的眾多優點與幸福之中，有一點不容小覷，那就是她們雖然是同胞姊妹，又毗鄰而居，兩人卻從來不曾發生爭執，也不曾害彼此丈夫的情誼降溫。

（全文完）

國家圖書館出版品預行編目資料

理性與感性 / 珍・奧斯汀 (Jane Austen) 著；陳錦慧譯 . -- 初版 . -- 臺北市：商周出版：英屬蓋曼群島商家庭傳媒股份有限公司城邦分公司發行 , 2023.11
面； 公分 . -- (商周經典名著 ; 73)
譯自 : Sense and sensibility.
ISBN 978-626-318-913-3 (平裝)

873.57 112017619

商周經典名著 73
理性與感性（全新中譯插圖版）

作　　者 / 珍・奧斯汀（Jane Austen）
譯　　者 / 陳錦慧
企畫選書 / 黃靖卉
責任編輯 / 黃靖卉

版　　權 / 吳亭儀、江欣瑜
行銷業務 / 周佑潔、賴正祐、賴玉嵐
總 編 輯 / 黃靖卉
總 經 理 / 彭之琬
事業群總經理 / 黃淑貞
發 行 人 / 何飛鵬
法律顧問 / 元禾法律事務所王子文律師
出　　版 / 商周出版
台北市104民生東路二段141號9樓
電話:(02) 25007008　傳眞:(02)25007759
E-mail:bwp.service@cite.com.tw
Blog:http://bwp25007008.pixnet.net/blog
發　　行 / 英屬蓋曼群島商家庭傳媒股份有限公司 城邦分公司
台北市中山區民生東路二段141號2樓
書虫客服服務專線:02-25007718;25007719
服務時間:週一至週五上午09:30-12:00;下午13:30-17:00
24小時傳眞專線:02-25001990;25001991
劃撥帳號:19863813;戶名:書虫股份有限公司
讀者服務信箱:service@readingclub.com.tw
城邦讀書花園:www.cite.com.tw
香港發行所 / 城邦(香港)出版集團有限公司
香港九龍九龍城土瓜灣道86號順聯工業大廈6樓A室
電話: (852)25086231　傳眞:(852)25789337 E-mail: hkcite@biznetvigator.com
馬新發行所 / 城邦(馬新)出版集團 Cite (M) Sdn Bhd
41, Jalan Radin Anum, Bandar Baru Sri Petaling, 57000 Kuala Lumpur, Malaysia.
Tel:(603)90563833 Fax:(603)90576622 Email:services@cite.my

封面設計 / 廖韡
排　　版 / 芯澤有限公司
印　　刷 / 韋懋實業有限公司
總 經 銷 / 聯合發行股份有限公司
新北市231新店區寶橋路235巷6弄6號2樓
電話:(02) 29178022　傳眞:(02) 29110053

■2023年11月30日初版一刷　Printed in Taiwan

定價420元

城邦讀書花園
www.cite.com.tw

 ISBN 978-626-318-913-3

商周出版

廣　告　回　函
北區郵政管理登記證
北臺字第000791號
郵資已付，免貼郵票

104　台北市民生東路二段141號2樓

英屬蓋曼群島商家庭傳媒股份有限公司城邦分公司　收

請沿虛線對摺，謝謝！

商周出版

書號：BU6073　書名：理性與感性　編碼：

請於此處用膠水黏貼

商周出版

讀者回函卡

線上版讀者回函卡

感謝您購買我們出版的書籍！請費心填寫此回函卡，我們將不定期寄上城邦集團最新的出版訊息。

姓名：＿＿＿＿＿＿＿＿＿＿＿＿ 性別：□男 □女

生日：西元＿＿＿＿＿年＿＿＿＿＿月＿＿＿＿＿日

地址：＿＿＿＿＿＿＿＿＿＿＿＿＿＿＿＿

聯絡電話：＿＿＿＿＿＿＿＿ 傳真：＿＿＿＿＿＿＿＿

E-mail：

學歷：□ 1. 小學 □ 2. 國中 □ 3. 高中 □ 4. 大學 □ 5. 研究所以上

職業：□ 1. 學生 □ 2. 軍公教 □ 3. 服務 □ 4. 金融 □ 5. 製造 □ 6. 資訊

□ 7. 傳播 □ 8. 自由業 □ 9. 農漁牧 □ 10. 家管 □ 11. 退休

□ 12. 其他＿＿＿＿＿＿＿＿＿＿

您從何種方式得知本書消息？

□ 1. 書店 □ 2. 網路 □ 3. 報紙 □ 4. 雜誌 □ 5. 廣播 □ 6. 電視

□ 7. 親友推薦 □ 8. 其他＿＿＿＿＿＿＿＿

您通常以何種方式購書？

□ 1. 書店 □ 2. 網路 □ 3. 傳真訂購 □ 4. 郵局劃撥 □ 5. 其他＿＿＿＿

您喜歡閱讀那些類別的書籍？

□ 1. 財經商業 □ 2. 自然科學 □ 3. 歷史 □ 4. 法律 □ 5. 文學

□ 6. 休閒旅遊 □ 7. 小說 □ 8. 人物傳記 □ 9. 生活、勵志 □ 10. 其他

對我們的建議：＿＿＿＿＿＿＿＿＿＿＿＿＿＿＿＿

＿＿＿＿＿＿＿＿＿＿＿＿＿＿＿＿

＿＿＿＿＿＿＿＿＿＿＿＿＿＿＿＿

請於此處用膠水黏貼